DES KREUZFAHRERS HERZ

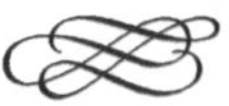

CLAIRE DELACROIX

Übersetzt von
JULIA LAMBRECHT

DEBORAH A. COOKE

Des Kreuzfahrers Herz
By Claire Delacroix

Originaltitel: The Crusader's Heart
Deutsche Erstausgabe 2021
Übersetzung: Julia Lambrecht

DIE RITTER VON SANKT EUPHEMIA

Die Reihe *Die Ritter von Sankt Euphemia* folgt einer Gruppe Ritter, denen in Jerusalem ein Schatz überantwortet wird, welchen sie sicher nach Paris geleiten müssen. Unterwegs begegnen ihnen Abenteuer und Gefahren – und die Liebe. Die Serie ist abgeschlossen und umfasst fünf mittelalterliche Liebesromane. Da die Geschichten sich überschneiden und aufeinander aufbauen, sollten sie in der richtigen Reihenfolge gelesen werden.

1. Des Kreuzfahrers Braut

2. Des Kreuzfahrers Herz

3. Des Kreuzfahrers Kuss

4. Des Kreuzfahrers Schwur

5. Des Kreuzfahrers Versprechen

DES KREUZFAHRERS HERZ

MITTWOCH, 22. JULI 1187

FESTTAG DER MARIA MAGDALENA UND DER ST. AGNES

KAPITEL 1

Venedig

Wulf konnte kaum glauben, was für ein Pech ihn verfolgte. Die Liste seiner Sorgen war lang. Mit zusammengebissenen Zähnen marschierte er durch die Straßen Venedigs, auf der Suche nach einer Zerstreuung.

Erst war er gezwungen gewesen, Jerusalem zu verlassen, gerade, als sich die Stadt einer Herausforderung gegenübersah, die ihre Existenz als Bollwerk der Kreuzfahrer bedrohte. Er verspürte die Gewissheit, dass er als Tempelritter seine Klinge eigentlich zur Verteidigung seines Ordens führen sollte, statt einen Botengang zu übernehmen, der auch einem Schreiber oder Laienbruder hätte übertragen werden können. Er hatte sich dem Orden angeschlossen, um für die Gerechtigkeit zu kämpfen, und es gab kein höheres Ziel als die Verteidigung der Heiligen Stadt.

Schlimmer noch, seine Pflicht sah vor, den gesamten Weg nach Paris zu reiten, um die ihnen anvertraute Fracht zu überbringen, was bedeutete, dass der Kampf zu dem Zeitpunkt seiner Rückkehr nach Outremer womöglich bereits vorüber wäre. Dann hätte er die Gelegenheit verpasst, zu verteidigen, was ihm am meisten bedeutete, und das war schlicht ungeheuerlich.

Drittens führte er nur dem Anschein nach seine Mitreisenden an. Tatsächlich musste er sich dem Diktat Gastons beugen, eines ehemaligen Templers, der insgeheim das Kommando führte. Dass der Präzeptor des Jerusalemer Tempels einem ausgeschiedenen Ritter mehr vertraute als Wulf, streute zusätzliches Salz in die Wunde.

Ebenfalls nur schwer erträglich war, dass Gaston Entscheidungen traf, die Wulf selbst niemals treffen würde, und Wulf sie als seine eigenen ausgeben musste. Es war Gastons Schuld, dass ihr Auftrag in Akkon beinahe gescheitert wäre, immerhin hatte Gaston darauf bestanden, dass sie dort hinritten, um eine Schiffspassage zu finden, statt in das nähergelegene Jaffa. Dafür hatte er Vorwürfe verdient, dachte Wulf verärgert.

Obwohl es ihn zumindest ein wenig besänftigte, dass Gaston sich ganz allein zum Kampf gestellt hatte, als sie angegriffen worden waren, und für seinen Irrtum beinahe mit dem Leben bezahlt hätte.

Dennoch, wäre es Wulfs Entscheidung gewesen, hätte in Akkon *niemand* einen Preis bezahlt.

Es reichte, um sein Blut zum Kochen zu bringen.

Aber das Allerübelste war, dass Wulf auf diesem Weg nach Paris mit der schlimmsten Gruppe von Reisegefährten geplagt war, die man sich vorstellen konnte. Vierzehn Tage gemeinsam mit ihnen allen auf dem Schiff, und er verspürte die nackte Mordlust.

Zunächst war da Gaston, so ruhig und besonnen in seinem unerschütterlichen Selbstvertrauen, dass Wulf versucht war, ihn zum Kampf herauszufordern. Er spürte das Bedürfnis, Gastons Gelassenheit zu erschüttern. Dann war da Gastons Angetraute, Ysmaine, eine Schönheit, der man so wenig trauen konnte wie allen anderen Frauen, und die die Ritter nicht auf einer so wichtigen Mission begleiten sollte. Offenbar verstand sie auch noch etwas von gefährlichen Kräutern, hatte Gift erworben und führte es bei sich! Man hatte ihnen einen äußerst wertvollen Schatz anvertraut, und sie konnten es nicht gebrauchen, dass ein Missetäter dadurch in Versuchung geführt wurde.

Gastons Knappe Bartholomew war in einem Alter, in dem er längst den Ritterschlag hätte erhalten sollen. Wulf hatte nichts übrig für Männer ohne Ehrgeiz. Obwohl ihm der jüngere Mann zumindest nicht faul erschien, konnte Wulf nicht begreifen, warum er nicht nach

Höherem strebte. Es war nicht natürlich, mit dem eigenen Schicksal zufrieden zu sein.

Ein weiterer früherer Templer, Fergus, hatte seinen Militärdienst in Outremer abgeleistet und reiste mit ihnen, um nach Schottland zurückzukehren, wo er seine Verlobte heiraten würde. Wulf konnte nicht begreifen, warum Fergus auf seiner geplanten Abreise bestand, wenn die Heilige Stadt sich wahrscheinlich einer Belagerung gegenübersehen würde. Es ergab für ihn *überhaupt* keinen Sinn, dass irgendeiner der Männer Jerusalem in diesem Moment der Not verließ.

Dass der geheime Schatz, den sie für den Tempel transportierten, gerade Fergus anvertraut worden war, einem weiteren Bruder, der den Orden verlassen hatte, und nicht Wulf selbst, quälte ihn außerordentlich. Er wusste nicht einmal, worum es sich dabei handelte!

Auf Geheiß des Präzeptors hatte die Gruppe auch noch Pilger mitgenommen, die den Schutz des Ordens in Anspruch nahmen. Es verschleierte die Natur ihrer Mission, verlangsamte aber auch ihr Vorankommen. Große Gruppen waren Wulfs Ansicht nach unpraktisch.

Der Kaufmann Joscelin de Provins, wabblig und wie eine Raupe, zu Recht besorgt um sein Überleben, falls sie in Schwierigkeiten geraten sollten. Es war verständlich, dass ein so dicker Mann, so um sein Hab und Gut besorgt, dem Krieg zu entfliehen wünschte. Weder mochte Wulf Joscelin, noch respektierte er ihn, aber der Orden hatte sich nun einmal dem Schutz der Pilger verpflichtet, und Wulf würde seine Pflicht erfüllen.

Dann war da noch der Ritter Everard, der anscheinend seine Ländereien in den Kreuzfahrerstaaten verließ, um ans Todesbett seines Vaters in Frankreich zu eilen. Wulf konnte nicht glauben, dass ein Mann seinen hart errungenen Wohlstand nur der Sentimentalität wegen aufgab. Wer würde ein Geschenk wie die Grafschaft Blanche Garde einfach wegwerfen? Wulf hätte eine Besitzung wie diese bis zum letzten Atemzug verteidigt. Everards Entscheidung, Outremer und seine Ländereien zu verlassen, fand er falsch.

Vielleicht war Everard ein Feigling.

Oder vielleicht dachte er, er hätte von seinem sterbenden Vater eine höhere Belohnung zu erwarten, obwohl Wulf niemals den Spatz hätte entkommen lassen, bevor sich nicht die Taube fest in seiner Hand befand. Diese Welt hatte es an sich, dass sich die Dinge änderten und Erwartungen enttäuscht wurden.

Um diese Wahrheit zu begreifen, musste Wulf sich nur diese Mission ansehen.

Als ein Mann, dem das Leben wenig geschenkt hatte, und der sich alles Erreichte schwer hatte erarbeiten müssen, war sich Wulf bewusst, dass er dazu neigte, andere recht streng zu beurteilen. Er fand einen Großteil der Menschheit unvollkommen, nahm den Schutz derer, für die er Verantwortung übernahm, aber sehr ernst. Beispielsweise hätte er im Kampf für jeden seiner beiden Knappen sein Leben gegeben und hatte auch schon Schläge abgefangen, die für sein Schlachtross bestimmt gewesen waren. Im Gegenzug war die Loyalität der Betreffenden – Stephen, Simon und Teufel – ihm gegenüber über jeden Zweifel erhaben.

Wulf war auch ein Mann, der gelernt hatte, seine eigenen Leidenschaften zu beherrschen. Als die Reisegefährten endlich Venedig erreicht hatten, von Bord gegangen waren, sich um den verletzten Knappen gekümmert und ein Quartier gefunden hatten, war seine Geduld restlos erschöpft. Wieso nahmen so einfache Verrichtungen so viel Zeit in Anspruch? Im Gegensatz zu seiner Erwartung, dass sie sich vor dem Weiterreiten nur eine Nacht hier ausruhen würden, war Gaston entschlossen, die vollen drei Tage abzuwarten, die der Apotheker für notwendig erachtete, damit sich der verletzte Knappe vollständig erholen konnte.

Ein Knappe, der so ungeschickt gewesen war, sich selbst schwer zu verletzen. Ein Knappe, der ihm gesund vorkam. Wulf konnte nicht verstehen, warum der Junge nicht einfach mit jemand anderem zusammen reiten konnte, sodass er unter Beobachtung stand.

Aber Gaston hatte entschieden.

Wulf konnte ihre Gesellschaft einfach nicht länger ertragen und hatte das gemietete Haus verlassen. Er brauchte entweder einen guten Kampf oder eine Frau. Der einzige Weg, seine wachsende Frustration loszuwerden, bestand darin, seiner Leidenschaft auf die eine oder andere Weise freien Lauf zu lassen.

Venedig war friedlich, hatte Gesetze, die gewaltsame Auseinandersetzungen verboten, die Gerichte waren streng.

Seine Kurtisanen hatten einen exzellenten Ruf.

Das machte die Wahl sehr einfach.

Stephen und Simon hasteten hinter ihm her. Zweifellos begriffen sie, was er vorhatte. Sie würden darauf achtgeben, dass er bei seinem Vorhaben weder ausgeraubt noch verletzt wurde, auch wenn mehr als eine Hure ihre Gegenwart schon irritierend gefunden hatte. Wulf war es egal, was solche Frauen dachten. Sie wurden bezahlt, und zwar reichlich, und er war ein ebenso rücksichtsvoller wie leidenschaftlicher Liebhaber.

In seiner Suche nach der Lust war er so fordernd wie in allem anderen.

Diese Nacht würde er eine junge, feurige Frau wählen.

Vielleicht würde sie sich gern an ihn erinnern. Der Gedanke brachte Wulf zum Lächeln.

EIN WEITERER TAG.

Schlimmer noch, eine weitere Nacht.

Christina beendete ihr Gebet und sah sich in dem großen Raum um, in dem die Frauen zusammen schliefen. Die zugige Kammer nahm den größten Teil des obersten Stockwerks ein und war in keinem guten Zustand. Das Dach war undicht und der Wind immer kalt. Die Decken waren immer zu dünn. Jede Nacht wurde die Tür von außen verschlossen, und seit Christina hier war, hatte nur eine einzige Frau den Mut gehabt zu versuchen, durch das Fenster zu entkommen. Sie war ausgerutscht, und ihr Schrei hatte das ganze Haus geweckt.

Die Stille, nachdem sie unten auf dem Pflaster aufgekommen war, war schauderhaft gewesen.

Schlimmer noch war, dass die Entscheidung dieser Frau Christina mitunter verlockend vorkam, auch wenn sie wusste, es war die falsche. Aber unter Costanzias Aufsicht zu stehen, reichte, um auch in Christina Verzweiflung zu wecken.

Das einzig Gute am Dachboden war der Ausblick. Jeden Morgen

kniete Christina vor dem Fenster nieder, das nach Osten hinausging, und betete in Richtung Jerusalem. Obwohl die Heilige Stadt vor Jahren ihr Ziel gewesen war, lag Venedig so weit davon entfernt, wie sie gereist war, bevor die Tragödie sich ereignet hatte.

Jeden Morgen erinnerte sie sich an Gunthers Scherz, sie bete wie eine Ungläubige, und trauerte einmal mehr um seinen Verlust.

Vorsichtig küsste Christina den Ring, den ihr Gunther an jenem Tag, der eine Ewigkeit her zu sein schien, an den Finger gesteckt hatte, und verbarg ihn dann erneut vor den Augen anderer. An manchen Tagen war es unmöglich zu glauben, dass sie je jung gewesen war, hoffnungsfroh, wohlhabend und behütet. Hatte sie wirklich gedacht, das Gute würde triumphieren und man könne Pech überwinden? Sie hatte an göttliches Wirken geglaubt, aber wenig davon gesehen, seit sie die Tore dieser Stadt durchschritten hatte.

Der Ring mit seinem quadratischen blauen Stein glitt in das Versteck, das sie extra dafür im Saum ihres Unterkleids geschaffen hatte, vor den Blicken aller verborgen. Sie hatte eine winzige Tasche in den Saum jedes Kleidungsstücks genäht, das sie besaß, um sicherzugehen, dass sie Gunthers Ring immer bei sich hatte. Das einzige Erinnerungsstück an ihr früheres Leben zu verlieren, würde bedeuten, auch die Hoffnung zu verlieren, diesem Ort je zu entkommen.

Sie erhob sich aus dem Gebet, streckte sich und schaute auf die Stadt hinab. Der Wind war frisch, und es lagen neue Schiffe im Hafen. Der Regen hatte endlich aufgehört. In den Straßen unten waren nur wenige Menschen unterwegs, und einige kleine Boote schwammen in den Kanälen. Händler, sicherlich, die Lieferungen brachten. Mehr als eines würde bei Costanzias Haus halten.

Das Haus lag an einer Ecke, der Haupteingang an einem breiten Kanal. Dort stiegen jede Nacht die Gäste aus. Waren sie einmal im Haus, gab es einen hübschen gepflasterten Hof mit einem Brunnen und Gärten, in denen sie sich des Nachmittags oder am Abend vergnügen konnten. Ein Gast sah stets nur den üppigen Luxus der Empfangsräume, wo Musik spielte und alle Sinne angeregt wurden, und vielleicht noch die schönen Schlafzimmer über dem Zwischengeschoss, wenn er seinen Geldbeutel öffnete.

Der Dachboden gehörte zum versteckten Teil des Hauses. Von

ihrem Aussichtspunkt aus konnte Christina den Hof hinter der Küche sehen, kleiner und schlichter als der Gartenhof. Hier wurden Hühner gehalten und Kräuter angepflanzt. Eine Tür in der Mauer führte zu einem Dock am schmaleren Kanal. Hierhin kamen die Lieferboten, und manchmal versuchten die Händler, in die Fenster oben zu spähen und einen Blick auf Costanzias Schönheiten zu erhaschen.

Unten stritt Costanzia bereits mit jemandem, und ihre Stimme schallte schrill zu ihnen herauf. Christina konnte die Worte ihrer Patronin nicht unterscheiden, vermutete aber, dass die ältere Frau in ihrem venezianischen Dialekt mit einem Händler schimpfte. Obwohl es Christina mit ein wenig Mühe gelang, wie eine Venezianerin zu klingen, konnte sie Costanzia, wenn diese schnell und vulgär sprach, häufig nicht in allen Einzelheiten folgen.

Aber die Bedeutung war dennoch immer klar.

Als Nächstes würde Costanzia die Frauen anschreien, die für sie arbeiteten. Ganz gleich, wie viel Geld sie in der vorigen Nacht verdient hatten, es war nie genug.

Christina seufzte. Costanzias Gewohnheiten waren so unveränderlich wie ihr unnachgiebiger Wille. Es war ein weiterer Tag, an dem der Gürtel mit den orangefarbenen Steinen, der um ihre Taille lag, so viel schwerer zu wiegen schien, als er es wirklich tat.

Ein großer Badezuber war im kleineren Hof aufgestellt worden, und die Zofen gossen heißes Wasser hinein. Christina hörte Schritte auf der Treppe und wusste, es würde bald ein Hämmern an der Tür erklingen. Dann würde sich der Schlüssel im Schloss drehen, und alle Frauen würden hinunter in den Hof gebracht werden, um zu baden, in einer Reihenfolge, die Costanzia nach Gutdünken festlegte.

Christina hatte in der Nacht zuvor keinen Mann unterhalten, was ihr selbst nur recht war, ihrer Patronin aber nicht gefiel. Zweifellos würde sie als Letzte mit dem Baden an die Reihe kommen. Das war ihr egal. Ihr hatte der Blick des einen Mannes, der sich ihr genähert hatte, nicht gefallen, ein Glitzern, das Gewalt verhieß. Sie hatte gelogen – schon wieder – und behauptet, noch ihre Blutungen zu haben.

Es galt, eine fragile Balance zu finden zwischen Ehrlichkeit und Sicherheit, und nicht zum ersten Mal wünschte sich Christina, sie hätte andere Möglichkeiten. Schon seit Jahren hatte sie nur zwei: Im Bordell zu bleiben oder zu fliehen. Flucht bedeutete, auf der Straße zu verhungern oder sich von Costanzias Schlägern jagen zu lassen. Sie waren brutal und schnell mit dem Messer. Jede geflohene Frau, die sie erwischten, würde so schwere Narben davontragen, dass sie nie wieder als Hure arbeiten konnte.

Und dann würde sie verhungern.

Aus dem Fenster zu springen, war vermutlich eine dritte Alternative, aber verlockender war die nun auch nicht.

Christina erschauerte und schlang die Arme um sich, als sie sich vom Fenster abwandte. Costanzias aktuelle Favoritin Flavia schnarchte leise auf ihrem Lager, als Christina zu ihrer eigenen Bettstatt zurückkehrte. Sie beobachtete die andere Frau im Schlaf und bewunderte ihre Schönheit. Flavias ebenholzschwarzes Haar fiel über das Kissen, und ihre Lippen waren selbst im Schlaf einladend geöffnete. Sie war üppig und kühn, für die Kunden des Hauses beinahe unwiderstehlich.

Flavia hatte ihren Schlaf verdient. Sie hatte eine Unverfrorenheit an sich, die Christina nachzuahmen versuchte. Es war wie eine Rüstung, über Missbilligung zu lachen, seine Reize zur Schau zu stellen, ja, sich schamlos und wollüstig zu geben.

Christina und Flavia waren etwa gleich alt und wurden wegen ihrer Gegensätzlichkeit oft zusammen präsentiert. Flavia, dunkelhaarig, mit dunklen Augen, roten Lippen und üppigen Kurven, erregte viel Aufmerksamkeit unter den Männern. Christina, mit rotem Haar, grünen Augen, schlanker, aber von ähnlicher Größe, zog die Blicke der übrigen auf sich. Flavia war frech und wagemutig, forderte die Männer offen heraus, während Christina bescheidener war und so wirkte, als ob sie ein Geheimnis hütete. Wenn sie zusammen vor den Kunden standen, konnte sich kaum ein Mann vom Gaffen abhalten. Costanzia profitierte reichlich davon.

Zumindest, wenn Christina nicht log.

Aber beide Frauen unterschieden sich in mehr als ihrem Äußeren. Christina war nur widerwillig hier und würde sich nie mit ihrem Gewerbe aussöhnen. Ihren Körper zu verkaufen, war besser, als in den Straßen zu verhungern, aber nur knapp. Es hatte Nächte gegeben, da wäre sie bereit gewesen, ihre Entscheidung zu überdenken. Flavia dagegen hatte dieses Leben gewählt, entschlossen, ihre eigenen

Entscheidungen zu treffen und niemals zu heiraten. Sie schwor, sie würde sich keinem Mann unterordnen, und hatte vor, ihr eigenes Bordell zu gründen. Ihr Ehrgeiz beeindruckte Costanzia, die selbst keine Tochter hatte und vielleicht eine Erbin suchte.

Christina dagegen suchte nach einer Möglichkeit zu entkommen.

Das Hämmern erklang an der Tür, der Schlüssel drehte sich, und Costanzia persönlich stolzierte in die Kammer. »Steht auf, ihr alle!«, rief sie, und weckte damit unsanft die noch schlafenden Frauen. »Flavia, du badest als Erste, meine Schönheit«, gurrte sie und kitzelte Flavia unter dem Kinn. Einem jüngeren Mädchen tippte sie auf die Schulter. »Teresa, wenn du deine Blutung noch nicht hast, gehe zu Raoul, er hat einen Trank für dich.«

Christina betete, dass Costanzia sie verschonen würde. Die Patronin ging zwischen den Betten hin und her, erteilte Anweisungen, pries diejenigen, die viel Geld verdient hatten, und tadelte die alten oder unbeliebten Kurtisanen. Christinas Herz schlug schneller, als sich die ältere Frau ihr näherte.

Es sank ihr in die Magengrube, als Costanzia direkt vor ihr stehen blieb. »Und du«, sagte die Patronin leise. Ihr Ton klang drohend, und Christina wagte es, ihr ins Gesicht zu spähen, nur um festzustellen, dass ihre Augen zu Schlitzen verengt waren. »Du hast vergessen, welch ein Glück dir zuteilgeworden ist«, sagte Costanzia, die Stimme so hart wie der Blick. »Ich habe keinen Bedarf an nutzlosen Mäulern, die kein Geld einbringen.«

»Ich kann doch nichts dafür, dass er eine andere gewählt hat …«

»Kannst du nicht?«, murmelte Costanzia, und Christina fragte sich, was sie gehört hatte. »Heute Abend wirst du dafür sorgen, dass man dich wählt. Es ist mir egal, was du dafür tun musst.«

Christina rang die Hände. »Natürlich.«

»Mehr noch, du wirst die Nacht über beschäftigt bleiben, oder du stehst am Morgen auf der Straße. Es gibt so einige Nächte, in denen du dir deinen Unterhalt nicht verdient hast.«

Christina stand entsetzt der Mund offen. Die ganze Nacht?

»Verstehen wir uns?«

Christina nickte und beugte zustimmend den Kopf, um ihren Ärger zu verbergen und Gehorsam vorzutäuschen. Bei allem, was heilig war, es musste einen Weg aus dieser Hölle heraus geben.

Ihr blieben ein Tag und eine Nacht, ihn zu finden.

~

DAS BESTE BORDELL ließ sich recht einfach finden, denn Wulf hörte sich am Markt in der Nähe des Hafens um. Seeleute wussten immer, wo man Huren fand. Auch die Jungen hielten für ihn die Ohren auf, und als sie sich am Nachmittag zur Besprechung trafen, war die Antwort sogleich klar.

Das Haus einer gewissen Costanzia war sein Ziel.

Die vielen Kanäle und Brücken waren verwirrend und die Wegbeschreibung weniger präzise, als er es sich gewünscht hätte. Immer mehr war Wulf davon überzeugt, dass Venedig dazu angelegt war, Dieben ihr Handwerk zu erleichtern. Es war wie ein Irrgarten aus schmalen Straßen mit Hunderten von Gelegenheiten für einen Übeltäter, sich zu verstecken und seiner Beute aufzulauern. Schlimmer noch, viele dieser Gassen endeten abrupt vor einer Wand oder an einem Kanal. Die Häuser waren im Erdgeschoss fest verschlossen, und an den größten und prächtigsten Häusern befanden sich geschützte Anlegestellen. Alle Häuser besaßen mindestens zwei weitere Stockwerke, häufig mit hohen, gewölbten Fenstern, und er vermutete, dass die Menschen gern ein wenig Abstand zum Wasser hatten.

Es roch übel, wann immer der Wind sich legte.

Endlich erreichten sie das fragliche Haus und wurden kurz befragt, bevor man ihnen die Tür öffnete. Die Patronin kam die Treppe auf der anderen Seite der Eingangshalle herab. Ihre Kleider sahen so edel aus, wie die Männer, die für sie arbeiteten, gefährlich. Ihr Blick war scharf und abschätzig, aber sie verhielt sich höflich, und nach allem, was er sehen konnte, befand sich das Haus in gutem Zustand. Wulf bemerkte, dass sie einst eine Schönheit gewesen sein musste, und fragte sich, ob sie in ihrer Jugend selbst ihr Geld auf dem Rücken liegend verdient hatte. Auf jeden Fall war sie direkt. In einer kurzen Unterhaltung fragte sie nach seinen Vorlieben und vergewisserte sich der Tatsache, dass er zahlungsfähig war, dann bedeutete sie ihm mit einer Geste, ihr die Treppe hinauf zu folgen.

Hinter ihnen wurde die Tür wieder verschlossen.

Wulf war von den großzügigen Ausmaßen und dem Prunk des Raums im Obergeschoss beeindruckt. Sonnenlicht fiel durch die hohen Fenster, und man konnte den Hafen sehen. Das Meer funkelte strahlend blau. Samtvorhänge hingen vor den Fenstern, von einem kostbaren, kräftigen Farbton. Auf einer langen Tafel, mit einem feinen Tischtuch bedeckt, war Essen angerichtet, und junge Dienstboten schenkten großzügige Mengen Wein aus. Die Frauen waren zahlreich und ausgesprochen schön. Einige standen beieinander und unterhielten sich, andere spielten auf der Laute, mehr als eine räkelte sich auf einer gepolsterten Bank und warf ihm ein kokettes Lächeln zu. Weder wirkten sie halb verhungert noch verängstigt, und er entschied, dass die Gerüchte wahr waren. Alle trugen Gürtel mit bunten Steinen, bei denen es sich jedoch eindeutig nicht um Edelsteine handelte, sondern um gefärbtes Glas. Waren diese geschmückten Gürtel ein Markenzeichen dieses Hauses?

In Wirklichkeit interessierte Wulf das nicht.

Seine Stimmung hob sich mit jedem verstreichenden Moment. Es musste die Gesellschaft sein, denn für materiellen Luxus hatte er nichts übrig.

»Eine Jungfrau?«, schlug die Patronin vor und deutete auf zwei junge Mädchen. Sie erröteten und senkten schüchtern die Blicke, aber Wulf zweifelte nicht daran, dass sie ihre Jungfräulichkeit schon mehrfach verkauft hatten.

»Ich habe wenig übrig für Unschuld«, sagte er. Das stimmte. Er war lieber mit einer Frau zusammen, die ihren eigenen Körper und ihr Verlangen kannte und auch seines erahnen konnte. »Mir ist nicht danach zumute, im Bett Lektionen zu erteilen«, stellte er klar, und die Patronin lachte kehlig.

»Ah! Also eine Löwin!« Costanzia, wenn sie so hieß, deutete auf eine Frau, die vielleicht dreißig Sommer gesehen hatte. »Flavia wird Euch zum Brüllen bringen!« In Flavias Gesichtsausdruck lag eine Durchtriebenheit, die Wulf nicht zusagte. Sie hatte dunkles Haar, ein wissendes Lächeln und Kurven, die jeden Mann in Versuchung führen würden.

Allerdings nicht Wulf.

Die Patronin bemerkte, wie sein Blick weiterglitt, und schnippte mit den Fingern, um den übrigen Frauen zu verstehen zu geben, sich zu nähern. »Ihr seid früh dran, Sir, und habt die beste Auswahl. In Anbetracht der Stunde muss ich annehmen, Ihr sucht nur für den Nachmittag Gesellschaft.« Sie klatschte in die Hände, als sich die Frauen nicht schnell genug bewegten, und Wulfs Blick fiel auf eine von ihnen, die auf der anderen Seite des Raums stand.

Sie war wunderschön, mit Haar wie kupferne Seide, das sie lose trug, sodass es ihr als glänzende Wolke bis zur Taille reichte. Eine solche Haarfarbe war selten in einer Stadt, in der die meisten Frauen dunkelbraunes oder schwarzes Haar hatten. Auch war sie größer als die meisten anderen, schlank und elegant, wie Wulf es vorzog. Ihr Kleid, in Gold und Grün, hätte auch einer Edelfrau gut zu Gesicht gestanden. Es war tiefer ausgeschnitten als das einer Adligen, aber als sie auf ihn zukam, kam es ihm dennoch so vor, als näherte sich ihm eine Königin.

Ihr Benehmen verriet eine Zurückhaltung, die er ebenfalls bewunderte. Sie gab sich nicht als willige Dirne, die sich ihm zu Füßen warf und um seine Aufmerksamkeit und sein Geld buhlte. Vielleicht ließ sie sich nur Zeit. Vielleicht vertraute sie darauf, dass ein Mann, der einen Blick auf sie warf, warten würde. Wulf war es egal. Ihre Anmut bezauberte ihn – und sein Eindruck, dass sie nicht hierhergehörte.

Oder ihr Lächeln, das Geheimnisse verhieß, die sie nicht zu offenbaren wünschte.

Ihr Gewand war wohl ein Zeichen, dass sie ihrer Patronin gutes Geld einbrachte, aber darüber wollte er lieber nicht nachdenken. Ihre vollen Lippen wurden ein wenig schmaler, als sie den übrigen Frauen folgte. In ihrem Gesichtsausdruck meinte er, sowohl Trotz als auch Resignation zu erkennen, aber dann hob sie den Kopf und lächelte ihn an.

Und das war der Schlüssel. Es war kein aufrichtiges Lächeln, denn es erreichte nicht ihre Augen. Ihre Lippen waren einladend verzogen, doch ihr Blick blieb misstrauisch – ein weiteres Zeichen des Zauderns.

Wulf begriff sofort, dass sie dieses Leben nicht freiwillig gewählt hatte, und es war diese Erkenntnis, die seine Entscheidung besiegelte. Er fühlte eine seltsame Verwandtschaft zu dieser Frau, obwohl er noch nicht einmal ihren Namen kannte. Wulf wusste, was es hieß, das eigene Verlangen zu unterdrücken, um sich dem eines anderen zu unterwerfen. Er wusste, wie es sich anfühlte, in der Falle zu sitzen und keine Wahl zu haben. Und er wusste, wie es war, das Beste aus den Umständen zu machen, ganz gleich, wie hoch der Preis war. Tatsächlich tat er das auf dieser Mission die ganze Zeit.

Wulf wusste auch, wie es war, auf eine bessere Alternative zu warten, mit so viel Geduld, wie man nur aufbringen konnte.

»Diese dort«, sagte er und deutete auf die Schönheit, die seine Aufmerksamkeit erregt hatte. Es war ihm egal, dass er die Patronin unterbrach, die gerade die Reize ihrer Frauen pries.

»Ah, Christina ist eine beliebte Wahl«, sagte sie, als die Frau den Kopf hob, um Wulfs Blick zu begegnen. Ihre Augen waren von einem bezaubernden, leuchtenden Grün, mit dichten Wimpern und einem Ausdruck wacher Intelligenz. War sie überrascht? Sie blieb vor Wulf stehen, anmutiger und hübscher als alle Frauen, die er je gesehen hatte. Es gefiel ihm, dass er ihre Gedanken nicht erraten konnte, dass sie einen Teil von sich verbarg.

Das war ebenfalls etwas, mit dem er Erfahrung hatte.

Costanzia schaute zwischen ihnen hin und her. »Ihr findet den Preis vielleicht recht hoch«, warnte sie erwartungsvoll.

Wulf kümmerte nur die Frau, die er gewählt hatte. Christina hielt seinem Blick stand, als ob sie ihren eigenen Wert kannte und von ihm nicht erwartete, den Preis zu bezahlen. Aye, in diesen wundervollen Augen lagen Schatten, Schatten, die von Enttäuschung sprachen.

Vielleicht durch Männer.

Vielleicht durch einen Mann.

In Wulf regte sich ein unerwarteter Wagemut, der seine Begierde weiter anfachte.

»Nennt ihn mir«, sagte er. Er konnte sich nicht vorstellen, was Christina schon von der Welt gesehen hatte. Er bezweifelte, dass alles davon erfreulich gewesen war, und wünschte sie zu überraschen.

Die Patronin tat wie geheißen und erwartete eindeutig, dass Wulf versuchen würde zu handeln. Aber das tat er nicht, denn wenn er ein Verlangen befriedigte, befleckte er die Erfahrung nie mit solch vulgärem Feilschen. So leicht war seine Börse nicht. Er hielt sich zurück und sparte sein Gold, und wenn er es dann ausgab, konnte er sich auch die Frau leisten, die er am meisten begehrte. Es war besser, nur selten dem Verlangen nachzugeben und dafür zu haben, was man wirklich wollte, statt es häufig zu tun und dann Kompromisse zu schließen.

»Das ist natürlich nur für den Nachmittag«, sagte die Patronin listig.

»Und für die Nacht?«

Ein Hauch von Neugier flackerte in Christinas Augen auf, als sie ihn erneut musterte.

»Das Dreifache«, sagte die ältere Frau energisch. »Es liegen Schiffe im Hafen.«

Christina senkte die Lider. Anscheinend rechnete sie damit, dass er sich weigern würde.

»Das Dreifache.« Wulf stimmte so bereitwillig zu, dass die Patronin sicher bereute, nicht einen höheren Preis genannt zu haben. Ihm war allein wichtig, dass Christina ihn erneut ungläubig ansah. Sie war überrascht, und er war froh. Und es freute ihn noch mehr, dass sie damit zufrieden schien. Er lächelte der Lady, die er so begehrte, zu, bezahlte die Patronin und streckte Christina dann die Hand hin.

Als er ihre Hand nahm und küsste, sah er, wie sie leicht die Augen verengte. »Ich nehme an, Ihr habt eine private Kammer, wo wir uns dem Vergnügen widmen können?«

»Natürlich, Sir«, sagte sie. Ihm gefiel, dass ihre Stimme zugleich melodisch und heiser klang. Sie sprach das gleiche Venezianisch wie ihre Patronin, allerdings nicht so flüssig wie jemand, der in dieser Stadt der Städte geboren war.

»Wulf«, korrigierte er sie, und sie nickte gefügig.

»Wulf«, sagte sie und lächelte ein wenig, drückte seine Hand, wandte sich um und führte ihn zum Buffet hinüber. Die Patronin trat zurück und lächelte zufrieden, während sie erneut die Münzen zählte, aber Wulf hatte nur an der anziehenden Christina Interesse.

Woher stammte sie? Was hatte sie in dieses Haus geführt? Wulf war überrascht, wie sehr er es wissen wollte.

Seine Frustration begann bereits zu verebben, und dabei hatte das Vergnügen noch nicht einmal begonnen.

~

CHRISTINA GLAUBTE NICHT eine Sekunde lang, dass der Templer sich wirklich von all den anderen Männern unterschied, die Costanzias Haus besuchten, aber was schadete es, darauf zu hoffen? Immerhin hatte sie bisher noch nie mit einem Tempelritter geschlafen, und an seiner Entschlossenheit, sie den Nachmittag und die Nacht über für sich zu haben, war etwas Faszinierendes.

Der Orden hatte geschworen, Pilger zu verteidigen, und das reichte beinahe, um ihr ein Lächeln zu entlocken. Würde dieser Ritter sie verteidigen, wenn er herausfand, dass sie eine Pilgerin war, die vom rechten Weg abgekommen war?

Obwohl das nur ein Scherz sein sollte, war der Gedanke einer Überlegung wert.

Konnte er ihr vielleicht helfen?

Wie konnte sie ihn dazu bringen, das zu tun?

Dieser Wulf hatte genug Gold – oder hatte es vor seiner Ankunft in diesem Etablissement zumindest gehabt – und es war eine Entschlossenheit an ihm, die sie bewunderte. Er war nett anzusehen, ein Mann, der seinen Lebensunterhalt mit harter Arbeit verdiente. Groß und breitschultrig, mit hellem Haar und entschiedenem Auftreten. Sein Gesicht war von der Sonne gebräunt, was seinem Haar einen zusätzlichen Goldglanz verlieh und seine Augen noch heller wirken ließ. Auf der Wange hatte er eine alte Narbe, das Zeichen einer tiefen Wunde, aber ansonsten schien er gesund zu sein. Sein Benehmen war brüsk, seine Entscheidung traf er ohne viel Federlesen. Christina bewunderte entschlossene Männer.

Wenn ihr Vater entschlossener gewesen wäre, befände sie sich vielleicht nicht in ihrer aktuellen Lage.

Aber Reue oder Bitterkeit brachten nichts. Was sie brauchte, war eine Veränderung.

War Wulf die Lösung für ihr Problem? Wenn nicht, würde sie zumindest nicht beim Licht der Dämmerung auf die Straße gesetzt werden. Aber sie wollte mehr. Üblicherweise zog Christina es vor, sich nicht zu ausführlich mit ihren Kunden zu unterhalten, ihre Pflicht zu erfüllen und sie wieder los zu sein. Heute Nacht wäre es vielleicht klug, ihre Strategie zu ändern.

»Seid Ihr heute weit gereist?«, fragte sie und hakte sich bei ihm ein, als wären sie unterwegs zu einem feierlichen Anlass.

Wulf warf ihr einen flüchtigen Blick zu. Seine Augen waren weder blau noch grau. Vielleicht veränderten sie sich mit seiner Stimmung, dachte sie, von silbernem Eisgrau hin zu Himmelblau. »Was für eine Rolle spielt das? Ich bin nicht müde, wenn das Eure Sorge ist.«

Christina lächelte mit einer Gelassenheit, die sie nicht wirklich empfand. »Ich unterhalte mich nur.«

Ein wenig von ihrer Nervosität musste sich wohl zeigen, oder er war besonders aufmerksam, denn Wulf lächelte beinahe. Seine Augen funkelten. Bei dem Anblick war auch Christina versucht, ihm ein echtes Lächeln zu schenken. »Ich wusste, Ihr habt etwas Besonderes an Euch«, sagte er, und in seiner Stimme klang ein wenig Belustigung mit.

»Wirklich?«

»Wirklich.« Er schaute sich im Raum um, und sie spürte, dass er alle Anwesenden und die Einrichtung in sich aufnahm. »Meine Reise hat nur vom Hafen hierhergeführt, denn unser Schiff ist mit der Morgenflut eingelaufen.« Er sah sie an, und nun waren seine Augen blauer als zuvor. »Wir sind von Akkon aus gesegelt, bevor Ihr fragt, auf dem letzten Schiff, bevor die Sarazenen angriffen.«

»Dann ist es wahr«, sagte Christina. Sie bemerkte, dass sie seinen Arm unwillkürlich fester hielt, als Wulf seine freie Hand auf ihre legte. Seine Haut war warm, doch es war die Tatsache, dass er sie trösten zu wollen schien, die ihr Herz einen Sprung machen ließ. »Wir haben gehört, die Kreuzfahrerstaaten würden belagert.«

»Und viele meines Ordens sind tot, wie auch jene aus dem Orden des Hospitaliter«, sagte er, die Augenbrauen zusammengezogen. Er musste Kameraden verloren haben.

»Was ist mit der Heiligen Stadt?«

Wulf holte tief Atem und antwortete nicht sogleich. Sie fürchtete sich vor dem, was er sagen würde. »Sie stand stark, als wir sie verließen, aber in Erwartung eines Angriffs.«

»Sicher kann sie doch verteidigt werden?«

»Nachdem so viele Ritter gefallen sind und der König Jerusalems selbst gefangen genommen wurde?« Sein Gesichtsausdruck wirkte grimmig. »Ich fürchte, es wird schlechte Nachrichten geben, bevor sie besser werden.«

»Und doch habt Ihr Outremer verlassen«, sagte sie, bevor sie sich davon abhalten konnte. »Warum?«

»Weil es mir befohlen wurde, und die Regeln verbieten es einem Templer, einen Befehl zu hinterfragen.« Er warf ihr einen scharfen Blick zu, und sein Gesichtsausdruck ließ sie erschauern. Wenn er so aussah, war es nur zu leicht sich vorzustellen, dass er Ungläubige getötet hatte. »Es wäre besser für mich zu sterben.«

Wie konnte er sich auf seine Ordensregeln berufen, wenn er gerade in einem Bordell stand? Sicherlich verbaten ihm seine Regeln auch, einen Ort wie diesen aufzusuchen.

Vielleicht war dieser Templer nicht besser als ein Söldner. Christina war gezwungen gewesen, einigen solchen Männern zu Willen zu sein, und der Gedanke, einen weiteren zu unterhalten, missfiel ihr.

Vielleicht konnte sie dafür sorgen, dass er sich im Laufe des Tages und der Nacht betrank, und sich dann mit seiner fetten Börse aus dem Haus schleichen. Zwei Jungen folgten ihm, von denen sie annahm, es seien seine Knappen. Sie waren klein genug, dass Christina sie vermutlich beide würde überwältigen können, wenn es Not tat.

Aber es gefiel ihr nicht, dass sie zu dritt waren. Ihr Herz schlug ein wenig schneller. Sie wechselte einen Blick mit einem der Männer an der Tür. Den Kunden wurde gesagt, die Männer verteidigten das Haus und dessen Inventar, aber wie Christina wusste, würde ein lauter Ruf zumindest einen von ihnen dazu veranlassen, der betreffenden Frau zur Hilfe zu kommen.

Auch das diente vermutlich dazu, das Inventar des Hauses zu schützen.

Christina nickte, da Wulf auf ihre Antwort wartete. »Habt Ihr vor, in die Kreuzfahrerstaaten zurückzukehren?«

»So bald wie möglich. Mir ist eine Aufgabe übertragen worden, doch sobald sie vollendet ist, werde ich nach Outremer zurückreisen. Die Klinge jedes Ritters wird gebraucht werden, um zu verteidigen, was uns heilig ist. Ich kann nur beten, dass ich nicht zu spät komme, um meinen Teil dazu beizutragen.«

»Darf ich nach Eurer Aufgabe fragen?«

»Nein.« Er verstummte, und eine solche Spannung erfüllte seinen Körper, dass Christina wusste, ihre Frage hatte nicht dazu beigetragen, dass er sich beruhigt fühlte. Sie war sich Costanzias wachsamen Blicks sehr bewusst und lächelte zu dem Ritter auf, als wäre nichts.

»Wollt Ihr nichts essen?«, fragte sie und führte Wulf zum Tisch, wie man es sie gelehrt hatte. Es schien ein sichereres Thema als das seiner Reise. Sie würde später darüber nachdenken, dass Jerusalem verloren gehen mochte. »Wein? Oder Bier? Brot und Fleisch?«

Er stieß heftig den Atem aus und wandte sich ihr zu. »Im Moment hungert es mich nur nach *einem* Festmahl«, sagte er. »Ich bitte um Verzeihung, wenn meine Treue zu meinem Orden Euch beleidigt.«

Christina zwang sich zu einem Lächeln. »Keineswegs. Kämpfer sind stets so entschlossen.«

»Kämpfer?« Wulf hob eine Braue. Sie spürte, dass er sie neckte. »So nennt Ihr Ritter in dieser Stadt? Es war keine leichte Aufgabe, mir meine Sporen zu verdienen.«

»Und viele Söldner haben hart gearbeitet, um sich ihre zu verdienen«, gab Christina zurück, bevor sie es sich verkneifen konnte. »Ich bin mir nicht sicher, ob der Standesunterschied im Kriegshandwerk so wichtig ist, wie viele Ritter es behaupten.«

Wulf lachte bei diesen Worten, was sie überraschte. »Da habt ihr vermutlich recht«, gab er zu. »Und ich nehme an, alle Männer sind sich sehr ähnlich, wenn sie nackt sind. Ein Geschlechtsteil und eine Hand-voll Münzen.«

Christina hatte den jähen Wunsch, ihm eine Ohrfeige zu versetzen, so aufreizend war sein Lächeln, aber sie nahm an, er versuchte, sie zu provozieren. Es war nur angemessen, die Provokation zu erwidern.

»Ihr wärt vielleicht überrascht«, sagte sie milde. »Die Tatsache allein, dass Ihr ein Kriegermönch seid, unterscheidet Euch von allen bisher.«

Seine Augen glitzerten, aber sie sah, wie sich sein Nacken rötete. »In der Tat?«

»Gewiss verbieten Eure Ordensregeln den Besuch eines Bordells?«

»Gewiss tun sie das«, gestand er. »Aber gewiss ist mein Verhalten nicht so ungewöhnlich. Dies ist Venedig, die Stadt mit einem so zweifelhaften Ruf, dass die ganze Christenheit über ihre Sünden spricht. Sicher gibt es zahlreiche Bischöfe und Priester, die dieses Etablissement besuchen.«

»Damit liegt Ihr richtig«, sagte Christina. »Aber ich hätte gedacht, die Ritter, die sich Eurem Orden verschworen haben, hingen höheren Idealen an.«

»Seid Ihr enttäuscht?« In seinem Gesichtsausdruck lag eine Herausforderung, bei der ihr Herz einen Moment den Takt verlor, aber sie verbarg ihre Reaktion.

»Wir werden sehen.« Sie musterte ihn von Kopf bis Fuß. »*Wulf.*«

Er grinste bei diesen Worten. »Ich hätte schon früher ein Bordell in dieser Stadt besuchen sollen«, sagte er, seinen Blick auf sie gerichtet. »Die Gesellschaft ist besonders bezaubernd.« Er hob Christinas Hand und küsste ihre Finger. Dabei sah er zugleich durchtrieben und anziehend aus.

»Nicht bezaubernder als anderswo.«

Wulf schüttelte den Kopf. »Unendlich viel bezaubernder«, korrigierte er sie. »Noch nie hat eine Hure sich so freimütig mit mir unterhalten wie Ihr, schon gar keine, deren Verstand meinem ebenbürtig war.«

Christina verzog bei dem Wort, mit dem er sie verdient bedachte, das Gesicht. »Kurtisane«, verbesserte sie ihn.

»Wenn Ihr das vorzieht.« Er drehte ihre Hand und presste einen warmen Kuss auf ihre Handfläche, ohne den Blickkontakt zu unterbrechen. »Ich kann es kaum erwarten, mich den Freuden dieser Nacht zu widmen.«

Seine Begierde nach ihr war so offensichtlich, dass Christina der Mund trocken wurde. Aber es war anders, denn er reagierte auf ihre Worte, nicht auf ihr Gesicht oder ihre Brüste. Ihr Herz hämmerte – mit einer Erwartung, die sie sonst selten fühlte, einer, von der sie fürchtete, sie würde enttäuscht werden.

Sie wollte, dass dieses Flirten andauerte.

»Trinkt zumindest einen Becher Wein«, drängte sie ihn, zog ihn an ihre Seite und ließ die Finger über seinen Arm gleiten. »Meine Patronin ist stolz auf die Rebsorten, die sie ausschenkt.« Christina mahnte sich, dass sie unmöglich wissen konnte, was sie von einem Mann zu erwarten hatte, bevor die Zimmertür hinter ihnen geschlossen war. Wulfs Charme war vielleicht nur sehr flüchtig. Es war leichter, wenn der Kunde zumindest einen Becher Wein getrunken hatte; sollte sie um ihr Überleben kämpfen müssen, hätte sie bessere Chancen.

Wulf nahm das Angebot an und ließ sich einen Becher füllen, aber der Wein berührte kaum seine Lippen, als er trank. Warum nur musste er so verflucht maßvoll sein?

»Das Zimmer?«, fragte er, offensichtlich entschlossen, sein vorrangiges Verlangen lieber früher als später zu stillen.

Die ganze Nacht. Wie viele Male würden das sein?

Sie hoffte nur, er erwartete nicht von ihr, auch die Jungen zu unterhalten.

Christina winkte einem Diener, aber einer der Knappen trat vor, um den Krug und den Becher mitzunehmen. »Die Jungen können hier in der Halle bleiben …«, begann sie.

Wulf schüttelte so entschlossen den Kopf, dass sie verstummte. »Sie werden mich begleiten. Ihr braucht nicht zu fürchten, dass sie sich in unsere Belange einmischen. Sie beschützen lediglich mich und meinen Geldbeutel.« Wulf lächelte, aber sie sah ihm an, dass er sich nicht umstimmen lassen würde. »Sie werden sich derweil im Schachspiel üben.«

Christina schaute zu den beiden Jungen, nicht sonderlich beruhigt.

Von der anderen Seite des Raums aus warf Costanzia ihr einen bezeichnenden Blick zu, und Christina unterdrückte jeden Widerspruch, den sie vielleicht hätte äußern mögen. In diesem Moment erschien ihr das Leben auf der Straße deutlich übler als der Ritter vor ihr.

Auf, also, in die Schlafkammer.

KAPITEL 2

»*D*ient Ihr dem Orden schon lange?«, fragte Christina und spazierte zur Treppe hinüber. Sie ging dicht neben Wulf, sodass ihre Brust gegen seinen Arm stieß, und hoffte, ihr Parfüm stieg ihm dabei verlockend in die Nase.

Die Jungen folgten ihnen.

Sie sah, wie er flüchtig die Stirn runzelte. »Welche Rolle spielt das?«

»Ich dachte, vielleicht wäre Euer Hunger so groß, weil er lange ungestillt geblieben ist.« Einen Moment blieb sie still, dann fuhr sie fort, ein Versuch, ihn einzuschätzen: »Ich dachte, vielleicht hättet Ihr die Ordensregeln bis heute stets streng befolgt.«

Wulf lachte, und es klang nicht gezwungen. Seine Augen funkelten. »Als ich von der Schönheit der Christina hörte und meine Schwüre brach, um die Wahrheit zu ergründen.«

»Verspottet mich nicht.«

»Das ist nicht meine Absicht«, sagte er etwas nüchterner. »Aber Ihr habt recht, indem Ihr meine Verfehlung beim Namen nennt. Die größte Herausforderung ist für mich, den Schwur der Keuschheit zu halten.«

Christina gefiel nicht, wie das klang, aber sie lächelte. »Dann zahlt Ihr häufig für Eure Befriedigung?«

»Nicht oft«, sagte er. »Aber es gibt Zeiten, da ein Mann die Berührung einer Frau braucht.«

»Und dies ist ein solcher Moment.« Es war leichter, wenn Männer von sich erzählten, wenn Christina ihre Bedürfnisse und Begierden ergründete, bevor sie das Bett erreichten. »Und sind solche Momente vorherzusehen?«

»Nur in ihrer Verbindung mit Frustration in anderer Hinsicht.« Wulf verzog das Gesicht, als sie ihm einen Seitenblick zuwarf. »Ich werde mich bemühen, rücksichtsvoll zu sein. Ihr braucht auch nicht zu fürchten, ich könnte Euch mit den Pocken anstecken. So lüstern bin ich nicht, dass ich dieses Verderben verdient hätte.« Sein Versuch, sie zu beruhigen, erleichterte Christina, und sie hoffte nur, er sagte die Wahrheit. »Aber es gibt Momente, in denen ich mich gereizt fühle.«

»Gereizt?«, wiederholte Christina, wider Willen belustigt von seiner Wortwahl.

»Gereizt«, stimmte Wulf zu. »Und wenn ich die Umstände nicht ändern kann, muss ich danach streben, auf andere Weise Erleichterung zu finden, sodass mein Kampfgeschick nicht unter meiner Stimmung leidet.« Er warf ihr einen eindringlichen Blick zu. »Ein verärgerter Mann schlägt zu schnell zu und begeht Fehler. Ich habe geschworen, jene zu verteidigen, die schwächer sind als ich, und werde es meinem Ärger nicht erlauben, die Integrität dieses Schwurs zu gefährden.«

Das verstand Christina nur zu gut. »Ihr tut es für das höhere Wohl.«

Er nickte. »Es ist eine Schwäche, das weiß ich wohl. Doch bis ich sie überwinde, muss ich meine Fähigkeit, meine Pflicht zu erfüllen, sicherstellen, egal, zu welchem Preis.«

Aus dem Mund eines anderen Mannes hätte Christina das für eine Ausflucht gehalten, mit der er seine Liebschaften entschuldigte, aber Wulf war dabei so ernst, dass sie ihm glaubte. »Was für Umstände könnten solch eine Gereiztheit hervorrufen?« Sie waren im zweiten Stock angekommen, und sie führte ihn ans Ende des Ganges, wo sich das beste Schlafzimmer befand. Zwischen dem breiten Flur mit seinem polierten Parkettboden und der aufwändig verzierten Decke und dem kahlen Dachboden über ihnen hätte kein größerer Gegensatz bestehen können. In den Zimmern war er noch einmal größer.

»Ein Auftrag, dessen Erfüllung sich als sehr langwierig herausstellt.« Wulf seufzte schwer. »Ich fürchte vor allem, dieser wird sich nicht annähernd ohne Verzug abwickeln lassen, und das quält mich am allermeisten.«

»Warum? Sicher sorgt doch der Tempel für Euer Auskommen, ganz gleich, was Eure Aufgabe ist?«

Sein Blick war nachdenklich und humorvoll zugleich. »So, wie dieser Ort das Eure sichert?«

Christina errötete unwillkürlich. »Ich habe etwas zu essen und ein Dach über dem Kopf.«

»Aye, etwas zu essen und ein Dach über dem Kopf. Strebt Ihr niemals nach mehr?«

Wie seltsam, die Gemeinsamkeiten in ihren Umständen zu sehen – und es war erstaunlich, dass er als Erster darauf hingewiesen hatte. Immerhin war er ein Tempelritter. Christina zog es vor, sich als Kurtisane zu bezeichnen, aber in Wahrheit war sie eine Hure. Die Erwartungen an ihre Rollen, vor allem, was die körperliche Liebe anging, hätten nicht unterschiedlicher sein können. »Und Ihr?«

»Natürlich.« Wulf schüttelte den Kopf. »Aber Ehrgeiz allein sorgt weder für einen vollen Magen noch für eine Unterkunft, also muss man Entscheidungen treffen. Und vielleicht Kompromisse eingehen.«

Es überraschte Christina, dass seine Erwägungen ihren so ähnlich waren. »Im Dienste des höheren Ziels?«, fragte sie leichthin. Der Klang der Musik von unten war nur noch schwach, und sie konnte die Schreie der Möwen hören.

Wulf sah sich mit unverhohlener Neugier um. Sein Blick fiel auf die Tür am Ende des Ganges. »Im Dienst des eigenen Überlebens. Immerhin ist das eigene Leben das, was man daraus macht.«

Was hatte ihn zu den Templern geführt? Sie blieb am Ende des Korridors stehen, vor dem Zimmer, das sie wählen würde. Ihre Tapferkeit versagte in diesem Moment. Wie viel mehr konnte sie über ihn in Erfahrung bringen, bevor sie im Bett zusammenkamen?

Wulf bemerkte, dass sie ihn ansah, und ihre Blicke trafen sich. »Wie seid Ihr an diesen Ort gelangt?«

»Spielt es eine Rolle?«

»Nur, dass ich wetten würde, dass Ihr eine ähnliche Wahl getroffen habt wie ich.« Wulf beugte sich vor, und sie roch den Geruch seiner Haut. Er war anziehend, anziehender als erwartet. Ein Mann, der auf

Sauberkeit hielt, hatte etwas für sich. »Euer Überleben zu sichern, wenn auch zu einem hohen Preis.«

»Diese Wette würdet Ihr gewinnen«, gab sie zu und wünschte dann, sie hätte es nicht getan. Er beobachtete sie näher, voll Neugier, aber Christina wagte es nicht, mehr zu sagen, sondern wechselte das Thema. »Ich dachte, Euer Geld gehörte dem Orden als Ganzem. Ist das Horten von Münzen eine weitere Eurer Sünden?« Das brachte ihr einen Seitenblick ein.

»Dann wisst Ihr viel über die Templer?«

»Nein, aber alle Mönchsorden verbieten das Anhäufen persönlichen Wohlstands.«

»Aber sie überlassen die Angelegenheit dem Meister des Priorats. In Outremer ist es nicht ungewöhnlich, dass das Geld, welches ein Ritter verdient und den Meistern übergibt, zumindest zu einem Teil an ihn zurückgeht.«

»Ist die Disziplin so lax?«

Sein Gesicht verschloss sich. »Das Leben ist hart und voller Gefahren. Ein weiser Meister versteht es sicherzustellen, dass seine Männer alles haben, was sie brauchen.«

»Wie wird dieses Geld verdient?«

»Hauptsächlich durch Lösegelder«, gab er bereitwillig zu. »Zumindest für mich ist das die Quelle. Die Gefangennahme einer wichtigen Persönlichkeit führt häufig dazu, dass ein Lösegeld entrichtet wird.«

Christina glaubte ohne Weiteres, dass Wulf bei solchen Unternehmungen erfolgreich war, und verspürte Erleichterung, dass er sein Geld nicht beim Würfeln oder anderen Formen des Glücksspiels erworben hatte. »Weltliche Ritter in Outremer machen dort oft ihr Glück.«

»Das stimmt.«

»Wir hören von jüngeren Söhnen, die mit Titeln und Vermögen zurückkehren. Sicher hättet Ihr in den Osten reiten können, ohne Euch den Templern anzuschließen.«

Er schüttelte den Kopf. »Im Westen wäre ich verhungert.« Er deutete auf seine Kleidung, dann auf seine Knappen. »Alles, was ich habe, habe ich mit eigener Hände Arbeit verdient, aber es wird nie ausreichen, um Land zu erwerben.«

»Ihr könntet Eure Klinge verkaufen.«

»Niemals«, gab Wulf mit einer Entschlossenheit zurück, die ihr verriet, dass er zumindest darüber nachgedacht hatte. »Ein Mann, der seine Klinge verkauft, ist ein Söldner, oder zumindest nicht besser als ein solcher, verdammt, dem Diktat des Mannes zu folgen, der ihn bezahlt, ob die Sache nun eine gerechte ist oder nicht.«

»Ihr könntet einem Herren die Treue schwören, von dem Ihr wisst, dass er rechtschaffen ist.«

Er musterte sie. Seine Augen funkelten noch immer, doch sein Gesichtsausdruck war nun nüchterner. »Ohne adliges Blut? Das wird nicht geschehen, Christina. Der Templerorden ist mein Leben, so viel ist sicher.«

Sie wusste nicht, was sie dazu sagen sollte. Aber sie musste ihm dafür Respekt zollen, dass er über seine Möglichkeiten gründlich nachgedacht hatte, und ertappte sich bei dem Wunsch, es blieben ihm bessere.

Wulf überraschte sie erneut mit einem plötzlichen eindringlichen Blick. »Und Ihr? Wird dies für immer Euer Los sein?«

Das war ein schrecklicher Gedanke. Christina senkte den Blick, um ihre Abscheu zu verbergen. »Es gibt interessantere Angelegenheiten, denen wir uns widmen sollten, statt eine solche Unterhaltung zu führen«, murmelte sie und ließ ihre Stimme tief und verführerisch klingen.

Sein Lächeln kam schnell. War er erleichtert, dass sie wieder auf das eigentliche Thema zu sprechen kam?

»Da habt Ihr recht.« Sein Blick wanderte über sie, und seine Absichten waren klar. »Geht voraus, schöne Christina. Ich sehe mich vor der Herausforderung, Euch zu beweisen, dass nicht alle Männer gleich sind.«

Christina verbarg ihre Reaktion auf seine Worte. Sie nahm Wulf bei der Hand und öffnete die Tür des besten Schlafraums. Dass sie heute als Erste einen Freier gefunden hatte, und einen, der für die ganze Nacht bezahlt hatte, gab ihr das Recht, ihn zu wählen. Sie würde die Gelegenheit nutzen.

Wie seltsam, dass ein paar Worte mit einem Mann, den sie tatsächlich anziehend fand, ihre Sicht der Dinge ändern konnte. Dieser Templer war anders als die Männer, die sie für gewöhnlich zufriedenstellen musste, und es war mehr als sein gutaussehendes Gesicht. Wulf sah sie als einen Menschen. Er fragte sie nach ihrem Leben. Er sprach mit ihr, als wäre sie ihm ebenbürtig, wenn auch nur für einen Tag und eine Nacht. Ihn zu betrügen, stand außer Frage, denn sie spürte, er war ein ehrenhafter Mann.

Würde Wulf ihr helfen, diesem Ort zu entkommen, wenn sie ihn darum bat? Nein, er konnte unmöglich genug Geld haben, um für ihre Freiheit zu bezahlen – und warum sollte er? Er mochte sein Geld für ein wenig Vergnügen gespart haben, aber es würde nicht reichen. Costanzia würde seine Börse leeren und noch mehr verlangen. Außerdem war er ein Ritter, der einem mönchischen Orden verschworen war, kein Mann, der heiraten konnte – oder auch nur eine Mätresse unterhalten. Hatte er nicht selbst gesagt, er würde immer ein Templer bleiben?

Nein, sie würde einen anderen Weg finden müssen, ihrem Schicksal zu entkommen.

DAS SCHWEIGEN zwischen ihnen erschien Christina angespannt, als sie das Zimmer betraten. Wulf blieb in der Mitte des Raums stehen und wandte sich um, betrachtete seine Umgebung. Dabei war sein Gesichtsausdruck unmöglich zu lesen. Sie hoffte, die Einrichtung missfiel ihm nicht.

Die Jungen dagegen waren eindeutig verblüfft. Dem einen stand der Mund offen, der andere sah sich mit großen Augen um. Christina hätte gelacht, wenn sie nicht selbst heimlich beeindruckt gewesen wäre.

Dieses Eckzimmer besaß ein mit roter Seide verhängtes Himmelbett. Das dunkle Holz war üppig vergoldet, die Kissen türmten sich hoch auf, die Matratze war dick und aus den feinsten Daunen. Es war ein Bett für einen Kaiser. Dies war das größte Zimmer, und durch die gewölbten Fenster neben dem Bett blickte man auf die Adria. Man konnte sogar die Tür abschließen. In der Ecke befand sich ein Kamin, und am anderen Ende stand ein Paar niedriger Diwans, zwischen ihnen ein niedriger Tisch. Bisher hatte sie dieses Zimmer noch nie selbst benutzt, hatte nur flüchtige Blicke darauf erhascht, aber heute Nacht gehörte es ihr.

In diesem Moment gelobte sich Christina, dass dies ihre letzte Nacht in Costanzias Haus sein würde. Sie würde Wulf dazu bringen, ihr zur helfen.

Irgendwie.

»Gefällt es Euch nicht?«, fragte sie ihn, als er still blieb.

Er zuckte die Schultern. »Es ist sehr viel prächtiger als mein übliches Quartier.« Wieder betrachtete er die Kammer, und sie begriff, dass er nicht weniger beeindruckt war als seine Knappen. »Ich frage mich, wie es sich wohl auf das Weltbild eines Mannes auswirken würde, wenn er jede Nacht so schliefe.«

»Ich bezweifle, dass er dann noch gegen Sarazenen kämpfen würde.«

Wulf schnaubte. »Wahrscheinlich nicht. Wenn er sich eine solche Kammer leisten könnte, würde er andere dafür bezahlen, für ihn zu kämpfen.«

»Habt Ihr gegen die Sarazenen gekämpft?«

»Natürlich.« Er wandte sich stirnrunzelnd ab, und sie begriff, dass sie seine Gedanken in eine unwillkommene Richtung gelenkt hatte. Es war ihre Aufgabe, sein Verlangen neu zu entfachen und ihre Neugier für den Moment zu unterdrücken.

Christina ging langsam zum Bett hinüber. Wulfs Blick folgte ihr dabei. Sie ließ die Hüften auf eine Weise schwingen, von der man ihr gesagt hatte, sie sei verführerisch. Ja, sie würde sich an jede Lektion erinnern, die man sie in diesem Haus gelehrt hatte, und sie diese Nacht beherzigen. Sie ließ eine Hand über den Samtstoff gleiten, der die Matratze bedeckte, dann löste sie die Verschnürungen ihres Überkleids.

Sie ließ sich dabei Zeit, dehnte den Moment aus, um Wulfs Interesse zu wecken. Sie rollte die Schultern, sodass das Kleid an ihr herab zu Boden glitt, und hörte, wie er beim Anblick ihres langen, weißen Unterkleids scharf den Atem einsog. Zweifellos konnte er durch den feinen Stoff die Umrisse ihres Körpers erkennen. Sie bückte sich nach dem Kleid und legte es über eine Bank, dann wandte sie sich zu ihm um. Sie setzte sich auf den Rand der Matratze, kämmte mit den Finger durch ihr Haar und breitete es über ihre Schultern, bevor sie ihn wieder ansah.

Wulfs Blick war auf sie gerichtet. Sie war sich nicht einmal sicher, ob der Templer noch atmete.

Christina lächelte zufrieden. »Ich vermute, die Tempelritter schlafen nicht im Luxus.«

Er blieb vor dem Fenster stehen, die Arme vor der Brust verschränkt. Seine Züge lagen im Schatten, aber sie hörte die Belustigung in seinem Tonfall. »Eine Strohmatratze, ein Kissen und eine Decke gibt es, den Regeln entsprechend, und jeder Bruder muss beim Schlafen Hemd, Gürtel, Beinkleider und Schuhe tragen.« Er deutete auf die Laterne auf dem Tisch vor dem Fenster, dann warf er ihr einen Blick zu. »Und kein Bruder soll je im Dunkeln schlafen, damit er nicht durch Wollust in Versuchung gerät.«

»Wollust?« Christinas Lippen zuckten. »Angesichts dessen, wo Ihr steht, ist es dafür wahrscheinlich zu spät.«

Wulf lachte leise, dann befahl er den Jungen, dass Feuer im Kamin anzuzünden. Christina beobachtete ihn. Die Unsicherheit, die sie für gewöhnlich in einem solchen Moment fühlte, war diesmal deutlich geringer. Er sprach mit beiden Jungen in festem Ton, erteilte unmissverständliche Anweisungen, war dabei aber nicht grob. Christina fühlte sich an Gunther mit den jungen Söhnen seines Bruders erinnert und musste unerwartet die Tränen zurückblinzeln, die ihr bei dieser Erinnerung in die Augen traten.

Wie absurd, einem Mann zu vertrauen, über den sie so wenig wusste. Sie ging zum Fenster und blickte auf die Stadt hinaus. Die Sonne wanderte bereits gen Westen.

»Wenn Ihr etwas dagegen habt, kann ich das Feuer löschen.« Wulf war hinter sie getreten, und seine Hände fielen auf ihre Schultern. Christina zuckte ein wenig zusammen, da sie ihn nicht gehört hatte, und er strich mit einer Fingerspitze ihr Haar beiseite.

»Ich habe nichts gegen das Licht«, sagte sie mit heiserer Stimme.

Verlangen. Sie spürte tatsächlich Verlangen. Christina war erstaunt. Es war Jahre her, seit dieser Akt sie erregt hatte.

»Das sagt Ihr nur, weil es bereits zu spät ist«, entgegnete Wulf leise. Er presste seine Lippen auf ihren Nacken, ließ sie erschauern, und fuhr flüsternd fort: »Wie Ihr bemerkt habt, bin ich der Versuchung bereits erlegen.«

Christina stockte der Atem ob der Heftigkeit, mit der sie auf seine Nähe reagierte, und suchte Zuflucht darin, erneut eine spöttische Bemerkung anzubringen. »Dieser Austausch wird sich allerdings kompliziert gestalten, falls Ihr darauf beharrt, bis zum Morgen bekleidet zu bleiben.« Sie schaute ihn über ihre Schulter hinweg an.

Wulf nickte, dem Anschein nach ernst, aber seine Augen funkelten so hell, dass sie versucht war zu lächeln. »Ich glaube, wir werden eine Ausnahme machen müssen«, sagte er, eindeutig in der Absicht, reumütig zu klingen. Sein Blick wanderte zur Vorderseite ihres Unterkleids, und sie sah seine Augen glitzern. Sein Verlangen nach ihr stärkte ihr Selbstbewusstsein und weckte in ihr den Wunsch, ihn zu necken.

»Und so brecht Ihr schon wieder die Regeln«, tadelte Christina und schnalzte gespielt missbilligend mit der Zunge. »Bruder Wulf, seid Ihr immer so fern abseits des rechten Wegs?«

Wieder blitzte sein Grinsen auf. »Nein, aber heute bin ich verzaubert und weiß nicht, was ich tue.« Wulf drehte sie zu sich herum, dann berührten seine Lippen ihre, und seine Berührung sandte Feuer durch sie. Der rasche Kuss war zärtlich und selbstbewusst, ein gutes Zeichen für die Nacht, die vor ihnen lag. Einen Moment lang betrachtete er sie, lange genug, dass ihr der Mund trocken wurde, dann ging er hinüber zur Tür.

»Verzaubert?«, wiederholte Christina. Sie erriet, was er tun würde, und spürte, wie sich in ihr erneut eine gewisse Vorsicht regte.

»Sicherlich.« Er drehte den Schlüssel im Schloss, genau, wie sie erwartet hatte.

Christina blieb wie erstarrt stehen, unfähig, vorherige Nächte und Erfahrungen zu vergessen, obwohl sie wusste, sie sollte ihre Reaktion besser verbergen. Zu ihrem Erstaunen kam Wulf gemächlich zu ihr zurück, blieb vor ihr stehen und reichte ihr mit einer galanten Verbeugung den Schlüssel.

»Ihr habt keinen Grund, mich zu fürchten, und ich werde Euch auch keinen geben«, sagte er zu Christinas Erstaunen.

Er hatte es bemerkt.

Sein Beschützerinstinkt war keine Einbildung.

Wulf schloss Christinas Finger um den Schlüssel, seine warme Hand über ihrer. Sie schluckte.

Ritterlichkeit hatte sie nicht erwartet.

Vielleicht war auch sie verzaubert.

Vielleicht würde er sich überzeugen lassen, ihr bei der Flucht zu helfen.

Wulf musste ihr Schweigen als Beunruhigung deuten. Er ging zu den Jungen, überprüfte das Feuer, das sie angezündet hatten, und wies sie an, das mitgebrachte Schachbrett auf den niedrigen Tisch zwischen den Diwanen zu stellen. Einer öffnete Wulfs Gürtel und nahm ihm sein Schwert ab, behandelte die Waffe dabei mit großer Sorgfalt. Der andere half Wulf, seine Rüstung abzulegen, Waffenrock, Kettenhemd und -haube und den gepolsterten Gambeson.

»Kümmert Euch um das Feuer«, sagte Wulf. »Auch während des Spiels.«

»Aye, Sir«, stimmten beide Jungen einstimmig zu. Christina bemerkte, dass sie sich gehorsam, aber nicht duckmäuserisch benahmen. Offensichtlich wurden sie von diesem Ritter gerecht behandelt.

Dann wandte Wulf sich ihr wieder zu, nur noch in Stiefeln, Beinkleidern und Hemd. Sein Haar war zerzaust, und ohne seine Rüstung wirkte er weniger einschüchternd. Er zog die Bettvorhänge auf einer Seite und um das Fußende zu, sodass die Jungen ihre Vereinigung nicht sehen würden, sie beide aber weiterhin Ausblick auf das Meer haben würden. Dann trat er an ihre Seite und löste das Band am Halsausschnitt seines Hemds.

Sein Blick war eindringlich. »Und Euch nennt man also Christina?«

»Und Euch nennt man also Wulf?« Christina war der Mund trocken bei der Gewissheit, dass er eins ihrer Geheimnisse entdeckt hatte.

Er hob eine helle Braue. »Manchmal sogar Wulf Stürmer.«

»Ein angriffslustiger Wolf.« Sie glaubte ihm ohne Weiteres, dass er ein furchterregender Gegner war.

»Genau.« Er beugte sich vor und senkte die Stimme. Belustigung zeigte sich im Heben seiner Mundwinkel. »Aber das ist nicht mein richtiger Name.« Er schaute sie an, als versuchte er in ihren Augen die Antwort auf ein Rätsel zu finden. »Haben wir noch etwas anderes gemeinsam, *Christina*?« Er betonte ihren Namen.

Christina kämpfte gegen den Drang, die Wahrheit zu gestehen. Stattdessen hielt sie seinen Blick und log: »Ich bin Christina.«

Sie *war* Christina, hier, an diesem Ort.

Eines Tages würde sie vielleicht von Neuem Juliana sein, aber diesen Namen konnte sie erst für sich beanspruchen, wenn ihr Leben wieder ihr gehörte – wenn das je der Fall war.

»Ich glaube nicht, dass Ihr immer schon Christina wart«, sagte Wulf und ließ die Hände zu ihrem Gürtel wandern. »Genauso wenig, wie ich glaube, dass Venezianisch Eure Muttersprache ist.«

Christina schaute auf seine Hände, kämpfte gegen den Drang, sich ihm zu entziehen. »Warum nicht?«, fragte sie und versuchte, heiter zu klingen. Er hatte schöne, starke Hände, und obwohl er sie mit Leichtigkeit hätte überwältigen können, löste er den mit bunten Steinen besetzten Gürtel langsam und vorsichtig.

Einen Moment lang betrachtete er ihn, und sie fragte sich, ob ihm seine Bedeutung bewusst war. »Ihr habt meinen Namen verstanden, obwohl es kein venezianischer Name ist.«

»Viele in meinem Gewerbe verstehen mehr als eine Sprache.«

»Und viele in Eurem Gewerbe sind nicht in dieser Stadt geboren.« Auf einmal sah er auf, und sein eindringlicher Blick überraschte sie. »Wo hat Eure Reise begonnen, Christina?«

Das ging nicht an. Sie schuldete Wulf keine Einzelheiten über ihre Vergangenheit, kein Geständnis. Ihren Körper mochte er gekauft haben, aber ihre Gedanken und ihre Geschichte gehörten ihr.

Die Tür war verschlossen. Sie musste den Dienst ableisten, für den er bezahlt hatte.

Und das schloss jede Möglichkeit aus, sich ihm anzuvertrauen.

»Hat das irgendeine Bedeutung?« Christina lächelte und sah, wie er ihren Mund anschaute. Sie öffnete die Lippen, ließ ihn ihre Zunge sehen, dann beugte sie sich vor und flüsterte: »Jetzt bin ich hier, so wie du.« Man hatte sie tausend Wege gelehrt, einen Mann zu verführen, und sie erinnerte sich an ihr Training. Sie ließ die Hand über seine Brust gleiten, hoffte, die Liebkosung würde ihn von seinen Fragen ablenken. »In diesem Moment sind nicht einmal Namen von Wichtigkeit.«

»Was denn dann?«

»Nur das Vergnügen.« Christina presste ihre Lippen auf seinen Hals. Er hatte sich rasiert, was ihr gefiel. Er roch, wie ein Mann es tun sollte. Nicht parfümiert oder nach einer anderen Frau. Sie hörte, wie er den Atem anhielt, als ihre Lippen auf seiner Haut verharrten, und fühlte, wie er schluckte. Als sie sich zurückziehen wollte, beugte er sich vor und presste einen Kuss auf die Stelle unter ihrem Ohr. Seine Lippen waren warm, und es überraschte Christina, dass er so sanft war.

Sogar zärtlich.

Wulf zog sich ein Stück zurück und betrachtete sie aus glitzernden Augen. »Nicht immer Christina. Nicht immer eine Hure«, sagte er mit einer Überzeugung, die sie vielleicht irritierend gefunden hätte, wäre sie nicht so von ihm eingenommen gewesen.

Aber sie konnte ihre Geheimnisse nicht so einfach verraten. »Keine Frau wird als Hure geboren.«

»Die meisten Frauen geben sich nicht so geheimnisvoll«, entgegnete er. »Keine Sorge, ich bewundere deine Verschwiegenheit.« Wulf lächelte und küsste ihre Ohrläppchen, die Hände um ihre Taille gelegt. Als seine Lippen ihr Ohr berührten, erzitterte Christina unter seiner Liebkosung und seinen Worten. »Aber es ist eine Herausforderung. Lass uns sehen, ob ich dich davon überzeugen kann, mir die Wahrheit anzuvertrauen.« Seine Worte waren nicht mehr als ein Hauch. »Mir bleiben der ganze Abend und die ganze Nacht, dich zu überreden. Ich versichere dir, ich werde dir die Kapitulation versüßen.«

Dann küsste er sie, bevor sie antworten konnte, und Christina gab ihm unwillkürlich nach. Seine Berührung war verführerisch, sanft und leidenschaftlich, so erregend, dass sie beinahe vergessen hätte, dass es ihre Aufgabe war, ihm Vergnügen zu bereiten.

Aber das durfte sie niemals vergessen.

Christina zog sich zurück, um ihn anzusehen und führte ihn hinüber zum Bett. »Ich bin es nicht, die Geständnisse ablegen sollte«, warnte sie ihn mit einem spöttischen Lächeln. Sie zog an den Bändern seines Hemds, sodass es weiter offenstand. Seine Haut war gebräunt, und er war so muskulös, wie sie es geahnt hatte. Eine seltene Vorfreude durchlief sie. »Es sind deine Geheimnisse, die enthüllt werden müssen, um deine Befriedigung voll und ganz sicherzustellen.«

Sie streichelte ihn, dann begann sie, seine Beinkleider aufzuschnüren. Er hielt den Atem an, während er sie beobachtete. Seine Augen waren nun blauer, sein Lächeln bereitwilliger. Welche Gereiztheit ihm auch zu schaffen gemacht hatte, sie war bereits geringer, und darüber war sie froh.

Ein zufriedener Mann war ein angenehmerer Gefährte.

Christina konnte es sich nicht leisten, sich selbst dem Vergnügen hinzugeben. Sie musste eine Dienstleistung vollbringen und auf jeden Fall für seine Befriedigung sorgen. Sie berührte ihn, genau wissend, wie sie seine Erregung steigerte, aber er legte eine Hand um ihre, und sie schaute auf.

»Ich weiß, was du tust«, sagte er leise.

»Das möchte ich annehmen«, sagte sie und küsste ihn.

Wulf lächelte an ihren Lippen. »Du willst mich von dieser Herausforderung ablenken. Aber sei gewarnt, Christina, so einfach lasse ich mich nicht von etwas abbringen. Heute Nacht werde ich dein Streiter sein und noch vor der Dämmerung werde ich all deine Geheimnisse kennen.«

Bevor sie widersprechen konnte, umfing Wulf mit einer Hand ihren Nacken, zog sie auf die Zehenspitzen hoch und küsste sie fordernd. Es war ein Kuss, dem sie sich nicht verweigern konnte, der darauf abzielte, sie ihre Hemmungen und ihre Zurückhaltung vergessen zu lassen, und er erreichte um ein Haar sein Ziel.

Und es war erst der Anfang von Wulfs amourösem Feldzug.

Wulf hatte die richtige Wahl getroffen. Daran hatte er keine Zweifel.

Christina war ein seltener Schatz, eine Frau, die sich ihrer Reize sicher war und ihre Geheimnisse wahrte. Dass sie nicht bereit war, ihm alle Einzelheiten ihres Lebens anzuvertrauen, vergrößerte seine Neugier nur. Ihm gefiel auch der kurze Blick, den er auf ihren scharfen Verstand erhascht hatte.

Sie war anders als die Frauen, die er für gewöhnlich in einem Bordell fand. Weder so verhärtet noch so verletzlich. Sie übte dieses Gewerbe nicht freiwillig aus, vermutete er. Sie hatte ihn dennoch gewählt, getan, was sie musste, um zu überleben, und angesichts der

Art, wie stolz sie das Kinn hielt, wäre er bereit gewesen zu wetten, dass ihr voriges Leben sie dazu gebracht hatte, mehr zu erwarten.

Sein Eindruck, dass sie ein schweres Schicksal überwunden hatte, verstärkte seine wachsende Bewunderung noch. Er stellte fest, dass er gern mehr über sie erfahren wollte, statt nur den Akt auszuführen, für den sie zusammengekommen waren.

Doch als sie ihn erst einmal zum Bett geführt hatte, änderte sich Christinas Benehmen. Sie bewegte sich zielbewusster und war zugleich distanzierter. Wulf konnte an ihren Augen erkennen, dass sie einer Routine folgte, dass er jeder beliebige Mann hätte sein können. Es ärgerte ihn, nur der nächste Freier zu sein, der ihr Geld bot.

Er sehnte sich nach der Lady, die ihn die Treppe hinaufgeführt hatte. Wulf wollte die Frau verführen, die er flüchtig gesehen hatte, und sich nicht einfach bedienen lassen, als wäre er irgendein austauschbarer Kunde.

Doch es gelang ihm nicht, sich ihrer Absicht zu widersetzten. Zu gründlich war Christina in der Verführungskunst bewandert, und er war bereits erregt. Die Sicherheit, mit der sie ihn berührte und seinem Körper eine Reaktion entlockte, raubte ihm den Atem – und entzündete sein Verlangen so zuverlässig wie Feuerstein den Zunder. Der Rhythmus war perfekt, ihre Beherrschung des Liebesspiels vollkommen. Sie zog ihn aus, wusch ihn, liebkoste ihn dabei. Wann immer er protestieren wollte, brachte sie ihn mit einem Kuss zum Schweigen, und er war schwach genug, nachzugeben. Sie bereitete ihm Lust und bezauberte ihn, die Verführung so vollständig, dass Wulf es nicht fertiggebracht hätte, ihr etwas zu verwehren, das er besaß.

Das erste Mal war schneller vorüber, als er es vorgezogen hätte, aber in Anbetracht seiner aufgestauten Frustration hätte es schwerlich anders sein können.

Das zweite Mal war gemächlicher, da er entschlossen war, auch sie zu befriedigen. Er wollte, dass sich Christina seiner bewusst war, nicht in ihren eigenen Gedanken verloren. Er spürte Triumph, als sich ihre Augen weiteten und ihr Blick sich auf ihn richtete, ihre Lippen sich öffneten und ihre Haut errötete. Sie flüsterte seinen Namen, und sein Herz schlug vor Stolz schneller. Obwohl er wusste, dass viele in ihrem Gewerbe eine solche Reaktion nur vortäuschten, sagte ihm ihr überraschtes Gesicht – und die Tatsache, dass sie ihn wirklich ansah –, dass er Erfolg gehabt hatte.

Das war genug, um ihm zu einem zweiten Höhepunkt zu verhelfen.

Danach war er erschöpft. Er war kein Mann, der dem Luxus traute oder darin schwelgte, aber an diesem Tag konnte er seiner Verlockung nicht widerstehen. Gern wollte Wulf glauben, es läge daran, dass er gerade mit Christina zusammen war.

Der wahren Frau, die er hinter der Maske erspäht hatte, nicht der geübten Kurtisane.

Obwohl es nicht seine Gewohnheit war, döste Wulf in ihren Armen ein, ihre weiche, duftende Haut an seiner, und der Moschusgeruch ihrer Lust verlieh ihm ein Gefühl tiefer Genugtuung. Vertraute er ihr wirklich? So schien es. Wulf spürte ihre Finger in seinem Haar. Ihre Brüste lagen an seiner Brust, und er spürte eine unvertraute Zufriedenheit.

»Geh nicht«, flüsterte er und hörte nur ihre gemurmelte Zustimmung, bevor er einschlief.

Er wollte gern glauben, dass er es gemerkt hätte, wenn Christina gegangen wäre, aber in Wirklichkeit schlief er tief und viel länger, als ihm lieb war.

Die Reise von Outremer hierher war lang und erschöpfend gewesen, und seit in Samaria jemand das Gepäck der Gruppe durchsucht hatte, hatte er jede Nacht Wache gehalten. Nun waren seine Träume unruhig, seine Unsicherheit über ihre Mission nahm die Gestalt von Phantomen und Gefahren an. Doch in seinem Kampf gegen mysteriöse Feinde blieb Christina neben ihm und strich ihm mit den Fingerspitzen über die Stirn.

Sie bot ihm Zuflucht, einen sicheren Hafen, den er bereits jetzt zögerte zu verlassen.

WULF WAR ÜBERRASCHT, als er aufwachte und es im Raum bereits dunkler wurde. Der Himmel draußen glühte in breiten, farbigen Streifen, und es war kühl geworden. Er konnte laute Musik und Gelächter hören, die zweifellos aus dem Stockwerk unter ihnen drangen, und roch den Duft gebratenen Fleischs. Am anderen Ende des Raums stritten sich seine Knappen leise über ihr Schachspiel. Wulf entdeckte, dass Simon gerade gewann, ein seltenes Vorkommnis, das Stephen nicht immer mit Gleichmut hinnahm. Das Feuer knisterte im Kamin und verbreitete einen warmen Lichtschein im Raum.

Christina war in seine Arme geschmiegt, ihr Blick auf den Himmel über dem Meer gerichtet. Wenn er sich nicht sehr irrte, was Frauen anging, war die Frau, die er auf der Treppe gesehen hatte, noch bei ihm.

Wulf rollte sich auf die Seite, um sie besser an sich ziehen zu können, stützte sich auf den Ellbogen auf und schaute auf sie herab. Als er den Samtstoff hochzog, um ihre Brüste zu bedecken, erntete er einen überraschten Blick.

»Denkst du an andere Zeiten?«, fragte er und beugte sich dann vor, um ihre Schulter zu küssen. Christina war weich und duftete süß, ihre Haut seidig an seiner. Seine Erregung schien die Rückkehr der bezahlten Verführerin zu bewirken, denn sie senkte den Blick, um ihr Gesicht zu verbergen. Sie lächelte und wollte sich erheben. »Hättest du gern etwas Wein?«

Wulf schlang den Arm einen Moment lang fester um sie, nicht so sehr, um sie festzuhalten, sondern um seine Präferenz deutlich zu machen. Wie konnte er sie dazu bringen, ihm zu vertrauen? »Nein. Nicht, bevor wir eine Wette abschließen.«

Christina beäugte ihn misstrauisch. »Unsere Wette ist bereits abgeschlossen.« Ihre Stimme war heiser, und er hörte die Verführerin darin. Sie ließ sich zurück in die Kissen sinken und schlang die Arme um seinen Hals, aber Wulf fasste ihre Hände mit seinen.

Die wahre Frau interessierte ihn. Er war nicht befriedigt und würde es auch nicht sein, bis sie diesen Moment mit ihm teilte.

Wulf begriff nun, dass Christina eine Maske aufgesetzt hatte, um die Dienstleistung zu erbringen, für die er bezahlt hatte, und ihr wahres Selbst verbarg, während sie tat, was getan werden musste. Er selbst tat genau dasselbe, wenn er in den Krieg ritt, denn das Töten entsprach nicht seiner Natur.

Im Krieg jedoch war es seine Pflicht, und er kämpfte besser als die meisten. Allerdings verbarg er seine Gedanken, wenn er es tat, genau wie Christina die ihren.

»Ich glaube, wir haben viel gemeinsam«, sagte er, und sie schaute ihn an.

»Weil du Keuschheit gelobt hast und ich einer Arbeit nachgehe, die der Wollust frönt?«, sagte sie und hob eine Augenbraue.

Wulf lächelte bei ihrer Antwort. Ihm gefiel, wie klug sie war. »Wir tun beide, was getan werden muss, und machen unseren Frieden damit. Du bereitest Vergnügen, und ich bringe den Tod. Keiner von uns erfüllt seine Aufgabe mit Begeisterung.«

»Vielleicht ist das so.« Dann wandte sie sich ab und verbarg damit einmal mehr ihre Gedanken vor ihm.

»Sag mir, wie du an diesen Ort gelangt bist«, ermunterte er sie.

Bei diesen Worten verließ Christina abrupt das Bett. Sie zog sich ihr Unterkleid über, und er begriff, dass sie mit dem dünnen Stoff eine Barriere zwischen ihnen beiden errichtete. Statt zum Bett zurückzukehren, ging sie zum Fenster, blieb dort stehen und schaute in die Abenddämmerung hinaus. Ganz, als wäre sie allein. Aber Wulf täuschte sie nicht. Er konnte sehen, wie schnell sie atmete.

Er wartete einen Moment und stieg dann selbst aus dem Bett. Bevor er zu ihr ging, zog er sein Hemd über. Sie warf ihm einen Blick zu, als er ihr die Hand auf die Schulter legte, aber ihr Gesichtsausdruck war alles andere als einladend. Wulf wollte sie in seine Arme ziehen. »Dir wird kalt werden«, murmelte er, als sie ihm zunächst widerstand, und zu seiner Erleichterung lehnte sie sich schließlich an ihn.

Sie *war* kalt, und er zog sie fester an sich. Sie legte die Arme auf seine, die er um ihre Taille geschlungen hatte. Wulf stand hinter ihr, genoss es, ihre Rundungen an seinem Körper zu spüren, und fühlte eine seltsame Zufriedenheit. Sie passten gut zusammen, fand er. Sie hatte die perfekte Größe, dass er den Kopf auf ihren Scheitel legen konnte. Er hatte den Eindruck, sie zu beschützen, und auch das gefiel ihm.

»Wir sind beide stur«, sagte sie leise, und Wulf musste bei dieser Bemerkung leise lachen.

»Das ist nicht gerade eine bewundernswerte Eigenschaft, um sie gemein zu haben.«

»Aber sicherlich eine nützliche.«

»In der Tat.« Er sah eine Sternschnuppe über den Himmel ziehen, während die letzten Lichtstrahlen auf den Wellen des Meeres tanzten. Ein seltsamer Ort, um hier Frieden zu finden.

Wulf vermutete, seine Stimmung war mehr der Gesellschaft geschuldet als dem Ort. Die Jungen stritten sich noch immer gutmütig über Simons Sieg, dann begannen sie eine weitere Partie. Beide wurden still, während sie sich konzentrierten.

»Weißt du, dass heute der Festtag der Maria Magdalena ist?«, fragte Christina.

»Das war mir nicht bewusst«, gab Wulf zu und fragte sich, worauf sie hinauswollte.

»Kennst du ihre Geschichte?«

Wulf zuckte die Schultern. »Eine Hure, die Jesus gefolgt ist.«

»Mehr als das«, murmelte Christina und seufzte. »So viel mehr als das.«

»Erzähle mir davon«, drängte er, obwohl er in Wirklichkeit nur wissen wollte, warum sie die Geschichte erwähnte.

»Maria war die Tochter einer adligen Familie, in Wohlstand geboren. Sie wird Magdalena genannt, weil sie aus eigenem Recht über die Stadt Magdalum herrschte.«

»Wirklich?«, sagte Wulf, den diese Tatsache überraschte.

Christina drehte sich in seinen Armen und schenkte ihm ein kleines Lächeln. »Überrascht es dich, dass eine Frau einen Titel und Ländereien besitzen kann?«

»Nicht in unseren Zeiten, denn ich habe gesehen, wie Frauen Ländereien in Abwesenheit ihrer Ehemänner oder Väter verwalteten, aber in jenen Tagen? Ja, das tut es.«

»Es muss damals sogar üblicher gewesen, denn in der Geschichte reagiert niemand auf ihre Position mit Überraschung. Tatsächlich teilte ihr Vater sein Land zwischen drei Kindern auf, zwei Töchtern und einem Sohn.«

»Das wäre in unseren Zeiten höchst ungewöhnlich.«

Sie schaute ihn an. »Findest du es ungebührlich?«

»Dass derjenige, der über Ländereien herrscht, sich gerecht und rechtschaffen verhält, ist wichtiger als die Frage, ob diese Verantwortung einem Mann oder einer Frau zufällt.«

Diese Antwort, die ehrlich war, schien die Zustimmung seiner

Gefährtin zu finden. Christina nickte, dann fuhr sie fort. »Maria war nicht nur reich, sondern auch eine große Schönheit. Sie beschloss, die Verwaltung ihrer Ländereien ihrer Schwester Martha zu übertragen, sodass sie sich den fleischlichen Vergnügungen hingeben konnte. Ihr Bruder Lazarus traf dieselbe Entscheidung, nur tat er es, um sich ganz seinem Dienst im Heer zu widmen.«

Diese Entscheidung konnte Wulf nachvollziehen. Er fand es fesselnd, dass die Geschichte von einem Krieger und einer Hure handelte.

»Und dann begab es sich, dass Maria von Jesus und seinen Lehren hörte, und sie wollte ihn sehen. Sie ging zum Haus Simons des Aussätzigen, wo Jesus zu Gast war. Ihr eigener schlechter Ruf war ihr nicht verborgen geblieben, und oft hatten andere sie für ihren sündigen Lebenswandel verurteilt. Sie wagte es nicht, sich unter die Gesellschaft zu mischen, aus Furcht, man würde sie zurückweisen. Auch glaubte sie selbst, sie sei verloren, und hoffte, in Jesus' Predigten Erleuchtung zu finden. Als es an der Zeit war, den Gästen die Füße zu waschen, war sie unter den Bediensteten und nahm es auf sich, Jesus persönlich die Füße zu reinigen. Sie trocknete seine Füße mit ihrem Haar und salbte sie. Die anderen erkannten Maria natürlich, auch der Gastgeber, Simon, der sich sicher war, Jesus würde einer solchen Frau nicht erlauben, ihn zu berühren. Doch das tat er, und dann nahm er ihre Hand und zog sie auf die Füße, vergab ihr all ihre Sünden und tadelte jene, die sie verurteilten. Für seine kostbare Gabe schenkte sie ihm ihre Liebe und ihre Hingabe, alle Tage und Nächte ihres Lebens. Sie folgte ihm und diente ihm, mit größerer Liebe als all seine anderen Jünger zusammen. Sie tat Buße für ihre Sünden, während er sie unterrichtete und ihr Herz von Neuem mit der Liebe zu Gott erfüllte, und sie saß zu seinen Füßen, um seinen Predigten zu lauschen. Er verteidigte sie vor allen, die sie unrein, faul und verdorben nannten. Er weinte, wenn sie es tat, stärker von ihrem Leid berührt als von dem jedes anderen. Er holte ihren Bruder Lazarus aus dem Grab, als er bereits vier Tage tot war, und sie blieb an seiner Seite, auch während er am Kreuz starb. Maria war es, die die Öle mischte, um Jesus' Leichnam zu salben, und sie war es, die bei ihm Wache hielt, selbst, als die übrigen Jünger das Grab, in das er gelegt worden war, verließen.«

Christina hob das Kinn und erwiderte Wulfs Blick. »Er verurteilte sie nicht. Trotz ihrer vergangenen Taten fand er sie nicht unwürdig, und deshalb errang er ihre Hingabe und ihre Liebe.«

Wulf verstand, was sie damit sagen wollte. Aber er kannte das volle Ausmaß dessen, was er ihr bieten konnte. Ein Platz an seiner Seite, ganz gleich, als wie treu Christina sich erweisen mochte, gehörte nicht dazu.

»Ich bin kein Retter«, flüsterte er ihr ins Haar. »Auch wenn du mich wünschen lässt, ich könnte es sein.«

Sie wandte sich zu ihm um, und ihr Lächeln sandte Hitze durch seine Adern. »Vielleicht ist dein Verlangen nicht stark genug«, flüsterte sie und zog seinen Kopf zu sich herab. Er spürte, wie sie sich auf die Zehenspitzen stellte, dann glitten ihre Finger in sein Haar. Ihre Augen glänzten im vollen Bewusstsein des Effekts, den sie auf ihn hatte, und er hätte vielleicht ihre Talente verflucht, wenn sich das Ergebnis ihres Wirkens nicht so gut angefühlt hätte.

»Du kämpfst nicht fair«, beschuldigte er sie. Ihr leises Lachen gefiel ihm.

»Tust du das, wenn es um alles geht?«

Wulf hätte vielleicht nach Einzelheiten gefragt, aber Christina küsste ihn, vertiefte den Kuss dann mit einer Beharrlichkeit, die jeden Gedanken an Widerspruch ersterben ließ. Sie war so weich und anziehend, und mehr noch, so geschickt, dass er ihrem Lockruf nicht widerstehen konnte. Er stöhnte und zog sie fester an sich, presste seinen Mund auf ihren und ließ sich nur zu gern von Neuem von ihr verzaubern.

KAPITEL 3

Sie machte Fortschritte dabei, Wulf für sich zu gewinnen, dessen war sich Christina sicher.

Und *er* machte Fortschritte dabei, sie von *seinen* Vorzügen zu überzeugen. Ihr Streiter, fürwahr. Wenn sie ihn nur überreden könnte, ihr zu helfen – nicht nur Costanzias Haus zu entfliehen, sondern auch Venedig selbst –, dann könnte sie vielleicht nach Hause zurückkehren.

Zum ersten Mal seit Jahren regte sich Hoffnung in Christinas Herz. Sie war sich sicher gewesen, dass es unmöglich wäre, die Stadt zu verlassen.

Aber mit einem Streiter mochte es gelingen.

Doch sie musste achtgeben, nicht zu früh zu viel von ihm zu fordern.

Als Wulf das nächste Mal erwachte, war es Nacht. Christina hörte, wie sich sein Atem änderte, und spürte seinen Blick auf sich ruhen.

»Bist du einsam hier?«, fragte er, so überraschend, dass sie ihn ansah.

»Einsam? In diesem Haus gibt es keine Einsamkeit.«

»So wenig wie in einer Garnison. Aber die Einsamkeit, von der ich spreche, ist abhängig davon, ob man sich einem anderen Menschen anvertrauen kann.«

»Einen solchen Luxus brauche ich nicht«, protestierte Christina, aber ihre Stimme schwankte.

»Ich schon, obwohl ich das nie geglaubt habe.«

Christina war neugierig. Wem hatte Wulf sich anvertraut? Und was gab es, das er jemandem anvertrauen wollte?

Er betrachtete sie mit einem Lächeln, das vermuten ließ, er habe ihre Reaktion vorausgesehen. »Ich würde vorschlagen, dass wir uns einander offenbaren.«

»Nein.« Christina schüttelte den Kopf. Sie fürchtete, wonach er sie fragen würde. Sie würde ihm die Wahrheit enthüllen, wann und wie sie es für richtig hielt, um sicherzugehen, dass sie seine zögernd gewährte Unterstützung nicht aufs Spiel setzte.

Wulf strich über die Decke, und sie beobachtete ihn dabei, bemerkte, wie golden seine Haut vor dem Stoff wirkte. Sein Ton war beiläufig, doch sie ließ sich nicht täuschen: Er hatte ein Ziel vor Augen. Sie dachte bereits darüber nach, welchen Teil der Wahrheit sie ihm erzählen konnte, um sicherzugehen, dass sie sein Wohlwollen nicht verspielte – solche Macht hatte er über sie. »Wie du weißt, habe ich bezahlt.«

»Manche Dinge kann man nicht kaufen.«

Wulfs Stimme wurde weicher. »Denke darüber nach, Christina. Wenn der Morgen kommt, werden wir einander nie wiedersehen.«

Dieser Gedanke gefiel ihr nicht.

»Ich werde meine Reise fortsetzen, und du wirst hierbleiben«, fuhr Wulf fort, der den Grund ihres Zögerns anscheinend missverstand. »Was kann es schaden, wenn wir uns von unserer Vergangenheit erzählen? Ich sehe nur Vorteile darin.«

Welcher Teil der Wahrheit würde ihn auf ihre Seite bringen? An Mitgefühl mangelte es ihm nicht. Wagte sie es, ihm alles zu erzählen? »Wieso das?«

Er zuckte die Schultern. »Einsamkeit kann das Herz und die Seele belasten.«

Sie beobachtete ihn, unfähig, ihre aufrichtige Neugier zu verbergen.

»Erzähle mir, wie es sich zugetragen hat, dass du an diesen Ort gekommen bist«, sagte er und lächelte dann. »Sieh es als eine Erholungspause für einen müden Kämpfer, bevor wir uns wieder der Unterhaltung dieser Nacht widmen.«

Christina lächelte. »Ich bin mir nicht sicher, dass du eine solche Pause brauchst«, neckte sie und ließ den Zeh über seine Wade gleiten. »Ich hatte keine Ahnung, dass ein Templer im Bett so leidenschaftlich sein würde.« Sie berührte ihn, als sie bemerkte, dass seine Erregung wieder wuchs, aber Wulf legte eine Hand über ihre und hielt sie fest.

»Nicht die Kurtisane«, sagte er leise. »Nicht diesmal.«

»Was meinst du damit?«, fragte sie, obwohl sie es schon wusste.

»Ich möchte mit *dir* zusammen sein. Mehr von dir wissen.« Sein Blick war aufmerksam. »Ich möchte wissen, was dich bewogen hat, in diesem Haus Zuflucht zu suchen.«

»Und die Jungen?«

»Können uns nicht hören.« Er senkte die Stimme zu einem Flüstern. »Besonders, wenn wir leise sprechen.« Mit einem Finger winkte er sie heran, aber Christina bewegte sich nicht. Sie würden diese Verhandlung führen, ohne dass seine verführerische Berührung sie durcheinanderbrachte.

»Stellst du all deinen Huren so viele Fragen?«

»Nein. Das habe ich noch nie getan.«

»Warum dann gerade mir?«

»Weil du anders bist und ich wissen möchte, wieso.«

Das entlockte ihr ein Lächeln. Sie schaute ihn an. »Und was wirst du *mir* erzählen?«

Er blinzelte, seine Reaktion der ihren so ähnlich, dass sie ein erneutes Lächeln kaum unterdrücken konnte. »Wie bitte?«

»Es muss ein Austausch sein. Eine Geschichte für eine Geschichte. Beide müssen gleich viel wert sein.«

Das machte Wulf sichtlich zu schaffen. Er rollte sich auf den Rücken und schien auf einmal vom Bettenhimmel fasziniert. Christina wusste, dass er ihren Blick mied, und es tröstete sie, dass sie beide ein ähnliches Bedürfnis empfanden, Dinge für sich zu behalten.

»Ich weiß nicht, wie man eine Geschichte erzählt.«

»Jeder weiß die Geschichte zu erzählen, die er selbst erlebt hat«, beharrte sie. »Sag mir, wie du ein Templer wurdest. All deine Beteuerungen gelten natürlich in gleicher Weise für mich.«

Er betrachtete sie aus schmalen Augen. »Und dann wirst du mir deine Geschichte erzählen?«

»Wenn deine aufrichtig genug ist.«

»Und das wirst du beurteilen?«

»Das werde ich.« Christina stand auf. Sie machte ein paar Schritte zu dem niedrigen Tisch. Wenn Wulf sie nackt sah, würde ihr Anblick ihn vielleicht überzeugen, wie es ihre Worte nicht taten. Sie ließ sich Zeit dabei, ein Glas Wein einzuschenken, dann brachte sie es ihm. Dabei spürte sie seinen eindringlichen Blick auf sich ruhen. Sie setzte sich auf die Bettkante und reichte ihm den Kelch. »Du als Erster«, sagte sie und hoffte, er würde sich auf ihren Vorschlag einlassen.

Einen langen, bedeutsamen Moment trafen sich ihre Blicke.

Dann setzte Wulf sich auf und ließ den Samt bis zur Taille heruntersinken. Er lehnte sich gegen das Kopfteil des Bettes und nahm den Weinkelch entgegen, trank einen tiefen Schluck und nickte billigend. Als er sie zu sich winkte, kletterte Christina ins Bett, setzte sich aber ihm gegenüber, ans Fußende. Sie wollte sein Gesicht sehen. Wulf hob die Decke, und sie glitt darunter, streckte ihre Beine aus, sodass sie zwischen seinen lagen. Sie war sich sehr wohl bewusst, wo sie sich berührten und welche Hitze von seinem Körper ausging. Er ließ die Hand sinken, sodass sie auf ihrem vom Stoff bedeckten Knöchel ruhte. Es war ein seltsam behaglicher Moment, und sie hatte das Gefühl, das Bett wäre für sie beide eine Zuflucht vor der Welt.

Ein Ort, an dem sie die Wahrheit sagen konnten, ohne dafür bezahlen zu müssen.

Wulf schaute zum Fenster, bevor er sprach. »Ich wurde von einem Wildhüter in den Wäldern großgezogen. Er war schon alt, so lange ich mich erinnern kann, und er zwang mich, hart zu arbeiten. Er brachte mir bei, dass ein Mann verdienen muss, was er besitzen darf.«

»Deine Mutter war seine Frau?«

Wulf schüttelte den Kopf. »Nein. Er sagte, sie hätte mich als Säugling im Wald ausgesetzt. Er hat mich bei sich aufgenommen, obwohl er nicht den Wunsch hatte, sich um ein Kind zu kümmern. Aber er sagte, er hätte mich nicht dem Kältetod überlassen können.« Er hob die Augenbrauen. »Es war Winter.«

Christina war entsetzt von der Tat seiner Mutter, auch wenn Wulf damit entweder seinen Frieden gemacht hatte oder seine Gedanken für sich behielt. »Wie konnte sie so etwas tun?«

»Er sagte mir, Frauen sei nicht zu trauen.«

»In diesem Fall ist ihr Geschlecht nicht das Problem, sondern ihr Wesen!«

Wulf sagte nichts, sondern trank seinen Wein.

Christina fragte sich, ob er fortfahren würde, und gab ihm ein Stichwort. »War er dein Vater?«

»Nein, das war er nicht. Er sagte mir, ich solle ihn den alten Mann nennen, nicht mehr und nicht weniger.«

Das erschien sehr herzlos gegenüber einem kleinen Jungen.

Wulf schaute hinaus auf den Hafen, und seine Stimme senkte sich, als er weitersprach. »Er starb, als ich etwa zehn Sommer war. Wie ich schon sagte, er war sehr alt, und er schonte sich nicht. In jenem Winter fing er sich einen Husten ein, der auch im Frühjahr nicht besser wurde. Zu dem Zeitpunkt, als er bettlägerig wurde, sagte er mir, er werde sterben. In jenen Wochen sprach er mehr mit mir, als er es seit Jahren getan hatte. Er sagte mir, wie ich ihn beerdigen sollte, wenn er stürbe, sagte mir, wo ich das Grab schaufeln sollte und ließ mich alles wiederholen, damit er sicher sein konnte, dass ich es richtig machen würde.« Wulf sah sie an. »Er schickte mich sogar zurück, um das Grab noch tiefer auszuheben. Nach seinem Tod, sagte er mir, müsse ich die Hütte, die das einzige Heim war, das ich je gekannt hatte, verlassen. Er ließ mich all das schwören, und dann, wie er es vorhergesagt hatte, starb er.«

Er ließ den Wein in seinem Becher kreisen und starrte darauf. »Es war genau, wie er es gesagt hatte. Ich hatte ihm wohl nicht geglaubt, bis es geschah und sein Herz aufhörte zu schlagen.« Sein Lächeln geriet schief. »Ich weiß nicht, wie lange ich dort saß und darauf wartete, dass er einen weiteren Atemzug tat.«

Christina hatte den Drang, ihn zu trösten. Sie griff über das Bett hinweg nach Wulfs Hand. Er schaute sie nicht an, verflocht aber ihre Finger miteinander.

Dann zuckte er die Schultern. »Ich tat, was er gesagt hatte, und verließ dann zögernd die Hütte. Ich wäre vielleicht gar nicht gegangen, wenn ich nicht gefürchtet hätte, er würde jeden Moment um die Ecke biegen, um mich zu tadeln. Es war Frühling, und der Wald begann gerade zu knospen. Ich erinnere mich noch, wie schön es war und wie unsicher ich mich fühlte. Ich hatte keinen Bestimmungsort, kein Ziel, und zum ersten Mal gab es niemanden, der mich anleitete.«

»Du hättest nach deiner Mutter suchen können.«

»Nach ihr, die sich entschieden hatte, mich auszusetzen? Wohl kaum. Und woher hätte ich wissen sollen, wer sie war, selbst wenn ich so närrisch gewesen wäre? Nein, ich wusste, ich musste einen anderen Ort zum Leben finden, irgendwo. Vielleicht bei einem anderen alten Mann. Ich wusste nicht, wohin ich gehen sollte, aber am Ende wurde mir die Entscheidung abgenommen.«

Er runzelte die Stirn. »Ich hörte die Pferde, bevor ich sie sah. Es gab natürlich einen Herrn, der Anspruch auf diese Ländereien erhob, und er ritt regelmäßig zur Jagd aus. Ich hatte mich von seiner Jagdgesellschaft immer ferngehalten, wie der alte Mann es mir befohlen hatte, aber an diesem Tag waren auf einmal die Hunde hinter mir. Ich rannte davon, in dem Glauben, ich könnte ihnen entkommen, aber sie bellten und folgten mir.« Wulf sah sie an, Zorn im Gesicht. »Sie jagten mich. Ich konnte es kaum glauben, nicht, ehe sie mich auf einer Lichtung gestellt hatten und nach meinen Fersen schnappten. Ich wollte mich gerade auf einen Baum retten, als der Herr selbst mir zurief, ich sollte anhalten.« Er schüttelte den Kopf über seine eigene Torheit. »Ich dachte, er wollte mich vor seinen Hunden retten.«

»Und das tat er nicht?«

Wulf drehte den Kelch in den Händen. »Du musst begreifen, kein Mann seines Standes hatte je zu mir gesprochen. Sein Pferd war edel und groß, seine Rüstung glänzte, sein Umhang wehte hinter ihm. Seine Haare waren weiß wie frischgefallener Schnee und seine Augen so kalt wie Eis. Ich dachte, er sei ein Schneekönig, eine Gestalt aus den Märchen, die der alte Mann mir in Winternächten erzählte.« Er schürzte die Lippen. »Als er diesen grimmigen Blick auf mich richtete, hatte ich mehr Angst vor ihm als vor seiner Meute.«

Christina hatte den Eindruck, dass Wulfs Furcht womöglich begründet gewesen war.

»Es müssen ungefähr zwanzig Männer bei ihm gewesen sein, etwa ein Dutzend von ihnen zu Pferd, auf feineren Rössern, als ich sie je gesehen hatte, und edel gekleidet. Dazu kamen Männer in schlichterem Gewand, Treiber und Hundeführer, obwohl ich ihre Aufgaben damals nicht kannte. Ich hatte noch nie so viele Menschen auf einmal gesehen. Und ganz sicher hatten mich niemals so viele Menschen zugleich angesehen. Niemals hatten mich knurrende, schnappende Hunde in die Ecke getrieben. Ich bin überrascht, dass ich überhaupt etwas antworten konnte.«

»Dann hat er dir also Fragen gestellt?«

»Er wollte wissen, wo der Wildhüter sei. Anscheinend hatte er nach dem alten Mann gesucht, die Hütte aber leer vorgefunden. Ich sagte ihm, der alte Mann sei gestorben und ich hätte ihn begraben. Ich hatte keine Falschheit in mir und kein Talent zum Lügen. Ich war so überrascht, dass ich gar keine Lügen hätte erzählen können.«

»Sicher hat er dir geglaubt?«

»Ich bin mir nicht sicher.« Wulf schürzte erneut die Lippen und schüttelte den Kopf. »Er stieg vom Pferd und kam auf mich zu, der furchterregendste Mann, den ich je gesehen hatte. Er griff mein Kinn und hob mich dabei fast von den Füßen, starrte mir gerade ins Gesicht. »Du solltest tot sein«, knurrte er, dann warf er mich zu Boden. Bevor ich mich bewegen konnte, hatte er seinen Dolch gezogen und mir einen Schnitt auf der Wange versetzt. Schnell und tief, sodass mir das Blut übers Gesicht lief.«

Wulf hob die Hand und berührte die Narbe in seinem Gesicht. Christina glaubte nicht, dass es ihm überhaupt bewusst war. Er hatte die Lippen zusammengepresst. »Dann pfiff er nach den Hunden. Er fuhr mit seinem Lederhandschuh über meine Wange und ließ die Hunde am Blut schnüffeln.«

Christina keuchte auf.

»Ich bin davongerannt.«

»Natürlich!«

»Die Jagdhunde hetzten mich mit einer Wildheit, die sie zuvor nicht an den Tag gelegt hatten. Es war das Blut, der Geruch und Geschmack. Er machte sie wahnsinnig. Ich rannte, wie ich noch nie zuvor gerannt war. Ließ den Besitz des Wildhüters fallen, zerriss meine Kleider, verlor meinen Mantel. Ich rannte durch das dornige Unterholz, die bellende

Meute auf den Fersen. Als ich einen Bach überquerte, lief mir das Wasser in die Stiefel und verlangsamte mein Vorankommen gefährlich. Der vorderste Hund holte mich ein und grub seine Zähne in meinen Schenkel, während ich mich das Ufer hochkämpfte. Ich kann ihn noch lebhaft vor mir sehen: rotbraunes, kurzes Fell und scharfe weiße Zähne. Die anderen bellten am anderen Ufer, dann sprangen sie ins Wasser. Ich wusste, mir blieb nur noch ein Augenblick, um mein Leben zu retten.«

»Was war mit den Männern?«

»Sie ritten den Hunden hinterher, lachten und feuerten sie an. Ich sah den Baron auf dem gegenüberliegenden Ufer anhalten, sah ihn lächeln und wusste, wenn man mich finge, würde es noch schlimmer. Ich trat seinem Hund vor den Kopf, so hart, dass er heulend in den Fluss stürzte. Der Baron verzog wütend das Gesicht, aber ich lief weiter.«

»Warum tat er etwas so Schreckliches?«

»Weil er es konnte, nehme ich an. Während ich lief, erinnerte ich mich, dass der alte Mann mich gelehrt hatte, wo der Besitz des Barons seine Grenzen hatte.«

»So dass du gehen könntest?«

»So dass wir einem anderen Geschöpf helfen konnten. Wir hatten eine Ricke gefunden, die ungewöhnlich spät ihr Kitz bekommen hatte. Der Wildhüter vertrieb sie vom Land des Barons, bevor er auf seine Herbstjagd ausritt.«

Christina biss sich auf die Lippen. Anscheinend hatte der alte Mann gewusst, dass sein Gebieter an niemanden dachte außer an sich selbst.

»Als ich wieder zu Verstand kam, begriff ich, wo ich war, und rannte zur Grenze. Die Jagdgesellschaft folgte mir auch darüber hinaus, aber dort befand sich eine Stadt, und sie wagten es nicht, mir bis zu ihren Mauern zu folgen.«

»Und dort fandest du Zuflucht?«

Wulf schnaubte verächtlich. »Ich wagte es nicht, darum zu ersuchen, angesichts meiner ersten und einzigen Erfahrung mit Fremden. Ich war fast einen Monat lang auf der Flucht, entschlossen, so viel Abstand zwischen mich und diesen Wald zu bringen wie möglich. Und schließlich erreichte ich einen weiteren Wald, anders als der, in dem ich aufgewachsen war, aber in seiner Stille und seinem Frieden doch vertraut.

Dort fand ich einen weiteren Wildhüter, einen, der langsam älter wurde, und bot ihm meine Hilfe an. Er war misstrauisch, wie es der Mann, der mich großgezogen hatte, auch gewesen war, aber ich kannte Menschen seiner Art und war mit der Arbeit, die anfiel, vertraut. Mit meinen Taten bewies ich ihm, dass ich vor harter Arbeit keine Scheu hatte.«

»Er muss froh über deine Hilfe gewesen sein.«

»Das wäre er vielleicht gewesen. Aber als der Herr, der über dieses Land regierte, in jenem Herbst auf die Jagd ritt, besuchte er auch den Wildhüter, um mit ihm einen Becher Bier zu trinken. Anscheinend war das seine Gewohnheit. Und dieser Baron schien sehr freundlich. Beim Anblick seiner Jagdgesellschaft wäre ich vielleicht geflohen, aber der Wildhüter befahl mir zu bleiben. Dieser Baron habe einen Neffen und eine Nichte, sagte mir der Wildhüter, und als die Jagdgesellschaft vor der Hütte des Wildhüters anhielt, sah ich, dass der Neffe in meinem Alter war. Der Baron zeigte sogleich Interesse an mir, und zu meiner Überraschung sagte der Wildhüter, ich könne die Lösung sein, nach der er gesucht hatte.«

»Für welches Problem?«

Wulf lächelte. »Der Neffe verdiente sich seine Sporen und brauchte einen Gegner, gegen den er im Kampf antreten konnte. Sein Cousin war älter und hatte bereits den Ritterschlag erhalten, und sein Onkel suchte nach einem Jungen in ähnlichem Alter. Ich vermute, er suchte auch nach einem Jungen, den sein Neffe zumindest gelegentlich schlagen könnte. Als die Jagdgesellschaft wieder aufbrach, hatten der Wildhüter und der Baron sich geeinigt, dass ich dieser Junge sein sollte – und in ihrer Güte hatten beide Männer beschlossen, meine Belohnung für diesen Dienst sollte die Gelegenheit sein, mir selbst die Sporen zu verdienen.«

»Das ist kein geringer Lohn.«

»Sie waren gute Männer, ehrenhaft und wahrhaftig.« Wulf zog die Augenbrauen zusammen. »Es war nicht leicht, aber es war ein gutes Leben, und an harte Arbeit war ich gewöhnt. Fünf Jahre später wurde ich zum Ritter geschlagen. Man gab mir ein Schwert und ein Ross und wies mir den Weg zum Burgtor. Ich hatte meinen Lohn verdient, mein Kampfgefährte blieb, um zum Erben seines Vaters erzogen zu werden, und für mich gab es in diesem Haushalt nicht länger einen Platz. Ich hatte kein Geld und weigerte mich, zu verkaufen, was ich verdient hatte. Ich hätte ein Söldner werden können, aber ich entschied, mich lieber den Templern anzuschließen. Ich wollte der Gerechtigkeit dienen, nicht dem, der den höchsten Preis zahlte.«

Christina runzelte ein wenig die Stirn, als er die Erzählung so hastig und unerwartet beendete. »Aber das kann nicht die ganze Geschichte sein«, protestierte sie. »Warum hat man dich hinausgeworfen? Alle Adligen heuern Kämpfer an, die ihre Mauern beschützen. Es muss noch mehr daran sein.«

Wulf war entschlossen. »Das ist die Geschichte, wie ich ein Templer wurde. Ich wurde ein Ritter, aber ich hatte keinen Besitz, keine Aussichten, keinen Schutzherrn und kein Vermögen. Ich bin nicht edel geboren und hätte nie auf eine gute Heirat hoffen können. Seitdem bin ich dem Orden verschworen.« Er beugte sich mit glitzernden Augen vor und reichte Christina den Kelch. »Und nun, meine schöne Dame, ist mein Teil der Wette erfüllt. Es ist Zeit für deine Geschichte.« Er hob eine Augenbraue, als sie sich gerade aufrichtete. »Sicherlich willst du doch dein Wort nicht brechen?«

Christina sah die Herausforderung in seinen Augen und wusste, genau das erwartete er von ihr. Sie wollte ihn überraschen, diesen Mann, der glaubte, sie so gut zu verstehen. Sie lächelte und nahm den Kelch, nahm einen tiefen Schluck Wein. »Natürlich nicht«, sagte sie. Als sie zu sprechen anfing, blieb ihr seine Genugtuung nicht verborgen.

Sie war versucht, dasselbe zu tun wie er, und nur einen Teil ihrer Wahrheit preiszugeben. Aber dies, so viel wusste Christina, war ihre Gelegenheit, Wulfs Sympathie und seine Unterstützung zu gewinnen.

Sie wagte es nicht, diese Chance aufs Spiel zu setzen, auch wenn es hieß, mehr zu gestehen, als ihr lieb war. Sie musste diesen Ort am Morgen verlassen – was bedeutete, sie musste mit Wulf gehen.

»Ich wurde mit zwölf Jahren verheiratet«, gestand Christina leise. »Mit einem Mann, der viele Jahre älter war als ich.« Sie gab Wulf den Weinbecher zurück.

»Wie viele Jahre?«

Christina zuckte die Schultern. »Vierzig vielleicht? Er war ein Freund meines Vaters, ein gütiger Mann. Obwohl ich mich erst davor fürchtete, war unsere Ehe glücklich. Damals wusste ich es nicht, aber er stellte nur bescheidene Ansprüche ans Ehebett, und sein Verlangen war leicht zu stillen, selbst für ein Mädchen, das so unschuldig war wie ich.« Sie runzelte die Stirn. »Er hatte ein bescheidenes Heim, denn er war ein jüngerer Sohn, aber ich lebte nicht zu weit von meinen Eltern entfernt. Wir besuchten sie oft, und ich war nicht so einsam, wie meine Mutter befürchtet hatte.«

Als sie verstummte, drückte Wulf ihre Hand. »Aber?«, ermunterte er sie.

Christina richtete sich gerade auf. »Aber es lag ein Schatten auf unserer Ehe. Er hatte mich geheiratet, weil er sich einen Sohn wünschte. Seine erste Frau war unfruchtbar gewesen, doch er gehörte nicht zu den Männern, die eine Ehefrau verstoßen, weil es ihnen gerade besser passt. Erst bei ihrem Tod und auf ihr Drängen, dass er es tun sollte, beschloss er, erneut zu heiraten.« Sie schaute Wulf ins Gesicht. »Er sagte, sie habe mich für ihn ausgewählt.«

»Wirklich?«

»Ja. Er sagte, sie habe bemerkt, dass ich jung genug sei, ihm viele Kinder zu gebären, klug genug, mich mit ihm zu unterhalten, und hübsch genug, ihn in Versuchung zu führen.«

»Und diesen Rat hat er befolgt?« Wulf war eindeutig überrascht – vielleicht, weil ein Mann sich seine Partnerin nicht selbst aussuchte.

Christina lächelte. »Er war kein entschlussfreudiger Mann. Er war geduldig und nachsichtig, und obwohl ich diese Eigenschaften bei unserer Hochzeit sehr zu schätzen wusste, habe ich mich seither gefragt, ob alles anders geworden wäre, wenn er energisch und entschlossen gewesen wäre.« Sie schluckte. »Der Schatten, der auf unsere Ehe fiel, war vorhersehbar.«

»Du hast keinen Sohn empfangen.«

»Nein. Bald schon war mein Ehemann überzeugt, es gäbe eine tieferliegende Ursache.«

»Und die wäre?«

»Sünde. Seine oder meine, das war gleich. Die eine Entscheidung, die er in unserer Zeit zusammen traf, war, dass wir uns gemeinsam auf eine Pilgerreise begeben sollten, um für unsere Sünden Buße zu tun, und dass wir in Anbetracht der Schwere unserer Schuld nach Jerusalem reisen sollten. Er glaubte, dies allein würde mir die Geburt eines gesunden Sohns ermöglichen.«

»Aber du bist weder in Jerusalem noch verheiratet.«

»Und meine Sünden wiegen sehr viel schwerer als vor neun Jahren«, sagte Christina mit einem schwachen Lächeln, dann wurde sie nüchterner. Sie konnte Wulf nicht ansehen und schaute stattdessen auf ihre ruhelosen Finger. »Er war losgegangen, um für uns eine Überfahrt nach Outremer auszuhandeln. Ich war müde, und vielleicht hoffte er, ich hätte bereits auf der Reise empfangen, denn er bestand darauf, ich solle zurückbleiben. Als es spät wurde und er nicht zurückkehrte, halfen mir einige unserer Mitreisenden, nach ihm zu suchen.« Sie biss sich auf die Lippen. Das war nicht die ganze Wahrheit, aber sie konnte ihren Verdacht nicht teilen. »Er war tot, als ich ihn fand. Niemals werde ich seinen Anblick vergessen, in seinen Mantel gewickelt, eine Blutlache unter ihm. Er hatte ein besseres Schicksal verdient.« Sie blinzelte die Tränen zurück. »Vielleicht hat er gegen seine Angreifer gekämpft. Vielleicht hat er sein Geld nicht bereitwillig genug hergegeben. Vielleicht waren sie nur besonders grausam. Wie dem auch sei, sie haben ihn für sieben Silberpfennige getötet.« Sie konnte die Bitterkeit nicht aus ihrer Stimme verbannen.

»Und dir blieb nichts«, sagte Wulf sanft.

»Kein Geld, kein Ehemann, keine Hoffnung.« Sie ließ einige Einzelheiten aus, denn sie wollte es nicht so klingen lassen, als machte sie andere Menschen für ihr Schicksal und ihre Entscheidungen verantwortlich. »Die Gruppe ritt weiter nach Jerusalem, ohne mich, und ich blieb in der Kirche zurück, um zu beten. Tage vergingen, bevor mir mein Hunger bewusst wurde. Ein Priester brachte mich wieder zu mir und schickte mich zu einem Konvent.« Sie hob ihren Kopf und sah Wulf an. »Ohne eine Spende wollten sie mich nicht aufnehmen. Ich bettelte, und das in dieser herzlosen Stadt, und wenn ich eine Münze bekam, kaufte ich mir einen Bissen zu essen. Endlos irrte ich umher, fürchtete, belästigt zu werden, wenn ich schliefe. Ich betete. Ich glaubte, in den geschäftigen Straßen meinen Ehemann zu sehen, meinen Vater, meine Mutter, und rief nach ihnen, ohne Erfolg.«

Sie runzelte die Stirn. Den nächsten Teil der Erzählung mochte sie nicht. »Ich weiß nicht, wie lange ich so in den Straßen Venedigs lebte. Doch eines Morgens sah ich aus einem Versteck heraus zu, als ein Händler am Tor eines von hohen Mauern umgebenen Hauses Obst und Gemüse von seinem Boot lud. Ein anderer brachte Fleisch, geräucherten Schinken, Würste und große Käselaibe. Ein dritter lebende Pfauen und Hühner, ein weiterer frischen Fisch, der nächste große Weinfässer. Es war klar, alle, die in diesem Haus lebten, hatten genug zu essen. Ich konnte den Blick nicht abwenden. Als ich das frische Brot roch, das sie brachten, lief mir das Wasser im Mund zusammen. Das war der Moment, als ich mich hinauswagte, unfähig, der Versuchung zu widerstehen.«

»Es war die Tür dieses Hauses«, riet Wulf.

Christina nickte. »Die Hintertür, wo die Vorräte in Empfang genommen werden. Costanzia warf einen Blick auf mich, und trotz meines schmutzigen, abgerissenen Äußeren lächelte sie. Sie nahm ein Stück frisches Brot, bestrich es mit Butter, so cremig, dass ich beinahe geweint hätte. Dann bot sie es mir an. ›Was würdest du mir dafür geben?‹, fragte sie mich. Ich roch das Brot, und mir blieb nur eine Antwort.«

»Alles«, sagte Wulf.

»Alles«, sagte Christina und wandte das Gesicht ab, während ihr eine einzelne Träne über die Wange lief. Wie sehr sie wünschte, ihr Preis wäre höher gewesen als ein Stück frisches Brot. »Du musst dich nicht sorgen, Wulf, dass du ein Kind zurücklässt. Mein Leib trägt keine Früchte.«

Wulf stellte den Wein beiseite und griff nach ihr, umfing ihr Gesicht mit den Händen. Zu ihrer Erleichterung sah Christina Mitgefühl in seinen Augen. »Du hast getan, was nötig war, um zu überleben«, murmelte er und streifte ihre Lippen mit seinen. »Genau wie ich. Habe ich dir nicht gesagt, dass wir viel gemeinsam haben, Christina?«

Er küsste sie wieder und gab ihr keine Chance zu antworten. Christina warf sich in seine Arme, als gäbe es keinen anderen Ort, an dem sie lieber sein wollte.

Und den gab es nicht. Als er den Kuss vertiefte, spielte sie nicht das Spiel einer Kurtisane, sondern öffnete sich ihm, gab ihm mehr als zuvor, lud ihn ein, alles zu nehmen, was sie besaß.

Sie konnte nur hoffen, dass es reichen würde, um ihn davon zu überzeugen, für ihre Sache zu kämpfen.

DONNERSTAG, 23. JULI 1187

FESTTAG DES SANKT APOLLINARIS UND DER
MÄRTYRER SANKT NABOR UND SANKT FELIX

KAPITEL 4

Wulf träumte von kalten Bächen, bellenden Hunden und Männern mit Hass in den Augen.

Abrupt erwachte er und war einen Moment lang verwirrt. Er roch Christinas Parfüm und spürte den weichen Samt unter seinen Fingern, aber sein Traum ließ sein Misstrauen gegenüber Luxus und Frauen erneut erstarken. Hatte er ihr zu viel erzählt? Sich zu bereitwillig verführen lassen?

Warum hatte er ihr von seiner Jugend erzählt? Er hatte seine Geschichte erst ein einziges Mal jemandem anvertraut, mit einem äußerst unschönen Resultat.

Hatte er es versäumt, aus seinen Fehlern zu lernen? Das war das Kennzeichen eines Narren, und Wulf hatte nie einer sein wollen.

Hinter dem verschatteten sicheren Hafen des Himmelbetts konnte er den Nachthimmel sehen, an dem die Sterne glitzerten. Die Musik und das Gelächter aus dem Geschoss unter ihnen waren verstummt, und die Stadt schlief in tiefster Dunkelheit.

Christina, vermutete Wulf, schlief nicht. Sie war still, aber nicht entspannt. Sie tat nur so, als schliefe sie, was die einzige Warnung war, die er brauchte, dass sie sein Vertrauen so wenig verdiente wie andere Frauen, die er gekannt hatte. Wollte sie ihn hereinlegen? Warum blieb sie wach?

Wulf zwang sich, langsam und tief zu atmen. Er hätte gedacht, es wäre nur ein gewöhnlicher Albtraum, aber es war mehr als das. Christinas Täuschung ließ ihn begreifen, es war eine Warnung.

Eine Mahnung.

Denn Wulf wusste besser als die meisten, dass man Frauen niemals trauen sollte. Das hatte er schon geglaubt, bevor er sich den Templern angeschlossen hatte, und ganz sicher hatte er seither wenig gesehen, das ihm Anlass gab, seine Meinung zu ändern. Diese Frau hatte ihn verzaubert, ihn so in ihren Bann gezogen, dass er beinahe vergessen hatte, was er als wahr erachtete.

Der Traum rief ihm seine eigene Überzeugung wieder ins Bewusstsein.

Er würde kein Mitleid für sie fühlen.

Er würde nicht glauben, dass sie anders war als die übrigen Huren – oder Frauen im Allgemeinen. Sie versuchte, ihn für ihre Zwecke zu manipulieren. Stimmte die Geschichte, die sie ihm erzählt hatte, überhaupt? Er gemahnte sich selbst zur Skepsis.

Was mochte sie von ihm verlangen? Dass er sie aus diesem Haus rettete? Dass er sie zu seiner Geliebten nahm? Dass er ihr ein eigenes Haus einrichtete, in dem sie ihr Gewerbe weiter ausüben und das Geld für sich behalten konnte? Wulf wusste, ein solcher Übergang ließe sich nicht einfach bewerkstelligen. Christina zu helfen, würde den Zorn dieses Bordells auf ihn lenken. Er würde gejagt werden wie schon einmal und für seine Tat vielleicht einen sehr hohen Preis bezahlen.

Man hörte, Männer, die versuchten, die Bordelle in Venedig zu betrügen, würden verfolgt oder gar getötet. Zumindest raubte man sie aus, hieß es.

Wulf würde sich nicht in solche Gefahr bringen. Immerhin hatte er dem Orden gegenüber die Verantwortung, seinen Auftrag zu erfüllen und den Schatz nach Paris zu bringen.

Es spielte keine Rolle, was für einen wirksamen Zauber die hübsche Christina auf ihn legte. Nein. Er hatte für das bezahlt, was er begehrt hatte, und sie viermal gehabt. Mehr konnte er sich nicht leisten.

Zwischen ihnen war alles gesagt und getan.

Wulf verspürte den dringenden Wunsch, sofort zu gehen, aber nur Narren und Diebe trauten sich des Nachts hinaus auf die Straßen Venedigs. Er musste noch ein paar Stunden bleiben, doch er würde so tun, als schliefe er, genau wie sie.

Sobald der Himmel sich erhellte, würde er gehen, um niemals zurückzukehren.

~

CHRISTINA SCHLIEF NUR DANN, wenn sie mit den anderen Frauen im Dachgeschoss eingeschlossen war. Selbst dann wäre sie vielleicht wachgeblieben, weil sie sich so hilflos fühlte, aber die Erschöpfung forderte stets ihren Zoll. Auf dem Dachboden war sie einigermaßen sicher.

In der Gegenwart eines Kunden war ihre Sicherheit dagegen nie garantiert. Neben einem Mann zu schlafen, hieß, verwundbar zu sein, und danach hatte Christina kein Verlangen. Wenn ihre Freier schliefen, hatte sie Zeit für sich, Zeit zu denken, zu hoffen, zu träumen. Sie kannte die Muster an den Decken der meisten Zimmer in diesem Haus, die Vorhänge vieler Betten. Sie wusste, wo das Holz der Bettpfosten Kerben hatte oder ein Faden sich aus einem Wandbehang löste, wo der Putz ausgebessert werden musste und wo die Spinnen am liebsten ihre Netze spannen. Sie kannte die Geräuschkulisse des Hauses, wenn die Kunden schliefen, das Knarzen der Dielen, das Plätschern des Wassers im Kanal, der Seufzer, mit dem das Haus sich ein wenig tiefer auf sein Fundament senkte.

Sie hatte neben Männern gelegen, die schnarchten, Männern, die im Schlaf ihre Geheimnisse verrieten, Männern, die sich von Albträumen geplagt hin und her warfen. Sie hatten sich auf sie gerollt, sie umarmt, umklammert oder sogar mit Fäusten traktiert. Sie hatten sie dann erneut genommen, in Leidenschaft oder Verzweiflung. Die Männer, die das nicht konnten, hatte Christina getröstet und war vor denen, die das eigene Versagen gewalttätig machte, geflohen.

Aber diese Nacht lag sie neben einem Mann, der genauso wenig schlief wie sie. Wulf und sie lagen beide auf dem Rücken, nur wenige Zoll zwischen ihnen. Das war neu.

Christina wusste, dass Wulf nach dem letzten Liebesakt gedöst hatte. Sie hatten ein wenig von den Leckerbissen gegessen, die man ihnen gebracht hatte, und dann war er tief eingeschlafen. Sie vermutete, ein Traum hatte ihn geplagt, denn er war abrupt wach geworden und hatte scharf den Atem eingesogen. Aber während sie erwartet hatte, dass er nach ihr greifen würde, hatte er so getan, als würde er wieder einschlafen.

Vielleicht lag es daran, dass er nicht bemerkte, dass sie wach war, doch das bezweifelte Christina. Die meisten Freier hatten keine Skrupel, die Hure, die sie bezahlt hatten, zu wecken. Vielleicht war Wulf schlicht vollends befriedigt, aber auch das bezweifelte sie. Sie konnte nur zu dem Schluss kommen, dass er ihr misstraute.

Und nach der Nähe und Intimität ihrer letzten Vereinigung war das höchst seltsam.

Warum hatte sich seine Stimmung gewandelt?

Oder sah sie Gefahr, wo keine war? Wenn Wulf sich wirklich gegen sie wandte, würde er ihr nicht bei der Flucht helfen, und diese Möglichkeit ließ Christina ihre Hände zu Fäusten ballen. War das bloß ihre eigene Angst? Das glaubte sie nicht. Obwohl sie es nicht genau wissen konnte, hatte sie den Eindruck, dass er sich gegen sie verhärtete.

Und das konnte nur bedeuten, dass er ihr nicht helfen würde.

Sollte sie ihn anflehen? Oder würde das nur alles schlimmer machen?

Christina konnte das leise Schnarchen der Jungen auf der anderen Seite des Raums hören und hatte keine Zweifel, dass beide schliefen. Wulf hatte ihnen zwar befohlen, sich abzuwechseln, damit stets einer wach war, aber ganz offensichtlich hatten sie seiner Anweisung nicht Folge leisten können. Würde er sie schlagen? Sie tadeln? Wenn sie daran dachte, wie er sie berührt hatte, vermutete sie, er würde streng sein, sie jedoch nicht züchtigen. Sie horchte auf seinen Atem, so ruhig und regelmäßig. Wenn sie nicht direkt neben ihm läge, würde sie vielleicht glauben, er schliefe, aber in seinem Körper herrschte eine Anspannung, die sie in seiner Nähe nicht ignorieren konnte.

Wusste er, dass sie wach war? Das vermutete sie, denn sie hatte schon bemerkt, wie aufmerksam er war.

Ihr Streiter. Das war ein Scherz gewesen, doch Christina hoffte, es war etwas Wahres daran. Sie knabberte an ihrer Lippe, wissend, dass die Zeit davonlief und ihre Gelegenheit vielleicht verstrich.

Aber sie hatte es nicht in sich, zu betteln.

Selbst für etwas, das so wichtig war wie ihre Freiheit.

Vielleicht sollte sie das Talent zu betteln, in sich entdecken.

In diesem Moment knarzte die Diele vor der Tür des Zimmers, nur ganz leise, unter einem federleichten Tritt auf dem Holz. Christina hielt zwar nicht den Atem an, aber sie lauschte aufmerksam. Sie hörte, wie sich ein Schlüssel im Schloss drehte, das Schaben von Metall auf Metall, so leise, dass sie es nicht wahrgenommen hätte, wenn sie nicht darauf gewartet hätte.

Wer betrat da den Raum? Das kam in diesem Haus nicht vor. Der Freier durfte bei seinem Vergnügen nicht gestört werden.

War Wulf wach, weil er vorhergesehen hatte, dass ihn jemand angreifen würde?

Aber wie sollte irgendein Angreifer an den Wachen vorbei durch die Tür kommen?

Mit Gold natürlich. Das zumindest war kein großes Rätsel.

Es gab ein leises Klicken, als das Schloss aufging, dann eine Art Seufzen, als die Tür vorsichtig geöffnet wurde. Christina spürte es eher, als dass sie es hörte. Ein Luftzug. Sie konnte das gebratene Fleisch, das diesen Abend serviert worden war, durch die geöffnete Tür nun deutlicher riechen. Sie biss sich auf die Lippen. Sicherlich kam dieser Eindringling nicht ihretwegen. Sie ließ die Hand über das Leinen gleiten und berührte mit einer Fingerspitze Wulfs Handrücken.

Sogleich erwiderte er die Geste, nahm ihre Warnung hin und sprach selbst eine aus. Also hatte er gewusst, dass sie wach war – wie sie es vermutet hatte. Er regte sich und drehte sich auf die Seite, mit einem Murmeln, als würde er tief schlafen.

Aber einen Moment lang funkelten seine Augen in der Dunkelheit. Christina spürte das Messer zwischen ihnen auf dem Bett und wusste, er hatte es gegriffen, als er sich bewegt hatte. Er erinnerte sie an einen Falken auf der Jagd. Ganz gleich, was der Eindringling tat, Wulf würde nicht überrascht reagieren.

Und auch keine Gnade zeigen.

Seltsamerweise fürchtete sie in seiner Gegenwart nicht um ihre Sicherheit. Christina glaubte, dass die wahre Natur eines Mannes sich im Bett zeigte, denn es war schwierig, sich zu verstellen, wenn man nackt war. Wulf hatte sich rücksichtsvoll verhalten, und sie vertraute ihm.

Er warf ihr einen harten Blick zu, dann verstärkte sich der Druck seiner Finger auf ihren. Christina begriff, dass er ihr damit eine Anweisung gab. Das Messer hielt er in der rechten Hand, während er auf der linken Seite lag. Wahrscheinlich wollte er, dass sie nicht im Weg war. Sie gab ein schläfriges Seufzen von sich und rollte sich auf den Bauch, presste sich flach auf das Bett. An der Art, wie er ausatmete, hörte sie, dass ihn das zufriedenstellte.

Die Messerklinge war kühl an ihrer Haut, zwischen ihnen verborgen, und sie verengte die Augen zu Schlitzen. Ihr Herz hämmerte.

Eine weitere Diele knarzte, aber sie wusste, sie musste ihren Gefährten nicht erst warnen.

Eine Ewigkeit schien zu vergehen, bis Christina die Silhouette des Eindringlings vor den Fenstern auftauchen sah. Drei davon gab es, die noch dazu recht groß waren, denn in solcher Höhe hatte man von Dieben wenig zu befürchten. Aus ihrem Blickwinkel konnte Christina noch nicht einmal die Dächer der Stadt sehen, nur die Sterne über ihr. Das tiefe Blau sagte ihr, dass es sehr spät war, nach Mitternacht. Sie beobachtete den Eindringling unter den Lidern hervor, achtete darauf, tief und gleichmäßig zu atmen.

Er – oder sie? – trug einen Mantel mit Kapuze, der sein Gesicht und seine Gestalt verbarg. Christina schätzte, dass der Eindringling größer war als sie, doch aus ihrer Position war es schwer zu sagen. Ganz offensichtlich war es ein Dieb, denn er durchsuchte schnell und gründlich Wulfs Besitz. Die Knappen hatten seine Waffen und den Waffenrock in Verwahrung genommen, aber der Rest seiner Kleider lag auf einem niedrigen, breiten Tisch zwischen Bett und Fenster.

Darunter auch sein Geldbeutel.

Welchen Reichtum konnte ein Templer schon mit sich führen? Sein Geldbeutel war nicht leicht, wusste Christina, wenn auch leichter als zuvor, aber der Dieb schien ihn gar nicht anzurühren. Es gab jedenfalls kein Klingen von Münzen, während er Wulfs Kleider durchsuchte.

Wie seltsam. Es war, als suche der Eindringling nach etwas Speziellem, etwas anderem als Geld, etwas, das der Templer selbst bei sich trug.

Sie hoffte, er hatte die Jungen nicht verletzt.

Das Blut gefror ihr in den Adern, als der Eindringling auf einmal herumfuhr und zum Bett starrte. Sie konnte seine Hände sehen – leer. Also hatte er Wulf nichts entwendet. Wusste dieser Mensch, dass sie wach waren? Hatte er mehr im Sinn als Diebstahl? Die dunkle Gestalt näherte sich langsam, und Christina schloss die Augen, damit nicht auffiel, dass sie nicht schlief. Es war schrecklich, nicht zu sehen, was vor sich ging, aber sie war verängstigt. Konnte der Eindringling hören, wie heftig ihr Herz schlug?

Christina spürte einen Luftzug und wagte es, die Augen erneut einen winzigen Spalt zu öffnen.

Vor ihr war niemand. Wo war der Eindringling hingegangen? Sie versuchte, seine Atemzüge auszumachen, und hatte Zeit, um die Jungen zu fürchten, dann bewegte sich Wulf auf einmal mit rasender Geschwindigkeit.

Mit einer einzigen flüssigen Bewegung rollte er aus dem Bett und durchschnitt mit der Klinge den Vorhang auf der anderen Seite des Bettes. Christina sah ein zweites Messer aufblitzen und begriff, dass der Eindringling versucht hatte, Wulf von hinten zu erstechen. Durch den Schnitt im Vorhang sah sie wieder die dunkle Silhouette des Angreifers, dann stürzte sich Wulf auf ihn.

Es gab ein Grunzen, dann einen dumpfen Schlag, als jemand gegen die Wand prallte. Die Jungen schrien auf, und Christina hörte, wie sie sich aufrappelten. Auf der Suche nach einer Lampe sprang sie aus dem Bett. Sie wollte nicht, dass irgendjemand im Dunkeln einen Verbündeten für einen Feind hielt.

Als sie endlich mit zitternden Fingern die Lampe entzündet hatte, kämpften Wulf und der Eindringling am Fenster miteinander. Wie es schien, waren sie sich ebenbürtig. Wulf war vollkommen nackt, während der Dieb schwarze Kleider trug.

Auf einmal schlug der Angreifer Wulf mit einer Hand, die in einem dunklen Handschuh steckte, ins Gesicht. Der weite Mantel hatte die Bewegung verschleiert. Wulf stolperte zurück und ließ sein Schwert fallen. Sein Angreifer griff danach, aber Christina sah, dass es eine Finte gewesen war: Wulf brachte den Dieb zu Fall, der hart zu Boden ging, und sprang ihm auf den Rücken, legte ihm einen Arm um den Hals und griff nach der Kapuze. Christina sah weiße Zähne aufblitzen, dann biss der Dieb Wulf heftig in den Arm, drehte sich um, stieß ihm den Ellbogen hart in die Rippen und trat ihm zwischen die Beine. Wulf erbleichte und ließ los. Der Dieb entwand sich ihm und kam auf die Beine. Als die Jungen schrien und sich auf ihn stürzten, entriss der Dieb Christina unerwartet die Öllampe und warf sie nach den beiden.

»Nein!«, schrie Christina auf, aber es war zu spät. Zwar gelang es den Jungen, sich zu ducken, aber die Lampe prallte gegen die Wand und zerbrach. Öl lief über die Vorhänge. Die Flammen folgten ihm hungrig. Der kleinere Junge versuchte, die Flammen zu löschen, doch seine Kleider fingen Feuer. Er musste etwas von dem Öl abbekommen haben.

Christina griff nach Wulfs Mantel und rannte zu dem Jungen. Sie wickelte ihn darin ein, und Wulf half ihm, sich auf dem Boden zu rollen, bis die Flammen erloschen waren.

»Wir müssen hier heraus!«, brüllte Wulf und griff nach seinen Stiefeln.

Christina warf einen Blick zurück und sah, dass der Angreifer noch im Dunkeln lauerte. Er war nicht geflohen, wie sie es erwartet hatte. Wieso? Als sie aufschrie und auf ihn deutete, griff Wulf sofort an. Der Eindringling floh aus dem Zimmer, Wulf auf den Fersen.

Stets standen drei brennende Lampen im Korridor – für die Gäste, die während der Nacht das Haus verließen. Der Eindringling griff nach der, die ihm am nächsten stand, und warf sie nach Wulf.

Wulf sprang gerade rechtzeitig beiseite, und die Lampe landete auf dem Bett. Das Öl lief auf die Leinen. Innerhalb von Augenblicken brannte das Bett mit seinen Vorhängen lichterloh. Christina hörte, wie der Angreifer floh.

Wulf fluchte mit einer Heftigkeit, die Christina unter anderen Umständen zum Blinzeln gebracht hätte. Im Moment allerdings lagen ihr selbst vulgäre Worte auf der Zunge. Wulf zog sich in aller Hast Hemd, Beinkleider und Waffenrock über und schlüpfte in die Stiefel, während ihm der größere Junge den Schwertgürtel umband. Auch Christina glitt in ihr Kleid und die Schuhe und stopfte sich die Strümpfe in den Ausschnitt. Sie starrte den Gürtel mit den Glassteinen böse an, bevor sie ihn sich umlegte. Sie erinnerte sich noch gut daran, wie sie gesehen hatte, dass Frauen, die ihn abgelegten, dafür Prügel kassierten.

Eines Tages würde sie ihn und alles, wofür er stand, fortwerfen, aber nicht jetzt.

»Lasst nichts zurück«, befahl Wulf den Jungen. »Wir werden nicht zurückkehren. Schnell jetzt!« Die Jungen sammelten hastig seine verbleibenden Sachen zusammen, während sich das Feuer ausbreitete. Wulf sorgte dafür, dass sie alle das Zimmer verließen, dann schloss er die Tür. »Es wird die Flammen nicht lange aufhalten«, sagte er grimmig. »Du musst die anderen wecken.« Dann rannte er zum Treppenabsatz.

»Ich will mit dir gehen!«, rief Christina.

Aber Wulf blieb auf den Stufen stehen und warf einen Blick zurück. Er schüttelte den Kopf. »Das kann nicht sein«, sagte er. Etwas wie Bedauern klang in seiner Stimme mit. »Lebewohl, Christina«, fügte er hinzu, dann wandte er sich um und hastete die Treppe hinunter. Sein Mantel wehte hinter ihm.

Es war klar, dass er vorhatte, sie zurückzulassen und den Eindringling zu verfolgen. Er nahm zwei oder drei Stufen auf einmal, scheuchte die Jungen vor sich her.

Christina würde nicht zurückbleiben, nicht jetzt.

»Feuer!«, brüllte sie, während sie Wulf und den Knappen in gleicher Hast hinterherlief »Das Haus brennt!«, rief sie im venezianischen Dialekt und machte so viel Krach, wie sie konnte. Als sie den ersten Stock erreichte, war Wulf bereits an der nächsten Treppe. Christina fluchte atemlos und rannte schneller. Im Erdgeschoss angelangt, sah sie, wie Wulf hinaus auf die Straße lief und sich nach links und rechts umsah. Sie eilte zur Tür, aber der Türsteher wollte sie vor ihr schließen.

»Feuer!«, rief Christina und packte ihn bei der fleischigen Hand.

»Du kannst nicht gehen!«

»Er hat für die ganze Nacht bezahlt. Ich halte nur den Handel ein, den wir eingegangen sind!«

»Es ist nicht üblich …«

»Es ist auch nicht üblich, einen Kunden zu haben, der so gut bezahlt«, schnappte Christina. »Wäre es nicht klüger, dafür zu sorgen, dass er wiederkommt?«

Der Türsteher kniff die Augen zusammen. »Wir fragen die Signora, was sie dazu sagt.«

»Ja«, stimmte Christina zu, die sah, wie ihr die Chance entglitt. Sie hörte oben das Chaos losbrechen, hörte Costanzias Schreie und begriff, wenn ihre Patronin einmal hier angekommen war, würde es keine Chance mehr geben, durch die Tür zu entkommen. »Wir sollten sie fragen, was sie davon hält, dass du den Dieb eingelassen hast.«

»Welchen Dieb?«, polterte der Türsteher, aber Christina sah, dass er genau wusste, wovon sie sprach.

»Den, der versucht hat, meinen Freier zu erstechen. Den, der das Haus angezündet hat. Wie viel hat er dir bezahlt? Genug, um auch die Signora zu besänftigen?« Christina senkte die Stimme. »Genug, um den Schaden zu bezahlen, der durch das Feuer entstanden ist? Vielleicht wird sie es von deinem Lohn abziehen.«

»Du würdest es nicht wagen, ihr das zu erzählen!«

»Verlass dich darauf, das würde ich.« Christina lächelte. »Es sei denn, du lässt mich durch.«

Einen Moment lang starrten sie sich an.

»Sag ihr, ich hätte dich hereingelegt«, bot Christina an.

Der Türsteher kniff erneut die Augen zusammen, dann hob er die Hand, als wollte er Costanzia herbeirufen. Aber Christina griff nach dem schweren hölzernen Türflügel und stieß ihn auf. Sie duckte sich unter seinem Arm hindurch und rannte hinaus in die Nacht, wissend, sie war verloren, wenn sie in dieser unheiligen Stadt nicht einen Beschützer fand.

»Du kommst zurück!«, brüllte er ihr hinterher. »Und du bezahlst dafür!«

Aber Christina war schon zuvor verloren gewesen, und Drohungen waren auch nichts Neues. Sie hatte nach einer Gelegenheit gehungert, diesem Leben zu entkommen. Nun, da sie da war – im unwahrscheinlichen Gewand eines Tempelritters – würde sie sie nicht verstreichen lassen.

Ganz gleich, was es kostete.

~

Weg!

Wulf sah sich auf dem kleinen Marktplatz, auf dem er seinen Angreifer zuletzt gesehen hatte, um. Er konnte noch immer die kühle Berührung der Klinge an seinem Rücken spüren, ein sicheres Anzeichen, dass er einen Hauch zu lange gewartet hatte, auf die Bedrohung zu reagieren.

Diesen Irrtum hätte er beinahe teuer bezahlt.

Und seine Verzauberung war die Wurzel des Übels.

Schuld an dem Zauber war Christina. Für das Vergnügen, das sie ihm gewährt hatte, hätte er beinahe einen hohen Preis entrichtet – mehr als nur Geld.

Wulf starrte in die dunklen Gassen auf der gegenüberliegenden Seite des Marktplatzes, unsicher, durch welche von ihnen der Angreifer geflüchtet war. In dieser verfluchten Stadt lauerten zu viele Schatten – selbst der Raum hinter dem Brunnen in der Mitte des Markts sah bedrohlich aus. Er schloss die Augen und lauschte. Und hörte das schwache Geräusch von Stiefeln auf dem Pflaster.

Dort! Hastig überquerte Wulf den Platz, die Jungen auf den Fersen. Er erreichte die gegenüberliegende Seite, wo zwei gewundene Gassen in die Dunkelheit abzweigten, gerade in dem Moment, als die Glocken der Kirche, die an diesem Markt stand, zur vollen Stunde schlugen.

Zu seinem Ärger konnte er nur die Glocken hören, deren widerhallende Schläge alle anderen Geräusche übertönten.

Wulf atmete tief aus. Der Himmel war noch dunkel, aber es war Zeit für die Frühmette.

Bald schon würde die Sonne aufgehen – nur nicht schnell genug, um seine Beute zu sichten.

Als die Glocken verklangen, hörte er keinen Laut mehr außer seinem eigenen Atem.

Der Schurke war entkommen.

Wulf wirbelte frustriert herum und schlug sich mit den Handschuhen auf die Handfläche. Er war nicht schnell genug gewesen. Er hatte den Angreifer nicht so schwer verletzen wollen, dass dieser nicht mehr in der Lage war, seine Absichten zu gestehen, und hatte keinen Sinn darin gesehen, ihn zu töten. Sein Wunsch, die Identität und das Ziel des Angreifers zu kennen, war ihm zum Verhängnis geworden.

Allein auf den Straßen Venedigs mit seinen Knappen, bereute er seine Vorsicht.

Und was hatte der Schurke von ihm gewollt? Nicht sein Geld. Nicht seine Waffen. Den Brief, den Gaston für den Meister des Pariser Tempels bei sich trug? Den Schatz, der Fergus im Geheimen anvertraut worden war? Wulf erinnerte sich daran, dass Hamish, Fergus' Knappe, sich auf dem Schiff verletzt hatte, und fragte sich nun, ob der Junge vielleicht tatsächlich gestoßen worden war.

Obwohl er nicht im Besitz des Schatzes war, war Wulf noch immer für dessen Überbringung verantwortlich. Er würde sicherstellen müssen, dass Fergus ihn noch hatte.

Warum war der Dieb zurückgeblieben?

Natürlich, um zu sehen, was Wulf retten würde, wenn der Raum brannte.

Jetzt musste er sich für eine der beiden Gassen entscheiden und hoffen, dass er die richtige wählte. Woran würde er den Schurken erkennen? Er hatte nicht mehr gesehen als einen dunklen Mantel und hatte nur einen vagen Eindruck von der Statur des Angreifers. Auch hatte er seinen Gegner nicht hinreichend verletzt, um einen klaren Beweis zu hinterlassen. Tatsächlich war er sich nicht einmal sicher, dass es ein Mann gewesen war, der ihn im Dunkeln angegriffen hatte.

Was, wenn es eine Frau war? Vielleicht eine von denen, die in Costanzias Bordell arbeiteten? War Christina deshalb wach gewesen? Weil sie den Überfall vorhergesehen oder davon gewusst hatte? Es kam nicht selten vor, dass Kunden in Bordellen ausgeraubt oder getötet wurden, und die Jungen, die er für gewöhnlich zu seiner Sicherheit mitnahm, hatten geschlafen. Er konnte sich des Eindrucks nicht erwehren, dass er durch schieres Glück überlebt hatte.

Noch während er über den Weg nachdachte, den er nehmen sollte, erwachte ringsum die Stadt aus dem Schlaf. Überall konnte er Geräusche hören, während Feuer geschürt wurden und der Tag begann.

Wulf knirschte wütend mit den Zähnen. Im Heiligen Land hatte er bemerkt, dass jemand ihre Gruppe verfolgte, und selbst Gaston hatte das zugegeben. Gaston war allerdings sicher gewesen, dass ihnen niemand über das Meer gefolgt war, denn sie hatten das letzte Schiff aus Akkon genommen.

Aber man *war* ihrer Gruppe über die Adria gefolgt. Gaston hatte sich wieder getäuscht, und Wulf war es gewesen, der beinahe den Preis bezahlt hätte. Er stampfte die rechte Gasse entlang, seine Stimmung beinahe ebenso gereizt wie vor seinem Besuch im Bordell.

Teures Geld, das er ausgegeben hatte, mit schlechtem Ergebnis. Wulfs Temperament regte sich. Er fürchtete, der einzige Weg, wie ein Bösewicht ihnen gefolgt sein konnte, war durch eine Überfahrt auf demselben Schiff.

Reiste der Verräter in ihrer Gruppe mit? Das war ein entsetzlicher Gedanke.

»Wulf! Warte!«, rief eine Frau hinter ihm.

Er wandte sich um und sah, dass die hübsche Christina ihm gefolgt war. Obwohl er ihre Reize voll ausgekostet hatte, reagierte sein Körper dennoch mit Erregung auf ihren Anblick.

Ganz eindeutig war seine Begierde nicht komplett gestillt.

Vielleicht war es auch die Rückkehr seiner Gereiztheit, die sein Verlangen neu anfachte.

Oder ihr Zauber.

Ungeachtet dessen konnte Wulf sie – wider besseres Wissen – nicht zweimal in so kurzer Zeit im Stich lassen. Fast wie zu Stein erstarrt stand er da, als sie auf ihn zurannte. Verflucht, aber die Frau war wirklich eine Schönheit. Er erinnerte sich daran, wie ihr die Stimme gebrochen war, als sie ihm gestanden hatte, was sie getan hatte, um zu überleben, und spürte erneut den Drang, ihr zu helfen. Er steckte in der Schlinge, wie ein Kaninchen, und diese Erkenntnis gefiel ihm ganz und gar nicht.

Es half ihm, sich auf seine Träume und Überzeugungen zu besinnen. Frauen waren verschlagen. Frauen verführten Männer und benutzten sie für ihre eigenen Zwecke. Das Wohl ihrer Opfer dagegen war ihnen egal. Und Wulf wusste, dass Christina ihn verzaubert hatte. Sie war nur noch ein halbes Dutzend Schritte entfernt, als er sein ungezähmtes Verlangen zügeln konnte. Er drehte sich auf dem Absatz um und begann, dem Schurken hinterherzulaufen.

Der sicher längst fort war.

Hatte sie ihn deshalb gerufen? Um sicherzugehen, dass der Angreifer entkam?

»Wulf!«, rief Christina erneute. »Warte!«

Er lief weiter.

Zweifellos waren irgendwelche Barbaren, die für ihre Herrin arbeiteten, ihnen schon auf den Fersen. Er hatte zwei von ihnen bei seiner Ankunft vor der Tür des Hauses gesehen und zweifelte nicht daran, dass es noch mehr gab.

»Wulf!«

Er wirbelte zu Christina herum, entschlossen, diese Angelegenheit zu beenden, und wenn er eine noch so starke Neigung verspürte, ihr zu helfen. »Was geht dich das alles an?«, knurrte er und achtete darauf, unfreundlich zu klingen. »Unser Handel ist vorüber, Madame, und du kehrst besser in dieses Haus zurück.«

Christina ließ sich nicht ins Bockshorn jagen, sondern hob mit bewundernswerter Entschlossenheit ihr Kinn. »Du hast für die ganze Nacht bezahlt«, sagte sie. »Und es ist noch nicht Tag.«

Über ihnen öffnete sich ein Fensterladen, und leises Atemgeräusch enthüllte, dass sie Zuhörer hatten.

»Ich habe genug«, beharrte Wulf.

»Du hast nicht gehabt, wofür du bezahlt hast.« Christinas Lippen waren fest aufeinandergepresst, und ihre Augen glitzerten entschlossen. Sie zog den Saum ihres Halsausschnitts herunter und sah ihm dabei weiter in die Augen. Ihre Haut sah so cremig aus wie in seiner Erinnerung, und er wusste, wie weich sie war. Bestimmt sah sie, wie er schluckte, bevor er den Blick abwandte. »Möchtest du unseren Handel nicht zu einem Ende bringen?«, fragte sie mit heiserer Stimme und trat näher. Er konnte ihr Parfüm riechen. Wusste, wie sich ihr Körper unter seinen Händen anfühlte. Konnte die süße Leidenschaft ihres Kusses schmecken, und die Kombination war beinahe genug, dass er den Angreifer darüber vergaß.

Beinahe.

Er sah ihr in die Augen, wusste, sein Gesichtsausdruck blieb eisig. »Denkst du, ich möchte mich von deiner Herrin jagen und ermorden lassen, weil ich einen ihrer Schätze gestohlen habe?«

Die Zuschauer über ihnen flüsterten miteinander und beugten sich sogar aus dem Fenster, um dieser skandalösen Begebenheit zu lauschen.

Christina schnaubte. »Wie kannst du etwas stehlen, das du gekauft hast?« Sie schnürte ihr Unterkleid auf, langsam, eine Sirene, entschlossen, ihn zu becircen. Ihr Lächeln war eine sinnliche Verlockung. »Ich gehe nur sicher, dass du bekommst, was du verdienst.«

Wulf atmete scharf ein, dann überbrückte er den Abstand zwischen ihnen. Er umfing ihr Handgelenk mit den Fingern, musste sie aufhalten, bevor sie sich komplett entblößte. Stephen und Simon standen dabei und schauten mit großen Augen zu. »Vielleicht sorgst du nur dafür, dass der Schurke entkommt«, warf er ihr vor.

Ihre Empörung war offensichtlich. »Ich habe dich gewarnt!«, erinnerte sie ihn mit feurig blitzenden Augen.

»Als es zu spät war, mich selbst zu retten.«

Christina in Wut war noch anziehender als Christina als Verführerin. »Wie kannst du es wagen, das zu behaupten?«, sagte sie zornig, mit leiser Stimme. »Ich dachte, du wärst ein Mann von Ehre, einer, der mir helfen würde …«

»Du kannst nicht mit mir kommen«, unterbrach Wulf sie mit stiller Entschiedenheit, bevor sie ihn überzeugen konnte zu ignorieren, was er wusste. »Das weißt du. Nach diesem Morgen gibt es keine Zukunft, und ich möchte die Angelegenheit jetzt beenden.«

»Ich werde nicht zurückbleiben.« Christina hob eine Augenbraue, bevor er etwas einwenden konnte. »Es wäre nicht richtig.«

»Das wäre es auch nicht, den Zorn deiner Herrin auf mich zu lenken.«

Sie verzog das Gesicht. »Ich wage es nicht, dorthin zurückzukehren, und es ist mir egal, was ich tun muss, um das sicherzustellen.« Sie schaute ihn an. »Nenne deinen Preis.«

Wulf schaute sich nach links und rechts um. Er geriet in Versuchung, stärker, als klug war. »Du solltest zurück ins Bordell gehen. Ein Dach über dem Kopf und regelmäßige Mahlzeiten, hast du gesagt. Dort wirst du sicher sein …«

»Nie wieder«, sagte sie in hartem Tonfall. »Der Preis ist zu hoch.«

Er verspürte eine gewaltige Frustration, gefangen zwischen dem Wunsch, das Richtige zu tun, und dem Bewusstsein seiner eigenen Verwundbarkeit. Es war niemals gut, unter jemandes Fuchtel zu stehen – was wiederum bedeutete, dass er ihre Verzweiflung verstand. »Und was soll ich mit dir tun?«, fragte er in einem Flüsterton, der die beiden Hennen im oberen Stockwerk dazu brachte, sich weiter aus dem Fenster zu lehnen, damit sie auch ja nichts verpassten.

Christina lächelte. »Alles, was du willst«, schnurrte sie und ließ die Fingerspitzen über seinen Arm gleiten.

Sie spielte erneut die Kurtisane, gebrauchte ihre Künste gegen ihn, aber diesmal konnte Wulf seine Reaktion nicht unterdrücken. Sein Körper reagierte auf ihre Berührung, als ob er unter ihrem Befehl stand. »Nein! Ich bin ein Templer, ein Ritter, der Keuschheit gelobt hat …«

»Diesem Schwur scheinst du nicht viel Gewicht beizumessen.«

»Das mag sein, wie es will, aber ich kann keine Geliebte haben, oder eine weibliche Bedienstete, und schon gar keine Ehefrau. Du kannst nicht mit mir reisen! Es ist zu sichtbar.«

Christina legte den Kopf auf die Seite, um ihn anzuschauen. »Aber sicher hast du doch geschworen, Pilger zu verteidigen? Ich war eine Pilgerin …«

»Aber das bist du nicht mehr.«

»Wer behauptet das? Ich möchte heimgehen, und mich auf eine so gefahrvolle Reise zu begeben, erfordert einen Beschützer.« Ihr Blick verdunkelte sich. »Wenn nicht gar einen *Streiter*.« Sie betonte das letzte Wort, und er fühlte sich wie ein Hund, dass er es überhaupt verwendet hatte.

Wulf atmete wieder tief aus und fuhr sich mit der Hand durch das Haar. Einen Stich von Neid spürte er, weil er diese eine Sache nicht mit Christina gemeinsam hatte – sie hatte ein Heim, zu dem sie zurückkehren konnte, im Gegensatz zu ihm. Ihr Verlangen, zurückzukehren, konnte er gut verstehen, aber einen Weg dazu sah er nicht.

»Aber ich bin mit einer Mission beauftragt, von einem Vorgesetzten …«

»Die Bordelle Venedigs zu erkunden?«, fragte sie so spöttisch, dass er spürte, wie ihm Hitze in den Nacken stieg.

»Einen Brief nach Paris zu bringen«, schnappte er. »Und wenn dieser Auftrag erfüllt ist, kehre ich in den Osten zurück …«

»Paris?«, unterbrach ihn Christina mit Zufriedenheit. »Dieses Ziel ist mir sehr recht. Es ist nahe genug an meiner Heimat und weit genug fort von hier, dass ich einen neuen Anfang machen kann.«

Wulf hob eine Hand. »Aber du kannst nicht mit mir reisen!«

»Warum nicht? Weil andere nicht wissen sollen, wie du es mit deinen Schwüren tatsächlich hältst?«

»Weil es sich nicht gehört«, schnaubte er. Selbst in seinen Ohren klang diese Ausrede fadenscheinig. »Weil du kein Geld hast, um dafür zu zahlen.«

»Ich werde es durch meine Dienste zurückzahlen«, beharrte sie und ließ erneut die Hand über seinen Arm gleiten. Die Frauen über ihnen kicherten. »Von hier bis nach Paris, Sir, werde ich mich dir anbieten, so oft du es verlangst.«

Diese Worte sollten nun wirklich keine solche Versuchung für ihn darstellen, aber das taten sie. »Unmöglich«, sagte er und hörte, wie wenig überzeugt er klang. Er schaute auf ihre Lippen, so weich und voll, so nahe … und er wusste sehr gut, was für ein Genuss ihre Küsse waren.

Christina erkannte offensichtlich, welcher Kampf in ihm tobte, denn sie benutzte ihre Berührung, um das Blatt zu ihren Gunsten zu wenden. Als sie ihre Lippen auf seinen Hals presste, sandte es einen Schauer der Lust durch ihn, und er schloss unwillkürlich die Augen. »Ich werde es dir vergelten, Sir«, flüsterte sie, bevor sie ihre Lippen auf seine presste.

Wulf hätte protestieren sollen, aber er war verloren, ganz im Bann des verführerischen Kusses dieser Kurtisane.

Und das war äußerst beunruhigend.

CHRISTINA WUSSTE, dass Wulf nicht von ihrem Plan überzeugt war, aber da sie keine andere Möglichkeit hatte, war sie entschlossen, ihn dennoch umzusetzen. Von Paris aus konnte sie den Weg nach Hause gut allein finden. Die Flucht aus Venedig war die eigentliche Herausforderung, denn Costanzia bezahlte die Wächter dafür, Frauen zurückzubringen, die sie als ihr Eigentum ansah. Christina brauchte einen Mann, der keine Angst vor einem Kampf hatte, bis mindestens eine Woche zwischen ihr und dieser Stadt lag. Sie brauchte auch eine Verkleidung, und mit einem Templer zu reisen, würde ihr eine bieten.

Wulf zog sich zurück, unterbrach abrupt den Kuss, und Christina wusste, dies war ihre letzte Chance, ihren Wunsch wahr werden zu lassen. Wenn er sie nun verließ, würde sie ihn nie wiederfinden.

Aber Costanzia würde *sie* finden.

Wenn sie ihn nicht durch ihre Berührung überzeugen könnte, würde sie sich auf andere Weise nützlich machen. Ja, er hatte gesagt, er würde sich lieber mit ihr unterhalten, als die Künste der Kurtisane zu genießen. Zu spät begriff sie, dass sie seine Zustimmung nicht mit Zärtlichkeiten gewinnen würde.

Sie musste ihre Taktik ändern.

Bevor Wulf noch einmal protestieren konnte, legte Christina ihm die Fingerspitze auf den Mund und schaute zu den Frauen hoch, die so gespannt zuhörten. Dann griff sie seinen Ellbogen, drehte ihn in die Richtung, in die er zuvor gegangen war. Gemeinsam schritten sie die Gasse entlang, unter Wäscheleinen hindurch.

»Zügig jetzt«, sagte sie leise. »Bevor die Nachttöpfe auf unsere Köpfe geleert werden.« Sie sprach auf Deutsch und wählte bewusst einen nördlichen Dialekt. Diesen Akzent hatte sie in seiner Stimme gehört und hoffte, dadurch ein stärkeres Band zwischen ihnen zu knüpfen.

Er lachte leise über ihre Bemerkung, dann zuckte er zusammen, als er bemerkte, dass sie die Sprache gewechselt hatte. »Ich hatte recht«, murmelte er. »Venezianisch ist nicht deine Muttersprache.«

»Und habe ich deine richtig erraten?«

»Ja, auch wenn mir das Gegenteil lieb wäre. Du kannst nicht mit mir kommen.«

»Wir gehen nur ein Stück zusammen. Daran ist nichts Schlimmes.«

Er warf ihr einen Blick zu, und sie bezweifelte, dass er sich täuschen ließ. »Du wirst meine Meinung nicht ändern. Es ist nicht möglich.«

Christina wechselte das Thema in dem Versuch, sich als nützlich zu erweisen. »Dieser Dieb hat nach etwas Bestimmtem gesucht. Er hat deine Kleider durchsucht, und nur deine Kleider, und dann versucht, dich zu töten. Was für einen Brief bringst du nach Paris?«

Wulf versteifte sich. »Davon musst du nichts wissen.«

»Aber etwas weiß ich schon. Und wenn du mir mehr erzählst, kann ich dir vielleicht helfen. Ich habe über diese Stadt viel gelernt.«

Er warf ihr einen Seitenblick zu, wider Willen neugierig. »Zum Beispiel?«

»Zum Beispiel, wo sich ein Dieb vielleicht versteckt. Stammt dieser spezielle Dieb aus Venedig? Oder wurdet ihr verfolgt?«

Wulf kniff die Augen zusammen. »Vielleicht kam der Schurke aus Costanzias Haus. Vielleicht wusstest du davon.«

Christina schüttelte den Kopf. »Ich habe versucht, dich zu warnen, als ich die Schritte auf dem Boden hörte. Wenn ich mit dem Dieb unter einer Decke gesteckt hätte, hätte mir das eine Tracht Prügel eingebracht.«

»Vielleicht ist das der Grund, weshalb du das Haus verlassen willst.«

»Du denkst, es sei riskant, dich mir anzuvertrauen«, beharrte Christina. »Aber ich denke, es wäre Torheit, es nicht zu tun. Wer reist sonst mit dir? Wo waren die Jungen? Haben sie für dich Einkäufe gemacht? Essen gekauft? Deine Rüstung reparieren und deine Klingen schärfen lassen? Wo schläfst du, wenn du nicht das Bordell besuchst? Wo ist dein Pferd untergebracht? An tausend Orten hätten Details von dir bekannt werden können, und an jedem von ihnen wirst du verwundbar sein.« Sie wusste, sie hatte seine Aufmerksamkeit. »Es gibt nicht viele Templer in Venedig mit goldenem Haar und silbernen Augen.«

Sie spürte, wie sich sein Körper anspannte. Ganz offensichtlich hatte er nicht geglaubt, so leicht erkennbar zu sein. Er betrachtete sie, seine Augen von diesem eisigen Farbton, der sie an das Raubtier denken ließ, nach dem er benannt war.

Er hob eine Augenbraue. »Während ein solcher Templer mit einer schönen Hure an seinem Arm weniger Aufmerksamkeit erregen wird?«

Christina lächelte. Sie konnte nicht anders. Es stimmte, wenn sie ihn begleitete, würde er noch auffälliger wirken. Sie beugte sich vor und senkte die Stimme zu einem Flüsterton. »Deshalb schlage ich vor, wir bleiben bis zu deiner Abreise zusammen allein. Auf diese Weise kann ich dich besser für deine Hilfe entlohnen. Nur wenige würden dich im Bett beobachten, von mir abgesehen, denke ich.«

Sie konnte seine Gedanken nicht erraten, was sie mehr beunruhigt hätte, hätte sie nicht gespürt, wie sein Herz schneller schlug.

»Wir müssen noch heute aufbrechen«, sagte er brüsk. »Es wird keine Zeit bleiben …«

»Es bleibt immer Zeit«, unterbracht ihn Christina und ging schneller. »Aber wir sollten uns besser bald miteinander zurückziehen. Wenn du heute noch aufbrichst, dann nach der Dämmerung, und der Himmel wird bereits rosig.«

»Du willst mich nur davon ablenken, den Eindringling zu verfolgen.«

»Du hattest die Spur schon verloren, als ich zu dir aufschloss.«

Wulf ging neben ihr her, während die Jungen ihnen folgten, und schien einen Moment um Worte verlegen. »Bist du immer so stur?«, fragte er schließlich.

»Nur, wenn es um eine Angelegenheit von großer Wichtigkeit geht«, antwortete sie, da sie bezweifelte, dass Ehrlichkeit schaden würde. »Doch man könnte wohl sagen, in dieser Angelegenheit sind wir beide ähnlich entschlossen.«

Wulf schürzte die Lippen. Offensichtlich war er dabei, eine Entscheidung zu treffen, und Christina würde auf das Ergebnis nicht lange warten müssen. »Werden sie dich schlagen?«, fragte er, und sie nickte. Sie musste nicht lügen.

»Natürlich.«

Er kniff die Lippen zusammen, und sie wusste, er hatte seine Wahl getroffen. Er bog in eine andere Straße ein und ging schneller. Sein Weg führte nicht zurück zu Costanzias Haus, und Christina wagte zu hoffen.

»Du darfst bis Tagesanbruch bei mir bleiben«, lenkte Wulf ein. »Aber nur, weil es so früh keinen anderen Ort gibt, an dem du Zuflucht findest.«

Christina war erfreut, dass er dieses Zugeständnis machte, und entschlossen, dafür zu sorgen, dass er es nicht bereute.

KAPITEL 5

ulf war ein Narr, und er wusste es.

Er hatte Christina wenig anzubieten, und dies war bestenfalls ein Aufschub. Doch was für ein Mann würde sie ins Bordell zurückschicken, damit sie dort geschlagen und misshandelt wurde? Den Gedanken konnte er nicht ertragen. Es musste eine andere Lösung geben. Mit schnellen Schritten ging er zurück zu dem Haus, das er und seine Gefährten gemietet hatten. Er wollte ihr nicht noch eine Chance geben, an sein Mitgefühl zu appellieren. Vielleicht konnte Christina nach ihrem Aufbruch in diesem Haus bleiben. Vielleicht hatten sie in der Küche Arbeit für sie. Oder vielleicht konnte er eine andere Lösung finden, sodass sie von dem Bordell frei war.

Es war ein Wahnsinn, dass er solche Anteilnahme empfand, aber er konnte nicht anders. Er fürchtete, er würde Christina nicht so bald los sein.

Und ein Teil von ihm wollte das auch nicht.

Konnte er es wagen zu glauben, dass sie von dem Angriff nichts gewusst hatte? Wenn er das tat, dann war entweder die Eigentümerin des Bordells verantwortlich, oder der Angreifer war Wulf zum Bordell gefolgt und hatte den passenden Moment abgewartet. Auf einmal schien es umso dringlicher, zurück zu ihrem Quartier zu gelangen.

Wulf bog in die entsprechende Straße ein und führte Christina zur Haustür, nur, um zu entdecken, dass der Eingang verschlossen war.

Mit der Faust hämmerte er dagegen. Natürlich war es nur klug, dass die Gruppe sich des Nachts einschloss, aber es gefiel ihm ganz und gar nicht, dass er nun die Demütigung auf sich nehmen musste, um Einlass zu bitten.

Er war sich der Mischung aus Neugier und Überraschung in Christinas Blick nur allzu bewusst.

Wie auch der Tatsache, dass die Stadt Venedig ringsum zu still und zu dunkel war.

»Ich verlange Einlass!«, brüllte er und hämmerte weiter. Zu seiner Erleichterung wurde das Tor geöffnet, allerdings nicht so schnell, wie er gehofft hatte. Und als es geschah, schwang die Tür so abrupt auf, dass er beinahe in den Hof stolperte. Er drängte Christina und die Jungen hinein. Hinter ihnen legte Bartholomew erneut den Riegel vor. Es war klar, dass die anderen ihn früher gehört hatten, denn Gaston stand bereits am Brunnen und wartete dort auf ihn.

Seine Missbilligung war offensichtlich, aber Wulf war im Moment auch nicht gerade gut auf seinen Kameraden zu sprechen. Immerhin war er angegriffen worden – wegen Gastons falscher Zuversicht, dass man ihnen nicht gefolgt war. Und Gaston hatte den weiter entfernt liegenden Hafen gewählt.

Wulf war noch nicht bereit zuzugeben, dass es im Licht der Ereignisse dieser Nacht gut war, dass er den Brief nicht bei sich getragen hatte.

Gaston hob eine dunkle Braue, die ein Geständnis förmlich nahelegte. Es war diese Attitüde, die Wulf ganz besonders aufbrachte, diese stille Überzeugung, mit der er Wulf zu beurteilen und ihn ungenügend zu finden schien. Ja, Wulf war leidenschaftlich, und ja, er war starrsinnig, und ja, er war ein Bastard. Wenn Gaston ihm diesen Blick zuwarf, war er sich all seiner Schwächen nur zu bewusst.

»Wir sind in Gefahr und müssen sofort losreiten!«, verkündete er. »Man hat mich angegriffen!«

Gaston, verflucht sollte er sein, lehnte an einem Balken, der das Dach des Stalls trug, und sah nicht so aus, als wäre er geneigt, in naher Zukunft irgendwohin aufzubrechen. Aber Wulf war der vermeintliche

Anführer dieser Gruppe! Gaston könnte zumindest so tun, als würde er seinen Befehlen folgen, um diesen Eindruck aufrechtzuerhalten.

»Wir reiten noch diesen Morgen los!«, röhrte Wulf. »Wenn nicht sofort.«

Der andere ehemalige Templer, Fergus, erschien in der Tür des Gemeinschaftsraums. Er gähnte und fuhr sich mit der Hand durch das Haar, bevor er sagte: »Was für einen Aufstand Ihr veranstaltet, so früh am Tag.« Sein Leibwächter Duncan stand hinter ihm und rieb sich das Kinn, während er Christina anstarrte.

Aye, sie alle schauten Christina an. Wulf blickte über die Schulter zu seiner Begleiterin und spürte das unwillkommene Aufflackern des Verlangens. Ihr Haar war noch immer offen, und es glänzte. Sie ignorierte die Männer, die sie anstarrten, ganz bewusst, eine Entscheidung, die nur dazu diente, deren Neugier zu wecken.

Nun nahm sie sich die Zeit, ihre Kleider zu arrangieren. Sie hätte auch in ihrer eigenen Kammer stehen können, so ungerührt schnürte sie sich das Mieder. Die Kurtisane war zurück. Die träge Weise, wie sie sich bewegte, die Art, wie sie das Haar über eine Schulter warf, das geheimnisvolle Lächeln auf ihren Lippen, all das ließ ihr Gewerbe für jeden sichtbar werden. Ihr Kleid wirkte in den Schatten ungewöhnlich prunkvoll, und der mysteriöse Gürtel glänzte, als hätte er mehr Wert, als er tatsächlich besaß.

In Duncans Augen zeigte sich ein lebhaftes Interesse, und Wulf fragte sich, ob Christina sich einen anderen Mann aus ihrer Reisegruppe als Beschützer suchen würde, wenn er sich weigerte, ihr zu helfen.

Er wandte sich ruckartig zu den anderen um. »Es ist noch Nacht, und ich wurde angegriffen, während ich im Bett lag«, schnappte er. »Das reicht aus, dass ich diese Stadt leid bin. Ich befehle unseren sofortigen Aufbruch.«

Fergus schüttelte mit irritierender Aufsässigkeit den Kopf. »Hamish braucht mehr Ruhe, bevor er reiten kann«, sagte er, auf seinen verletzten Knappen weisend. »Das sagt der Arzt, und so soll es sein.« Er nickte Everard und Joscelin freundlich zu, die ihm aus dem Hauptraum gefolgt waren. Dahinter lag die Treppe zu den Zimmern im Obergeschoss, und Wulf konnte daraus nur schließen, dass sie von seinem

Klopfen geweckt worden waren. »Ich möchte mich seiner Mutter gegenüber nicht für seine Gesundheit verantworten müssen.« Die Männer lachten leise, Wulf aber war empört.

Dies war kein Scherz. Er war es wirklich leid, dass alle sich so verhielten, als hätten sie Zeit, als könnten sie unterwegs interessante Orte besichtigen. Er würde seinen Auftrag in aller Eile abschließen und zurückkehren, um seinen Brüdern in Outremer beizustehen.

Warum hatte es außer ihm niemand eilig?

»Ich werde mich nicht von einem Knappen aufhalten lassen, schon gar nicht von einem, der so dumm ist, in den Frachtraum des Schiffes zu fallen, sobald man ihm den Rücken zukehrt«, antwortete er hitzig. Er hoffte, Christina schloss daraus, dass es ihm an Mitgefühl mangelte.

»Ich wurde gestoßen«, beteuerte Hamish aus dem Schatten des Stalls.

»Du bist gefallen«, höhnte Kerr.

Fergus schüttelte den Kopf und ignorierte den Wortwechsel seiner Knappen. »Es spielt keine Rolle, wie es zu dieser Verletzung kam. Ich werde noch zwei Tage in Venedig bleiben.«

»Die Gruppe muss beisammenbleiben«, beharrte Wulf. »Und ich habe das Kommando! Ich sage, wir brechen noch diesen Tag auf. Es ist nicht sicher, uns hier weiter aufzuhalten.«

»Weil Ihr von dieser Frau angegriffen wurdet?«, fragte Duncan, sein Ton jovial. »Ich möchte wetten, nur wenige Männer würden sich über einen solchen Angriff betrübt zeigen.« Fergus lachte mit ihm. Wulf dachte darüber nach, dem Schotten eine ernsthafte Verletzung zuzufügen, aber endlich konnte Gaston sich dazu bequemen, das Wort zu ergreifen.

»Was ist geschehen?«, fragte er in gemäßigtem Ton. »Gestern Abend noch wart Ihr froh, eine Nacht vor uns allen Ruhe zu haben.« Gaston schaute bedeutungsvoll zu Christina hinüber, die weder von ihm noch von Duncan Notiz nahm.

»Sicher wünscht Ihr, in Venedig zu bleiben und Euren Gast zu bewirten«, stichelte Fergus.

Wulf starrte ihn an. »Sie ist nicht mein Gast. Sie ist eine Hure ...«

»Kurtisane«, unterbrach Christina ihn brüsk. »Und mein Name ist

Christina, wie ich Euch bereits gesagt habe.« Sie sprach ihn förmlich an, beinahe geschäftsmäßig.

Fergus neigte den Kopf und hätte vielleicht direkt mit ihr gesprochen, aber Wulf unterbrach ihn, bevor er es tun konnte. »Ihr Name ist nicht wichtig. Und ihr Gewerbe könnt Ihr so nennen, wie Ihr wollt. Ganz gleich, wie schmeichelhaft die Wortwahl, es ist, was es ist.«

Er war sich Christinas Missfallen bewusst und sagte sich, es sei ihm ganz recht. In Wirklichkeit fühlte er sich wie ein Untier, aber es hatte wenig Sinn, so zu tun, als verhielte es sich anders, als es das tat. Er fuhr fort: »Ich habe den vollen Preis entrichtet, aber sie folgt mir …«

»Letzte Nacht hat er sich zu meinem Streiter erklärt«, sagte sie, ihr Tonfall süß und zugleich hoheitsvoll. Wulf war nicht überrascht, wie rasch sein Verlangen erwachte, ihr hilfreich zur Seite zu stehen. Er stand wahrhaftig unter ihrem Zauber.

Alle Männer drehten sich um, um sie anzuschauen, selbst Wulf, der vorgezogen hätte, es nicht zu tun. Christina lächelte im Vertrauen auf ihre eigene Anziehungskraft. »Und in der Tat verdanke ich diesem Ritter mein Leben«, fuhr sie fort. »Natürlich muss ich ihm folgen, um die Schuld in Gänze zu begleichen.«

»Ihr würdet für *ihn* Euer Leben aufgeben?«, fragte Kerr in sichtlichem Unglauben. Die anderen kicherten, während Wulf vor Wut über die Unverschämtheit der Jungen kochte.

Und das Versäumnis ihrer Ritter, sie zu maßregeln. Auf dem Schiff hatte Kerr sich ein blaues Auge eingefangen, und Wulf fand, der Junge hätte aus dieser Erfahrung etwas lernen sollen.

»Ihr solltet Euch nicht von Äußerlichkeiten täuschen lassen«, tadelte Christina den Knappen. »Oder einen Mann nach dem ersten Eindruck beurteilen.« Ihre Augen glänzten, als sie Wulf anlächelte, und sein Herz hämmerte. »Der Löwe mit einem Dorn in der Pfote ist dennoch eine edle Kreatur, auch wenn sein Schmerz ihn furchterregend macht.«

Hitze durchflutete Wulf, dass sie so viel von ihm hielt, und verstärkte den Drang, sie zu beschützen.

Vielleicht war das ihre Absicht.

Dass Christina eine solche Reaktion in ihm wachrief, wenn er doch fest davon überzeugt war, dass sich ihre Wege trennen mussten, war ein

Zeichen der Schwäche, das Wulf ganz und gar nicht gefiel. »Ihr schuldet mir nichts«, sagte er zu Christina und gab sich dabei bewusst kalt. »Ich habe für das Vergnügen gezahlt, das Ihr mir gewährt habt, und unsere Übereinkunft ist erfüllt.«

Milde antwortete sie: »Ich sage, sie ist es nicht, und wenn es eine Übereinkunft war, dann ist das Einverständnis beider Parteien notwendig, um sie als erfüllt zu betrachten.« Sie lächelte Wulf an, als wäre ihr sein Ärger egal, aber wieder sah er das entschlossene Glitzern in ihren Augen.

»Ich habe Euch nicht dafür bezahlt, dass mein Leben in Gefahr gerät, ich mich in einem Moment der Entspannung verteidigen oder vor dem sicheren Tod fliehen muss.«

»So schlimm?«, fragte Fergus gedehnt, dann blinzelte er Christina zu. »Ich hätte nicht erwartet, dass es so gefährlich ist, mit Euch das Bett zu teilen.«

»Es gab einen Angriff auf das Haus«, ließ sie den anderen Ritter wissen, und Wulf war überrascht, dass sie so ruhig klang. »Wie es geschehen kann, wenn sich wohlhabende Kunden dort aufhalten.« Sie räusperte sich. »Verbrecher haben das Haus und die Kunden beraubt, nachdem sie das Haus angezündet hatten. Die anderen Frauen …« Sie verstummte, richtete sich auf und warf Wulf ein Lächeln zu. Wulf staunte darüber, dass sie sich mit solcher Leichtigkeit eine Geschichte ausgedacht hatte. Verbarg sie die Wahrheit, um seine Geheimnisse zu hüten, oder schützte sie das Bordell? Wo lag ihre Loyalität?

Christina trat auf ihn zu, jenes anziehende Lächeln auf den Lippen »Mein Schicksal wäre sicherlich schlimmer verlaufen, hätte ich das Bett nicht mit einem *Streiter* geteilt, der mich verteidigt hat.«

Wulfs Nacken war heiß. »Ich habe mich selbst verteidigt«, korrigierte er. »Ich wurde angegriffen und habe für mein Überleben gesorgt.«

»Und für das meine, zu meiner ewigen Dankbarkeit.« Christina verbeugte sich tief vor ihm.

»Eure Dankbarkeit muss nicht so lange anhalten. Ich gebe Euch eine weitere Münze oder sogar zwei, und Ihr könnt Euch auf Euren Weg begeben wie wir uns auf den unseren.« Seine Gruppe musste noch heute nach Paris aufbrechen. Er würde mit den Besitzern dieses Hauses sprechen, bevor sie losritten, in der Hoffnung, dass Christina hier ehrliche Arbeit finden würde.

Aber Christina hob ihr Kinn. »Und ich sage, ich werde es Euch vergelten, auf die gleiche Weise *oder* durch meine Dienste, dass Ihr mir das Leben gerettet habt. Wohin auch immer Ihr geht, Sir, werde ich Euch folgen.« Ihre Haltung war höchstens noch resoluter als zuvor auf der Straße. »Verlasst Euch darauf.«

Wulf konnte das Verlangen, die Vergangenheit hinter sich zu lassen und einen neuen Anfang zu machen, gut verstehen, und erst recht den Drang, nach Hause zurückzukehren.

Aber er war nicht für sie verantwortlich. Seine Pflicht dem Orden gegenüber musste Vorrang haben.

»Es gibt Schlimmeres«, murmelte Duncan. Der Kämpfer lächelte Christina an, augenscheinlich in der Hoffnung, ihr die Befangenheit zu nehmen. Sie dagegen wandte den Blick nicht von Wulf ab, und es war offensichtlich, was sie von ihm erwartete.

»Seid Ihr verletzt?«, fragte Gaston und lenkte Wulfs Aufmerksamkeit zurück auf das Wesentliche.

Er deutete auf seinen Rücken. »Es ist nichts, aber nur deshalb, weil ich wach war. Hätte ich geschlafen, wäre die Klinge geradewegs zwischen meine Rippen gedrungen.« Gaston wirkte nachdenklich, und Wulf wusste, sie würden sich später noch genauer darüber unterhalten müssen.

»Ich nehme an, das ist die Gefahr dabei, wenn man ein solches Etablissement aufsucht«, murmelte Everard in missbilligendem Ton. Wulf hätte auf seine Ansichten gut verzichten können.

»Es spielt keine Rolle, was Ihr glaubt, das Ihr mir schuldet«, sagte er zu Christina, sein Ton weniger heftig als zuvor. »Wir brechen in aller Eile auf. Ihr habt kein Pferd, daher werdet Ihr nicht mit uns kommen.«

»Nur, weil Ihr durch einen unglückseligen Unfall bei Eurem Vergnügen gestört wurdet, sehe ich keinen Grund zur Hast«, sagte Fergus gedehnt. »Und überdies braucht Hamish diese Tage zur Erholung.«

Wulf hob die Faust. »Ein Knappe wird nicht …«

»Ich schlage vor, wir nehmen ein Frühstück ein«, sagte Gaston flach. »Und beraten uns danach über das weitere Vorgehen.«

Höchst widerwillig blieb Wulf stumm, aber Gaston sprach einfach weiter, als bemerke er seinen Ärger nicht. »Auf leeren Magen kann man keine klugen Entscheidungen treffen«, sagte er. »Und meine Frau hat heute Morgen Einkäufe abzuholen. Vielleicht können wir einen Kompromiss schließen und morgen aufbrechen.«

»Wir sollten unser Ziel lieber früher als später erreichen, damit ich nach Jerusalem zurückkehren und bei seiner Verteidigung helfen kann«, widersprach Wulf, obwohl er vermutete, dass es nichts bringen würde.

»Eine Verzögerung von einem Tag wird wenig Unterschied machen«, antwortete Gaston, und sein Tonfall verriet, dass er seine Meinung nicht ändern würde.

Es war unerhört.

Es war falsch.

Aber Wulf wusste, was er tun musste.

Langsam atmete er aus und rang um Beherrschung. »Euer Ratschlag ergibt möglicherweise Sinn«, sagte er, obwohl ihn das Eingeständnis schmerzte. »Ich werde mein Fasten brechen, bevor ich eine Entscheidung treffe.«

»Vielleicht möchte Euer Gast sich uns anschließen«, sagte Fergus und verbeugte sich vor Christina. »Da ich den Eindruck gewinne, dass ihr ursprüngliches Quartier nicht länger bewohnbar ist.«

»Das ist es nicht, und ich wäre erfreut, Eure Einladung anzunehmen«, sagte sie und legte die Hand auf seinen Ellbogen. Fergus führte sie in den Hauptraum, gefolgt von Joscelin und Duncan. Everard stapfte die Treppe zu seiner Kammer hinauf. Beim Gehen wickelte er seinen Mantel fest um sich, eine Zurschaustellung seiner Missbilligung. Nach einem scharfen Blick von Bartholomew widmeten sich die Knappen wieder ihren Pflichten in den Ställen und ließen die beiden Ritter im Hof allein.

Wulf wusste nicht, wo er anfangen sollte. Er sah Gaston finster an. Der Mann musste begreifen, warum er so gereizt war. Doch Gaston erwiderte den Blick nur mit seiner üblichen, aufreizenden Gelassenheit, und Wulf war klar, seine Wünsche und seine vermeintliche Autorität würden einmal mehr missachtet werden.

Es war Gastons Schuld, dass sie so spät aus dem Heiligen Land aufgebrochen waren, dass man ihnen gefolgt war und sie den Schuldigen nicht gefasst hatten, dass sie sich so lange in Venedig aufhielten und sein Leben in Gefahr war.

Vielleicht war das Gastons Plan. Vielleicht wollte er Wulf opfern, um den Verräter dazu zu bringen, sich zu erkennen zu geben. Er hätte unzählige Fragen stellen können, unzählige Antworten verlangen, aber an diesem Ort war die Wahrscheinlichkeit, dass man sie belauschte, zu hoch. Er hoffte, Gaston konnte diese Befürchtung an seinem Gesicht ablesen.

Der Ritter nickte, als täte er das tatsächlich.

»Heute Nachmittag«, murmelte Gaston, als er an Wulf vorbeiging, in Richtung des Hauptraums, wo die anderen saßen.

Wulf starrte auf seine Stiefel. Diese Unterhaltung war unbedingt fällig. Er schaute hinüber zur Gruppe, die gerade ihr Frühstück einnahm, und sah, wie Christina die anderen Männer mit erstaunlicher Leichtigkeit für sich einnahm. Dann auf einmal richtete sie ihre Aufmerksamkeit auf ihn. Ihre Blicke trafen sich für einen langen Moment, der ihn mit einem jähen Verlangen erfüllte.

Er war zehnmal gereizter als in der Nacht zuvor, als er nach Erleichterung gesucht hatte, damit sich seine Frustration nicht negativ auf seine Fähigkeit auswirken würde, seine Pflicht zu erfüllen.

Und Christina war mehr als willig.

Aber er würde sich nicht in Versuchung führen lassen, denn das würde sie in ihren Erwartungen nur bestätigen. Mit raschen Schritten überquerte er den Hof und ging durch den Hauptraum. Er schickte Stephen mit einer Geste los, um ihm etwas zu essen zu holen, dann stieg er allein die Treppe hinauf.

Er musste Christina zurücklassen, auch wenn er wusste, das würde nicht leicht werden. Er war sich der Ironie der Situation sehr wohl bewusst – war er doch derjenige gewesen, der Gaston vorgeworfen hatte, in Jerusalem seine Hure mit auf die Reise genommen zu haben. Da würde er seine eigene sicher nicht in ihre Gruppe aufnehmen. Christina musste in Venedig bleiben, aber je länger er sich in ihrer Gegenwart befand, desto mehr würde er ihrem Zauber erliegen.

Bei Tagesanbruch mussten sich ihre Wege trennen, auf die eine oder andere Weise.

~

DAS KONNTE UNMÖGLICH *ER* SEIN.

Christina hatte nur einen flüchtigen Blick auf den Adligen unter Wulfs Reisegefährten erhascht, aber es war genug, dass ihr das Blut in den Adern gefror. Sie sagte sich, es seien neun Jahre vergangen – Menschen änderten sich. Ihre Erinnerung trog sie vielleicht.

Und doch konnte sie den Verdacht nicht abschütteln, dass eine vertraute, bösartige Schlange in Wulfs Gruppe reiste.

Sie wollte mit Wulf sprechen, aber er war eindeutig verärgert. Sie wusste es besser, als einem Mann zu folgen, der so gereizt war.

Zumindest verließ er nicht das Haus. Er stieg die Treppe hinauf, zweifellos auf dem Weg in ein Zimmer, das er für sich beansprucht hatte. Der jüngere Knappe eilte ihm hinterher, während der andere Brot, Honig, Obst und einen Krug Bier für seinen Ritter besorgte, bevor er den beiden flinken Fußes folgte.

Christina würde Wulf Zeit geben, sich zu fassen, ehe sie Jagd auf ihn machte. Vorher würde sie die Gelegenheit nutzen, so viel zu erfahren wie möglich, damit sie ihren Nutzen unter Beweis stellen konnte. Im Übrigen fand sie es beinahe so unerträglich wie Wulf, dass man ihn so demütigend behandelte, wenn sie auch glaubte, ihre Reaktion besser verbergen zu können. Wenn er die Gruppe anführte, sollten die anderen seinen Befehlen folgen, statt sie infrage zu stellen. Christina fand es unerhört, dass man ihn nahezu ignorierte.

Sie achtete darauf, sich von diesen Gedanken gegenüber ihren Tischgefährten nichts anmerken zu lassen. Auf Drängen des Kämpfers hin nahm sie zwischen ihnen Platz, tat, als hätte sie Freude an der Unterhaltung und der Gesellschaft. Dieses eine Mal war Christina sogar Costanzia dankbar für die Lektionen, die sie in ihrem Haus gelernt hatte. Es war eine Leichtigkeit, mit den drei Männern, die mit ihr im Hauptraum saßen, zu scherzen, so zu tun, als hätten sie ihre ungeteilte Aufmerksamkeit, während ihre Gedanken zu dem namenlosen Adligen zurückkehrten.

Konnte es wirklich Helmut sein? Hier? Nach all diesen Jahren war das fast unglaublich. Vielleicht aber auch nicht – sie hatte ihn auf dem

Weg nach Jerusalem getroffen, und Wulf und seine Gefährten kamen aus dieser Stadt.

Wenn sie recht hatte, was verfolgte Helmut dann für Pläne? Sie erinnerte sich gut genug an ihn, um zu wissen, er heckte immer etwas aus, und zwar etwas, das ihm zum Vorteil gereichte – und allen anderen möglicherweise zum Nachteil. Warum reiste er mit dieser Gruppe? Steckte Zufall oder Absicht dahinter? Sie hatte gehört, Saladin habe die Kreuzfahrerstaaten angegriffen, und Wulf hatte bestätigt, wie heikel die Lage war. Ein Mann wie Helmut wäre nicht dortgeblieben, um zu kämpfen, solange die Chance bestand, sich dabei auch nur einen Fingernagel abzubrechen.

Aber wohin wollte er?

Und wieso?

Sie hörte oben eine Tür knallen, dann war Stille.

Sicher war Wulf doch nicht unterwegs, um sich mit Helmut zu beraten? Sie steckten doch nicht unter einer Decke? Nein, das konnte nicht sein. Die beiden waren so unterschiedlich, wie zwei Männer es nur sein konnten. Bestimmt ahnte Wulf nichts von Helmuts wahrer Natur.

Christina war versucht, Wulf zu warnen, aber was konnte sie schon sagen? Sie hatte keinen Beweis, dass Helmut je etwas Unrechtes getan hatte, nur ihr eigenes Misstrauen und ihre Erinnerungen. Nur zu war ihr Gunthers Warnung, sie solle keine voreiligen Schlüsse ziehen oder eines Mannes Ruf ohne Beweise in den Schmutz ziehen, im Gedächtnis geblieben.

Wulf würde ihr vielleicht nicht glauben, selbst wenn sie etwas sagte, oder schlimmer noch, er würde sich womöglich mit seinen Reisegefährten besprechen – und dann wäre Helmut gewarnt. Nein, am klügsten war es, den Mund zu halten und unterdessen so viel wie möglich über die Reisegruppe und ihre Mitglieder in Erfahrung zu bringen.

Christina lächelte den Ritter an, der ihr gegenübersaß. Er gab sich entspannt, und in seinen Augen lag ein Funkeln. Sein Haar fiel ihm in dunklen Wellen auf die Schultern, und er sprach mit einem eigenartigen Dialekt. »Ich höre Schottland in Eurer Stimme«, sagte sie. »Was führt Euch so weit fort von Eurer Heimat?«

Er lächelte. »Der Befehl meines Vaters. Er entschied, ich sollte Dienst bei den Templern leisten, bevor ich meine Verlobte eheliche.«

»Dann wollt Ihr also heiraten?«

Der Ritter nickte mit der Zufriedenheit eines Mannes, der mit seinem Schicksal glücklich war, und Christina konnte nicht anders, als ihn deshalb zu mögen. »Was mich betrifft, so kann der Tag nicht schnell genug kommen.«

»Also kennt Ihr Eure Verlobte bereits?«

»Schon mein ganzes Leben. Sie ist die Tochter eines Nachbarn, und unsere Väter verhandelten bereits über eine Heirat, als wir noch in den Wiegen lagen.« Er grinste. »Vom ersten Blick an fand das meine vollste Zustimmung.«

»Ihr müsst jung gewesen sein, wenn Eure Familien Nachbarn sind.«

»Ich war erst sieben Jahre und sie noch ein Säugling. Selbst damals sah ich in ihr einen Engel, der auf die Erde gekommen war.« Er grinste. »Und ich muss gestehen, in den Jahren, die seither vergangen sind, hat sich meine Überzeugung verfestigt.«

Der Kämpfer neben ihm räusperte sich. »In Wirklichkeit ist keine Frau ein Engel«, korrigierte er ein wenig knurrig, dabei aber nicht weniger freundlich. Sein Akzent war stärker ausgeprägt als der des jungen Ritters, den er begleitete, aber es war klar, dass sie beide die gleiche Heimat hatten. »Ich hoffe, Ihr verschmäht Eure Braut nicht, wenn ihr begreift, dass sie eine gewöhnliche Sterbliche ist.«

»Oder dass ihre Füße den Boden berühren«, neckte Christina.

Der Ritter lachte. »Nicht meine Isobel. Ich werde sie jeden Tag und jede Nacht meines Lebens glühend verehren.«

Er sprach mit solcher Überzeugungskraft, dass Christina ihm glaubte. Seine Zuneigung würde nicht leicht schwinden. Es tat gut, einem Mann zu begegnen, der so zufrieden mit seinem Leben und seinem Schicksal war.

»Und wessen Herz ist es, das die schöne Isobel gewonnen hat?«, fragte sie leichthin.

»Ich bitte um Vergebung«, sagte der Ritter, so höflich, als wäre sie eine Edelfrau. »Ich bin Fergus von Killairic.« Er deutete auf den Kämpfer an seiner Seite, ein Mann, der ihm gut zwanzig Jahre voraushatte. »Und dies ist Duncan MacDonald, mein Verwandter und Begleiter.«

»Sein Kindermädchen«, sagte Duncan mit trockenem Humor, und sie lachten allesamt. »Mein Auftrag ist es, ihn heil und wohlbehalten nach Hause zu bringen.« Christina vermutete, es war etwas Wahres daran, was anscheinend auch keinem der beiden etwas ausmachte. Sie schienen sogar gute Freunde zu sein.

»Auf Betreiben Isobels oder Eures Vaters?«, fragte Christina.

»Beides!«, gestand Duncan und neigte den Kopf in ihre Richtung. »Aber welcher Mann von Ehre würde nicht die Bitte einer Dame über alles andere stellen?«

Sein Benehmen deutete an, er würde auch *ihrer* Bitte hohe Priorität einräumen, aber Christina lächelte nur.

In diesem Moment räusperte sich der dicke Händler, der neben ihr saß, und sie vermutete, er fühlte sich nicht genug beachtet. »Und ich bin Joscelin de Provins.«

»Welch eine Freude, Eure Bekanntschaft zu machen«, sagte Christina und bemerkte, wie der Mann errötete und sich sichtlich unwohl fühlte, als sie ihn anblickte. Da sie nicht wollte, dass die Männer in dieser Gruppe dachten, ihr wäre an der Aufmerksamkeit eines anderen als Wulf gelegen, sprach sie lieber mit Fergus, dem Mann, der in seine Verlobte verliebt war.

»Und so reist Ihr alle zusammen«, sagte sie und gab acht, nicht zu neugierig zu klingen, als würde sie sich nur die Zeit vertreiben, höflich, aber nicht wirklich interessiert. »Hat sich Eure Gruppe in Jerusalem zusammengefunden?«

Fergus nickte. Er gab sich ein wenig nüchterner. »Ihr habt vielleicht gehört, dass Saladin seine Truppen gegen die Kreuzfahrerstaaten zusammenzieht.« Christina nickte. »Aber vielleicht nicht, dass der König Jerusalems vor wenigen Wochen bei Hattin vernichtend geschlagen wurde.«

»Vernichtend geschlagen?«, wiederholte Christina, als hätte Wulf ihr nicht bereits einen Teil dieser Nachrichten anvertraut. »So schlimm?«

Fergus neigte sich ihr zu. »Ich vermute, es liegt keine Gefahr darin einzuräumen, dass die Kriegerorden diese Niederlage teuer bezahlt haben. Bei unserer Abreise ging bereits die Angst um, Jerusalem selbst könnte fallen.«

»Wir sind nur knapp aus Akkon entkommen«, steuerte Joscelin in dem offensichtlichen Versuch, wichtig zu klingen, bei. »Auf dem allerletzten Schiff, das den Hafen verließ.«

»Wirklich? Ein so knappes Entkommen?«

»Es war schrecklich«, vertraute ihr der Händler an. Er beäugte sie. Vielleicht dachte er, sie würde ihm eine besondere Art des Trostes bieten.

Christina tat, als bemerkte sie es nicht, und sprach mit Fergus. »Es gab viel Gerede über den Fall Akkons, denn viele Venezianer unterhalten dort Handelskontore.«

»Zweifellos sind sie in aller Hast davongesegelt, um ihren Besitz in Sicherheit zu bringen«, sagte Duncan und schüttelte den Kopf. »In größerer Hast, als wenn es darum ginge, Pilger zu verteidigen oder heilige Orte.«

Fergus lachte angesichts dieser Wahrheit, der Händler aber nahm daran Anstoß.

»Es handelte sich um Dinge von enormem Wert«, protestierte Joscelin. »Ich habe Freunde hier in der Stadt, und es war ihnen sehr wichtig, ihren Besitz zu verteidigen, wie es das auch sein sollte. Vermögen, das man im Krieg verliert, lässt sich nicht leicht zurückgewinnen oder neu erwerben. Hoffentlich ist Tyrus noch nicht gefallen, denn ich habe noch eine reichliche Menge Gewürze, die von dort aus verschifft werden sollen.«

»Es geht nur um Seide, Gewürze und Edelsteine«, bemerkte Duncan.

Der Händler wirkte empört. »Es geht mir nicht allein um die Güter«, sagte er, dann lächelte er Christina an. »Aber der Handel mit teuren Waren hat mich gelehrt, Schönheit zu schätzen.«

»Ihr seid zu gütig«, sagte sie glatt und versuchte, die Spannung zwischen den Männern zu lindern. »So, Ihr kehrt zurück, um Eure Liebste zu ehelichen, nachdem Ihr Euren Dienst vollendet habt, und Euer treuer Gefährte reitet mit Euch«, sagte sie zu Fergus, der nickte. »Und Ihr, Sir, reist heim, nachdem Ihr Eure Einkäufe für den kommenden Winter getätigt habt«, sagte sie zu Joscelin, der ihren

Worten zustimmte. »Wer gehört noch zu Eurer Gruppe? Im Hof schienen sich eine Menge Leute zu versammeln.«

»Zusammen reist man sicherer«, erklärte ihr Joscelin.

»Der Ritter Wulf führt uns natürlich an«, sagte Fergus mit einer Überzeugungskraft, die in Christinas Ohren falsch klang. Duncan und Joscelin wandten die Gesichter ab, als wüssten sie, dass es sich anders verhielt.

Tatsächlich war es ihr beinahe so vorgekommen, als würde der dunkelhaarige Ritter, den sie im Hof gesehen hatte, die Gruppe befehligen, obwohl das für Christina keinen Sinn ergab. Aus einem Impuls heraus hatte sie Wulf als einen Löwen mit einem Dorn in der Pfote beschrieben, aber es gab keinen Zweifel daran, dass er sich hier herrischer aufführte, als sie zuvor bemerkt hatte. Lag hier der Grund für seinen Ärger begraben?

»Und er ist ein Templer«, sagte sie mit unverhohlener Bewunderung. »Welches Glück, dass Ihr eine so tapfere Verteidigung gefunden habt. Sind Pilger in Eurer Gruppe?«

»Die Lady Ysmaine und ihre Zofe«, sagte Duncan. »Sie haben oben eine Kammer.«

»Obschon sie keine Pilgerin mehr ist«, fügte Joscelin hinzu, der offenbar versuchte, Christinas Aufmerksamkeit wiederzugewinnen. »Denn der Ritter Gaston hat sie in Jerusalem geheiratet, sie zur Frau genommen, als er den Orden verließ.« Er beugte sich vor. »Er soll Baron von Châmont-sur-Maine werden, und seine Lady wird ein großes Anwesen zu verwalten haben.«

Es war klar, dass Joscelin eine mögliche Kundin ausgemacht hatte.

Christina war weniger klar, wie oder warum ein weltlicher Ritter einem Templer Befehle erteilen konnte.

»War das der andere Ritter im Hof?«, fragte sie, und Fergus nickte. Wenn seine Frau oben schlief, warum war er nicht dort bei ihr gewesen? Christina wählte ihre Worte und ihren Ton mit Vorsicht. »Er wirkt sehr entschlossen.«

»Vielleicht lehren achtzehn Jahre im Dienste der Templer einen Mann, wachsam zu sein, wenn er Dinge beschützt, die er für wertvoll hält.«

Seine Frau? Aber Lady Ysmaine hielt sich nicht im Stall auf, wenn man ihren Berichten glaubte.

Was sonst? Sein Schlachtpferd, sicherlich.

Oder behütete er etwas anderes?

Und wie passte Helmut in das Ganze hinein? »Eure Gruppe ist von beachtlicher Größe«, sagte sie. »Und Ihr müsst auch Diener haben.«

Duncan nickte. »Sechs Jungen, einer davon verletzt, und Lady Ysmaines Zofe.«

»Was mich an eine noch unvollendete Aufgabe erinnert«, sagte Fergus und erhob sich. Er nickte Duncan zu. »Wir sollten heute Morgen nach Hamish sehen, vielleicht den Medicus rufen, damit er ihn sich noch einmal ansieht.«

»Der Junge hat einen harten Schädel«, sagte Duncan und machte keine Anzeichen, sich zu erheben. »Ich bezweifle, dass er einen bleibenden Schaden davonträgt.«

»Aber er steht unter meiner Aufsicht«, sagte Fergus. »Und ich möchte, dass er wohlbehalten heimkehrt.«

Duncan zwinkerte Christina zu. »Ihr seht, wie sehr wir uns um unsere Küken sorgen. Ihr müsst uns für alte Weiber halten.«

Sie lachte. »Das wohl kaum. Ich finde es höchst bewundernswert, wenn Männer jene verteidigen, die schwächer sind als sie selbst.« Duncan betrachtete sie einen Moment lang, und sie dachte, er würde vielleicht mehr sagen, aber dann räusperte sich Fergus von der Tür her, und die beiden gingen zusammen hinüber zum Stall.

»Auch ich beschütze jene unter meiner Obhut«, sagte Joscelin. »Gerade letztes Jahr erst hat der Sohn eines Nachbarn Arbeit in meinem Geschäft gefunden …«

Christina lächelte und nickte, achtete aber nicht auf Joscelins Worte. Sie erinnerte sich an den Austausch zwischen Wulf und dem anderen Ritter, der Gaston sein musste. Eindeutig reagierte Wulf auf ihn gereizt, oder vielleicht auf dessen wahre Funktion auf dieser Reise. War es eine Frage des Charakters, eine Folge früherer Begegnungen oder ging es um mehr?

Was war der wirkliche Auftrag dieser Gruppe? Was führte Wulf nach Paris? Warum reiste er mit so vielen anderen Menschen? Wenn Christina das herausfinden konnte, würde sie vielleicht entdecken, warum Wulf in Costanzias Haus angegriffen worden war. Und vielleicht fand sie sogar heraus, warum Helmut ein Teil der Gruppe war.

Wenn er es tatsächlich war.

Erst, als die Schotten gegangen waren und Joscelin versuchte, ihr Interesse an ihm zu wecken, begriff sie, dass sie den anderen Adligen niemals erwähnt hatten.

Warum nicht? Reiste er nicht mit ihnen? Oder mochten sie ihn nicht?

Christina sollte mit Wulf sprechen.

In süßen Worten unterbrach sie Joscelin und fragte, wo sich Wulfs Kammer befand. Der kleine Mann wirkte verlegen, doch er sagte ihr, der Templer habe den Raum direkt über dem Hauptraum für sich beansprucht. Christina entschuldigte sich höflich und machte sich auf die Suche nach ihrem Streiter.

Sie stieg die Treppen hinauf, als ihr ein Gedanke kam, eine intuitive Schlussfolgerung, die Wulfs Verhalten so einleuchtend erklärte, dass sie hoffte, sie war wahr.

Es gab nur einen Weg, das herauszufinden.

Mit neuer Zielstrebigkeit eilte sie die Treppe hinauf.

WULF WUSSTE, dass Christina zu ihm kommen würde.

An wen konnte sie sich sonst wenden? Sie war allein und er der Einzige, der ihr Freundlichkeit erwiesen hatte – wenn man das so nennen konnte. Er wünschte sich, er könnte ihr mehr bieten, aber etwas zu versprechen, das er nicht einhalten konnte, war schlimmer, als gar keine Versicherung abzugeben. Wulf verstand ihr Dilemma nur zu gut. Obwohl er entschlossen war, sie nicht mitzunehmen, vermutete er, sie würde die Gelegenheit nicht einfach verstreichen lassen. Sie hatte eine große Entschlossenheit an sich, so viel war sicher.

Das bewunderte er sehr.

Aber Wulf hatte nun einmal nur den Orden. In Abwesenheit der Versuchung, die Christina darstellte, konnte er seine eigenen Optionen klarer erkennen. Er wusste, es gab keine guten Alternativen für ihn, und er hatte nach wie vor nicht das Verlangen, Söldner zu werden.

Noch immer wartete er auf den Adligen, der ihn in seine Dienste nehmen würde, bei dem er sich sicher sein konnte, dass seine Absichten stets ehrlich und gerecht sein würden.

Der Orden verbot es, sich mit Frauen einzulassen, aber Wulf hatte in Palästina das Glück gehabt, Männern zu unterstehen, die bestimmte Wahrheiten verstanden. Die Meister des Priorats in Gaza waren geneigt gewesen, Übertretungen dieser besonderen Regel zu übersehen, solange solche Begebenheiten sich nicht häuften oder für Ärger sorgten. Ihre Garnison in Gaza war ständigen Angriffen ausgesetzt und die Gemeinde, die sie verteidigten, klein. Man hatte viele Zugeständnisse gemacht, um das Überleben von Rittern und Siedlern gleichermaßen sicherzustellen.

Aber es war nicht anzunehmen, dass der Meister im Pariser Tempel so milde sein würde. Tatsächlich sahen sich seine Brüder in jener Stadt keiner ähnlichen Gefahr ausgesetzt, daher würde man die Regeln strikt befolgen. Wulf wäre enttäuscht, wenn es anders wäre. Er konnte nicht mit einer Hure im Gefolge dort ankommen und erwarten, ein Templer zu bleiben.

Es sei denn, sie wäre eine Pilgerin, die er beschützte.

Es sei denn, er kostete ihre Reize nicht aus.

Es sei denn, sie verließ die Gruppe, bevor sie den Tempel erreichten. Würden seine Mitreisenden dem Meister solche Dinge berichten? Wulf gewann die Loyalität anderer nicht sonderlich leicht, besonders außerhalb der Schlacht, und nahm an, sie würden es vielleicht tun. Gaston zumindest war sehr rechtschaffen.

Die einzige verantwortungsvolle Entscheidung war es, Christina hier und jetzt ihre Bitte abzuschlagen, obwohl ihre Aussichten wenig ermutigend waren. Er war nicht für sie verantwortlich, nicht wirklich, aber er *fühlte* sich verantwortlich.

Wulf brach sein Fasten. Das Brot schmeckte er kaum, während er sich zwang, über andere Dinge nachzudenken. Er ließ den Angriff der letzten Nacht im Geist noch einmal Revue passieren und suchte nach einem Hinweis auf die Identität des Täters. Was, wenn der Angriff nicht vom Bordell arrangiert worden war? Dann hieß das, der Angreifer musste ihm gefolgt sein und sich Zugang zum Bordell erkauft haben, was auf eine ernste Absicht hindeutete.

War der Angreifer ein Mitglied ihrer Gruppe? Wer war in der Nacht nicht im Haus gewesen? Er sollte sich danach erkundigen. Dann brachten ihm die Jungen heißes Wasser, und Stephen packte ein sauberes Hemd aus, während Wulf badete. Er hatte gerade seinen Gambeson und seine Rüstung wieder angelegt, als es an der Tür klopfte.

Christina.

Er würde sich nicht selbst belügen, auch wenn er seine Reaktion vor ihr verbergen würde.

Wulf war froh, dass sie gekommen war.

Und das machte ihm am allermeisten zu schaffen.

KAPITEL 6

Wulf entließ die Jungen und folgte ihnen zur Tür. Er achtete darauf, grimmig zu schauen, als er sich Christina gegenübersah, und hoffte, sie ahnte nicht, wie sehr sich seine Brust bei ihrem Anblick zusammenzog. Sie fingerte an ihrem Gürtel herum, eine anscheinend müßige Geste, die seinen Blick auf sich zog.

»Es ist Morgen«, bemerkte er. »Du gehst besser zurück.«

Stattdessen betrat sie das Zimmer, wie er es vorausgeahnt hatte. Ihr Blick wanderte über die schlichten Möbel, und sie lächelte beinahe. »Ein wenig nüchterner als das Quartier der letzten Nacht.«

»Aber eher, wie es meiner Gewohnheit entspricht.«

Sie nickte, unbeeindruckt von diesem Beweis, dass sein Leben wenig Luxus zu bieten hatte. Die Tür schloss sich hörbar hinter Stephen und Simon, und wie es schien, hatte Christina darauf gewartet. Sie hob den Kopf und sah ihm ins Gesicht. »Er war dein Vater«, sagte sie mit großer Überzeugung, und Wulf war zu verblüfft, seine Überraschung zu verbergen.

»Wer?«, fragte er und versuchte dabei vergeblich, sich nichts anmerken zu lassen. Er wusste genau, wen sie meinte, und sie hatte recht. Aber wie hatte sie die Wahrheit erraten?

»Ein Ritter mit Haar, weiß wie Schnee, und Augen, blass wie Eis. So wirst du in zwanzig Jahren aussehen.« Sie beobachtete ihn und sah zweifellos mehr, als ihm lieb war. »Auf die gleiche Weise hat er dich erkannt. Vermutlich an deinen Augen, denn sie sind ungewöhnlich hell.« Ihr Ton klang schärfer. »Vielleicht hat er daran all seine Bastarde erkannt.«

Wulf trat einen Schritt zurück. »Das kannst du nicht wissen …«

»Nein, das kann ich nicht«, unterbrach ihn Christina überzeugt. »Aber ich erkenne das Muster. Dein Anblick hat ihn in Wut versetzt, weil er wusste, du warst sein Sohn, den er für tot gehalten hatte.« Sie spazierte durch den Raum, ließ die Finger über einen blanken Tisch gleiten, dann über die steinerne Fensterbank. Wulf konnte den Blick nicht von ihr wenden. »Und diesen Glauben konnte er nur haben, weil deine Mutter ihm von dir erzählt hatte, ihn aber belogen hatte, als es um dein Überleben ging.« Sie wandte sich abrupt zu Wulf um. »Was bedeutet, dass deine Mutter dich zu dem alten Mann in den Wäldern gebracht hat. Vielleicht hat diese Wahrheit einen Mann, der die Verantwortung für ein Kind eigentlich nicht brauchen konnte, davon überzeugt, dich bei sich aufzunehmen. Er war deine einzige Chance zu überleben, und das muss er gewusst haben.«

»Du spekulierst mit großer Begeisterung«, sagte Wulf barsch.

»Ich spekuliere, weil es nützlich ist.«

»Nützlich?« Er warf die Hand hoch. »Von welchem Nutzen ist dieses Märchen, das du da erzählst?«

»Es erklärt deine Wut heute Morgen im Hof.«

Wulf wurde kalt. »Ich weiß nicht, was du meinst.«

Christina war nur zu gern bereit, es ihm zu erklären. »Dieser Ritter, Gaston, ärgert dich, weil in Wirklichkeit er die Gruppe befehligt, während dem Anschein nach du ihr Anführer bist.«

Wulf runzelte die Stirn. Wie war es möglich, dass diese Frau ihn so leicht durchschaute? »Unsinn«, gab er zurück und wusste doch, sein Widerspruch würde keinen Unterschied machen.

»Es ist keineswegs Unsinn. Das hast du diesen Morgen durch deine Reaktion auf seine Vorschläge bewiesen. Du hättest es so aussehen lassen können, als würdest du dich mit ihm beraten und dich in der Folge entscheiden, auf seinen Rat zu hören. Stattdessen hast du dich gegen seine Einmischung verwehrt, was allen, die es noch nicht gewusst hatten, deutlich vor Augen geführt hat, dass Gaston der wirkliche Anführer eurer Mission ist.«

»Aber ich ...«

»Das war eine unkluge Entscheidung auf deiner Seite, eine, die ich nicht erwartet hätte, es sei denn, der Grund wäre, dass Gaston dich irgendwie an deinen Vater erinnert. Die eine Ungerechtigkeit ruft dir die andere in Erinnerung, und deshalb gerätst du in Wut. Deshalb hast du so unbedacht gesprochen.«

Wulfs Herz zog sich bei der Erkenntnis zusammen, dass er diese Dinge so klar enthüllt hatte. »Du spekulierst zu viel.«

»Tue ich das?« Christina blieb unerschrocken. »Wenn der Angreifer sich in deiner Gruppe verbirgt, weiß er nun, dass Gaston in Wirklichkeit der Anführer ist. Letzte Nacht hat er dich angegriffen. Durch deine Reaktion hast du Gaston zu seinem Ziel gemacht.«

Wulf wirbelte herum und ging im Raum auf und ab, entsetzt, dass er vielleicht tatsächlich dafür verantwortlich war. Warum hatte er sein Temperament nicht gezügelt? In Outremer, als Gaston darauf bestanden hatte, nach Akkon zu reiten statt nach Jaffa, war ihm das noch gelungen.

Warum war er heute Morgen so wütend gewesen?

Hatte Christina recht, dass sein Ärger auf einem alten Unrecht beruhte?

Leise sagte sie hinter ihm: »Dein Vater, ein Adliger mit Land, hat dafür gesorgt, dass dir dein Geburtsrecht vorenthalten blieb. Er hat dich um das betrogen, was dir hätte gehören sollen. Gaston führt diese Gruppe an, ohne deshalb ein schlechtes Gewissen zu haben, und man könnte sagen, dass er dich um die Autorität betrügt, die dir zustünde.«

Und dennoch war es kein gerechter Lohn, Gaston zur Zielscheibe des Verräters zu machen.

»Du weißt nicht, ob der Angreifer in unserer Gruppe reist.«

»Nein, das weiß ich nicht«, gab Christina zu, aber sie kniff die Lippen zusammen, als ob sie es vermutete.

Natürlich tat sie das. Denn andernfalls stammte der Angreifer aus dem Haus, in dem sie arbeitete, und die Schuld wäre dort zu suchen.

»Du weißt nicht, ob jemand sich des Nachts Zugang zum Bordell verschaffen könnte«, sagte er. »Sicher werden die Türen doch verschlossen?«

»Und gewiss kann man in einem Haus wie jenem für Geld alles kaufen.« In ihrer Stimme lag Resignation, und Wulf konnte nichts gegen ihre Worte einwenden.

Er wandte sich ihr zu. »Aber du weißt nicht, ob alle in der Gruppe unseren Streit belauscht haben.«

Christina warf einen flüchtigen Blick zum Fenster. »Ich möchte wetten, dass beinahe jedes Zimmer ein Fenster hat, das auf den Hof hinausgeht, und wenn nicht, dann hat es der Flur hinter der Tür. Niemand hätte dein lautes Rufen um Einlass verschlafen können, außer vielleicht ein sehr Betrunkener. Aber wer dich angegriffen hat, hatte keine Zeit, so betrunken zu werden.« Sie zuckte die Schultern. »Jede Seele mit einem bisschen Verstand wäre bei diesem Aufruhr neugierig geworden.«

Sie hatte recht.

Wulf unterdrückte den Drang zu fluchen. Er war ein unglaublicher Narr. Wieder ging er in der Kammer auf und ab, wissend, dass sie ihn beobachtete. »Welche Bedeutung hat er?«, fragte er ungeduldig.

Sie schüttelte verständnislos den Kopf.

»Der Gürtel, den du trägst.« Er deutete darauf. »Was bedeutet er? Alle Frauen im Bordell haben einen getragen.«

Christina verzog das Gesicht. »Er kennzeichnet Costanzias Besitz.«

»Er ist nicht verschlossen. Du könntest ihn abnehmen.«

Ihr Lächeln war traurig. »Wir lernen schnell, welchen Preis es hat, das zu tun.«

»Aber wozu dient er?«

»Jeder, der mich sieht, weiß, wohin ich gehöre, ob diese Person nun mein Gesicht erkennt oder nicht. Jeder Torwächter wird mir die Passage verweigern, wenn er ihn einmal sieht, denn dafür wird er bezahlt.«

Wulf begriff. »Also kannst du die Stadt nicht verlassen, während du ihn trägst.«

Sie schüttelte den Kopf.

»Dann solltest du ihn abnehmen.«

»Wenn ich jemals dorthin zurückkehren muss, wird der Preis dafür, ihn abgenommen zu haben, hoch sein.« Sie runzelte die Stirn. »Du musst begreifen, dass diese Stadt nicht so groß ist, wie man vielleicht denkt. Diejenigen, die hier leben, erkennen einander und ignorieren die Ströme von Pilgern, Kreuzfahrern und Händlern, die mit der Flut kommen und gehen.« Sie spielte mit dem Gürtel und lächelte ein wenig. »Es gibt noch etwas, das wir gemeinsam haben, Wulf.«

Allein durch ihr Äußeres würden sie in dieser Stadt stets erkennbar bleiben.

Wulf wusste, worum Christina ihn bat, aber er konnte ihr nicht die Antwort geben, die sie wollte. »Es ist Morgen«, wiederholte er. »Du solltest zurückkehren, bevor du deine Lage verschlimmerst.«

»Dagegen habe ich etwas einzuwenden.«

»Ich kann dir nicht helfen, die Stadt zu verlassen!«, protestierte er, während er noch darüber nachdachte, wie das vielleicht ginge.

In Christinas Augen flackerte erneut ein Feuer. »So, wie ich es verstanden habe, bleibst du noch zwei Tage in diesem Haus. Ich bitte dich um diese zwei Tage Unterschlupf, als eine Atempause. Danach werde ich tun, was immer notwendig ist, das schwöre ich dir.« Ihre Stimme wurde weicher. »Gewähre mir diese Bitte, ich flehe dich an. Ich werde dafür sorgen, dass du es nicht bereust.«

Wulf brachte es einfach nicht über sich, sie zurück ins Bordell zu schicken. Sie würde bestimmt versuchen, ihn davon zu überzeugen, sie mit nach Paris zu nehmen, und er fragte sich bereits, ob sie darin Erfolg haben würde. Eine Hure bei sich zu haben, war unangemessen, eine Pilgerin zu beschützen, dagegen nicht. Der Aufruhr seiner Gefühle war kein gutes Zeichen, denn Gefühle waren ein schlechter Gebieter.

Er musste sich nur ansehen, wie er heute Morgen Gastons Rolle enthüllt hatte, um diese Wahrheit zu begreifen.

Wulf zuckte die Schultern, versuchte, das Zugeständnis, das er machen würde, herunterzuspielen, und wandte Christina den Rücken zu. »Ich vermute, es kann wenig schaden. Also gut, lass dir hier im Zimmer Zeit, denn ich habe noch Besorgungen zu erledigen. Ich sorge dafür, dass die Jungen dir heißes Wasser bringen und die Hausherrin weiß, dass du mein Gast bist.«

Er hörte Christina ausatmen und konnte den Impuls, über die Schulter zu ihr zu schauen, nicht unterdrücken. Zu seiner Überraschung standen ihre Augen voller Tränen. »Ich danke dir, Wulf«, sagte sie leise, und ihre Dankbarkeit war so offensichtlich, dass er sich wie ein Unmensch fühlte, weil er ihr nur so wenig gab. »Ich werde sichergehen, dass du dieses Zugeständnis nicht bereuen wirst.«

Wulf konnte nicht darüber nachdenken, was sie damit meinte, nicht, wenn sie zugleich verletzlich und strahlend schön aussah, nicht, wenn sie in seinem Zimmer war und bald nackt sein würde, nicht, wenn er Aufgaben zu erledigen hatte. Er nickte einmal knapp in ihre Richtung, dann ging er. »Es wird keine weiteren Gefälligkeiten zwischen uns geben«, sagte er strenger, als er sich fühlte. »Immerhin bittest du um eine Atempause von deinem Gewerbe.«

Bevor Christina protestieren – oder, schlimmer, ihn in Versuchung führen konnte –, verließ Wulf die Kammer. Er war ein vollendeter Narr, aber die wahre Gefahr lag darin, dass er das nicht einmal bereuen konnte.

Er war verzaubert und in der Falle gefangen, kein Zweifel.

Schlimmer noch, er wünschte es zu bleiben, mit einem Eifer, der ihn erschütterte.

Auch, wenn Wulf das Gegenteil erwartete, aber Christina hatte noch andere Gefälligkeiten anzubieten als die, die sie auf dem Rücken liegend gewährte.

Wenn er das nicht wusste, würde sie es ihm beweisen.

Sie hatte keine Ahnung, wie lange er fortbleiben würde, also sorgte sie besser dafür, dass jeder Moment zählte. Der größere der beiden Knappen brachte ihr einen Eimer heißes Wasser, einen Schwamm und Seife. Christina wusste die Einfachheit all dessen zu schätzen. Der Junge stellte den Eimer hinreichend vorsichtig auf den Boden, dass das Wasser nicht überlief, und hielt seinen Blick gesenkt.

»Hast du gestern Abend beim Schach gewonnen?«, fragte Christina, und er schaute überrascht auf.

»Zweimal, aber nicht beim dritten Mal«, gab er zu. »Simon hatte in dieser Partie mehr Glück.«

»Oder vielleicht warst du müde.«

Er lächelte ein wenig. »Vielleicht. Er gewinnt nicht oft.«

»Aber es gefällt dir nicht, wenn er es tut.«

»Ich bin drei Jahre älter und schon zwei Jahre länger Knappe. Ich sollte gewinnen.«

»Nicht immer ist das Alter für den Sieg entscheidend, ja, noch nicht einmal die Übung.«

Er dachte darüber nach, dann erinnerte er sich an seine Manieren und verbeugte sich. »Ich bin Stephen, Mylady.«

»Und ich bin Christina, obwohl es vielleicht besser wäre, wenn du mich nicht beim Namen nennst.« Er nickte und wurde ein wenig rot. Wieder verbeugte er sich, eindeutig auf einen raschen Rückzug bedacht, aber Christina versuchte, ihm die Befangenheit zu nehmen. »Bist du schon immer Wulfs Knappe?«

Er nickte.

»Und wie ist es dazu gekommen?« Sie wusch sich die Hände und war froh, dass das Wasser so warm war.

»Meine Eltern waren Siedler in Gaza, Mylady. Dort bin ich geboren.Das Dorf liegt unterhalb des Tempels, und die Ritter, die dort stationiert sind, schützen unsere Grenzen. Meine Eltern bauten Wein an. Sie waren nach Outremer gekommen, weil meine Mutter die Kälte nicht länger ertrug.« Er sagte es auf wie eine Litanei, die er gelernt hatte, und ließ sie vermuten, seine Eltern seien auf tragische Weise umgekommen.

Christina lächelte ihn an. »Bestimmt hast du gern die Ritter beobachtet, schon von klein auf. Das habe ich auch getan, als ich zu Hause war.«

»In Eurem Heim lebten Ritter?«

»*Aye*, mein Vater hatte mehrere in seinen Diensten. Als kleines Mädchen fand ich sie wunderbar.«

Stephens Gesicht erhellte sich, seine Schüchternheit von Begeisterung ersetzt. »Aye! Die Pferde! Größer als alle anderen, und mit so stolzem Tritt. Die Rüstungen! Sie glitzerten im Sonnenlicht, als wären sie aus Silber. Sie haben so tapfer für uns gekämpft, als wären sie Engel, die gekommen waren, um uns zu verteidigen.« Dann änderte sich sein Gesichtsausdruck, und er schaute weg und biss sich auf die Lippen.

Christina ging neben dem Jungen in die Hocke. »Aber einmal haben sie das nicht getan«, sagte sie leise.

»Es war nicht ihre Schuld.« Stephen rieb sich die Augen, bevor Tränen fallen konnten. »Das Dorf wurde von Sarazenen angegriffen, kurz vor der Dämmerung. Ich schlief, bis ich hörte, wie …«

Seine Stimme brach, aber er runzelte die Stirn und fuhr mit einer Beharrlichkeit fort, die Christina an Wulf erinnerte. »Meine Mutter war bereits losgegangen, um sich um die Trauben zu kümmern. Es war Herbst und eine gute Ernte. Es gab viel zu tun, bevor die Trauben noch schlecht würden.«

»Und sie war allein und dachte, sie wäre sicher, obwohl sie es nicht war.«

Er nickte. »Sobald es hell wurde, rannte mein Vater zu ihr, aber er kam zu spät. Die Ritter ritten aus dem Tempel aus und gewannen die Schlacht.« Stephen richtete sich auf. »Aber am Abend war ich Waise, und der Meister nahm mich in seine Obhut.« Er schaute Christina in die Augen. »Im Priorat wurden alle Waisenkinder ernährt, auf Geheiß des Meisters, bis man für uns ein Heim fand. Aber mich wählte niemand, deshalb sagte der Meister nach einem Jahr, ich solle Wulfs Knappe werden, um mir meinen Lebensunterhalt zu verdienen.«

»Und ist er gut zu dir?«

Stephen stand kerzengerade. »Es gibt keinen besseren Ritter, Mylady.«

»Und Simon?«

»Er war ein Laienbruder, Mylady. Nach seiner Geburt wurde er auf der Schwelle des Tempels ausgesetzt. Es widerspricht den Ordensregeln, Säuglinge und Kleinkinder in Obhut zu nehmen, aber der Meister sagte, er weigere sich, zuzusehen, wie ein Kind verhungere.«

»Das klingt nach einem guten Mann.« Dieser Meister klang wie jemand, der die Herausforderungen des Heiligen Landes und die Notwendigkeit von Kompromissen begriff. Sie vermutete, es war derselbe Mann, der es Wulf nachsah, wenn dieser seine fleischlichen Gelüste stillte, und empfand Respekt dafür, dass er nicht auf Regeln bestand, die allen das Leben nur schwerer machten. Ritter, die ein mitfühlendes Herz besaßen, bewunderte sie am meisten.

»Aye, Mylady. Simon verlas in der Küche Bohnen, um sicherzugehen, dass keine Steine dazwischen waren, dann half er auch in den Ställen aus. Als ich ein Jahr lang Knappe war, beschloss der Meister, mein Ritter bräuchte einen zweiten.«

Christina konnte sich vorstellen, wie Wulf darauf reagiert hatte, obwohl ihm natürlich keine Wahl blieb, als einem entsprechenden Befehl zu folgen. »Und war Wulf glücklich darüber?«

Stephen dachte darüber nach. »Er spricht nicht viel, Mylady, aber er ist ein guter Lehrer, und er ist gerecht. Ich weiß, dass wir beide mehr als einmal Fleisch gegessen haben, während er es nicht tat.«

»Weil nicht genug da war?«

Stephen nickte. »Er sagte, es sei für ihn ein Tag des Fastens, aber ich schätze, das stimmte nicht.«

»Also muss es ihm recht sein, zwei Knappen zu haben.«

»Ich glaube, anfangs hatte er Zweifel, Mylady, aber Simon und ich geben unser Bestes, ihm unseren Wert zu beweisen.«

»Da bin ich sicher.« Christina lächelte, und der Junge strahlte sie an, dann verbeugte er sich erneut.

»Euer Wasser wird kalt werden, Mylady«, warnte er.

»In der Tat, und dann wird die Mühe, die du dir gegeben hast, indem du es mir heiß gebracht hast, umsonst gewesen sein. Ich danke dir, dass du mir deine Geschichte erzählt hast, Stephen«, sagte sie und meinte es auch so, denn in der gemeinsamen Vergangenheit von Wulf und diesen Jungen zeigte sich noch mehr von seiner Güte. Wie es schien, hatte er mehr von dem alten Mann gelernt als von seinem Vater, und darüber war sie froh. »Ich möchte meinen, dass der Meister des Tempels in Gaza für euch beide eine gute Wahl getroffen hat.«

»Ich auch, Mylady.« Er verbeugte sich erneut, dann verließ er die Kammer und schloss die Tür leise hinter sich. Christina folgte ihm und verschloss sie, wog mit Genugtuung den Schlüssel in ihrer Hand und ging schließlich zum Fenster hinüber.

Stephen unterhielt sich unten im Hof mit Simon, dann gingen die beiden hinüber zum Stall, vermutlich, um sich um Wulfs Pferd zu kümmern. Christina sah sich im Zimmer um. Sie empfand die Stille und Schlichtheit, die Momente kostbaren Alleinseins, als Segen. Wulf gegenüber hatte sie nicht gescherzt, als sie von einer Atempause gesprochen hatte. Nun, da sie sie hatte, wusste sie sie sogar noch mehr zu schätzen als vorhergesehen. Sie zog ihr Kleid aus, wusch sich und dachte dabei darüber nach, was sie im Gegenzug für Wulf tun konnte. Es gab eine offensichtliche Antwort ... Aber sie würde ihm mehr schenken als Lust.

In nichts als ihrem Unterkleid zog Christina Gunthers Ring aus dem Saum, las am Stand der Sonne ab, wo Osten war, und sprach voller Inbrunst ihre Gebete.

Sie hatte guten Grund, dankbar zu sein.

Und um Beistand zu bitten.

Christina war sich bewusst, dass einige aus der Gruppe während des Betens zurückkehrten, und hörte das Lachen zweier Frauen – vermutlich der Frau des Ritters Gaston und ihrer Zofe, die die Treppen hinaufstiegen. Oben schlug eine Tür zu, und es erklangen Schritte über ihr. Christina erinnerte sich daran, dass der dunkelhaarige Ritter gesagt hatte, seine Frau müsse Einkäufe abholen, und konnte sich vorstellen, wie es oben im Zimmer aussah.

Es brachte sie zum Lächeln, sich an ähnliche Ausflüge mit ihrer Mutter und ihren Schwestern zu erinnern, und zum ersten Mal seit Jahren wagte Christina zu hoffen, sie alle wiederzusehen. Ging es ihnen gut? So lange war ihre eigene Situation hoffnungslos gewesen, aber nun lag in ihrer Zukunft eine neue Verheißung.

Wulf sei Dank.

Als sie mit ihren Gebeten fertig war und den Ring geküsst hatte, wusste Christina, was zu tun war. Sie zog sich rasch an, entschlossen, für ihren widerwilligen Streiter so viele Informationen zu sammeln wie möglich. Die Ställe schienen der beste Ort, die Hausgäste kennenzulernen, denn die Jungen wussten sicher viel über ihre Dienstherren.

Einen langen Moment starrte sie den verhassten Gürtel an. Zu gern wollte sie ihn loswerden.

Aber sie hatte Venedig noch nicht verlassen und wusste nicht einmal, wem dieses Haus gehörte oder wer in der Küche arbeitete. Vielleicht arbeiteten Einheimische in den Ställen oder brachten bestellte Waren her und würden sie sehen. Das wäre schlimm genug, aber ohne den Gürtel würde sie dafür noch teurer bezahlen.

Immerhin hatte jeder hier im Haus mitbekommen, wie ihre Profession offen verkündet worden war, denn alle hatten dem Streit im Hof gelauscht. Wenn sie den Gürtel nun ablegte oder versteckte, würde man ihren Plan, ihrem Gewerbe endgültig den Rücken zu kehren, vielleicht erkennen. Vielleicht hatte Nachricht über ihren Aufenthaltsort schon jetzt Costanzia erreicht. Christina band sich mit einer Grimasse den Gürtel um, dann schaute sie hinunter in den Hof.

Wulf, das wusste sie, war bereits gegangen. Und nun sah sie, dass sie ihren Plan, mit den Knappen zu sprechen, aufschieben musste, denn Fergus rief nach den Jungen. »Stephen und Simon! Duncan und ich brauchen eure Hilfe. Laurent ist noch zu schwach von der Seereise, um uns mit den Vorräten zu helfen, und Hamish muss sich ausruhen. Kommt mit mir. Wulf wird froh sein, wenn ihr euch nützlich machen könnt.«

»Aye, Sir«, stimmten die beiden Jungen im Chor zu und folgten einem größeren, hellhaarigen Jungen. Fergus drängte sie alle hinaus auf die Straße und schloss die Tür hinter ihnen. Im Hof herrschte nun Stille.

Christina blickte aus dem Fenster. Wer war im Haus geblieben? Den dunkelhaarigen Ritter und seinen Knappen hatte sie nicht gehen sehen, aber vielleicht waren sie fort. Wo war der Mann, von dem sie fürchtete, er sei Helmut, hingegangen? Und was war mit dem dicken kleinen Händler, der versuchte, sich lieb Kind zu machen? Sie hörte über sich ein Flüstern und erinnerte sich, dass die Lady des Ritters die Kammer über Wulfs bewohnte. Sicher war ihre Zofe bei ihr?

Sie trat näher an das Fenster heran und fragte sich, warum die Frauen so leise und dringlich sprachen. Obwohl sie die Silben hörte, konnte sie die Worte nicht verstehen. War das der Klang von Schritten? Christina hatte keine Zweifel, dass sie gerade hörte, wie oben eine Tür geöffnet und dann sehr leise wieder geschlossen wurde.

Auf Zehenspitzen schlich sie durch den Raum und bückte sich, um durch das Schlüsselloch zu schauen. Eine junge, dunkelhaarige Frau - die Zofe, nahm Christina an - kam die Treppe herab, und ein kurzer Blick auf sie reichte, um Christina den Eindruck zu vermitteln, dass sie sehr aufgeregt war. Sie trug ein Bündel bei sich, das in eine Satteltasche passen mochte.

Vielleicht waren es die alten Kleider der Lady. Wollte sie sie loswerden, nachdem sie ihre Einkäufe abgeholt hatte? Wenn sie vorhatte,

Almosen an Bettler zu verteilen … Christina hätte nichts gegen ein Kleid, das weniger wie das Gewand einer Hure aussah. Interessiert sah sie zu, wie die Zofe die Treppe hinunterstieg. Sie wäre ihr gefolgt, um sie nach den Kleidern zu fragen, aber ihr Instinkt riet ihr, versteckt zu bleiben.

Es machte keinen Sinn, eine solche Verstohlenheit an den Tag zu legen, wenn es darum ging, Almosen zu verteilen.

Ja, sie hatte den Eindruck, dass hier etwas Seltsames vor sich ging. Christina ging zurück zum Fenster und achtete darauf, außer Sicht zu bleiben, als sie die Zofe unten im Hof ankommen sah.

Die Zofe blieb am Rand des überdachten Bereichs, der als Stallung diente, stehen, und rief einen Gruß. Das Dach des Stalls warf einen Schatten über diesen Teil des Hofs. Da er keine feste Wand hatte, konnte man die ersten paar Fuß des Stalls einsehen, doch der Rest lag im Zwielicht.

»Heda! Ist da jemand?«

»Ich bin hiergeblieben, um auf Hamish achtzugeben«, antwortete eine leise Stimme, und Christina sah auf einer Seite eine Bewegung. Dort hockte ein Junge, ins Heu gekuschelt, der eine Satteltasche im Arm hielt.

Die Zofe begann, sich so lebhaft mit ihm zu unterhalten und ein solches Aufheben um die Pferde zu machen, dass Christina klar war, sie wollte etwas verbergen. Aber was?

In diesem Moment hörte Christina erneut, wie sich die Tür im Stockwerk über ihr öffnete. Ein rascher Blick durch das Schlüsselloch sagte ihr, dass die Lady selbst die Treppe herabkam, auf Heimlichkeit bedacht.

Plötzlich schrie die Zofe auf. »Hamish! Gnädige Mutter Gottes, was ist denn?«

Christina kehrte gerade rechtzeitig zum Fenster zurück, um die Zofe im hinteren Teil des Stalls verschwinden zu sehen, der im Dunkeln lag. In ihrer Eile hatte sie ihr Bündel fallen lassen, und es lag unbeachtet im Sonnenschein. »Laurent! Rasch, du musst mir helfen«, rief sie. »Oh, Hamish!«

Christina sah, wie der Junge zusammenzuckte und dann offenbar der Zofe zur Hilfe eilte.

Zu ihrem Erstaunen erschien in diesem Moment die Edeldame aus der Kammer über ihr im Hof – Lady Ysmaine. Sie griff sich das Bündel, das ihre Zofe hatte fallen lassen, dann schlich sie sich zu der Stelle, an der der Junge gelegen hatte. Obwohl es so warm war, trug sie einen langen Mantel. Wie sonderbar das war, fiel Christina jetzt erst auf.

Es quälte sie auch, weil sie dadurch nicht erkennen konnte, was Lady Ysmaine tat.

»Er hatte vor meinen Augen einen Krampf!«, rief die Zofe aus. »Du lieber Himmel, was sollen wir tun?«

Der Junge murmelte eine Antwort, die Christina nicht hören konnte.

Was tat Lady Ysmaine gerade?

»Bei dieser Art Krankheit täuscht oft der Anschein«, beharrte die Zofe. »Ich habe es einmal gesehen, bei einem Mann, der zu meiner Mutter gebracht wurde. Er zuckte im Schlaf, zitterte und warf sich hin und her, dann erstickte er an seinem eigenen Erbrochenen.«

»Nein!«

»Aye. Wir dürfen Hamish auf keinen Fall auch nur einen Moment lang alleinlassen!«

»Aber was sollen wir tun?« Die Stimme des Jungen hob sich vor Furcht.

In diesem Moment kam Lady Ysmaine hastig aus dem Stall, ließ die Satteltasche, wo sie gewesen war, und legte das Bündel zurück, das die Zofe hatte fallen lassen.

Christina biss sich auf die Lippen. Sie vermutete, keins der beiden Bündel war, wie es gewesen war. Die Edelfrau rannte über den Hof, leise, aber schnell, und verschwand im Hauptraum. Nur einen Augenblick später hörte Christina ihre vorsichtigen Schritte auf der Treppe.

»Du musst ihn genau im Auge behalten«, wies die Zofe Laurent an. »Ich werde Mylady holen, sie versteht etwas von solchen Dingen.«

»Aber was soll ich tun, wenn es wieder geschieht?«

»Halte seine Hand und sprich mit ihm.«

»Aber ich muss das Gepäck von Lord Fergus holen. Ich kann es nicht unbeaufsichtigt lassen.«

»Dann hole es her, und ich bleibe so lange bei ihm. Beeile dich!«

Der Junge holte die Satteltasche, die er bewacht hatte, und

verschwand wieder im Schatten. Die Zofe kam zielbewusst aus dem Stall und rief nach ihrer Herrin. Im Vorübergehen hob sie ihr abgelegtes Bündel auf und eilte damit in Richtung Haus.

Oben knallte die Tür und wurde hörbar verschlossen. Summend stieg Lady Ysmaine die Treppe herab, lauter diesmal, als wäre es das erste Mal, dass sie den Raum verließ. Die beiden Frauen begegneten sich im Hof.

»Mylady! Hamish hatte einen Krampfanfall! Er braucht dringend Eure Hilfe.«

»Wirklich?« In ihrer Hand blinkte ein Schlüssel, den sie ihrer Zofe reichte. »Ich habe heute erst Lavendel gekauft, um besser einzuschlafen. Hol ihn mir bitte; es hilft ihm vielleicht.«

»Natürlich, Mylady.« Die Zofe hastete nach oben, der Anweisung ihrer Herrin folgend, ihre Füße laut und polternd auf der Treppe.

Als sie wieder herabkam, hatte sie kein Bündel mehr dabei.

Christina dachte über den Schlüssel nach, den Wulf dagelassen hatte. Wagte sie zu hoffen, dass derselbe Schlüssel zu allen Schlössern im Haus passte?

Sie wollte wissen, was in dem Bündel war, das Ysmaine in ihrem Zimmer eingeschlossen hatte, und zwar unbedingt. Und sie zweifelte nicht daran, dass auch Wulf daran interessiert sein würde.

Wulf fühlte sich entblößt.

Wie hatte Christina diesen Teil seiner Geschichte erraten, den er nie jemandem anvertraut hatte? Die einzige Person, die die Wahrheit kannte, war sein Vater, der ihn niemals anerkennen würde. Der alte Mann war tot und konnte es niemandem erzählen, wenn er es denn je gewusst hatte. Wulf nahm an, dass seine Mutter tot war, aber in Wirklichkeit kümmerte ihn ihr Schicksal nicht, angesichts der Tatsache, dass sie ihn ausgesetzt hatte.

Und doch hatte Christina die Wahrheit erraten. Hatte er irgendeinen Hinweis gegeben oder sich versehentlich selbst verraten? Wer sonst würde von seiner Geschichte hören? Sie hatte gelobt, Schweigen zu bewahren, aber sein Geheimnis enthüllt zu wissen, war beunruhigend.

Er sagte sich, es mache keinen Unterschied. Den Namen seines Vaters konnte Christina nicht erraten, und sie konnte ihn nicht zwingen, an einen Ort zurückzukehren, von dem er sich geschworen hatte, ihn nie wieder aufzusuchen. In nur zwei Tagen würden sich ihre Wege für immer trennen, und niemand würde an ihrer Geschichte über seine Herkunft irgendein Interesse haben.

Dennoch. Wulf erschauerte und versuchte, die düstere Vorahnung abzuschütteln.

Als er sich den Reihen des Ordens angeschlossen hatte, hatte er gelogen, und wenn diese Täuschung herauskam, würde man ihn vielleicht ausstoßen. Oder man würde ihn zu seinem Vater schicken, um um Spenden zu bitten. Nein, es war sehr viel besser, wenn der Baron ihn für tot hielt.

Sehr viel besser, wenn er vaterlos blieb.

Der alte Mann war ihm jedenfalls ein besserer Vater gewesen.

Während er den Jungen Anweisungen erteilte, dachte Wulf zum ersten Mal seit Jahren an seine Mutter. War sie Geliebte gewesen oder Hure? Eine Kurtisane? Hatte sie, wie Christina, kaum eine Wahl gehabt?

Hatte sie, wie Wulf selbst, getan, was nötig war, um zu überleben? Wenn das so war, hatte sie vielleicht ihr eigenes Leben über das ihres neugeborenen Sohns gestellt. Vielleicht hatte er sie zu hart beurteilt. Was war mit der Frau des Barons? War sie gestorben? Oder hatte sie von der Untreue ihres Mannes gewusst?

In Wirklichkeit hatte das nichts mehr mit ihm zu tun und blieb am besten vergessen. Aber Wulf spürte den Drang, tätig zu werden, um solche Gedanken aus seinem Kopf zu vertreiben, also verließ er das Haus. Die Jungen wies er an, ihre Pflichten zu erledigen, und ging allein.

Er würde sich in der Stadt umsehen, bis es Zeit war, sich mit Gaston zu treffen. Immerhin sollte sie voller Wunder sein, und wenn er erneut auf dem Weg nach Outremer durch Venedig kam, würde er nicht verweilen. Er würde schnell reiten, um die Zeit aufzuholen, die er mit dieser Gruppe verloren hatte.

Entschlossen, dafür zu sorgen, dass die Verzögerung zumindest nicht ganz umsonst blieb, besuchte er die Basilika, die nah und fern für ihre Schönheit bekannt war. Und in der Tat war sie kostbar geschmückt. Die Mosaike waren ein Wunderwerk, aber Wulf fiel auf, wie viele zerlumpte Straßenkinder in den umliegenden Straßen bettelten. Er konnte nicht einmal sagen, ob es Jungen oder Mädchen waren, aber sie waren schmerzhaft dünn, die Augen zu groß für ihre Gesichter. Er spürte das Bedürfnis, etwas für diese Kinder zu tun.

»Wo findet ihr Unterkunft und Nahrung?«, fragte er eins von ihnen, das ihm hartnäckig gefolgt war. Er sprach im örtlichen Dialekt, allerdings stockend. Das Kind schüttelte den Kopf, doch Wulf wusste, es hatte ihn verstanden. Er hielt einen Pfennig hoch. »Wo?«

Das Kind versuchte, an die Münze zu gelangen, aber Wulf richtete sich auf und hielt sie außer Reichweite. »Du kannst sie haben, wenn du es mir zeigst.«

Der Junge lief so schnell los, dass Wulf ihn vielleicht aus den Augen verloren hätte, wenn er nicht immer wieder stehen geblieben wäre, um sich zu vergewissern, dass die Münze noch da war. Er führte Wulf in einen armen Teil der Stadt, wo die Straßen enger waren und der Gestank aus den Kanälen schlimmer. Dort klopfte er an eine schwere Tür und duckte sich hinter Wulf, zupfte ihm am Saum seines Kettenhemds.

Ein Mönch mit Tonsur öffnete die Tür. Seine Überraschung bei Wulfs Anblick war mehr als deutlich. Sein Blick wanderte zu dem Jungen, und er lächelte, ein klares Zeichen, dass er ihn erkannte. Er beäugte die Insignien an Wulfs Waffenrock, dann neigte er den Kopf. »Kann ich Euch behilflich sein, Bruder?« Zu Wulfs Erleichterung sprach der Mönch Französisch, das Wulf ebenfalls geläufig war.

»Er sagt, Ihr würdet ihm Unterkunft und Essen geben«, sagte Wulf, und der Mönch fuhr sich mit der Hand über die Stirn.

»Wir tun, was wir können, Bruder«, sagte er mit müder Stimme. »Obwohl es mir so vorkommt, als gäbe es jeden Tag mehr Kinder in der Stadt. Ich bin Bruder Franco.« Eine Katze, schwarz wie Ruß und mit klaren, grünen Augen, streifte um seine Beine und maunzte ihn an. Weder sie noch der Mönch, bemerkte Wulf, wirkten sonderlich wohlgenährt.

Wulf öffnete den Beutel, in dem sich sein Geld befand, und gab dem

Mönch, was davon übrig war, bis auf drei Pfennige. Er musste noch mehrere Rechnungen begleichen, oder er hätte alles gegeben. Zwar besaß er noch die Münzen, die Bruder Terricus ihm in Jerusalem anvertraut hatte, um die Kosten der Reise nach Paris zu decken, aber dieses Geld konnte er nicht einfach ausgeben, wie es ihm gefiel. »Vielleicht wird euch dies in die Lage versetzen, mehr zu tun.« Der Mönch blinzelte überrascht, aber Wulf drehte sich um und gab einen der verbleibenden Pfennige dem Jungen. »Wie versprochen«, sagte er. »Danke, dass du mich hierhergeführt hast.«

Der Junge umklammerte den Pfennig. Seine Freude über diese Spende war nicht geringer als die des Mönchs. Sein Blick wanderte zwischen beiden Männern hin und her.

»Ich danke Euch sehr dafür«, sagte der Mönch. »Darf ich Euch nach Eurem Namen fragen, damit wir Euch heute Abend in unsere Gebete einschließen können?«

»Bruder Wulf.«

»Dann werden wir für Euch eine Messe lesen, Bruder Wulf.«

»Dafür danke ich Euch.«

Der Mönch sagte nichts, aber der Junge trat vor. Er reichte dem Mönch die Münze. »Ich tue, was der Ritter tut, und gebe Almosen«, sagte er.

»Denn auch du willst eines Tages ein Ritter sein«, sagte der Mönch mit einem Lächeln voller Zuneigung. »Sei für deine Großzügigkeit gesegnet, Pedro.« Er fuhr dem Jungen durch das Haar. »Geh und sag ihnen in der Küche, dass du noch ein Stück frisches Brot bekommen sollst.«

Petro gab einen Jubellaut von sich und stürmte am Mönch vorbei. Die Katze trottete ihm hinterher. Der Mönch wies über seine Schulter, und Wulf sah Ausschnitte eines Innenhofs. »Wollt Ihr hereinkommen und sehen, was wir hier tun?«

Es lag in Wulfs Natur, solche Vertraulichkeit zu meiden und solche Einladungen abzulehnen. Aber er war neugierig und folgte einem Impuls. »Es wäre mir eine Ehre, ein so ehrenhaftes Werk zu bezeugen. Gibt es hier noch andere Brüder?«

»Aye, es ist ein kleines Haus. Wir sind nur zu fünft. Wir leben einfach und lassen so viele Kinder wie nur möglich des Nachts unter unserem Dach schlafen. Bruder Xavier hat ein Händchen für die Botanik, daher kümmert er sich mit den Kräutern, die er hier anbaut, auch so gut wie möglich um die Kranken …«

Wulf folgte dem Mönch und lauschte seinen Erklärungen, fasziniert von der friedvollen Stille im Haus der Mönche. Der Garten war grün, und mitten im Hof befand sich ein kleiner Brunnen. Er konnte frisches Brot riechen und war von der Anzahl an Katzen, die sich dort herumtrieben, überrascht. An einer Seite befand sich eine Kapelle, auf deren Altar eine Bienenwachskerze stand. Man lud ihn in die Küche ein.

Die Brüder waren freundlich und zeigten sich beeindruckt, dass er aus Outremer gekommen war. Pedro saß neben ihm, aß warmes Brot und streichelte eine Katze, während Wulf ihnen von den Verlusten bei Hattin erzählte. Er hatte das Gefühl, dass einige Brüder selbst vielleicht Krieger gewesen waren, bevor sie sich dem Orden angeschlossen hatten, denn sie hörten sehr genau zu.

»Und Ihr reitet nach Paris, um den Orden davon zu informieren, dass Männer gebraucht werden, um Jerusalem zu retten?«

»Ich reite nach Paris, um dem Großmeister zu erzählen, was sich ereignet hat«, sagte Wulf. »Es besteht Anlass zu der Furcht, dass Jerusalem zum Zeitpunkt meiner Rückkehr bereits gefallen sein wird.«

»Aber das kann nicht sein!«

»Sicher ist es nicht Gottes Wille!«

»Es gibt nicht genug Ritter, um es zu verteidigen«, sagte Wulf nüchtern. »Saladin wäre ein Narr, nicht wenigstens den Versuch zu unternehmen, die Heilige Stadt einzunehmen.«

»Und er ist kein Narr«, murmelte einer der Mönche.

»Nicht in Kriegsangelegenheiten«, gestand Wulf. »Er kennt das Land und hat eine beeindruckende Streitmacht ihm verschworener Kämpfer. Bei unserer Abreise waren sie darauf vorbereitet, Akkon anzugreifen, was den Berichten zufolge, die wir hier hören, am nächsten Tag geschehen ist.«

»Das sind schlechte Neuigkeiten«, sagte Bruder Xavier. »Reist Ihr allein?«

»Nein, der Großmeister hat eine Reisegruppe zusammengestellt, in der sich auch Pilger befinden, die nach Hause zurückkehren wollten, solange sie noch konnten.« Wulf runzelte die Stirn. Er sah eine mögliche Lösung für Christinas Problem. »Unter ihnen ist eine Frau, die durch die Pilgerreise verarmt ist und zur Witwe wurde«, sagte er. »Ich fürchte, auch zu Hause hat sie keine guten Aussichten. Gibt es einen Konvent in dieser Stadt, vielleicht so ähnlich wie dieses Haus, in dem sie willkommen wäre?«

Einhellig schüttelten die Mönche die Köpfe. »Es gibt beinahe so viele verarmte Frauen wie Kinder, Bruder Wulf«, sagte Bruder Franco. »Die Ordenshäuser sind von dem Ansturm überwältigt. Sie nehmen nur noch Novizinnen aus betuchten Familien auf, die ihnen eine großzügige Spende Ihrer Eltern einbringen – oder Verbindungen zum hiesigen Adel, was auf dasselbe hinausläuft.«

»Die übrigen Frauen nehmen die Bordelle auf«, steuerte ein anderer Bruder bei. Sein Name, meinte Wulf sich zu erinnern, lautete Matteo. »Und Gott sei ihren Seelen gnädig, wenn sie einmal ein solches Haus betreten haben.«

»Wieso das?«

»Sie werden gefangen gehalten, solange sie für das Bordell Geld verdienen, und hinausgeworfen, wenn sie es nicht tun«, sagte Bruder Franco. »Es gibt kein Entkommen außer durch den Tod – oder eine so schwere Verletzung, dass sie nicht länger solche Dienste anbieten können.«

»Bringt diese Frau fort aus der Stadt«, sagte Bruder Xavier. »Es ist Eure Pflicht, sie vor den Gefahren hier zu behüten.«

Wulf beugte den Kopf und dachte darüber nach.

»Ihr fürchtet, Eure Schwüre zu brechen«, murmelte Bruder Franco verständnisvoll. »Aber wir müssen einem höheren Wohl dienen, Bruder Wulf, manchmal sogar, indem wir uns selbst in Gefahr bringen.« Er legte eine faltige Hand auf Wulfs. »Gott prüft uns nur, um uns das volle Ausmaß unserer Stärke zu zeigen.«

Wulf wollte dem älteren Mönch glauben. Er wollte für Christinas Sicherheit sorgen. Als er sich umsah, begriff er, dass die Mönche hier alles gaben, um ihren jungen Schützlingen zu helfen.

Sicher konnte er dasselbe tun?

Sicher konnte er der Versuchung widerstehen – um des höheren Wohls willen?

KAPITEL 7

ady Ysmaine hatte eine Reliquie gestohlen.

Es war ein Schatz von solcher Kostbarkeit, dass Christina ihn nur verdutzt anstarren konnte. Sie hatte angenommen, dass das Bündel einen Gegenstand von Wert enthielt, aber als sie den Stoff zurückschlug und das mit Edelsteinen besetzte goldene Behältnis sah, war sie verblüfft.

Christina wollte den Schatz nicht komplett enthüllen, denn sie wusste, die Lady und ihre Zofe würden sich nicht lange im Stall aufhalten, und sie wagte es nicht, gesehen zu werden. Aber *was* sie gesehen hatte, ein Ausschnitt kaum größer als ihre Handfläche, war ausreichend, um ihr Herz zum Pochen zu bringen. Die Amethyste und Saphire waren jeder so groß wie ihr Daumennagel, und sie konnte fühlen, dass die Oberfläche mit Edelsteinen ähnlicher Größe besetzt war. Er war groß, groß und kostbar geschmückt. Sie konnte einen Teil der Inschrift sehen.

Euphemia.

Das sagte ihr alles. Christina hielt einen Reliquienbehälter in der Hand, der die heiligen Überreste von Sankt Euphemia enthielt. Ihr Herz schlug so heftig, dass ihr beinahe schwindelig war. Dies musste der Schatz sein, nach dem der Angreifer gesucht hatte. Sie konnte nicht einmal erahnen, welchen Preis eine solche Kostbarkeit erzielen mochte.

Natürlich sollte ihn niemand je verkaufen.

Ihr zitterten die Hände, als sie sicherging, dass der Schatz genauso verpackt war wie zuvor. Hastig verließ sie das Zimmer der Edelfrau, verschloss die Tür und eilte mit hämmerndem Herzen die Treppe hinunter. Als sie die Tür von Wulfs Zimmer erreicht hatte, bediente sie sich der gleichen List wie die Lady, schlug sie zu und verschloss sie hörbar, ging anschließend mit festen Schritten hinunter in den Hauptraum.

Sie summte sogar, genau, wie die Lady es getan hatte. Es war niemand im Raum, der ihr Eintreten beobachtete, doch Gastons Frau überquerte gerade zielbewusst den Hof.

»Ist etwas nicht in Ordnung?«, fragte Christina und erwartete, ignoriert zu werden.

Zu ihrer Überraschung ignorierte die Lady sie weder, noch zeigte sie Verachtung. Sie zwang sich sogar zu einem Lächeln. Ihr Blick wanderte die Treppe hinauf, und Christina vermutete, sie wollte nach ihrer beiseitegeschafften Beute schauen. Sie verhielt jedoch einen Moment, zweifellos ein Versuch, diesen Impuls zu verschleiern.

»Vorgestern in der Nacht ist einer der Jungen gestürzt und hat sich den Kopf verletzt. Meine Zofe hat gerade gesehen, wie er einen Krampfanfall erlitt.«

»Der arme Junge! Kann ich helfen?«

Die Edelfrau zögerte, als wäre sie sich nicht sicher, worum sie bitten sollte. »Ich habe ihn geweckt, und es scheint ihm besser zu gehen, aber er muss sich ausruhen, um ganz gesund zu werden.«

»Dann werde ich ihm eine Geschichte erzählen, um ihn zu unterhalten.«

»Wirklich? Kennt Ihr Geschichten, die sich für kleine Jungen eignen?«

Christina lächelte über den skeptischen Gesichtsausdruck der Lady. »Ich werde ihm nur Geschichten aus dem Leben der Heiligen erzählen, Mylady. Für mich waren sie genug, als ich jung war.«

Ysmaines Erleichterung war offensichtlich. »Dann werden sie auch für ihn geeignet sein. Ich danke Euch für das Angebot.« Erneut wanderte ihr Blick zur Treppe, aber sie zwang sich, stehen zu bleiben. »Ich fürchte, wir sind einander noch nicht vorgestellt worden. Ich bin

Lady Ysmaine, die neue Frau von Gaston, dem Baron von Châmont-sur-Maine.«

»Ich bin Christina.« Sie machte einen Knicks, positiv überrascht, dass Ysmaine von ihr Kenntnis nahm. Es war eine angenehme Abwechslung, für ihren Lebenswandel nicht streng verurteilt zu werden. »Ich freue mich, Eure Bekanntschaft zu machen, Mylady.«

»Und ich danke Euch für das Angebot, Hamish zu unterhalten. Es ist so schwierig, Jungen davon zu überzeugen, im Bett zu bleiben, wenn sich ihr Zustand bessert.« Ysmaines Worte überstürzten sich beinahe, und sie wartete nicht auf Antwort, bevor sie an Christina vorbeiging.

Christina wusste es zu schätzen, dass die Lady keine Anspielung darauf gemacht hatte, Christina wüsste, wie man Männer überzeugte, im Bett zu bleiben. Sie lächelte, als sie hörte, wie Ysmaine die Stufen hinauflief. Sie würde ihren Schatz unberührt vorfinden.

Hatte die Lady ihn für sich gestohlen?

Oder versuchte sie, für seine Sicherheit zu sorgen? Christina zweifelte nicht daran, dass dies der wahre Schatz war, der Wulfs Gruppe anvertraut worden war, und vielleicht der eigentliche Grund, warum die Gruppe Jerusalem verlassen hatte. Sie hatte viel über die Kostbarkeiten in den Schatzkammern der Templer gehört, und unter ihnen war dies keine geringe. Sie kannte die Geschichte von Euphemia genau.

Konnte es sein, dass die Templer den verlorenen Schädel der Heiligen wiedergefunden hatten? Bevor sie vor fünfhundert Jahren ins Meer geworfen worden waren, waren Euphemias sterblichen Überresten viele Wunder zugeschrieben worden. Obwohl man einige der Knochen wiedergefunden hatte und in Konstantinopel aufbewahrte, galt ihr Schädel noch immer als verloren. Wenn die Templer ihn besaßen, dann handelte es sich bei diesem Schatz womöglich um die größte Kostbarkeit in ihrer gerüchteweise ansehnlichen Sammlung.

Es würde Sinn ergeben, ihn nach Paris zu schicken, um seine Sicherheit zu gewährleisten, wenn sie Angst hatten, Jerusalem würde von den Sarazenen eingenommen werden.

Wussten die Ritter in der Gruppe, was sie da verteidigten?

In diesem Moment kehrt Fergus mit den Jungen zurück, die Vorräte trugen und miteinander plauderten. Der Knappe Laurent, der dageblieben war, erzählte ihm von Hamishs Krampfanfall, und er hastete sogleich besorgt hinüber zum Stall. Der Söldner Duncan sah Christina in der Tür des Hauptraums stehen und verbeugte sich. Sie ignorierte ihn und folgte Fergus zum Stall hinüber, der verlangte, genau zu erfahren, was sich zugetragen hatte. Ganz offensichtlich ahnte der schmutzige kleine Junge nicht, dass sich jemand den Schatz angeeignet hatte, denn er ließ die Satteltasche noch immer nicht los.

Oder war die Geschichte anders, als sie annahm? Es war Fergus' Knappe, der den Schatz bewachte. Hatte Fergus die Reliquie im Heiligen Land an sich gebracht, durch legitime oder andere Mittel? Brachte er ihn als ein Souvenir mit nach Hause? Christina fiel es schwer, dem charmanten Ritter einen solchen Diebstahl zuzuschreiben, aber das Äußere konnte täuschen.

Außerdem, wenn seine Überbringung nach Paris ein Auftrag der Templer war, dann sollte sich die Reliquie in Wulfs Besitz befinden.

Oder hatte Wulf sie Fergus anvertraut, weil der andere Ritter mehr Gepäck besaß und die Reliquie besser verborgen wäre?

Warum hatte Lady Ysmaine sie an sich genommen?

Wer wusste sonst noch davon?

Christina hatte mehr Fragen als Antworten. Wenn der namenlose Edelmann wirklich Helmut war, ergab seine Anwesenheit in dieser Gruppe auf einmal sehr viel mehr Sinn. Aye, er war ein Mann, der alles tun würde, das seiner Habgier diente. Wenn er von der Reliquie wusste, daran zweifelte Christina nicht, würde er versuchen, sie in seinen Besitz zu bringen.

Sie musste mehr wissen, bevor sie Wulf von ihrem Verdacht berichtete. Die Ritter würden ihr sicher nichts erzählen, und auch Wulf würde sich nicht leicht davon überzeugen lassen, ein Geheimnis zu verraten, das man ihm aufgetragen hatte zu hüten. Die Lady Ysmaine würde sich niemals einer Hure anvertrauen. Ihre Zofe würde ihre Ansichten vielleicht teilen, wenn Christina versuchte, sich mit ihr anzufreunden.

Aber erst würde sie die Gelegenheit nutzen herauszufinden, was die Jungen wussten.

Sie lächelte Duncan an, der ihr gemächlich über den Hof gefolgt war. Nun stand er am Eingang des Stalls und beobachtete sie. »Die

Lady Ysmaine hat mir von Hamishs Zustand erzählt und dachte, er würde vielleicht gern eine Geschichte hören«, sagte sie.

Duncan zwinkerte verschmitzt, aber er neigte lediglich zustimmend den Kopf. »Ein guter Einfall.«

Wie viel wusste er von allem? Zweifellos war er sehr aufmerksam, und Christina hätte sich länger mit ihn unterhalten, wenn sie nicht vermutet hätte, er würde im Austausch etwas von ihr wollen.

Ohne Zweifel würde er um das bitten, was sie am liebsten nur Wulf geben wollte.

Wulf kehrte zurück zur Basilika und dachte über den Ratschlag der Mönche nach. In den Straßen herrschte großes Gedränge, und er kam nur langsam voran. Natürlich hatte er ihnen nicht alles über Christina erzählt, aber was sie ihm gesagt hatten, bestärkte in ihm den Glauben, er sollte tun, worum sie bat, und sie aus der Stadt bringen. Wenn ihre Gruppe beisammenblieb, wäre sie nur eine weitere Pilgerin.

Sicherlich konnte er mit ihr reisen und sich nicht von ihren Reizen verführen lassen?

Er kehrte zu dem Stand eines Rüstungsschmieds zurück, den er damit beauftragt hatte, seinen Dolchgriff zu reparieren. Der Mann erkannte ihn sofort wieder – und rief Wulf in Erinnerung, dass Christina gesagt hatte, er fiele in dieser Stadt auf. Der Schmied präsentierte ihm den Dolch mit einer Verbeugung. Wulf überprüfte das Resultat und machte ihm ein Kompliment zu seiner Arbeit. Er spürte jemandes Blick auf sich ruhen, bezahlte aber zunächst den Handwerker, bevor er aufblickte.

Gaston beobachtete ihn aus einiger Entfernung.

Hatte Wulf den anderen Ritter wirklich in Gefahr gebracht?

Gaston neigte den Kopf in Richtung des Platzes vor der Basilika, und Wulf nickte ihm kaum merklich zu, ein Zeichen, dass er verstanden hatte. Er schloss seinen Handel ab, steckte die reparierte Waffe in die Scheide und ging dann in die entsprechende Richtung. Er sah Gaston, der am anderen Ende des Marktes stand und auf das Meer hinausschaute, sofort. Beim Weitergehen schlug er Haken und machte

Umwege, genau wie Gaston, und beobachtete seinen Gefährten dabei unauffällig.

Als Gaston in eine Straße abbog, ging Wulf in dieselbe Richtung. Er erspähte Gaston an deren Ende und folgte ihm, bemerkte, dass der andere Ritter schneller ging. Lange Augenblicke später erreichte Wulf einen Platz, der allem Anschein nach menschenleer war.

Abgesehen von Gaston, der im Schatten an einer Wand lehnte.

Nur wenige Fenster gingen auf diesen Platz hinaus, vielleicht, weil der Wind vom Meer her sehr frisch war. Die Fenster, die es gab, befanden sich hoch oben, durch Läden vor Wind und Sonne geschützt.

»Folgt man Euch?«, murmelte Gaston leise, als Wulf sich neben ihn stellte.

Wulf schüttelte den Kopf, aber sie warteten ein paar Augenblicke, nur um sicherzugehen. Keine Menschenseele ließ sich blicken.

»Kaum zu glauben«, sagte Wulf leise, beginnend mit der letzten Schlussfolgerung, die sie geteilt hatten. Er war sich nicht sicher, dass Gaston Misstrauen gegen Mitglieder ihrer eigenen Reisegruppe gutheißen würde. »Jemand ist uns gefolgt, obgleich kein anderes Schiff Akkon nach uns verlassen hat.«

»Ich bin nicht überzeugt, dass man uns aus Akkon gefolgt ist«, sagte Gaston. »Immerhin wurde das Gepäck auf dem Schiff untersucht.«

Daran erinnerte sich Wulf sehr gut. »Denkt Ihr, jemand ist auf der Suche nach dem Schatz, den man uns anvertraut hat?«

»Ich glaube, jemand in unserer Gruppe ist zumindest neugierig – wenn nicht noch mehr.« Gaston trommelte mit den Fingern auf einen Balken. »Habt Ihr irgendeinen Blick auf Euren Angreifer erhaschen können?«

Wulf schüttelte den Kopf und fasste die Ereignisse der zurückliegenden Nacht zusammen. »Ich dachte, vielleicht hätte jemand aus dem Bordell vor, mich zu berauben, wie es vorkommen kann, aber der Boden knarzte, als der Eindringling den Raum betrat.«

»Also jemand, der sich dort nicht auskannte.«

Wulf nickte zustimmend. »Ich wartete ab und tat, als schliefe ich, und schließlich sah ich den Eindringling als Silhouette vor dem Fenster.

»Ein Mann? Oder eine Frau?«

»Groß genug für einen Mann, doch davon abgesehen kann ich mir nicht sicher sein. Er oder sie trug einen dicken Mantel.«

»Dann also ein Dieb.«

»Ein Dieb, der meine Börse und meine Kleider durchsucht, mein Gold aber unangetastet gelassen hat.« Wulf dachte an den schweren Geldbeutel, den Bruder Terricus ihm anvertraut hatte. Obwohl er ihn versteckt hielt, hätte der Eindringling ihn beim Durchsuchen seiner Kleider sofort gefunden.

Aber er hatte ihn nicht angerührt.

»Und dann?«

»Und dann die Flammen. Er vergoss das Öl aus der Lampe und zündete es an, woraufhin sich das Feuer rasch im ganzen Raum ausbreitete.«

»Und der Eindringling floh?«

Wulf schüttelte den Kopf. »Der Eindringling *blieb* und zog sich in eine Ecke zurück.«

»Er oder sie wollte sehen, was Ihr retten würdet.«

Das war auch Wulfs Schlussfolgerung gewesen. Er fuhr mit seiner Erzählung fort, während Gaston die Stirn runzelte.

»Ihr habt der Frau das Leben gerettet«, bemerkte er. »Wenn sie sagt, sie stünde in Eurer Schuld, so hat sie recht.«

»Ich habe nur getan, was jeder getan hätte.«

»Ich denke, wir wissen beide, dass das nicht stimmt«, sagte Gaston sanft. »Wichtiger noch, Christina weiß, dass es nicht stimmt.«

»Sie sollte hierbleiben.« Wulf gestikulierte mit einer Hand. »Mit mir hat sie keine Zukunft.«

»Und warum glaubt Ihr, es gäbe eine Zukunft für sie hier in Venedig?«

Wulf schaute auf, überrascht von der Resignation, die in Gastons Tonfall mitschwang.

»Frauen werden nicht als Huren geboren, so wenig wie Männer als Ritter«, fuhr Gaston fort.

Das stimmte allerdings.

»Ihr riecht nach Rauch«, bemerkte Gaston. »Wir müssen bei allen anderen auf diesen Geruch achten – und auf jede Verletzung.«

»Ihr denkt, der Angreifer ist einer von uns.« Wulf war erleichtert, dass sie zu derselben Schlussfolgerung gelangt waren. »Ihr glaubt, wer auch immer uns in Outremer gefolgt ist, hat das verschwundene Mädchen gesucht und nicht den Gegenstand unserer Mission.«

»Ich fürchte, das ist die einzige Möglichkeit, die alle Fakten berücksichtigt.« Gaston begegnete Wulfs Blick. »Und wirklich, was wissen wir schon über die anderen in unserer Gruppe?«

»Bruder Terricus hat sie zusammengestellt …«

»Weil es zeitlich gelegen kam und es eilte. Das ändert nichts daran, dass wir herzlich wenig über unsere Mitreisenden wissen.«

»Das stimmt wohl, aber es ist nicht weiter ungewöhnlich.« Bei aller Frustration, die Wulf gegenüber seinen Kameraden empfand – Kameraden blieben sie, auch wenn sie den Orden verlassen hatten –, aber angesichts ihres militärischen Dienstes hielt er es für unangebracht, sie zu verdächtigen. Viel eher vermutete er, der Verräter könnte der Händler Joscelin sein, Fergus' Gefährte Duncan, Gastons neue Frau oder einer der Knappen.

»Selbst Ihr und ich wissen wenig voneinander. Ich habe zwar von einem Bruder Wulf im Priorat Gaza und seinem schwarzen Schlachtross gehört, wir sind uns aber nie begegnet.«

Wulf lehnte sich gegen die Wand und dachte darüber nach. »Ich könnte ein Bandit sein, der ihn auf der Straße überfallen und seine Stelle eingenommen hat.«

»Obwohl es ihm schwergefallen wäre, in so kurzer Zeit Knappen zu finden«, widersprach Gaston lächelnd. »Und tatsächlich habe ich genug über die Brüder in Gaza gehört, um zu bezweifeln, dass Ihr einen solchen Kampf unbeschadet überstanden hättet, wärt Ihr nicht der wahre Bruder Wulf.« Er gestikulierte mit einer Hand, während er weitersprach. »Ihr könnt diese Logik auf den Rest unserer Gruppe anwenden. Ich bin Fergus erst vor zwei Jahren zum ersten Mal begegnet und habe nie eng mit ihm zu tun gehabt. Die einzige Person in unserer Gruppe, für die ich mich verbürgen kann, ist Bartholomew, denn ich kenne ihn, seit er ein Junge war.«

Wulf nickte. »Und noch weniger wissen wir über den Kaufmann Joscelin de Provins.«

»Wir kennen nur seinen Ruf.«

»Oder über Eure Frau.«

Gaston verzog das Gesicht, und Wulf begriff, sein Gefährte hatte bereits darüber nachgedacht. »Zumindest wissen wir, dass Everard de Montmorency ist, wer er behauptet.«

»Wissen wir das?«, fragte Wulf, denn er zumindest teilte diese Überzeugung nicht. Sicher, er hatte von dem Mann gehört, ihn aber nie getroffen oder gesehen. Auch er mochte von einem Wegelagerer ersetzt worden sein.

Aber Gaston schüttelte den Kopf. »Er ist als Graf von Blanche Garde die letzten acht Jahre Teil des königlichen Hofs in Jerusalem gewesen. Ich habe ihn oft bei Hofe gesehen.«

Also konnte Gaston für Everard bürgen. Die Liste von Verdächtigen wurde kleiner. »Warum hat er Outremer gerade jetzt verlassen, da es vor seiner größten Herausforderung steht?«

»Sein Vater liegt im Sterben. Als pflichtbewusster Sohn kehrt er zurück, um Abschied zu nehmen.«

»Aber als Graf von Blanche Garde hat er Besitzungen – oder hatte sie, bevor er sie im Stich ließ.«

»Vielleicht wollte er nicht bezeugen müssen, wie sie Saladin in die Hände fallen. Vielleicht sehnt er sich trotz seiner Gewinne in Outremer nach der Vertrautheit seiner Heimat.«

Wulf war skeptisch. Kein vernünftiger Mann ließ sein Lehen so leicht im Stich, nicht kampflos. Er konnte sich nicht vorstellen, ein Vermögen aufzugeben, um am Sterbebett seines eigenen Vaters zu sitzen. »Vielleicht liegt etwas im Argen, weshalb er nicht zur Verteidigung seines Lands geblieben oder mit König Guy ausgeritten ist.«

»Vielleicht teilt er Eure Begeisterung für die Kriegsführung nicht.«

»Ein wohlhabender Mann von Rang, der ganz allein unterwegs ist. Es erinnert an einen Dieb in der Nacht, der der Entdeckung entgehen will.«

»Wenn es so wäre, wäre er von Blanche Garde nach Jaffa geritten und hätte sich nicht die Mühe gemacht, einen Umweg über Jerusalem zu nehmen oder um den Schutz der Templer zu ersuchen.«

Wulf war nicht überzeugt, aber er bezweifelte, dass Gaston sich umstimmen lassen würde. »Ich werde ihn weiter auf meiner Liste von Verdächtigen führen, auch wenn Ihr es nicht tut. Genau wie Eure Frau.«

»Meine Frau ist über jeden Verdacht erhaben ...«, gab Gaston zurück. Seine Stimme wurde lauter.

Wulf gemahnte ihn: »Sie hat Gift gekauft und unterhält sich häufig mit dem Kaufmann Joscelin ...«

»Der ihr eine Garantie abzuluchsen versucht, Gewürze von ihm zu kaufen, wenn wir einmal daheim in Frankreich sind.«

»Und die stets abwesend ist, wenn sich etwas Seltsames zuträgt.«

Gaston runzelte die Stirn, daher beharrte Wulf auf seinem Argument. »Sie könnten unter einer Decke stecken und ihr Tun durch eine Unterhaltung über Gewürze verschleiern.«

Der andere Ritter schüttelte den Kopf. »Ich werde keine Liste von Verdächtigen aufstellen, denn ich glaube, niemand kann mit Sicherheit darauf stehen, außer vielleicht Eurer Kurtisane.«

Die Augen des Templers blitzten. »Sie ist nicht *meine* Kurtisane ...«

»Sie behauptet das Gegenteil.«

»Eine Kurtisane oder Mätresse zu haben, hieße, meine Schwüre zu brechen!«

Gastons wissendes Lächeln vertrieb Wulfs Ärger nicht. »Ein Bordell zu besuchen dagegen nicht?«

Wulf richtete sich gerade auf. »Ich möchte in aller Eile aus dieser Stadt aufbrechen«, sagte er mit Nachdruck. »Sagt mir, dass wir nicht warten müssen, bis es diesem Knappen wieder gutgeht.«

»Das müssen wir, sonst wirken *wir* wie Diebe in der Nacht.« Gaston senkte die Stimme. »Aber das bedeutet nicht, dass wir unsere Zeit in dieser Stadt verschwenden müssen. Lasst uns versuchen, den Angreifer zu ködern, sodass er einen erneuten Versuch unternimmt.«

»Mich ums Leben zu bringen?« Das war eine bessere Entscheidung, fand Wulf, als Gaston wegen seiner unbedachten Bemerkungen heute Morgen einem Angriff auszusetzen.

»Natürlich. Ihr seid immerhin der Anführer dieser Gruppe.«

Wulf zog es vor, das nicht zu kommentieren. »Habt Ihr einen Plan?«

»Einen schwachen, aber er mag dennoch effektiv sein. Der Schurke glaubt, Ihr wärt der Anführer und daher auch im Besitz des Gegenstands, den er sucht. Euer Gepäck wurde in Samaria durchsucht, das aller anderen auf dem Schiff. Ich nehme an, letzte Nacht ist Euch jemand gefolgt und hat Euren privaten Besitz durchsucht, erneut auf der Suche nach einem Hinweis auf den Aufenthaltsort der Beute. Dem Eindringling mag nun klar sein, dass Ihr sie nicht bei Euch habt.«

»Und?«

»Was, wenn Ihr so tätet, als wärt Ihr unterwegs, um sie irgendwo abzuholen?« Gaston senkte die Stimme. »Venedig ist voller Leute, die vom Orden damit beauftragt werden, Juwelen und andere wertvolle Gegenstände sicher aufzubewahren oder zu verkaufen. Ich würde keinen davon in Gefahr bringen, aber die Praktik an sich ist wohlbekannt.« Er neigte sich Wulf zu. »Wenn sich heute Nacht alle zurückgezogen haben, könntet Ihr das Haus verlassen, als wolltet Ihr zu einer geheimen Verabredung. Ich werde Euch folgen und hinreichend Raum lassen, dass der Schurke Euch verfolgen kann.«

»Und so werden wir in den Straßen Venedigs mit ihm abrechnen.« Wulf nickte. »Das gefällt mir, denn die Stadt ist bekannt dafür, dass es nachts häufig gewaltsam zugeht.«

»Ich werde auf Euren Aufbruch warten«, sagte Gaston.

Sie schüttelten sich die Hände, dann verließ Wulf mit neuem Schwung den Platz. Aye, ihre Reise würde sehr viel einfacher sein, wenn der Verräter aufflog, bevor sie Venedig verließen. Dann hätte ihr Aufenthalt in der Stadt zumindest einen gewissen Wert.

CHRISTINA WAR SICH BEWUSST, dass die Unterhaltung verstummte, sobald sie den Stall betrat. Simon und Stephen standen ein Stück vom Eingang entfernt und kümmerten sich um das schwarze Schlachtross, das Wulf gehören musste. Neben dem Schlachtross waren zwei Zelter angebunden, was darauf hindeutete, dass sie ebenfalls dem Templer gehörten. Christina konnte zwei weitere Schlachtrösser sehen, einen Apfelschimmel und einen Braunen mit einem Stern und weißen Fesseln. Das letzte Kriegspferd war von so dunklem Braun, dass es beinahe schwarz erschien.

Sie warf einen näheren Blick auf den kleinen Jungen, der an einer Seite saß und sich noch immer an die Satteltasche klammerte, als wäre sie ein Rettungsanker. Dieser Knappe, der zu Fergus gehörte, war im Schatten beinahe unauffindbar und wirkte aus der Nähe sogar noch dünner und schmutziger. Er stank auch bestialisch nach Pferdemist. Es war erstaunlich, dass ihr das auffiel, während sie doch in einem Stall stand, aber es war klar, dass der Junge schon sehr lange sehr dreckig war. Er senkte den Blick, als er ihre Neugier bemerkte, und zog die Satteltasche fester an sich.

Dann wusste er also nicht, dass sie nun einen anderen Inhalt hatte.

Weiter hinten, außerhalb ihrer Sichtweite, verstummte eine Unterhaltung. Heu raschelte, als sich jemand verstohlen näherte, um sie aus der Nähe zu betrachten, und sie erspähte das blonde Haar eines Knappen, der gerade um die Ecke der letzten Box schaute. Bevor sie etwas sagen konnte, verschwand er wieder.

In der hinteren, linken Ecke war Gepäck aufstapelt, und dort hing auch das Sattelzeug für die Pferde. Eimer mit Wasser und Hafer standen daneben, und es roch nach Heu, Mist und Leder, ein Geruch, an den sie sich sehr gut von zu Hause erinnerte.

Ein dunkelhaariger junger Mann erschien einen Moment später aus derselben Ecke, wo der blonde Junge verschwunden war. Er bewegte sich zielstrebig, bis er sie sah. In dem Moment erstarrte er und sah sie an. Seine Missbilligung war offensichtlich. Christina weigerte sich, sich einschüchtern zu lassen, und verließ den Stall nicht, mochte dieser Mann sich das noch so sehr wünschen.

Ringsum standen jede Menge Zelter in verschiedenen Schattierungen von Braun und Grau, und Christina fragte sich, ob sie alle zu Wulf und seinen Gefährten gehörten. Unwillkürlich fiel ihr auf, dass sie ihre Neugier offener zeigten als die Kriegspferde oder die Knappen. Einige davon waren Stuten, stellte sie fest. Vielleicht waren weibliche Wesen am ehesten bereit, sich miteinander zu verständigen.

»Nun, guten Morgen«, sagte Christina zu dem ersten Pferd, das an ihrer ausgestreckten Hand schnüffelte. »Du bist aber eine Hübsche. Hast du einen Namen?« Sie streichelte dem Pferd die Nase, bewunderte seine weißen Fesseln. Dabei war sie sich bewusst, dass die Jungen und Männer ihr zusahen. Sie ließ sie gucken.

Wenn sie dachten, Schweigen oder Missbilligung würden sie dazu zu bringen, das Feld zu räumen, dann täuschten sie sich allerdings. Sie hatte schon weit Schlimmeres überstanden.

»Kein Name?«, sagte sie. »Was für ein Versäumnis. Vielleicht sollte ich dir einen geben.«

»Das ist Bella«, steuerte Stephen bei, der dafür ein wenig die Stimme hob.

»Und sie ist *bella*.« Christina ging weiter zum nächsten Pferd, das, nachdem sie dem ersten Aufmerksamkeit geschenkt hatte, größere Neugier an den Tag legte. Diese zweite Stute schnupperte an ihrer Handfläche, dann schloss sie zufrieden die Augen, als Christina ihr die Ohren kratzte. »Oh, und das gefällt dir. Wie lange ist es her, dass dich jemand so gekrault hat?«

Das Pferd wieherte zufrieden, und Duncan lachte leise. Er blieb hinter ihr am Eingang stehen, beobachtete sie und hörte zu. »Ihr habt ein Händchen für Pferde, andererseits, wen überrascht das?«

Sie musste lächeln.

Er nickte in die Richtung des Pferds, das vor ihr stand. »Das ist Vera, denn sie weiß immer, was wahr ist.«

»Wirklich?«

»Wirklich. Wenn sie den Stall nicht verlassen will, könnt Ihr sicher sein, dass ein Sturm bevorsteht. Wenn sie durchgeht, lasst sie laufen, denn dann ist hinter Euch Ärger im Anmarsch.«

»Dann bist du ein kluges Pferd, Vera«, ließ Christina die Stute wissen, die leise wieherte und zustimmend nickte. »Wer auch immer dich reitet, hat großes Glück. Ich hoffe, er hört auf deine Warnung.« Die Stute knabberte an ihren Fingern.

Stephen trat an Christinas Seite und verbeugte sich. »Kommt und lernt Teufel kennen, Mylady«, sagte er und deutet auf das schwarze Schlachtross. Sie kam nicht umhin zu denken, dass er sich so feierlich gab, als wollte er einen Adligen bei Hofe vorstellen.

»Dein Herr nennt sein Pferd einen Teufel?«

»Teufel ist sehr willensstark, Mylady, und ich habe gehört, er habe es nicht sonderlich eilig gehabt, sich an den Sattel zu gewöhnen.«

Es war klar, dass es dem Hengst nicht an Selbstvertrauen mangelte, und das zu Recht, denn er war ausgesprochen prächtig. Seine Proportionen waren perfekt, obwohl er sehr groß war, und sein Fell glänzte wie Seide in einem Ton von Mitternachtsschwarz. Seine Mähne und sein Schweif waren lang und sorgfältig gebürstet. In seinen Augen lag ein Glanz, der von Entschlossenheit zeugte, und er stampfte ungeduldig mit dem Huf, als sie vor ihm stehen blieb.

»Gefällt dir dein Name nicht, Sir?«, fragte Christina das Pferd spielerisch, und der Hengst schnaubte. Er betrachtete sie, und seine Nüstern blähten sich, bevor er sich dazu herabließ, sich von ihr die Nase streicheln zu lassen.

»Er ist halsstarrig, Mylady, aber treu.«

»Ah, also hat dein Herr einen verwandten Geist erkannt«, neckte Christina, aber nur Duncan lachte darüber. Der dunkelhaarige junge Mann rümpfte die Nase und wollte den Stall verlassen. »Wir sind uns noch nicht vorgestellt worden«, sagte Christina und trat ihm in den Weg.

Er musterte sie von Kopf bis Fuß mit finsterem Gesichtsausdruck. »Ich bin Bartholomew, Gastons Knappe.«

Knappe? In diesem Alter? Christina verbarg ihre Überraschung. »Und ich bin ...«

»Ich weiß, was Ihr seid«, sagte Bartholomew brüsk und ging an ihr vorbei, verließ mit raschen Schritten den Stall.

Der kleine Junge, der schmutzige mit der Tasche, atmete scharf und missbilligend ein, und Stephen senkte den Blick, als schämte er sich für diesen Burschen. Bartholomew schaute nur kurz zu dem schmutzigen Knappen hinüber, bevor er ging. Waren sie Freunde? Wenn ja, dann war das eine sehr ungewöhnliche Konstellation. Vielleicht verteidigte der junge Mann nur den kleinsten Jungen in der Gruppe.

Wenn das der Fall war, würde Christina besser über ihn denken.

Christina lächelte Stephen an, um ihm seine Nervosität zu nehmen. »Haben die anderen Pferde Namen?«

Der Junge zeigte ihr die übrigen Tiere und stellte sie auch den Knappen vor. Der, den sie im hinteren Teil des Stalls gesehen hatte, war Kerr, der in Fergus' Diensten stand. Christina gefiel es nicht, wie schnell er den Blick abwandte. Diesem Jungen war nicht zu trauen, vermutete sie. Sein blaues Auge deutete darauf hin, dass noch jemand anders sich an ihm störte.

Ein zweiter Knappe, der mit Fergus unterwegs war, schlief hinten im Stall. Die Sommersprossen auf seinen Wangen traten vor seiner Blässe unnatürlich dunkel hervor. Sein Haar war rot und zerzaust.

»Dann ist dies der verletzte Junge«, sagte sie leise zu Fergus, der nickte.

Fergus stand neben Hamish, die Hand auf der Stirn des Jungen. »Sehr seltsam«, sagte er. »Ich hätte gedacht, es ginge dir besser, hätte ich nicht diesen beunruhigenden Bericht erhalten.«

»Ich erinnere mich nicht daran, Sir«, sagte Hamish.

»Du erinnerst dich auch nicht daran, wie du dir auf dem Schiff den Kopf angeschlagen hast«, bemerkte Kerr verächtlich.

Vielleicht *war* Hamish gestoßen worden. Einen Krampf hatte er sicher nicht gehabt.

Stephen richtete sich gerade auf. »Der Arzt hat gesagt, er müsse sich auch morgen noch ausruhen, denn er hat einen Schlag auf den Kopf bekommen, kurz bevor wir von Bord gegangen sind.«

Duncan war ihnen gefolgt und schaute auf den Jungen herab, bückte sich dann, um ihm die Stirn zu fühlen. Er wechselte einen Blick mit Fergus, und Christina konnte nur bewundern, wie fürsorglich sich die beiden um die Jungen kümmerten, die ihnen anvertraut waren.

»Hamish wird es schon bald wieder blendend gehen«, sagte Duncan barsch, und beide Männer richteten sich auf. »Immerhin rinnt das Blut von Recken in seinen Venen, gemischt mit dem Geist der Highlands.«

»Zweifellos sagt Ihr die Wahrheit«, sagte Fergus mit einer Heiterkeit, die gezwungen wirkte. »Lasst mich schauen, ob wir für ihn ein bisschen Suppe auftreiben können.«

»Aye, meine Mutter hat immer darauf bestanden, eine kräftige Suppe sei die beste Medizin«, stimmte Duncan zu, und Fergus ging zielstrebig davon.

Offenbar ermutigt setzte sich Hamish auf und betrachtete Christina, nachdem er grüßend mit dem Kopf genickt hatte.

»Ich wurde gestoßen«, beharrte er wieder.

»Natürlich wurdest du das«, stimmte Duncan zu, obwohl Christina sich nicht sicher war, ob er das glaubte. Als Hamish widersprechen wollte, hob Duncan einen Finger. »Was geschehen ist, ist geschehen, Bursche. Du musst dich nur erholen.«

Alarm flackerte in den Augen des Knappen, und Christina fragte sich, ob er fürchtete, zurückgelassen zu werden.

Außerdem fiel ihr auf, dass weder die Knappen noch Fergus dem kleinen Jungen viel Beachtung zollten, der mit seiner Tasche in der gegenüberliegenden Ecke hockte. Allerdings reichte sein Geruch allein aus, einem die Tränen in die Augen zu treiben. Vielleicht war das der einzige Grund, warum sie ihn ausgrenzten.

Vielleicht war die Schmutzschicht auch kein Unfall. Christina tat der Junge ein bisschen leid.

Sie setzte sich auf einen Heuballen, sodass Hamish sie sehen konnte, dann schaute sie die aufmerksamen Jungen an. Alles, was sie tun musste, war, sie zu ermutigen, sich ihr anzuvertrauen. Im Moment erschien das wie eine schwierige Aufgabe, aber Christina lächelte.

»Als ich ein Mädchen war, ging ich immer in die Ställe, wenn ich eine Geschichte hören wollte«, sagte sie fröhlich. »Der Stallmeister war ein guter Geschichtenerzähler, und ich wusste, er hatte immer noch eine zu erzählen, die ich noch nicht gehört hatte.«

»Immer?« Kerr schnaubte. »Wie oft seid Ihr gegangen?«

»Hunderte Male«, sagte Christina und hielt dem aufsässigen Blick des Jungen stand, bis er wegschaute. »Und zweifellos kannte er noch viele Hunderte mehr. Immer, wenn ich in einem Stall wie diesem bin, denke ich an den Stallmeister und erinnere mich daran, wie sehr ich seine Geschichten geliebt habe. Deshalb habe ich Lady Ysmaine vorgeschlagen, ich könnte Hamish eine Geschichte erzählen, aber auch ihr anderen seid eingeladen zuzuhören.«

»Warum sollten wir?«, fragte Kerr unverschämt.

Christina lächelte ruhig. »Weil ich die Einladung ausgesprochen habe.«

»Aber wir sollen nicht mit Euch sprechen«, erwiderte Hamish. Die Jungen tauschten Blicke zögerlicher Übereinstimmung.

Christina nickte, als dächte sie darüber nach. »Ich verstehe. Und tut ihr immer, was man euch befiehlt?«

Bei diesen Worten unterdrückte Duncan ein Lächeln, während die Jungen nickten. »Aye, Mylady«, sagte Stephen. »Es ist unsere Aufgabe, die Wünsche unserer Ritter zu erfüllen.«

Christina schüttelte den Kopf. »Aber ihr seid Jungen, und wenn ihr wirklich alle sehr gehorsame Jungen seid, dann ist das hier sicherlich die bemerkenswerteste Versammlung der ganzen Christenheit.« Sie senkte ihre Stimme, um vertraulich zu Stephen zu sprechen, auch wenn die anderen sie bestimmt hören konnten. »Was Jungen so liebenswert macht, ist ihre Fähigkeit, Unfug anzustellen, und ihr häufiges Unvermögen, zu tun, was man ihnen befohlen hat.«

Stephen lief rot an und senkte den Blick, als hätte sie ihn ertappt. Hamish tat wieder so, als schliefe er, und Kerr beschäftigte sich mit dem Heu. Simon überprüfte, wie es um Teufels Wasser bestellt war – es war sauber und in ausreichender Menge vorhanden. Der kleine schmutzige Junge schien zu schlafen. Duncan setzte sich auf einen Heuballen. Offensichtlich fühlte er sich gut unterhalten.

»Ich dachte, ich sollte dir die Geschichte des Heiligen erzählen, nach dem du benannt bist, Hamish, aber diese Geschichte kenne ich nicht. Stattdessen werde ich dir von der Heiligen erzählen, deren Namen ich trage: der heiligen Christina.«

Sie war sich Duncans Belustigung, weil sie die Geschichte einer Heiligen erzählen würde, und Kerrs spöttischen Lächelns sehr bewusst, aber sie erzählte Stephen, der hier in den Ställen vielleicht ihr größter Verbündeter war, die Geschichte dennoch. Dabei striegelte er weiter Teufel, der das sicher nicht mehr brauchte, aber die Aufgabe gab ihm eine Entschuldigung, in der Nähe zu bleiben und ihr zuzuhören. Christina glaubte nicht, dass es Zufall war.

»Christina wurde in Outremer geboren, in Tyrus, in eine adlige Familie.«

»Ich war schon in Tyrus«, sagte Stephen. »Wir sind einmal mit einem Brief des Meisters dort hingeritten.«

»Dann hast du großes Glück. Ich habe die Stadt noch nie gesehen.«

»Der Hafen war wunderbar. Es war die größte Stadt, in der ich je gewesen bin.« Stephen schaute sich um. »Vor dieser hier.«

Christina nickte. »Es geschah in den Tagen des römischen Reichs, als die meisten Menschen noch an heidnische Götter glaubten. Christina war wunderschön, aber ihr Vater beschloss, sie solle als Jungfrau diesen Göttern dienen. Weil viele Männer sie begehrten und ihr Vater sie nicht heiraten lassen wollte, ließ er sie in einem Turm einschließen, mit zwölf Dienerinnen, um ihre Keuschheit zu bewahren, bis dies der Fall sein würde. Aber Christina hatte das Wort Gottes gehört und war eine Christin geworden. Sie weigerte sich, den heidnischen Göttern zu opfern, und versteckte sogar den Weihrauch, den sie zu ihren Ehren verbrennen sollte, statt ihn auf dem Altar des Turms zu verbrennen.«

»Sie war ihrem Vater gegenüber ungehorsam«, sagte Stephen, der sich eindeutig nicht sicher war, ob er entsetzt von ihrem Trotz oder beeindruckt von ihrer Frömmigkeit sein sollte.

»Ja, das war sie.« Christina sah, dass der kleine, schmutzige Junge mit seiner Satteltasche näher gerückt war, um zuzuhören. Er klammerte sich daran, während er ihrer Erzählung lauschte. »Und die Dienstmägde eilten zu ihrem Vater und berichteten ihm von ihrer Verfehlung.«

»Wie mehr als eine Dienstmagd es tun würde«, bemerkte Duncan trocken.

»Ihren Vater erzürnte diese Nachricht, und er kam, um Christina selbst gegenüberzutreten. Er fürchtete, ihre Entscheidung würde den Zorn der Götter über sie bringen, und stritt mit ihr, bestand darauf, dass sie allen Göttern opferte, damit keiner von ihnen gekränkt sei. Christina gelobte, nur zum Vater, zum Sohn und zum Heiligen Geist zu beten. Ihr Vater verstand nicht, warum sie zu drei Göttern beten konnte, nicht aber zu den übrigen, und Christina sagte ihm, die drei wären eins, die Dreifaltigkeit und die Göttlichkeit. Er bestand auf seiner Anweisung, dann verließ er seine Tochter. Er war sich sicher, sie würde gehorchen.«

»Aber das tat sie nicht«, riet der schmutzige Junge mit Überzeugung. Christina lächelte ihn an, froh, dass er sie verstand und sich entschieden hatte zu antworten. »Das tat sie nicht, denn sie glaubte, ihr Vater sei im Irrtum. Tatsächlich zerstörte sie die Idole seiner Gottheiten, die auf dem Altar in ihrem Turmgefängnis standen, und stellte sicher, dass niemand sie würde anbeten können.«

»Und die Mägde erzählten es ihrem Vater«, vermutete Simon.

»Und er kehrte voller Zorn zurück. Vielleicht hatte er Christinas Entschiedenheit bezweifelt, aber als er die zerbrochenen Idole sah, konnte er ihre Taten nicht mehr leugnen. Er war entschlossen, ihre Meinung zu ändern, ganz gleich, was es kostete. Er befahl ihren Mägden, sie nackt auszuziehen, dann rief er zwölf Männer herbei, die sie mit aller Kraft schlagen sollten. Doch als die Männer vor Erschöpfung aufgaben, forderte Christina ihren Vater heraus und sagte, seine Götter sollten diesen Männern neue Kraft geben, so wie Gott ihr Stärke verliehen hatte. Stattdessen ließ er sie in Ketten legen und warf sie in ein Gefängnis.«

»Das konnte er seiner eigenen Tochter antun?«, fragte Stephen, und Christina war froh, dass er so wenig Erfahrung mit der Schlechtigkeit anderer Menschen gemacht hatte.

»Bestimmt hat er Schlimmeres getan«, sagte der kleine schmutzige Junge grimmig. Sein Ton enthüllte, dass er ganz andere Erfahrungen gesammelt hatte.

»Das hat er«, gab Christina zu, dann zuckte sie die Schultern. »Und sehr viel mehr.«

»Er fürchtete um ihre Zukunft«, sagte Duncan. »Wie es viele Väter tun.«

»Aber er hatte unrecht«, protestierte Simon. »Er war ein Heide!«

»Und dennoch war er von seinem Glauben überzeugt«, sagte Duncan sanft. »Ich will seine Schlechtigkeit nicht entschuldigen, sondern nur anmerken, dass es normal ist, dass ein Vater das Beste für seine Kinder wünscht.«

Er klang müde, und Christina fragte sich, ob Duncan selbst eine Familie hatte.

»In diesem Fall könnte man seine Motive hinterfragen«, bemerkte Christina. »Denn es war wohl kaum zu Christinas Wohl, geschlagen und eingesperrt zu werden.« Duncan beugte zustimmend den Kopf. »Ihre Mutter kam ins Gefängnis und flehte Christina an, zu tun, was auch immer nötig wäre, um die Gunst ihres Vaters zurückzuerlangen, aber Christina wusste, das könnte sie nur auf eine Weise. Sie beharrte darauf, sie würde keinen falschen Göttern opfern. Und so befahl ihr Vater weitere Strafen, in dem Glauben, Schmerz würde ihre Meinung ändern. Das Fleisch wurde ihr mit Haken aus dem Körper gerissen, aber Christina warf ihm die Stücke zu, rief ihm zu, er solle das Fleisch essen, das er von ihr genommen hatte.«

Der schmutzige kleine Junge grinste.

»Dann ließ ihr Vater sie auf ein eisernes Rad binden und befahl, ein Feuer unter ihr anzuzünden, um sie zu verbrennen. Aber das Feuer breitete sich vom Rad weg unter den Umstehenden aus, tötete hunderte

Männer, die gekommen waren, um zuzusehen, während Christina unversehrt blieb.«

»Das hätte ich gern gesehen«, murmelte Kerr, und Christina fragte sich, welcher Teil der Geschichte ihn besonders faszinierte.

»Da gelangte ihr Vater zu dem Schluss, dass Christina eine Hexe sein musste, denn er konnte keinen anderen Grund für ihr Überleben erkennen als Magie. Er ließ sie fesseln und ihr einen Stein um den Hals binden, dann wurde sie ins Meer geworfen. Alle waren sicher, sie würde ertrinken, doch kamen ihr Engel zur Hilfe, retteten sie aus den Fluten und zogen sie in die Arme. Christina sah Jesus Christus selbst und wurde von ihm im Wasser des Meeres getauft. Dann wurde sie der Obhut des Erzengels Michael anvertraut, der sie mit aller Vorsicht zurück an den Strand trug.«

Stephen plumpste ins Stroh, das Gesicht vor Staunen rot, seine Aufgabe vergessen.

»Aber Christinas Vater war nun endgültig davon überzeugt, dass seine Tochter eine böse Zauberin sei. Er nannte sie eine Hexe, und sie lachte ihn aus und sagte ihm, keine Zauberei habe sie gerettet, sondern der Segen Jesu. Dann schickte er sie zurück in ihr Gefängnis und ließ Befehl erteilen, sie am Morgen zu enthaupten.«

Christina glättete ihre Röcke. Sie war sich nicht sicher, ob alle Einzelheiten der Folter, die ihre Namensvetterin erlitten hatte, wichtig waren. Die Jungen genossen die gewalttätigen Details offensichtlich, aber sie beeilte sich lieber, zum Höhepunkt der Geschichte zu kommen. »In jener Nacht starb Christinas Vater, aber da sie im Gefängnis eingesperrt war, übernahm ein Richter die Verantwortung für ihre Strafe. Er war genauso entschlossen wie ihr Vater, sie davon zu überzeugen, den heidnischen Göttern zu opfern und ihr die Zauberei auszutreiben. Er ließ sie in eine Wiege mit brennendem Pech werfen, aber Christina pries Gott für ihre Wiedergeburt durch die Taufe und sagte, sie werde gewiegt wie ein neugeborenes Baby. Der Richter ließ ihr den Kopf scheren und bestand darauf, sie nackt durch die Straßen führen zu lassen, zum Apollontempel, wo sie gezwungen sein sollte, den Gott anzuerkennen. Stattdessen rief Christina Gott an, und die große Statue Apollons zerfiel vor aller Augen zu Staub. Den Richter schockierte dieser Anblick so sehr, dass er auf der Stelle starb.«

»*Das* hätte ich gern gesehen«, flüsterte Hamish.

»Vielleicht war es ein Trick«, sagte Kerr, der offensichtlich versuchte, weltmännischer zu wirken als der rothaarige Knappe. Aber Christina fiel auf, dass er ihrer Geschichte genauso andächtig lauschte wie die anderen.

»Der nächste Richter ließ Christina in einen großen Ofen werfen, der zu diesem Zweck gebaut worden war, in dem ein heißes Feuer brannte. In diesem Gefängnis ging sie fünf Tage umher und sang mit den Engeln zusammen das Lob Gottes, bis das Feuer zu ihren Füßen zu bloßen Kohlen zusammengefallen war. Nun war auch der Richter sich sicher, dass sie eine Hexe war, und ließ Nattern, Kobras und Vipern in den Ofen mit ihr werfen. Aber die tödlichen Schlangen griffen sie nicht an, sondern leckten den Schweiß von ihrer Haut und den Schmutz von ihren Füßen. Der Mann, dem befohlen worden war, die Schlangen zu beschwören, wurde stattdessen selbst von ihnen angegriffen und getötet. Christina befahl den Schlangen, in die Wüste zurückzukehren, dann erhob sie den Beschwörer von den Toten. Er bat darum, ebenfalls christlich getauft zu werden.«

»Das würde *ich* gern sehen!«, sagte Simon. »Ein Mann, der von den Toten aufersteht.«

Stephen runzelte die Stirn.

»Aber er war ein Beschwörer«, merkte Kerr an. »Vielleicht war er nicht wirklich tot.«

»Ich wünschte, Gott würde alle von den Toten erheben«, sagte Stephen leise.

»Das tut er«, sagte Christina zu dem Jungen, der sicher an seine Eltern dachte. »Denn er nimmt die Gläubigen für alle Ewigkeit zu sich in den Himmel. Dort werden wir unsere Lieben wiedersehen, wenn wir wahren Glaubens sind.«

Er nickte ermutigt.

Christina fuhr fort. »Der Richter war entschlossen, diese Frau zum Schweigen zu bringen, die nun auch Unterstützung von anderen als dem Beschwörer gewann. Er ließ ihr die Brüste abschneiden, aber aus den Wunden floss Milch, kein Blut. Er ließ ihr die Zunge herausschneiden, aber Christina warf sie nach ihm. Sie traf ihn ins Gesicht, was ihn noch mehr erzürnte. Der Richter schoss zwei Pfeile in ihr Herz und einen in ihre Seite. Sie durchbohrten Christina, und die Jungfrau gab ihren Geist Gott hin. Sie blieb wahrhaftig bis zum Ende. Das war im Jahr des Herrn 287.« Christina hielt inne, bevor sie fortfuhr. »Und so kommt es, dass ich den Namen einer Frau trage, deren Glaube nicht zu erschüttern war, ganz gleich, welchen Qualen sie ausgesetzt war und welche Demütigung sie erleiden musste. Ihr Glaube ließ sie das alles ertragen.«

Christina schaute rechtzeitig auf, um zu sehen, wie Duncan sie nachdenklich anschaute, dann wandte sich der Kämpfer ab. Sie fragte sich, welche Schlussfolgerungen er über sie zog.

Sie sah die Jungen an und zeigte ihre Erwartung. »Wer hat nun eine Geschichte für mich?« Sie schüttelte mahnend den Finger. »Es ist nur gerecht, dass ihr mir eine erzählt. Ihr seid gerade erst aus Outremer gekommen und habt dort sicher viele gute Geschichten gehört. Wer will beginnen?«

KAPITEL 8

Im Gegensatz zu Wulfs Hoffnung war es nicht der Bösewicht, der sich an jenem Nachmittag zu erkennen gab.

Kurz, nachdem er sich von Gaston getrennt hatte, vermutete Wulf, dass man ihm folgte.

Er ging schneller, duckte sich in eine Gasse, dann in eine andere, und verlor binnen Augenblicken die Orientierung. In dem Moment, als er begriff, dass er sich verirrt hatte, wusste er auch sicher, dass jemand ihm folgte.

Und ihm war klar, dass er einen Fehler gemacht hatte. Der Weg, den er nun eingeschlagen hatte, bog scharf nach links und endete unerwartet an einem Kanal.

Nur einen Augenblick später spazierte ein großer Mann gemächlich hinter ihm um die Ecke. Wulf erkannte ihn als einen der Burschen, die in der Nacht zuvor die Tür zu Costanzias Etablissement bewacht hatten.

Sein Gesichtsausdruck verriet, dass auch er Wulf erkannte.

Ein zweiter Mann schloss sich ihm an. Sein Gefährte war eher noch größer und sah gemeiner aus. Wulf wich zurück, nur, um zu sehen, wie ein dritter Mann von ähnlicher Statur aus einem kleinen Boot am Ende der Gasse stieg. Im Boot saß noch einer vierter, aber der ruderte schnell außer Reichweite. Der Mann, der ausgestiegen war, lächelte Wulf an.

Es war kein freundliches Lächeln.

Wulf blickte zurück zu den anderen beiden, die dicht hinter ihm waren. Anscheinend hatten sie sich schneller bewegt, als er es für möglich gehalten hatte. Seine Hand sank zum Griff seines Dolches, aber die anderen beiden zogen gleichzeitig ihre Messer.

»Wir wollen nur mit Euch sprechen«, sagte der eine, an den Wulf sich erinnerte. Er ließ die Klinge seines Messers im Sonnenlicht aufblitzen, eine Geste, die seine Worte Lügen strafte.

»Es gibt keinen Grund, die Dinge schwieriger zu machen als nötig«, sagte der Dritte und zwang Wulf damit, sich umzudrehen, um ihn anzusehen. Auch er war nähergekommen und spielte mit seinem Messer.

»Wir suchen nur nach Christina«, fuhr der Erste fort. »Wisst Ihr, wo sie ist?«

Wulf sah sich um und begriff, dass er in einer fensterlosen Gasse stand. Er konnte niemanden außer seinen Angreifern sehen und bezweifelte, dass man seine Hilferufe hören würde.

Oder ihm zur Hilfe käme.

»Oder vielleicht«, sagte der zweite Mann leise, »braucht Ihr ein wenig Ermutigung, um Eurer Erinnerung auf die Sprünge zu helfen.«

»Christina wird so sehr vermisst«, murmelte der erste, in einem Tonfall reinsten Spottes. »Wir haben die Weisung, nicht ohne sie zurückzukehren.«

Wulf hörte den dritten Mann hinter sich, gerade in dem Moment, bevor er eine Hand auf Wulfs Schulter sinken ließ. »Vielleicht wärt Ihr so nett, uns hilfreich zur Seite zu stehen«, sagte er leise und drohend, und Wulf spürte die Messerspitze an seiner Kehle.

Er hatte zwei Messer, das eine, das er immer bei sich hatte, und das andere, das der Rüstungsschmied repariert hatte. Ein Schwert trug er nicht. Er konnte mit beiden Händen kämpfen, obwohl er diese Tatsache so lang wie möglich verheimlichen würde.

Wenn Gott einen Mann auf die Probe stellte, um seine Stärke zu testen, dann musste Wulf mehr versteckte Macht besitzen, als er geahnt hatte.

Wichtiger noch, er hatte das Geld bei sich, das ihm der Tempel überantwortet hatte. Diese Münzen würde er nicht bereitwillig preisgeben, wenn er jedoch die Wahl hatte zwischen seinem Leben und dem Gold des Tempels, würde er sich mit Gewissheit für das eigene Überleben entscheiden.

Aber diese Männer würden der Beute nicht so einfach habhaft werden.

CHRISTINA WARTETE eine Ewigkeit auf eine Antwort der anderen im Stall. Gerade, als sie dachte, sie hätte ihr Publikum falsch eingeschätzt, erklang aus der Ecke eine Stimme.

»Ich kenne eine Geschichte«, sagte der kleine dunkle Junge mit der Tasche. »Und so wie Eure handelt sie von Menschen, die sich geweigert haben, sich befehlen zu lassen, was sie glauben sollten.«

Christina lachte. »Perfekt! Komm und erzähle sie uns, wenn es dir recht ist.«

Kerr verzog das Gesicht. »Nicht näher«, sagte er und kniff sich mit einer Grimasse in die Nase.

»Laurent stinkt«, vertraute Stephen ihr im Flüsterton an.

»Ich versichere dir, der Rest des Stalls riecht auch nicht nach Rosen«, sagte Christina.

»Aber Laurent ...« Stephen verstummte, dann schüttelte er den Kopf. Währenddessen kam der Junge Laurent ein wenig näher, die Tasche fest im Griff. Christina war bereits aufgefallen, wie klein und zierlich er war. Er hatte goldene Haut und eine feine Knochenstruktur. Seine Augen, dunkel und dicht bewimpert, verliehen ihm einen exotischen Anschein.

Nein, einen *femininen* Anschein. Sie betrachtete sein Gesicht und seine Hände, seine Proportionen, und war sich der Wahrheit sicher.

Laurent war ein Mädchen.

Wer wusste noch davon?«

»Sicher könntest du dein Gepäck auch eben loslassen«, schlug Christina vor, aber Laurent hielt die Tasche nur fester.

»Mylord Fergus hat es mir anvertraut, Mylady, als Bewährungsprobe, und ich werde ihn nicht enttäuschen.«

Was würde geschehen, wenn der Junge entdeckte, dass die Reliquie ausgetauscht worden war?

»Weißt du, was darin ist?«, fragte sie beiläufig.

»Ich vermute, es ist gar nichts«, gestand Laurent. »Denn wer würde mir etwas Wertvolles anvertrauen, bevor ich mich bewiesen habe?«

Laurent stammte jedenfalls nicht aus Schottland. »Aber wenn du Fergus' Knappe bist …«

»Erst seit Kurzem«, warf Duncan ein. »Der Junge hat sich uns bei unserer Abreise aus Jerusalem angeschlossen, obwohl wir ihn schon aus den Ställen der Templer kannten.«

»Er versteht viel von Pferden«, steuerte Stephen bei.

»Und mehr als das«, flüsterte Kerr, woraufhin ihm die anderen Jungen finstere Blicke zuwarfen. »Deshalb stinkt er so«, sagte er. »Er schläft in ihrem Mist.«

Christina dachte, das sei eine gute Strategie, andere davon abzuhalten, näher hinzuschauen. »Ich verstehe«, sagte sie milde. »Ich möchte gern deine Geschichte hören, Laurent, wenn du uns daran teilhaben lassen willst.«

Laurents Lächeln war verschmitzt und bezaubernd. »Einmal gab es eine Gruppe von guten Freunden, die alle an den wahren Gott glaubten. Wie die heilige Christina wurden auch sie dafür getadelt, dass sie den falschen Gottheiten keine Opfergaben brachten. Aber im Gegensatz zur heiligen Christina flohen sie lieber aus der Stadt, um auf die Weise zu beten, von der sie wussten, dass es die richtige war.«

Hatte sich Laurent der Gruppe angeschlossen, um Jerusalem zu entkommen? Wenn ja, warum?

»Und so versteckten sie sich in den Hügeln und suchten in einer Höhle, die sie durch Zufall entdeckten, Zuflucht. Manche sagen, es seien drei gewesen, andere fünf oder sogar sieben. Alle waren sich einig, dass sie einen treuen Hund bei sich hatten. An diesem Ort beteten sie, und Gott schenkte ihnen seinen Segen: Er sorgte dafür, dass sie alle in tiefem Schlaf versanken. Auch der Hund schlief, obwohl er an der Tür lag, um sie zu beschützen. Später erwachten sie. Sie dachten, sie hätten etwa einen Tag geschlafen, und waren hungrig. Einer von ihnen beschloss, in die Stadt zu gehen und für sie alle Brot zu kaufen, und da entdeckten sie die Wahrheit.«

»Welche Wahrheit?«, fragte Stephen.

Laurent lächelte. »Die Stadt hatte sich so sehr verändert, dass dieser eine Gefährte sie kaum wiedererkannte. Er dachte, sein Verstand sei vom Hunger betäubt, und versuchte, Brot zu kaufen, aber der Bäcker wollte seine Münze nicht nehmen. Unter großem Geschrei versammelte sich eine Menge, denn die Münze galt als sehr alt und wertvoll. Der Bäcker dachte, der Mann müsse sie gestohlen haben, während andere glaubten, er habe einen Schatz gefunden und solle seinen Fundort preisgeben. Wie ihr euch vorstellen könnt, war er von all dem sehr verwirrt.«

Christina schaute sich am Tisch um, fasziniert, dass Laurent die anderen so mühelos zu fesseln wusste, besonders angesichts ihrer Reaktion auf seine Gegenwart.

»Die Menge verlangte, dass der Mann, den sie für einen Fremden hielten, seine Herkunft bewies. Er nannte seinen Namen und die Namen seiner Eltern, aber niemand kannte sie. Da sie ihn noch immer für einen Lügner hielten, rief er empört aus, sie sollten ihn zum Magistraten des Herrschers bringen. Als er den Namen des Herrschers nannte, der, wie er wusste, über das Land regierte, wich die Menge voll Staunen zurück. Er konnte sich darauf keinen Reim machen und fragte, was denn sei.« Laurent senkte die Stimme. »Der Bäcker sagte ihm, dieser Herrscher sei schon seit Jahrhunderten tot.«

Die Jungen hielten alle den Atem an und beugten sich vor, um zu hören, wie es zu einem solchen Wunder gekommen sein könnte.

»Die Gefährten hatten dreihundertundneun Jahre lang geschlafen – durch den Willen Gottes.«

Christina runzelte die Stirn, denn sie kannte eine Variante dieser Geschichte. Sie wurde als »Die Sieben Schläfer von Ephesus« erzählt, aber sie hatte gehört, ihren Ursprung hätte sie bei den Sarazenen.

War Laurent nicht nur ein Mädchen, sondern auch noch Sarazenin?

Wulf trat durch die Tür des gemieteten Hauses und bemühte sich, gelassen auszusehen. Dabei war er deutlich erschütterter, als ihm lieb war. Einen Moment blieb er stehen. Er wollte die Tür verriegeln, wusste aber, das würde angesichts der frühen Stunde nur das Misstrauen der anderen wecken. Sie mussten nicht wissen, was sich ereignet hatte.

Außer Gaston.

Es ärgerte ihn gewaltig, dass man ihm seinen geschätzten Dolch abgenommen hatte, besonders, nachdem er gerade erst für dessen Reparatur bezahlt hatte. Die Klinge bestand aus feinem Stahl aus Toledo, und er würde sie vermissen. Noch mehr machte es ihm zu schaffen, dass er Gaston sein Versagen eingestehen musste, aber das war natürlich unvermeidlich. Er drückte sich nicht vor einer unangenehmen Aufgabe, auch wenn er es wahrlich nicht genießen würde, sie zu erledigen. Tatsache war, dass Gaston einiges an Geld angespart hatte und die Reise bezahlen konnte. Der Großmeister in Paris würde ihm alles zurückzahlen, denn er würde sich auf Gastons Bericht verlassen, und die anderen brauchten den Unterschied nicht zu erfahren.

Wulf hatte Schmerzen von den Schlägen, die sie ihm verpasst hatten. Costanzias Männer hatten ihm nicht die Knochen gebrochen, denn sie hatten das Geld rechtzeitig gefunden. Auch sein Gesicht hatte keine Blessuren. Dem äußeren Anschein nach war er nur ein bisschen zerzaust.

In Wirklichkeit war er sehr viel aufgewühlter, als man ihm ansah, und nicht nur wegen seiner Verletzungen. In dem Moment, in dem sie gegangen waren, hatte er seine Entscheidung angezweifelt. Hätte er sie verfolgen sollen? Hätte er ihnen das Geld vielleicht doch wieder abnehmen können?

Was Wulf davon abgehalten hatte, war die Überzeugung, dass sie, wenn er sich das Geld erfolgreich zurückholte, an Christina Rache nehmen würden. Er konnte den Gedanken, sie würde verletzt werden, nicht ertragen. Außerdem war er skeptisch, ob er seine Gegner so einfach hätte besiegen können, nachdem sie ihm gerade erst eine Niederlage beigebracht hatten.

Und so schien es, dass er sich mit dem Geld des Tempels eine Kurtisane gekauft hatte.

Ein anderer Mann hätte diesen Gedanken vielleicht amüsant gefunden, aber Wulf war angewidert.

Es gab nur einen Weg, dieses Unrecht zu korrigieren – er durfte

Christina nicht noch einmal anrühren. Nur dann konnte er behaupten, dass er bei der Verteidigung einer Pilgerin beraubt worden war. Nur, wenn er selbst keinen persönlichen Vorteil davon hatte, konnte er seinen Kopf erhoben halten und dem Großmeister in Paris alles gestehen.

Und es war auch der einzige Weg, seinen Rang im Orden zu behalten.

Selbst so war die Angelegenheit heikler, als Wulf lieb war. Er würde sich auf den guten Willen des Großmeisters in Paris verlassen müssen, eines Mannes, den er nicht kannte, und auf die Zeugenaussage Gastons.

Wie närrisch, dass er sich selbst in eine so prekäre Lage gebracht hatte.

Wulf straffte die Schultern und ging in den Hof. Dort, im Hauptraum und in den Ställen hatten sich die meisten seiner Reisegefährten eingefunden. Gaston war vor ihm zurückgekehrt, und seine Augen verengten sich, als er Wulf musterte.

Wulf ging zu dem anderen Ritter hinüber und bemühte sich, so ungeduldig zu wirken wie immer. »Nun?«, fragte er. »Habt Ihr die Einkäufe für Eure Frau erledigt?«

»In der Tat.« Gaston schaute nach oben. »Sie legt sie gerade zusammen und packt sie ein.

»Und wie geht es dem Jungen? Reiten wir am Morgen los?«

»Der Medikus war hier, denn Hamish hatte einen Krampfanfall.« Gaston rieb sich das Kinn. »Aber wie es scheint, können wir am Morgen aufbrechen, sofern sich der Junge weiter erholt.«

»Das sind exzellente Neuigkeiten.« Wulf hob die Stimme. »Ich schlage vor, alle treffen Vorbereitungen, morgen früh abzureisen, vorausgesetzt, natürlich, es geht Hamish dann wieder gut.« Everard, der in der Tür gestanden hatte, zog sich in den Hauptraum zurück. Joscelin verabschiedete sich, da er bei einem Freund in der Stadt zu Abend essen wollte. Aber noch immer waren zu viele Ohren in der Nähe, und er würde einen ruhigeren Moment abwarten müssen, um sich unter vier Augen mit Gaston zu besprechen.

Christina kam aus dem Stall und schenkte Wulf ein einladendes Lächeln, das ihn bis zu den Zehen wärmte.

Er hatte sie gekauft.

Aber er konnte sie nie wieder berühren, wenn er eine Zukunft haben wollte.

Wenn Wulf zuvor schon entschlossen gewesen war, diese Reise nach Paris möglichst bald zu einem Ende zu bringen, dann war sein Verlangen nach Eile nun noch gewachsen. Schnelligkeit war seine einzige Chance, seinen Entschluss zu halten.

Und das war eine wahrhaft erschreckende Erkenntnis.

EIN EINZIGER BLICK auf Wulf sagte Christina, dass sich irgendetwas ereignet hatte. Er mied ihren Blick und ihre Gegenwart. Sie hatte schon geahnt, dass er das tun würde, da er ihr nur zögernd erlaubt hatte, hierzubleiben. Der Unterschied war, dass er nun angespannt und wachsam wirkte, als hätte er sich seit seinem Abschied heute Morgen einer Bedrohung gegenübergesehen.

Was war geschehen?

Es war ebenso klar, dass er nicht vorhatte, den anderen davon zu erzählen. Mit Gaston schien er bei seiner Rückkehr keine vertrauliche Unterhaltung zu führen, obwohl es ihm immerhin besser gelang, dessen wahre Rolle zu verschleiern. Während des Abendessens gab er sich höflich, aber distanziert, und schloss sich der fröhlichen Kameradschaft der Gruppe nicht an. Christina wünschte, sie wüsste, ob das sein übliches Verhalten war oder nicht. Sie zwang sich, unbekümmert zu wirken, aber das fiel ihr schwer angesichts der Tatsache, dass sie dringend mit Wulf sprechen wollte. Stattdessen versuchte sie, Informationen und Eindrücke zu sammeln.

Es hätte sie wohl nicht überraschen sollen, dass das Mahl aufgetragen wurde wie in der Halle eines adligen Herrn. Die Sitzordnung spiegelte ihre Rangordnung wider, mit einem oberen und einem unteren Tafelende. Christina war erleichtert, denn sie saß am unteren Ende, und der Mann, den sie für Helmut hielt, am anderen. Die beiden Querseiten blieben frei. Gaston saß dem Edelmann gegenüber, neben ihm seine Frau. Neben dem Edelmann hatte Wulf Platz genommen. Auf Lady Ysmaines anderer Seite saß Fergus, ihm gegenüber Duncan.

Christina hatte den letzten Platz auf der gleichen Bankseite wie

Wulf gewählt, sodass der Edelmann sie nicht sah, sie dagegen unauffällig Gastons Frau beobachten konnte. Die Jungen bedienten sie alle. Bartholomew tat Fischeintopf auf, Stephen schenkte Wein aus und Simon reichte das Brot herum, das Kerr geschnitten hatte. Einigen in der Gruppe musste dies als ein kärgliches Mahl erscheinen. Es war sicher ein weniger üppiges Festmahl, als Costanzia es ihren Kunden kredenzte, jedoch deutlich festlicher als die Mahlzeiten, die man Christina und den anderen Frauen im Haus zugestand.

Einer der Jungen hatte ihr am Nachmittag in den Ställen von Gastons Eheschließung erzählt, voller Begeisterung, weil der Ritter die Lady aus ihrem Elend errettet hatte. Anscheinend waren Ysmaine und ihre Zofe Radegunde ausgeraubt worden, hatten ihre Pilgerreise aber fortgesetzt, nur um sich mittellos in Jerusalem wiederzufinden, gerade, als der Stadt ein Angriff durch die Sarazenen drohte.

Die Geschichte ähnelte Christinas eigener zu sehr, um sie mit Gleichmut anzuhören. Wahrscheinlich begriff niemand aus der Gruppe zur Gänze, welches Schicksal Ysmaine vielleicht bevorgestanden hätte, wenn sie vor der gleichen Wahl gestanden hätte wie Christina. Christina konnte nur froh sein, dass der anderen Frau dieses Schicksal erspart geblieben war.

Ysmaine war eine Schönheit. Sie war mindestens fünf Jahre jünger als Christina, obwohl sie vor ihrer Hochzeit mit Gaston angeblich schon zweimal verwitwet war. Sie war zierlich und zart, ein solch perfekter Gegensatz zu Gaston, dass sie wie für einander geschaffen schienen. Ihre Manieren waren elegant, und sie sprach mit leiser, ruhiger Stimme, dankte ihrer Zofe und ordnete sich ihrem Ehemann unter. Doch an ihrer Haltung war etwas, das Christina zu dem Schluss bewog, Ysmaine sei nicht so zerbrechlich, wie sie schien.

Tatsächlich hatte sie beträchtliche Schwierigkeiten überstanden.

Warum hatte sie die Reliquie an sich gebracht?

Christina fiel es schwer, Schlechtes von jemandem anzunehmen, der sie mit solcher Güte behandelt hatte. Höflichkeit schien wie eine Kleinigkeit, aber wie sie wusste, war es mehr, als man von den meisten erwarten konnte. Sie war geneigt, Gutes über Ysmaine anzunehmen.

Nachdem die Jungen alle bedient hatten, nahmen sie ihre eigenen Plätze am unteren Tischende ein und aßen mit großem Appetit. Dabei war der Fischeintopf nicht so schmackhaft, dass außer den größeren Jungen jemand Nachschlag verlangte. Es war ein ordentliches Essen, allerdings nicht die Kreation eines talentierten Kochs. Christinas Ansicht nach hätte die Brühe deutlich mehr Gewürz vertragen, aber die Zutaten waren frisch, und das war nicht zu verachten. Es gab reichlich Brot, und der Wein war zwar dünner als der, der den Gästen in Costanzias Haus serviert wurde, aber immer noch stärker als der, den sie und die anderen Frauen bekommen hatten. Christina trank ihn mit Genuss.

Eine mittelmäßige Mahlzeit war nur ein geringer Preis für eine Nacht in Freiheit.

Aber was würde am Morgen geschehen, wenn die Gruppe aus Venedig aufbrach? Christina fürchtete, Wulfs verändertes Verhalten sei ein Hinweis auf ihr bevorstehendes Schicksal. Er wollte sie zurücklassen. Es war nur eine Frage der Zeit, bevor Costanzia sie fand und zurück in ihr Bordell zwang. Sie wollte sich nicht vorstellen, welche Prügel man ihr verabreichen oder wie viel schlimmer ihr Leben werden würde. Sie hatte schreckliche Geschichten gehört, wie man aufsässige Frauen dazu brachte, sich zu fügen.

Sie sehnte sich danach, mit Wulf zu sprechen, aber eine solche Unterhaltung musste unter vier Augen geführt werden.

Christina bemühte sich, die anderen am Tisch in eine Unterhaltung zu verwickeln, was keine einfache Sache war. Der Söldner Duncan und sein Ritter Fergus gaben sich recht herzlich, aber Gastons Frau sprach nur mit ihrem Mann und ihrer Zofe. Gastons Knappe blieb ähnlich schweigsam, und Joscelin war gegangen, um mit Freunden zu Abend zu essen. Sie hatte nicht vorhergesehen, dass sie die Gesellschaft des Händlers vermissen würde, aber zumindest unterhielt er sich mit ihr. Der Adlige, der Helmut so ähnlich sah, schaute nicht einmal in ihre Richtung, und sie hatte noch niemanden seinen Namen sagen hören. Er war der Graf von Blanche Garde, was nach dem, was sie gehört hatte, wohl ein Lehen in Outremer war.

Irrte sie sich, was seine Identität anging?

Wichtiger noch, wo sollte sie Wulfs Ansicht nach heute Nacht schlafen? Bei ihm oder anderswo? Bartholomew erhob sich als Erster vom Tisch, und Christina sah, wie er zwei weitere Schüsseln mit Eintopf füllte. Er nickte Kerr zu und hob zwei irdene Becher. Der Junge kniff die Lippen zusammen und holte ein Stück Brot und einen Krug Wein. Zusammen gingen sie zu den Ställen, zwischen ihnen ein Abstand und ein Schweigen, die Christina spüren ließen, dass sie keine Freunde waren.

Zumindest dachte jemand an Laurent und Hamish.

Als Wulf sich vom Tisch erhob, blieb Christina sitzen. Zu ihrer Überraschung ging er durch den Hof in die Küche, und sie hörte ihn mit den Frauen dort sprechen.

Zahlte er die Rechnung? Traf er Absprachen für den Morgen? Christina konnte sich nicht denken, was für eine Angelegenheit ihn dort hinführte, die er nicht einem anderen hätte übertragen können.

Einige Augenblicke später kehrte er in finsterer Stimmung zurück und stieg ohne ein weiteres Wort die Treppe zu seiner Kammer hinauf. Simon und Stephen beendeten hastig ihre Mahlzeit. Stephen aß sein letztes Stück Brot mit solcher Eile, dass Christina fürchtete, er würde daran ersticken. Sie folgten ihrem Ritter mit Badewasser und einem weiteren Krug Wein. Christina rang die Hände in ihrem Schoß und wartete noch einen Moment.

Einen Moment später entschuldigte sie sich und folgte Wulf.

Sie musste die schlimmen Nachrichten erfahren.

Puttana. Mona.

Das erste Wort kannte Wulf. Dass das zweite ebenfalls »Hure« bedeutete und lediglich weniger schmeichelhaft war, konnte er erraten. Sonst verstand er kein Wort von dem, was die beiden Frauen in der Küche sagten, aber ihre Gesichter ließen keinen Zweifel an der Bedeutung.

Ganz zu schweigen davon, wie die zweite abfällig ins Herdfeuer spuckte.

Für Christina würde es in diesem Haus keine Arbeit geben. Ohne seinen Schutz hätte man sie vermutlich noch an diesem Tag auf die Straße gejagt, denn über ihr Gewerbe bestand kein Zweifel. Er erinnerte sich an ihre Überzeugung, man würde sie erkennen und zurück zu Costanzia bringen, und begriff nun, wie recht sie hatte.

Er zog sich in seine Kammer zurück und überdachte sein weiteres Vorgehen. Er konnte Christina nicht in Venedig zurücklassen, aber konnte er sie den ganzen Weg mit nach Paris nehmen? Wenn er sie als eine Pilgerin behandelte, dann sollte ihm das möglich sein, aber er fürchtete seine eigene Schwäche. Keinesfalls konnte er riskieren, dass sich ein Skandal mit seinem Namen verband, besonders nun, da er das Geld des Tempels verloren hatte.

Wulf konnte den Gedanken nicht unterdrücken, dass er für *sie* bezahlt hatte und ihre Reize genießen sollte.

Diese Frau war die verkörperte Versuchung.

Gab es irgendeinen Kompromiss, sodass sie in Sicherheit wäre, sich ihre Wege aber früher trennten? Wenn sie einmal Venedig verlassen hatten, konnte sie ihre Vergangenheit vielleicht verschleiern und sich einer anderen Reisegruppe anschließen.

Aber wie? Sie hatte kein Geld, um ihren Unterhalt zu bestreiten, und er konnte ihr keins geben.

Wulf dachte so eingehend darüber nach, dass er kaum mit den Jungen sprach, während sie ihre Pflichten erledigten. Stephen löste seinen Gürtel und runzelte die Stirn, weil beide Scheiden leer waren. Wulf ignorierte die Reaktion des Jungen und war froh, dass er heute kein Schwert getragen hatte. Das war ein Verlust, den er übelst bereut hätte.

Simon half ihm, Kettenhemd und -haube abzulegen, dann band Stephen seinen Gambeson auf. Wulf blieb ungerührt, versteckte jeden Hinweis auf die Schmerzen, die er inzwischen deutlich stärker spürte. Alle weitere Hilfe lehnte er ab, nur für den Fall, dass er bereits sichtbare Blutergüsse hatte. Er erinnerte die Jungen daran, dass sie am Morgen abreisen würden und sie sich besser auf den Ritt vorbereiteten.

Wulf war nicht wirklich überrascht, als Stephen die Tür öffnete und Christina davorstand. Die Diskussion war unausweichlich, das war ihm klar, und er gemahnte sich zur Entschlossenheit, obwohl er bereits schwankte. Sie war nicht nur schön, sondern auch stark – und zugleich verwundbar. Ihr Anblick weckte in ihm eine Ritterlichkeit, von der Wulf nicht geahnt hatte, dass er sie besaß, und ließ ihn sich nach etwas sehnen, von dem er wusste, er konnte es nicht haben.

Er war ein Tempelritter. Ein Krieger und ein Mönch. Der Orden war seine Vergangenheit, seine Gegenwart und seine Zukunft.

Die Jungen duckten sich an Christina vorbei aus dem Raum, während sie ihn erwartungsvoll ansah.

»Sie wollen dich nicht hierbleiben lassen, um ehrlich in der Küche zu arbeiten«, sagte er anstelle eines Grußes. »Ich habe gefragt.«

»Ich würde auch nicht bleiben, wenn sie es täten«, erwiderte sie und betrat die Kammer, nachdem Stephen sie verlassen hatte. Sie lächelte den Jungen noch einmal zu, dann schloss sie die Tür und lehnte sich von innen dagegen. Wulf war sich sicher, ihr Parfüm zu riechen.

Oder vielleicht war es auch nur der Duft ihrer Haut. Was es auch war, es sandte Feuer durch ihn. Mit trockenem Mund wandte er den Blick ab und runzelte die Stirn. »Möchtest du deinem Gewerbe nicht entkommen?«

»Natürlich, aber dafür muss ich Venedig verlassen.« Sie beschrieb mit der Hand einen Bogen. »Sonst werden sie mich finden und mich zurückbringen, darauf kannst du dich verlassen, und ich werde nicht noch einmal die Chance zur Flucht haben.« Sie unterdrückte ein Schaudern, und Wulf verstand ihre Reaktion nur zu gut.

»Du musst nicht zurückkehren«, sagte er, ohne es beabsichtigt zu haben.

Sie betrachtete ihn mit einem Blick, aus dem die Neugier leuchtete. »Hast du deine Meinung geändert?«

Wulf zog eine Grimasse. »Jemand hat sie für mich geändert.«

Christina sah ihn an und wartete.

Er verzog erneut das Gesicht und gestand ihr die schlimmsten Einzelheiten. »Ich werde Gaston berichten müssen, dass man mich heute überfallen hat.«

»Nein!« Sie rannte durch die Kammer, ihre Sorge offensichtlich. Ihre Hände glitten über ihn, so leicht und flüchtig wie Schmetterlinge. »Bist du verletzt? Wurdest du verwundet? War es der Angreifer von gestern Nacht? Wie kann dich dieser Bösewicht noch einmal zum Ziel nehmen …«

»Es war nicht der Angreifer aus der der letzten Nacht.« Wulf begegnete bewusst ihrem Blick.

»Aber wenn du weißt, wer es war …«, sagte Christina wütend, dann verstummte sie jäh. Die Farbe wich ihr aus den Wangen, ließ sie zerbrechlich wirken, und sie trat einen Schritt zurück. »Costanzia«, flüsterte sie.

»Nicht ganz. Es waren der Türsteher und zwei seiner Freunde. Der Vierte wartete mit einem Boot, bereit zur Flucht.« Wulf seufzte und ging hinüber zum Fenster, wo er mit den Fingern auf die Fensterbank trommelte. Es brodelte in ihm, und er war sich Christinas Gegenwart und ihrer Nähe stark bewusst. Er ermahnte sich, ihr Beschützer zu sein, nicht ihr Freier.

»Sie haben dir all dein Geld abgenommen.« Christina war dicht hinter ihm. Er konnte die Hitze ihrer Gegenwart spüren.

Er schloss die Augen und betete um innere Stärke. »Ich habe eine Wahl getroffen und bin nicht stolz darauf.« Wulf schloss die Augen, als sie seine Arme umfasste und ihre Wange an seinen Rücken legte. Er konnte sich umdrehen und sie in den Armen halten. Er konnte einen Schritt tun und einen Kuss von ihr stehlen, der ihn die ganze Nacht lang wärmen würde …

»Du warst klug«, flüsterte sie. »Andere haben sie schon ohne Reue getötet.«

»Aber ich muss auch noch darüber lügen.« Er verzog das Gesicht angesichts dieser unangenehmen Wahrheit. »Das Geld gehörte mir nicht. Es wurde mir anvertraut, um die Ausgaben zu decken, die auf der Reise nach Westen anfallen würden. Ich hätte es bis zum letzten Atemzug verteidigen sollen.«

»Dann wärst du tot und sie hätten das Geld dennoch«, sagte sie mit einer Nüchternheit, die er zu schätzen wusste.

Als er nicht antwortete, ließ Christina die Hände über ihn gleiten, eine sanfte, aber erregende Liebkosung.

Sie verstand sich wahrlich auf ihr Handwerk.

Wulf wandte ihr weiter den Rücken zu und kämpfte gegen seinen Wunsch nach mehr.

»Du beurteilst dich selbst härter, als es jeder andere tun würde, Wulf«, flüsterte sie. Ihre Hand strich über seine Seite, und er versteifte sich ein wenig. »Haben sie dich verletzt?«

»Nur eine ordentliche Tracht Prügel, mehr nicht.« Er gab sich brüsk. »Bedenkt man, dass sie zu dritt waren, habe ich mich recht gut geschlagen.«

»Und sie schlagen nur dorthin, wo die Blutergüsse sich nicht zeigen. Manche Gewohnheiten gehen in Fleisch und Blut über.« Christina fuhr mit den Händen unter sein Hemd, bevor er sie davon abhalten konnten, und dann waren ihre Zärtlichkeiten so willkommen, dass er nicht wollte, dass sie aufhörte. Ihre Hände waren so sanft und weich, und ihre Zuwendungen würden ihn bald verführen. Er versuchte, zurückzutreten, als sie sein Hemd hochzog, aber Christina tadelte ihn.

»Zapple nicht so herum«, sagte sie. »Steh still. Ich werde dir nicht wehtun.«

»Das ist es nicht, wovor ich mich fürchte«, murmelte er. Ihre Blicke trafen sich und ließen sich nicht los, während sein Herz schneller zu schlagen begann. In Christinas Augen erglühte ein Funken, als sie begriff, und Röte bedeckte ihre Wangen.

»Hast du mich gekauft, Wulf?«, fragte sie spielerisch. »Wie soll ich solche Tapferkeit nur belohnen?« Ihre Hand glitt weiter abwärts, und Wulf stockte der Atem, als sie ihn streichelte.

»Nein, Christina. Tu das nicht.« Wieder trat er zurück, verweigerte ihnen beiden das Vergnügen, nach dem er sich sehnte. »Was bedeutet ›Mona‹?«

Ihr Blick wurde stählern. »Es ist nicht höflich.«

»Sag es mir.«

Sie streckte sich und flüsterte ihm ein Wort ins Ohr, von dem er nie geglaubt hatte, er würde es von den Lippen einer Dame hören. Es war eine vulgäre Bezeichnung für das weibliche Geschlechtsteil, und Wulf war unwillkürlich geschockt - nicht, weil das Wort existierte, sondern weil die Frauen in der Küche es so bereitwillig auf Christina angewendet hatten.

Sie lächelte über seine Empörung und küsste ihn auf die Wange, als wüsste sie, dass sie eine solche Berührung stehlen musste. Seine Wange brannte an der Stelle, der Abdruck ihrer Lippen ließ ihn die Fäuste ballen. »Ich habe Schlimmeres gehört«, sagte sie leichthin.

»Ich auch, aber nicht von Frauen.«

Christina zuckte die Schultern. Ihr Benehmen wurde nüchterner. »Wir sind einander die strengsten Richterinnen. Lass mich deine

Verletzungen sehen. Costanzias Männer sind gut darin, Rippen zu brechen, und um Rippen sollte man sich lieber früher als später kümmern.«

Wulf fand sich seines Hemds entledigt, und Christina strich nacheinander über all seine Rippen. Ihre Berührung war nicht länger so verführerisch, aber er war dennoch von ihr bezaubert. Es gefiel ihm, dass sie sich besorgt um ihn zeigte. Es gefiel ihm, dass sie miteinander reden konnten, als wären sie Verbündete in dieser Sache, obwohl er in Wirklichkeit noch nie so offen mit einer Frau gesprochen hatte, wie er es mit ihr tat.

Er schaute auf sie herab, sein Brustkorb eng bei der Erkenntnis, was sie alles erduldet hatte. Sie wusste, dass diese Männer Prügel austeilten. Wie oft hatte sie sie dabei beobachtet? Wie oft hatte sie selbst Schläge kassiert? Wissen wollte er es zwar, konnte aber gleichzeitig nicht ertragen zu fragen.

Das Erstaunliche war, dass Christina trotz allem, was sie gesehen hatte und wozu sie gezwungen worden war, Anmut und Würde an sich hatte. Er hätte sie niemals mit einem solchen Wort bedacht. Es fiel ihm schwer, selbst die geläufigeren Worte für ihr Gewerbe auf sie anzuwenden. Sie hatte das Benehmen einer Edelfrau, und auf andere Weise konnte er nicht an sie denken.

Christina war dicht vor ihm. Das Haar fiel ihr in einem glänzenden Zopf über die Schulter. Wulf konnte sich nicht davon abhalten, eine Hand zu heben und sie ihr auf die Schulter zu legen. Seine Finger schlossen sich um die Rundung ihres Schultergelenks, und er erkannte in sich das Verlangen, sie zu beschützen, obwohl er wenig dazu tun konnte.

Was, wenn er mit allen Vorteilen geboren wäre? Was, wenn er eine freie Wahl gehabt hätte? Nie zuvor hatte Wulf sich nach einem anderen Leben gesehnt, aber nun tat er es mit aller Macht.

Christina schenkte ihm ein Lächeln, dann untersuchte sie seine andere Seite. Ihre Finger glitten auf eine Weise über seine Haut, die ihn wünschen ließ, sie würde niemals aufhören.

Als sie zu ihm aufsah, war sie ihm nahe genug, dass er sie hätte küssen können. »Du scheinst sehr widerstandsfähig zu sein«, sagte sie.

»Ich kann keinen Bruch feststellen, obwohl du sicher schwere Prellungen hast.«

»Eine Kettenrüstung hat ihre Vorteile.«

»Ich nehme es an. Aber deine Knochen könnten angebrochen sein, also solltest du vorsichtig sein.« Ihr Blick wanderte zu seinen Lippen, und sie lächelte ein wenig, ein geheimnisvolles Lächeln, das ihre Augen tanzen ließ. »Vielleicht ist es ganz gut, dass du heilgeblieben bist.«

»Wieso das?« Wulf stellte fest, dass seine Stimme heiser klang.

Christinas Lächeln vertiefte sich, als sie sich drehte und mit dieser einen kleinen Bewegung plötzlich in seinen Armen stand. Zwischen ihnen war nur ein Finger breit Raum, aber er konnte ihre Hitze spüren und ihre Erregung riechen. Nichts hätte sein Verlangen so entflammen können wie dieser berauschende Geruch.

Sie war die anziehendste Frau, die er je gesehen hatte.

Christina presste ihre Lippen auf seinen Hals. Wulf schloss die Augen, während seine Entschlossenheit dahinschmolz. Er war am Leben und wollte diese Tatsache feiern. Er wollte sein Überleben – und Christinas Freiheit – mit ihr feiern.

Einen Kuss, sagte sich Wulf. Einen Kuss würde er sich gestatten. Das konnte sicher keinen Schaden anrichten.

»Du wirst deine Stärke brauchen«, flüsterte Christina ihm ins Ohr. »Denn ich habe vor, dich heute Nacht für deine Tat zu belohnen.«

»Welche Tat?«, murmelte Wulf, als ihre Küsse einen brennenden Pfad hin zu seinen Lippen nahmen.

»Du hast mich gekauft«, antwortete sie, und ihr Atem ließ ihn erzittern. Ihre Hand glitt über seine harte Erregung, öffnete dann zielstrebig die Bänder an seinen Beinkleidern. »Und eine solche Investition sollte sich lohnen.«

Das war sie: die unwillkommene Erinnerung, dass dies ein Handel war, genau wie jeder andere Handel, den sie in dieser Stadt eingegangen war.

Wulf wollte so viel mehr.

Christinas Worte erneuerten seine Entschlossenheit.

Er trat zurück, brachte Abstand zwischen sie und zwang sich, einen entschiedenen Ton anzuschlagen. »Es braucht keinen Lohn. Du bist eine Pilgerin, die wir aus der Stadt geleiten werden, und ich werde meine Pflicht tun.« Er erwartete, dass sie sich gekränkt zeigen würde, weil er sie zurückwies, aber inzwischen hätte er damit rechnen sollen, erneut von Christina überrascht zu werden.

»Wirklich?«, fragte sie. In ihrem Gesicht zeichnete sich Freude ab. »Du wirst mir erlauben, in der Gruppe mitzureisen? Du wirst mich aus Venedig herausbringen?«

Wenn überhaupt, dann machte ihre Aufregung sie noch anziehender, als sie es zuvor, auf Verführung bedacht, gewesen war. Wulf hob mahnend den Finger. Er spürte, dass er diese Schlacht verlieren würde. »Ich geleite dich als Pilgerin und nichts anderes. Zwischen uns wird es keine Affäre geben, denn ich kann es nicht riskieren, meine Position im Orden zu verlieren ...«

Weiterer Widerspruch war ihm nicht mehr möglich, da Christina sich mit einem begeisterten Lachen in seine Arme warf. »Du bist wirklich mein Streiter!«, verkündete sie. »Ich wusste, so würde es kommen!« Wulf verlor die Balance, und sie fielen zusammen auf das Lager, Christina auf ihm. Er konnte nicht protestieren, nicht, wenn ihre Augen mit solcher Freude leuchteten.

Nicht, wenn sie ihn so gründlich küsste.

Nicht, wenn es Christina selbst war, die ihn umarmte. Sie saß auf ihm und umfing sein Gesicht mit beiden Händen, und ihr Blick sagte genug. In ihrem Kuss lag ein neuer Hunger, ein Enthusiasmus für diesen Akt, den sie zuvor nicht gezeigt hatte. Er wusste, es war die echte Frau, die ihn verführen würde. Diesmal trug sie nicht die Maske der Kurtisane oder stellte eine intime Fähigkeit unter Beweis, die sie gelernt hatte. Christina selbst war bei ihm.

Sein Widerstand zerfiel, noch bevor sich ihre Lippen auf seine legten.

Dann war Wulf in ihrem Kuss verloren.

Diese eine Nacht wollte er den rechten Weg nicht mehr finden.

WULF WÜRDE IHR HELFEN!

Christina wollte ganz sicher sein, dass ihm keine Chance blieb, seine Wahl zu bereuen. Wenn sie dieses Haus verließen, würde es vielleicht keine weitere Gelegenheit geben, mit ihm intim zu sein, also musste sie ihre Dankbarkeit in dieser Nacht beweisen.

Sie setzte sich auf ihn, umfasste sein Gesicht mit beiden Händen und küsste ihn mit süßer Inbrunst, ein Versuch, ihm mit ihrer Liebkosung zu zeigen, wie erleichtert sie war. Wulf war erregt, aber er war auch angespannt, seine Hände zu Fäusten geballt. Christina begriff, dass er beabsichtigte, ihr zu widerstehen, aber sie würde diese Antwort nicht akzeptieren. Sie presste ihren Mund auf seinen und ließ die Zunge zwischen seine Lippen gleiten, fuhr mit den Fingern durch sein Haar.

Sie spürte den Moment, in dem er ihr nachgab. Er erbebte, seufzte und legte die Hände um ihre Taille. Seine Finger wanderten über ihren Rücken, und er zog sie dichter an sich. Dann rollte er sie herum, kniete sich zwischen ihre Beine und küsste sie mit einer Wildheit, bei der ihr schwindelig wurde. Sie lachte, als er den Kopf hob, froh, zu sehen, dass sich seine Lippen zu einem sinnlichen Lächeln verzogen und seine Augen vor Verlangen dunkel waren.

»Du bist wirklich heil und gesund«, flüsterte sie und rieb sich an seiner Erregung.

»Und du bist sehr stürmisch«, murmelte er. Er wirkte in diesem Moment wie ein ganz anderer Mann, entspannt und voll Humor, und ihr Herz zog sich bei seinem Anblick zusammen. Wulf öffnete ihren juwelenbesetzten Gürtel und warf ihn in die Ecke. Christina war es eine Genugtuung, als er gegen die Wand flog und dann zu Boden fiel. Sie hoffte, er ging dabei kaputt.

Die Bänder an ihrer Kleidung wurden hastig aufgeschnürt, ihr Überkleid beiseitegeworfen. Sie wand sich unter ihm, als sie seine Hände auf ihrem Körper spürte. Er war stark, aber sanft, entschlossen und verführerisch. Ihr gelang nur ein flüchtiger Blick auf sein erstaunlich schalkhaftes Lächeln, dann zog er den Saum ihres Unterkleids hoch. Seine Hände lagen auf ihren Schenkeln, und sie dachte, er würde sie mit den Fingern liebkosen. Sie war so erregt, dass sie nicht wusste, ob sie diese Berührung ertragen würde.

Als er den Mund auf ihre Knospe presste, keuchte sie überrascht auf. »Wulf«, flüsterte sie. Sie war nur damit vertraut, Lust zu bereiten, nicht, sich ihr hinzugeben. Aber er ließ sich von ihr nicht beirren. Stattdessen legte er die Hände auf ihre Schenkel und öffnete sie für seine geschickte Zunge.

Christina konnte sich dem Vergnügen, von dem er entschlossen war, es ihr zu schenken, nur ausliefern. Sie sank auf das Lager zurück und schloss die Augen, ihre Finger noch immer in seinem Haar. Er zeigte bei seiner Aufgabe eine ungewöhnliche Beharrlichkeit, neckte sie mit Zähnen und Zunge, steigerte ihre Leidenschaft zu ungeahnten Höhen. Christina brannte, wie sie nie zuvor gebrannt hatte. Sie fühlte sich angebetet und verwöhnt, als sie so vollkommen im Zentrum seiner Aufmerksamkeit stand.

Noch während sie vor Lust stöhnte, bemerkte sie, wie sehr seine Methode denen ähnelte, die man sie gelehrt hatte. Er brachte sie bis kurz vor den Höhepunkt, dann hielt er inne, um ihre Lust dadurch noch zu steigern. Er wechselte zwischen energischen Liebkosungen und flüchtigen, streifte sie mit den Zähnen, hauchte seinen heißen Atem auf ihre empfindsamste Stelle. Christinas Hüften hoben sich. Sie wand sich unter ihm, spreizte ihre Beine weit, schamlos, brennend um die Erlösung bettelnd, die nur Wulf ihr gewähren konnte.

Sie atmete schnell, als er erneut das Fieber in ihr weckte. Hitze erfüllte sie von Kopf bis Fuß. Seine Berührungen spürte sie schmerzhaft intensiv, ihr Blut kochte, sie hatte die Hände in seinem Haar vergraben. Die Lust wuchs erneut, ihr Herz hämmerte, sie wurde wild …

Dann zog Wulf sich zurück.

Christina schrie auf, erneut betrogen. »Guter Gott, du unmöglicher Mann!«

Er grinste. Auf die Ellbogen aufgestützt, betrachtete er sie aus Augen, in denen der Schalk tanzte. »Soll ich aufhören?«

»Nein!«, rief sie aus. »Du sollst beenden, was du angefangen hast.«

Er lachte, und sein Atem strich über die Innenseite ihrer Schenkel. Er legte den Mund wieder auf sie, und sie stöhnte seinen Namen unter seinem wunderbaren, intimen Kuss.

»Bei der heiligen Felicitas«, flüsterte sie den Namen der Patronin unfruchtbarer Frauen. Wenn je aus einer Vereinigung ein Sohn entspringen sollte, dann aus dieser.

Wenn Gunther sie so genommen hätte, vielleicht hätte sie ihm einen Sohn geschenkt.

Bei ihren Worten verdoppelte Wulf seine Bemühungen, also, dachte Christina, mussten ihm ihre Worte gefallen.

»Bei dem heiligen Rupert von Bingen«, rief sie den Patron der Pilger an.

Wulf lachte, berührte sie mit den Zähnen, eine köstliche Empfindung.

»Beim heiligen Christopher!«, rief Christina und wurde mit einer entschlosseneren Liebkosung belohnt. Wieder warf sie sich fieberhaft hin und her, sehnte sich erhitzt nach mehr. »Heilige Felicitas und Erzengel Raphael!«, rief sie. »Heiliger Rupert!«

Sie flehte eine lange Liste von Heiligen an, von denen manche sicher entsetzt gewesen wären, in diesem Moment genannt zu werden, aber Christina war es egal. Wulf leckte sie mit großem Eifer, umfing ihre Pobacken mit seinen Händen. Seine Finger gruben sich in ihr Fleisch, und er hob sie vom Lager, schmeckte sie ausgiebig, während Christina in seinen Armen bebte. Sie begann ihm zuzuflüstern, was sie von ihm wollte, und Wulf machte eine jähe Bewegung mit der Zunge, die sie über die Klippe stürzen ließ.

Sie stöhnte seinen Namen, als der Höhepunkt sie durchlief, sie mit seiner Heftigkeit erzittern ließ und vollkommen im Griff hatte. Es dauerte einen langen Moment, bis sie wieder zu Atem kam, und zu diesem Zeitpunkt hatte Wulf seine Stiefel und Beinkleider abgelegt. Er stand da und trank aus einem Weinbecher, beobachtete sie mit unverhohlener Befriedigung.

Seine eigene Erregung war mehr als offensichtlich.

Christina streckte sich, genoss es, seinen Blick auf ihr ruhen zu sehen. »Ich hätte dir beim Entkleiden geholfen«, flüsterte sie.

»Das war nicht nötig.« Wulf stellte den Kelch ab und warf sein Hemd beiseite. Ihr gefiel das Glitzern in seinen Augen, und sie zog ihr Unterkleid ebenfalls aus, entblößte sich für ihn. Sie löste ihren Zopf und schüttelte ihr Haar aus, während sie sich ihm näherte, dann schlang sie die Arme um seinen Hals.

»Alles von dir«, flüsterte sie und hielt seinen Blick fest. »Schnell und hart diesmal.«

»Magst du das?«

»Ich mag dich.«

Ihre Antwort schien ihm zu gefallen. Wulf legte die Hände um ihre Taille, dann hob er sie hoch. Christina stellte die Füße auf seine Schenkel, als er sie in die richtige Position brachte. Sie mochte verschiedene Stellungen, und sie mochte, dass er stark genug war, sie mit Leichtigkeit zu halten. Er würde sie nicht fallen lassen.

Wulf lächelte, dann küsste er sie. Sie schmeckte den roten Wein und ihre eigene Lust, eine unwiderstehliche Kombination. Mit beiden Händen umfing sie sein Gesicht und presste ihren Mund auf seinen, nahm seinen Mund in Besitz und vertiefte den Kuss, während er langsam in sie eindrang. Sie kreiste mit den Hüften, ging sicher, dass er tief in ihr war, und Wulf hielt den Atem an. Er griff ihre Pobacken, und sie begann, sich zu bewegen, ritt ihn und genoss es, wie er dabei stöhnte.

Er unterbrach den Kuss, um zu flüstern: »Zu schnell.«

Christina lachte leise. »Keine Angst. Ich sorge dafür, dass es dauert.« Sie rollte die Hüften und erhob sich über ihn, quälte ihn, wie er sie gequält hatte. Wulf stöhnte, und sie mochte auch die Tatsache, dass sie ihm dieses Vergnügen schenken konnte. Sie sah ihn tief einatmen, bemerkte, wie sehr seine Augen glitzerten, dann zog er sich aus ihr zurück und rieb sich an ihr, neckte sie erneut.

»Bei der heiligen Felicitas«, schrie sie, als ihre Erregung wieder wuchs. Wulf grinste, und sie rief erneut alle Heiligen an, die ihr nur einfielen. Währenddessen ritt sie ihn wild, nahm ihn jedes Mal tief in sich auf. Sie fanden einen gemeinsamen Rhythmus, und obwohl Christina sich bemühte, ihre Vereinigung länger auszudehnen, war die Hitze, die sie beide trieb, so groß, dass sie sich diesmal nicht eindämmen ließ.

Als sie es nicht länger ertragen konnte, verkrampfte sie eine Hand in seinem Haar und küsste ihn erneut. Sie verschlang ihn förmlich, verlangte Befriedigung, und er ließ sich wieder auf das Lager fallen. Dabei drehte er sich, sodass sie auf ihm landete, und Christina erbebte auf ihm, während sie ihn immer weiter an den Rand des Abgrunds trieb.

Wulf warf ihr einen heißen Blick zu, dann bewegte er sich abrupt, ließ die Hand zwischen sie gleiten und kniff ganz leicht ihre Knospe, sodass Christina sich nicht mehr zurückhalten konnte. Sie schrie seinen Namen, als die Lust sie überwältigte, schlug mit der Faust auf den Boden, um den Moment ertragen zu können. Zu ihrer Freude erreichte Wulf in beinahe demselben Moment seinen Höhepunkt, hielt sie fest, während ihn das Feuer verschlang, das sie so gründlich entzündet hatte.

Sie brach auf ihm zusammen und lächelte. Er hatte auf sie gewartet.

»Guter Gott, Frau, du wirst noch die Toten aufwecken«, murmelte Wulf und presste ihr einen Kuss auf die Schläfe.

Erst in diesem Moment erinnerte Christina sich daran, dass sie in einem Haus voller Menschen waren, die nur wenig von ihrem Gewerbe verstanden. Die Töne, die aus Wulfs Kammer drangen, mussten alle geschockt haben. Im Gegensatz dazu hielt man im Bordell die Geräusche des Liebesakts für geschäftsfördernd. Aber im Moment brachte sie es nicht über sich, sich über das Geschehene zu beunruhigen.

Stattdessen begann sie zu lachen. »Ist es nicht deine Aufgabe, für die umfassende Erziehung von Stephen und Simon zu sorgen?«, neckte sie ihn und stützte ihre Ellbogen auf seine Brust.

Wulf holte tief Atem, dann strich er ihr voll Zuneigung durch ihre zerzauste Haarmähne. »Ich dachte eher an die Frauen in der Küche«, gab er zu, dann begann auch er zu lachen.

Als sie einmal angefangen hatten zu lachen, schienen sie nicht aufhören zu können. Christina ließ sich neben Wulf sinken, von seinem Arm umschlungen und an seinen warmen Körper geschmiegt.

Diesen Ritter als ihren Streiter zu haben, war Christina sehr recht.

»Die heilige Felicitas?« fragte er, seine Stimme ein Rumpeln unter ihren Fingerspitzen.

»Die Schutzherrin unfruchtbarer Frauen.«

Das brachte ihr einen raschen Seitenblick ein, aber Wulf kommentierte ihre Worte nicht. »Der heilige Rupert von Bingen?«

»Der Schutzheilige der Pilger.«

»Ich weiß, dass Sankt Christopher der Schutzherr der Reisenden ist.«

»Und derer, die suchen, was verloren ist.«

Wulf runzelte die Stirn. »Wünschst du dir wirklich die Fürsprache eines Erzengels?«

»Nein, aber ich habe Raphael immer gemocht.«

»Wirklich?«

»Wirklich. Er allein hat Gestalt angenommen und ist unter uns gewandelt. Ich bewundere jeden, Engel oder Sterblichen, der kühn genug ist, seine eigenen Annahmen zu hinterfragen.« Sie ließ ihre Hand über seinen Oberkörper gleiten und schenkte ihm ein kokettes Lächeln. »Ich fürchte, ich habe darin versagt, deine Lust zu verlängern«, flüsterte sie, als ihre suchenden Finger den Beweis seiner Stimmung fanden.

Wulf hob eine Braue. »Und welche Lösung schlägst du vor?« Er stützte sich auf einen Ellbogen und ließ die andere Hand zwischen ihre Schenkel gleiten.

»Nicht noch einmal!«, sagte sie, gleichwohl gewährte sie ihm Zugang.

Er lächelte. »Es ist nur das Streben nach Wissen«, gab er zu. »Es heißt, Frauen könnten zweimal so häufig Erfüllung finden wie Männer. Ich möchte es gern herausfinden.«

Gegen diese Absicht konnte Christina nichts einwenden, besonders, wenn er sie mit einer Beharrlichkeit verfolgte, die sie alsbald wieder zum Stöhnen brachte.

CHRISTINA WAR BERAUSCHEND. Ganz egal, wie oft er sie nahm, Wulf wollte nur noch mehr. Sein Verlangen nach ihr war seltsam anhaltend und in dieser Hinsicht ganz anders als üblich.

Schlimmer noch, es war gefährlich.

Wulf hielt sie in seinem Arm, als sie später schlief. Er wusste, er musste Abstand von ihr halten. Er konnte alles verlieren, das ihm wichtig war, indem er diese Nähe zu ihr suchte. Aber selbst in diesem Wissen, als praktisch veranlagter Mann, wollte er sie nicht einfach verstoßen.

Zwar hatte Wulf von Männern gehört, die Sklaven ihres Verlangens waren – oder gar der Liebe –, hatte aber nie erwartetet, einer von ihnen zu sein.

Doch es blieb so vieles ungewiss. Das ganze Haus wusste nicht nur, welchem Gewerbe Christina nachging, sondern auch, dass er diese Nacht ihre Reize voll ausgekostet hatte.

Es durfte nicht wieder geschehen.

Ganz gleich, welchen Preis er dafür bezahlte.

Immerhin hatte er heute Nacht mit Gaston zusammen einen Plan in die Tat umzusetzen. Die Notwendigkeit zu gehen, war ein Segen, denn Wulf war klar, dass er keineswegs die Nacht über auf diesem Lager liegenbleiben und dabei sein Verlangen zügeln konnte.

Und nach dieser Nacht würden sie aus Venedig aufbrechen. Er konnte dafür sorgen, dass Christina und er nie wieder eine Kammer teilen oder die Gelegenheit zur Intimität haben würden.

Er würde streng mit Christina sein und sie auf Abstand halten müssen. Doch noch während Wulf sich dies vornahm, merkte er, dass er sie mit den Fingerspitzen liebkoste. Christina hatte ihr Gesicht auf seinen Brustkorb gelegt und schlief tief und fest. Ihr Haar fiel ihr lose über die Schultern, ließ ihre Haut wie Elfenbein wirken. Ihre Hände waren ineinander verschlungen, zwischen ihnen beiden, als hielte sie einen Schatz darin verborgen. Diese Position ließ sie jung und verletzlich wirken, so süß, dass ihm der Atem stockte.

Bedauern hatte keinen Zweck. Sein Leben würde nie etwas anderes sein, als es war. Aber Wulf hoffte, dass Christinas Leben sich zum Besseren wandeln würde, wenn die Stadtmauern hinter ihnen lagen. Er presste ihr einen Kuss auf die Stirn und schloss die Augen, als er den süßen Duft ihrer Haut einatmete.

Er würde diesen Moment nie vergessen.

Er würde *sie* niemals vergessen.

Aber sie musste glauben, dass er sie verschmähte. Er würde nur Erfolg haben, wenn sie ihn nicht länger in Versuchung führte. Das war eine grausame Strategie, aber sie an etwas glauben zu lassen, das nicht sein konnte, war noch grausamer.

Wulf erhob sich vom Lager und gab dabei acht, ihren Schlaf nicht zu stören. Tatsächlich hatte er sie noch nie so tief schlafen sehen. War es, weil sie nicht länger glaubte, in der Nacht wachsam sein zu müssen? Er deckte sie zu, dann zog er sich an, den Blick die ganze Zeit auf sie gerichtet. Als er ging, hielt Wulf seinen Gambeson und seine Kettenrüstung in den Armen, da er vorhatte, Stephen zur Hilfe zu rufen, bevor er das Haus verließ. Er sollte an den Plan denken, den er und Gaston diese

Nacht umsetzen würden, aber stattdessen konnte er nur an Christina denken.

Ihre Vergangenheit, ihre Stärke, ihre Zukunft.

An der Tür blieb Wulf stehen und schaute noch einmal lange zu ihr hinüber, bevor er den Schlüssel zur Kammer auf den Tisch neben der Lampe legte. Sie würde ihn haben wollen, damit sie die Tür selbst verschließen konnte. Dann löschte Wulf die Lampe und überließ Christina ihrem friedlichen Schlummer.

Er würde keinen solchen Frieden finden, das wusste er.

Vielleicht sollte er einen Heiligen oder zwei um innere Stärke bitten.

FREITAG, 24. JULI 1187

FESTTAG DES SANKT LUPUS, DES SANKT WULFHADE UND DES SANKT RUFFINUS VON MERCIA

Wulf war nicht fähig, die Stadt Venedig zu bewundern. Angeblich war sie sehr schön, und er hatte schon viele Menschen getroffen, die gern ihre Wunder persönlich bestaunt hätten. Für ihn war sie nur ein weiterer Hafen, voll von Geschmeiß und Verbrechen. Vielleicht war sie sogar schlimmer als andere Häfen, denn sie gab sich elegant und nobel, während ihre Unterwelt vor Aktivität brodelte.

Anscheinend kümmerte das Laster die reich gekleideten Edelmänner, die die Stadt regierten, nicht.

Andererseits war das vielleicht genau das, was so viele an der Stadt reizte.

Die Straßen waren still, als Wulf das Haus verließ. Er wusste, dass Gaston ihm mit gewissem Abstand folgte. Bartholomew wiederum folgte Gaston. Wulf bezweifelte, dass er als Einziger Nervosität verspürte. Wenn Gaston mit seinen Mutmaßungen über die Absichten des Verräters richtig lag, würde Wulf bald angegriffen werden.

Wenn Christina richtig lag, würde es Gaston sein, der den Preis bezahlte.

Wulf hoffte, Gastons Plan würde zu dem vorhergesehenen Resultat führen. Und er hoffte, er blieb das Ziel, obwohl ihm die Aussicht auf einen weiteren Kampf nicht gerade gefiel. Auf Gastons Vorschlag hin trug er nichts von Wert bei sich und ging sehr zielstrebig. Wenn er tatsächlich unterwegs wäre, um eine wertvolle Fracht von einem der Händler zu holen, mit dem die Templer Geschäfte machten, bedürfte es nur eines Wortes, um seine Identität zu beweisen, denn diese konnte ihm nicht gestohlen werden.

Er ging, als hätte er ein festes Ziel vor Augen, obwohl er in Wirklichkeit lediglich die Absicht verfolgte, den Dieb aus der Reserve zu locken. Stetig näherte er sich dem Arsenal, den großen Werften Venedigs, wo es zu dieser späten Stunde ganz still war. Die Schiffsbauer schliefen entweder nach einem langen Arbeitstag oder feierten und tranken. Er konnte aus der Ferne Lachen und grölenden Gesang hören, hielt sich aber von den Tavernen fern.

Auf einmal hallten Schritte hinter ihm, und das Geräusch ließ ihn zusammenzucken. Die steinernen Gassen und Wände spielten den Ohren Streiche, sodass der Ursprung eines Lauts sich nicht so einfach erkennen ließ. Dann war alles wieder still. War Gaston so weit hinter ihm? Der Angriff am Morgen war Wulf noch lebhaft im Gedächtnis, obwohl er wusste, dass Costanzias Männer zu dieser Stunde anderweitig beschäftigt waren. Wulf spähte in die dunkle Gasse hinter ihm und meinte, flüchtig Gastons Silhouette zu erkennen.

Er atmete tief aus und ging weiter, die Hand auf dem Schwertgriff. Das Mondlicht schien diese Nacht besonders hell. Tausende Sterne glitzerten über ihm. Trotz des Lichts waren die Straßen voller Geheimnisse. Wulf war kein Mann, der sich fantastischen Geschichten hingab, aber er fühlte sich, als ob er durch das Reich der Toten ging. Keine lebende Seele war zu sehen, und in den Schatten mochten sich unzählige Schrecken verbergen. Die Luft war feucht und still, beinahe wie in einer Krypta – oder als hielte die Stadt selbst den Atem an.

Und beobachtete ihn auf seinem Weg.

Wulf hatte noch nie eine so starke Gewissheit gespürt, dass jemand ihm folgte, wenngleich er niemanden sehen konnte. Im Gegenteil, die Fensterläden waren überall geschlossen, die Straßen leer und die Türen für die Nacht verriegelt. Die Stadt hätte verlassen sein können, jedenfalls, wenn man sich nicht in Hörweite der Tavernen herumtrieb.

Und doch konnte er den Eindruck, beobachtet zu werden, nicht abschütteln. Es war seltsam, dass sich ihm die Nackenhaare aufrichteten, obwohl er allem Anschein nach allein war. Seine Stiefelschritte waren auf dem Stein deutlich zu hören, und selbst sein Atem kam ihm laut vor. Er konnte die Feuchtigkeit riechen, die die Stadt durchdrang, und begann zu fürchten, ihr Plan würde fehlschlagen.

Wulf fröstelte in der Kälte und entschied, es sei an der Zeit, seinen möglichen Verfolger zu zwingen, sich zu zeigen. Er schaute auf die Türschilder der Häuser, als suchte er eine ganz bestimmte Tür in dieser Straße, und schaute nach rechts und links, bevor er sich in die Nische vor einer Eingangstür duckte. Er hob die Hand, als wollte er klopfen, und fragte sich, was er der Person, die ihm öffnete, sagen sollte. Doch dann hörte er einen Schmerzensschrei. Nicht besonders laut, aber ihm war dennoch klar, dass er von Gaston stammte.

Wulf stürzte aus dem Eingang und eilte auf dem gleichen Weg zurück. Ein lautes Platschen erklang, und er begann zu rennen. Vor sich hörte er Kampfeslärm und bog um eine Ecke, um dort zwei Gestalten miteinander kämpfen zu sehen. Sie waren von gleicher Größe. Die eine, sah er, war Bartholomew. Die andere trug einen verhüllenden Mantel.

»Halt!«, röhrte Wulf und zog sein Schwert. Er griff den verhüllten Übeltäter an. Der wirbelte herum und versetzte Bartholomew einen Stoß in Wulfs Richtung. Bartholomew kollidierte mit Wulf, und sie verloren beide das Gleichgewicht. Als sie sich wieder aufgerichtet hatten, wollte Wulf dem Angreifer nachsetzen, aber Bartholomew fluchte.

»Das ist jetzt nicht das Entscheidende!«

Das Platschen! Gaston war ins Wasser gestoßen worden. Aber er war nirgends zu sehen - das Wasser war wie ein dunkler Spiegel.

Entsetzt starrte Wulf ins Wasser. Er konnte nicht schwimmen.

Bartholomew fluchte wieder. »Natürlich wollt Ihr Euch den Wappenrock nicht beschmutzen«, spie er. Er löste seinen Gürtel und ließ seine Waffen fallen, dann tauchte er elegant in den Kanal.

Es kostete den jungen Mann drei Versuche, Gaston wieder an die Oberfläche zu bringen. Wulf beugte sich über den Rand und half ihm, Gaston aus dem Wasser zu ziehen. Der Ritter war so blass wie ein kalter Fisch und bewusstlos. Das Gewicht seiner Rüstung musste ihn nach unten gezogen haben.

»Wir müssen ihn zurück zum Haus schaffen«, sagte Bartholomew, als er neben ihm aus dem Wasser kletterte.

»Noch nicht.« Wulf hatte seine Hände zusammengepresst. Er drückte damit auf Gastons Brust, wie er es einen Seemann bei einem Pilger hatte tun sehen, der über Bord gegangen war.

»Was tut Ihr da? Er braucht Wärme ...«

»Er wird nicht überleben, wenn wir das Wasser nicht herauspressen.« Wulf schaute zu dem jüngeren Mann hinüber. »Ich mag nicht schwimmen können, aber ich habe gesehen, wie Leute vor dem Ertrinken gerettet wurden.«

»Ihr könnt nicht schwimmen?«, wiederholte Bartholomew.

Wulf schüttelte den Kopf und pumpte. Er hoffte, er machte es richtig, denn bisher hatte es keinen Effekt, aber auf einmal erbrach Gaston einen Schwall dunkles Wasser. Wenn Wulf wirklich um die Sauberkeit seines Wappenrocks besorgt gewesen wäre, hätte ihn das entsetzt. Stattdessen wiederholte er das Procedere, bis der andere Ritter zwei weitere Male Wasser gespuckt hatte. Auf einmal hustete Gaston und rollte sich schwach auf die Seite. Er öffnete die Augen nicht, aber seine Gesichtsfarbe wirkte schon gesünder.

»Habt Ihr *Eau-de-vie*?«, fragte Wulf den Knappen.

Bartholomew schüttelte den Kopf. »Es tut mir leid ...«

»Es spielt keine Rolle«, sagte Wulf, sein Tonfall sanfter als seine Worte. »Wir werden hoffen müssen, dass irgendeine Seele in unserem Haus ein wärmendes Getränk für ihn zubereiten kann.«

»Die Lady Ysmaine hat einige Fähigkeiten in der Heilkunde«, steuerte der Knappe bei.

»In der Tat. Bringen wir ihn nun schnell dorthin«, sagte Wulf und erhob sich energisch. »Wir werden ihn zusammen tragen.«

»Es tut mir leid ...«, sagte Bartholomew noch einmal, und Wulf bedachte seine Worte mit einem Nicken.

»Ich bin froh, dass Ihr uns heute Nacht gefolgt seid.« Er lächelte ein wenig, wissend, dass der andere Mann sich wegen seiner Bemerkung zuvor schuldig fühlte. »Kopf oder Füße?«

»Kopf, Sir.«

Sie hoben Gaston hoch, der kein kleiner Mann war, und gingen so schnell, wie sie konnten. Wulf blieb nur zu hoffen, dass sie sich im

Irrgarten der Straßen Venedigs nicht verliefen, denn Gaston brauchte nun vor allem Wärme.

IRGENDEIN LEISES GERÄUSCH WECKTE CHRISTINA.

Sie blinzelte in die Dunkelheit, erstaunt, dass sie so tief geschlafen hatte. Wulf war fort und es war eindeutig schon sehr spät. Sie blieb still und strengte ihr Gehör an.

Da war es wieder. Das Geräusch von Schritten auf Stein. Sie verengte die Augen, sicher, ein leises Plumpsen zu hören.

Außer ihr war niemand im Raum. Sie mahnte sich, nicht enttäuscht zu sein, auch wenn sie es insgeheim war. Warum hatte Wulf nicht mit ihr gesprochen, bevor er gegangen war? Wo war er mitten in der Nacht hingegangen?

Christina konnte den Gedanken nicht unterdrücken, dass er sie verlassen hatte, ganz bewusst. Aber wieso? Machte Wulf sich Vorwürfe, weil man ihm das Geld des Tempels gestohlen hatte? Sie wusste genau, dass der einzige andere mögliche Ausgang dieses Überfalls sein Tod gewesen wäre.

Wo war er? Leise erhob sie sich und ging zum Fenster hinüber, dann schaute sie hinunter in den Hof. Er war leer bis auf den Schein des Mondlichts. Der Mond war gerade eben nicht mehr voll, und heute Nacht war der Himmel klar, die Dächer so gut beleuchtet, als lägen sie in der Mittagssonne.

Christina sah nichts, das sich bewegte. Was war es, das sie gehört hatte? Sie war sich sicher, dass es aus dem Haus gekommen war, ganz in der Nähe ihrer Kammer.

Sie ging zur Tür und horchte einen Moment. Aus dem Flur dahinter drang kein Laut. Selbst in der Dunkelheit konnte sie den kleinen Tisch neben der Tür erkennen. Das Glasgefäß mit dem Lampenöl glänzte. Christina berührte das Glas und entdeckte, dass es kalt war. Die Lampe hatte noch gebrannt, als sie eingeschlafen war, also musste einige Zeit verstrichen sein.

Wie lange war Wulf schon fort? Christina stellte fest, dass seine Stiefel fehlten, genau wie seine Rüstung und sein Schwert.

Das bestärkte sie nur in ihrer Überzeugung, dass er endgültig gegangen war. Dass sie sich seine Entscheidung nicht erklären konnte, hieß nicht, dass er sie nicht getroffen hatte.

Ihre Fingerspitzen berührten unabsichtlich hartes Metall. Es war der Schlüssel zum Zimmer, sah sie, der neben der Lampe lag. Das war bestimmt kein Zufall. Sie schluckte. Sicher war es Wulf gewesen, der ihr damit die Chance gab, die Tür zu verriegeln.

Das bedeutete auch, er hatte nicht vor, zurückzukehren.

Christina drückte die Klinke. Die Tür war nicht verschlossen, und sie spähte hinaus in den dunklen Korridor.

Es war nicht einmal eine Maus zu sehen.

Lautlos schloss sie die Tür und lehnte sich dagegen, drehte dann leise den Schlüssel im Schloss. Sie spürte einen Stich der Beunruhigung, obwohl sie nicht hätte sagen können, warum. Vielleicht, weil sie gedacht hatte, zwischen ihr und Wulf hätte sich ein neues Einvernehmen entwickelt. Dass er ohne ein Wort gegangen war, hieß, sie hatte sich geirrt.

Das bereitete ihr Sorgen. Christina wusch sich mit dem Wasser, das die Jungen für Wulf gebracht hatten, obwohl es jetzt kalt war, und zog sich an. Ihr Instinkt riet ihr, auf etwas vorbereitet zu sein, das sie nicht benennen konnte.

Nachdem sie komplett angezogen war, zog sie Gunthers Ring aus ihrem Saum und sagte ihre Gebete. Als sie das letzte »Amen« murmelte, war der Himmel noch immer tintenschwarz. Aber der Eindruck, dass irgendetwas bevorstand, ließ sich nicht abschütteln, und an weiteren Schlaf war diese Nacht nicht mehr zu denken.

Christina setzte sich hin, die Hände im Schoß gefaltet, und wartete, obwohl sie nicht hätte sagen können, worauf.

Sie wusste es, als sie es hörte. Wulfs Hilferuf hätte sie nicht überhören können.

Das hätte niemand im Haus.

Sie rannte zum Fenster, konnte Wulf aber nicht sehen. Er war bereits im Hauptraum unten verschwunden, und nun hörte sie Stiefeltritte auf der Treppe. Dem Lärm nach war noch ein anderer Mann bei ihm. Christina rannte zur Tür und schloss sie auf, fing Wulfs Blick auf, als er an ihr vorbeiging.

Er und Fergus trugen den bewusstlosen Gaston, der eine tropfende Spur aus Wasser und Blut auf den Stufen hinterließ. Fergus wirkte, als wäre er gerade geweckt worden, und trug nur Hemd und Stiefel, Wulf aber war voll bekleidet. Vor ihnen lief Bartholomew, auch er in voller Montur.

Wo waren sie gewesen?

»Öffnet die Tür, Mylady«, rief Wulf, während einer der Männer an die Tür der Kammer im obersten Stockwerk hämmerte, die Gaston für seine Braut ausgesucht hatte.

Christina hörte die Zofe protestieren. Die Knappen kamen aus dem Stall, und sie hörte sie im Hof flüstern.

»Ich bitte darum, Mylord in die Kammer der Dame bringen zu dürfen«, sagte Bartholomew, die Stimme aufgeregt erhoben. »Er wurde angegriffen!«

Christina schloss sich dem Rest der Gruppe an, die sich voll Neugier und Beunruhigung auf der Treppe versammelte. Sie sah die Lady Ysmaine, das Haar zu einem langen, schönen Zopf geflochten, den Anblick ihres bewusstlosen Mannes in sich aufnehmen. Die Lady wurde bleich, und ihr Entsetzen war offensichtlich.

Christina wäre äußerst überrascht gewesen zu erfahren, dass zwischen den beiden keine ehrliche Zuneigung bestand.

Entschlossen richtete sich die Lady auf. In diesem Moment wirkte sie größer, und Christina bewunderte, wie sie die Kontrolle über die Situation übernahm.

Ysmaine sprach brüsk. »Radegunde, leg bitte alle Decken auf das Bett und hole Wasser für meinen Gemahl. Wenn er verwundet ist, müssen die Wunden gereinigt werden.«

»Das kann *ich* tun, Mylady«, protestierte Bartholomew.

»Ihr könnt mir helfen, ihm seine Rüstung auszuziehen.« Ysmaine deutete mit stählernem Blick auf Wulf. »Und Ihr werdet mir sagen, wie sich dies zugetragen hat.« Ihr Blick wanderte zu den anderen Mitgliedern der Gruppe. »Der Rest von Euch mag sich wieder zur Ruhe begeben. Wir werden uns am Morgen besprechen, wenn es weniger zu tun gibt.«

Die Zofe rannte mit einem Eimer in der Hand die Treppe hinunter, an Christina vorbei. Gaston wurde in die Kammer getragen und dort vermutlich auf das Bett gelegt. Die Lady schnalzte mit der Zunge, und ihre Missbilligung war offensichtlich.

»Er war in einem dieser schmutzigen Kanäle«, sagte sie voll Abscheu, und Christina vermutete, sie hatte recht. Die Jungen kehrten auf Duncans Anweisung hin in die Ställe zurück, aber Christina blieb, um zu lauschen.

»Ich schicke nach einem Arzt«, sagte Bartholomew, aber die Frau seines Ritters drehte sich zu ihm herum.

»Ich möchte erst sehen, wie schwer seine Verletzungen sind«, sagte sie kurz angebunden. »Vielleicht besteht kein Anlass, Geld auszugeben, um zu dieser Nachtstunde einen Medikus herbeizurufen.«

Die Lady würde ihrem Ehemann einen Arzt verweigern? Das überraschte Christina, und sie sah, dass auch die Übrigen schockiert waren.

Im nächsten Moment begriff Christina die Wahrheit. Ysmaine wollte niemanden, dem sie nicht vertraute, in der Kammer mit der Reliquie haben.

Wulf versteckte seine Missbilligung, indem er sich bückte und dem anderen Ritter den Wappenrock auszog.

Ysmaine wollte das nicht dulden. »Sir, dies ist keine passende Aufgabe für Euch«, sagte sie und trat zwischen den Templer und ihren Ehemann, als Wulf nicht aufhörte. »Ihr seid weder Knappe noch Diener.« Sie drängte Wulf mit unverdienter Hast aus dem Zimmer. Christina grübelte über die Bedeutung dessen nach, was sie sah. Ysmaine vertraute nur ihrer Zofe und ihrem Ehemann. Hatte sie die Reliquie auf Gastons Befehl hin gestohlen? Als ehemaliger Tempelritter würde er natürlich wissen, welche Schätze der Orden hütete, und Wulfs wahre Mission kennen. Suchte er nach einem Souvenir als Pfründe für sein neues Leben?

Sie erinnerte sich an ihre Gewissheit, dass *er* in Wirklichkeit die Gruppe anführte, und fragte sich, ob er vielleicht einfach um die Sicherheit des Schatzes besorgt war. Der Angriff auf ihn diese Nacht ließ vermuten, dass eine solche Sorge berechtigt war.

Ohne den Charakter des Mannes zu kennen, ließen sich seine Motive unmöglich erraten. Dass Ysmaine ihm vertraute, war das Einzige, was Christina mit Sicherheit sagen konnte.

»Ihr erweist uns einen besseren Dienst, indem Ihr uns sagt, was vorgefallen ist«, bemerkte Ysmaine zu Wulf. »Wie konnte er sich in den Ställen so verletzen?«

Einen Moment herrschte Stille, durchbrochen nur von dem Geräusch, als Bartholomew Gastons Gürtelschnalle löste. Keiner der beiden Männer antwortete, was Christina neugierig machte. Hatte Bartholomew seinen Ritter angegriffen? Hegte Wulf einen solchen Verdacht? Oder hatten die beiden versucht, dem früheren Templer die Kontrolle zu entringen?

»Er war nicht im Stall«, folgerte Ysmaine, sehr vernünftig, und der Mangel an Widerspruch oder Berichtigung bewies, dass sie recht hatte. Ihre Stimme hob sich. »Tatsächlich wart Ihr in dieser gefährlichen Stadt unterwegs, zu einer Stunde, wo alle klugen Männer längst sicher in ihren Häusern eingeschlossen waren, und mein Ehemann hat den Preis dafür bezahlt.«

»Es war seine Idee«, murmelte Wulf.

Christina verengte die Augen. Warum sollte Gaston vorschlagen, dass sie sich zu dritt nachts in der Stadt herumtrieben? Hatten sie nach dem Bösewicht gesucht, der Wulf im Bordell angegriffen hatte?

Oder versucht, den Angreifer hervorzulocken?

Wenn, dann war ihr Plan schiefgegangen. Der Schurke hatte begriffen, dass Gaston der wahre Anführer der Gruppe war – oder vielleicht derjenige, der eine Kostbarkeit, die den Rittern möglicherweise anvertraut worden war, bei sich trug.

Es war kein Trost, dass ihr Verdacht Bestätigung fand.

Christina fragte sich, ob das Artefakt sich noch immer in Ysmaines Besitz befand. »Ich glaube Euch nicht«, antwortete diese soeben. »Mein Ehemann hat mehr Verstand.«

Unterdessen zog Bartholomew den Ritter weiter aus. Die Lady gab einen leisen Schrei von sich. Christina vermutete, sie konnte nun das wahre Ausmaß der Verletzung ihres Ehemanns sehen, und trat vor, um sich selbst ein Bild zu verschaffen.

»Er muss untergegangen sein.«

»In der Tat, Mylady«, gab Bartholomew zu. »Er wurde von hinten niedergeschlagen und in den Kanal gestoßen.« Ysmaine dachte an Hamish und fragte sich, ob die anderen es auch taten. »Er ist nicht klein, und das Gewicht seiner Rüstung ist beachtlich.«

»Unholde und Diebe«, fauchte Ysmaine. »Sie wollten sichergehen, dass er ihre Verbrechen nicht würde bezeugen können.«

»Zweifellos, Mylady«, stimmte Wulf zu.

»Ihr habt ihn herausgezogen?«, sagte Ysmaine, und Christina war sich nicht sicher, welchen Mann sie ansprach.

»Ich musste hinter ihm hineinspringen, Mylady«, gab Bartholomew zu, seine Beunruhigung klar hörbar. »Ich dachte … ich fürchtete …«

»Mein Gemahl hat großes Glück, einen so loyalen Mann in seinen Diensten zu haben. Ich danke Euch, Bartholomew.«

Christina lehnte sich an die Wand. Sie hatte zu viele Fragen. Wenn Gaston und Wulf diesen Plan zusammen ausgeheckt hatten, warum hatte dann nicht Wulf seinen Kameraden gerettet? An Tapferkeit mangelte es ihm bekanntlich nicht.

Vielleicht hatte er nicht gewollt, dass Gaston überlebte.

Aber er konnte den anderen Mann nicht angegriffen haben.

Es sei denn, Wulf wusste, dass Gaston vorhatte, die Reliquie zu stehlen.

Warum hatte er sich ihr nicht anvertraut?

Die Zofe kehrte mit einem Eimer Wasser zurück, leicht keuchend von der Anstrengung, ihn die Treppe hinaufzuschleppen. Sie warf Christina einen Blick zu, der Bände sprach, dann hastete sie in die Schlafkammer.

»Nun, lasst uns zusehen, dass wir ihn warm und trocken bekommen. Ich denke, das wird ihm mehr helfen als jede andere Kur. Fühlt, wie kräftig sein Puls geht«, sagte Ysmaine.

»Was soll ich tun, Mylady?«, fragte die Zofe.

»Wringe seinen Wappenrock aus und hänge ihn zum Trocknen auf«, wies ihre Herrin sie an. »Dann bitte ich dich, zu versuchen, das Blut aus seinem Gambeson zu waschen.« Ihre Stimme klang härter, als hätte einer der Männer so ausgesehen, als wollte er protestieren. »Radegunde kennt sich sehr gut mit Stoffen aus, und ich möchte sichergehen, dass alles Gastons Zustimmung findet. Könntet Ihr dafür sorgen, dass seine Rüstung und seine Waffen durch dieses Bad keinen Schaden nehmen?«

»Natürlich, Mylady«, sagte Bartholomew.

»Ich werde die Wunden säubern«, fuhr Gastons Frau fort, die

Stimme ruhig. »Ist irgendwo eine Feuerschale aufzutreiben? Ein warmes Getränk würde helfen. Vielleicht ein Becher gewürzter Wein.«

»Ich werde mich darum kümmern«, bot Christina an.

Die Edelfrau wirbelte zu ihr herum und hielt einen Moment lang ihren Blick fest. Christina fürchtete, die andere Frau könnte erraten, dass sie von dem Schatz wusste, aber dann nickte Ysmaine lediglich dankbar. Sich dessen bewusst, dass Wulf sie beobachtete, wandte sich Christina um und stieg die Treppe hinab, um den Wein zu holen.

Sie musste dieses Rätsel lösen.

Zunehmend gewann sie den Eindruck, dass Wulf den Preis bezahlen würde, wenn sie es nicht täte.

WULF HATTE VERSAGT.

Und Gaston hatte beinahe den Preis für seine Torheit bezahlt.

Den ganzen Weg zurück hatte er sich selbst verflucht, weil er Gaston nicht erzählt hatte, dass der Schurke möglicherweise wusste, dass Gaston, nicht Wulf, die Gruppe anführte. Er hatte an Christinas Logik gezweifelt und seine eigene Intuition missachtet - und dadurch beinahe Gaston verloren.

Er hatte einen Kameraden verraten.

Er hatte den Orden und seine Schwüre verraten.

Er war ein Narr gewesen.

Wenn er ein Templer bleiben wollte, musste Wulf für seine Verfehlungen Wiedergutmachung leisten und unbedingt den Erfolg ihrer Mission sicherstellen.

Sich Christinas Anwesenheit so bewusst zu sein, war kein angenehmes Gefühl. In dem Moment, als sie auf der Treppe angekommen war, hatte er ihre Gegenwart sehr deutlich gespürt. Es war unheimlich, dass sie nicht mit ihm zu sprechen oder ihn zu berühren brauchte, damit er wusste, dass sie dort stand.

Wulf beachtete sie nicht, aber seine Gedanken waren in Aufruhr. Christina hatte recht gehabt, dass der Schurke Gaston zu seinem Ziel machen würde, was bedeutete, sie hatte auch recht damit, dass es sich um ein Mitglied ihrer Gruppe handelte. Er schlief unter einem Dach mit jemandem, der es darauf anlegte, den Hüter des Schatzes zu töten, und schlimmer noch, bald würden sie Venedig verlassen. Auf der offenen Straße würde das Risiko noch steigen.

Aber er konnte Christina nicht verdächtigen. Von dem Plan heute Nacht hatte er ihr nichts erzählt. Wulf war erstaunt, wie erleichtert er war, dass sie mit dem echten Täter nicht unter einer Decke stecken konnte. Das hatte er gehofft, aber nun wusste er es mit Sicherheit.

Obwohl es einen anderen Hintergrund gehabt hatte, dass er sie vor seinem Aufbruch nicht geweckt hatte, war das Resultat sehr willkommen. Das Wissen, dass Christina vertrauenswürdig war, machte ihn froh, auch wenn er entschlossen war, es zwischen ihnen nicht noch einmal zu Intimitäten kommen zu lassen.

Was war mit dem Schatz? Wulf kämpfte darum, nicht zu Fergus hinüberzusehen, aber er würde sich mit dem anderen Mann darüber unterhalten müssen. Worum handelte es sich? Er hatte bereits erraten, dass sich der Gegenstand in der von Laurent gehüteten Satteltasche befand, aber nun musste Wulf ihn sich ansehen. Sie waren der Geheimhaltung verschworen und transportierten die Fracht in blindem Vertrauen, aber wenn das eigene Leben auf dem Spiel stand, galten andere Regeln.

Gaston hätte diese Nacht für ihre Mission sterben können. Wulf machte es nichts aus, für ein hehres Ziel sein Leben zu geben, aber er wollte wissen, welches das war. In Unwissenheit zu sterben, war seiner Ansicht nach kein Verdienst.

Ysmaine schüttelte den Kopf, während sie Gastons Schulter wusch. »Ich mache ihr keine Vorwürfe, dass sie durcheinander ist«, sagte sie leise, offensichtlich in Bezug auf Christina. Sie warf ihm einen harten Blick zu. »In Anbetracht der Tatsache, wo Ihr gewesen seid.«

Wulf war verblüfft, weil diese Frau ihn tadelte, nachdem er geholfen hatte, das Leben ihres Mannes zu retten. »Redet Ihr mit mir?«, fragte er kühl.

»In der Tat. Wessen Handlungen unter denen aller Anwesenden sollten für Christina sonst von Belang sein?«

Er richtete sich gerade auf. »Meine Angelegenheiten gehen Euch nichts an.«

»Aber der Zustand meines Ehemanns tut es. Werdet Ihr mir eine Erklärung dafür geben?«

»Dazu bin ich nicht verpflichtet.«

»Dann werde ich mutmaßen.« Ysmaine musterte Gaston und sagte rasch: »Sie ist bestürzt, dass Ihr unbedingt eine zweite Hure brauchtet.« Wulf fiel es schwer, sein Erstaunen über diesen lächerlichen Vorwurf zu verbergen. »Aber Ihr konntet einem solchen Laster nicht frönen und meinen Ehemann ungestört schlafen lassen, wie er es wollte. Ihr musstet ihn unbedingt mit in diese Angelegenheit hineinziehen und habt ihn zweifellos in einen anrüchigen Teil der Stadt gelockt, wo Ihr angegriffen wurdet. Seid auch Ihr ausgeraubt worden? Oder nur mein Gemahl?« Ihre Lippen verzogen sich verächtlich. »Welch ein Glück, dass Ihr ihn nicht auf der Straße seinem Schicksal überlassen habt. Welch ein Glück, dass sein Knappe es für angebracht hielt, Euch zu folgen, um meinen Ehemann vor der Gefahr zu schützen, in die Ihr ihn mit Eurem sündhaften Verlangen gebracht habt.«

Wulf war empört über diesen Angriff auf seine Ehre, aber bevor er etwas zu seiner Verteidigung sagen konnte, begriff er, wie nützlich die Erklärung der Lady war. Er konnte ihr nicht erzählen, was sie wirklich getan hatten, und hatte keine Ahnung, was Gaston seiner Ehefrau anvertraut hatte. Diese Geschichte würde ihren Zweck so gut erfüllen wie jede andere.

Tatsächlich würde es vielleicht helfen, die Distanz zwischen ihn und Christina zu bringen, die nötig war. Er senkte den Kopf, als sei er schuldig, und seufzte.

Zu seiner Erleichterung hielt Bartholomew den Mund und deckte die Lüge nicht auf.

Die Lady Ysmaine zitterte förmlich vor rechtschaffener Empörung.

»Verlasst diese Kammer«, befahl sie. »Ich habe Euch nichts weiter zu sagen. Eure Kurtisane unterdessen wird womöglich nicht länger glauben, Ihr wärt ihr Streiter.« Sie beugte sich über Gaston, dann schenkte sie Wulf einen Blick voller Verachtung. »Andererseits war das vielleicht der Anlass für Euer Handeln heute Nacht.«

»Mylady«, begann Wulf, bevor er sich davon abhalten konnte.

Die Lady protestierte, bevor er zu viel sagen konnte. »Verlasst uns,

Sir. Ich werde meine Türe gegen Männer mit solch primitiven Gelüsten wie den Euren verschließen.«

In diesem Moment kehrte Christina zurück und wies Stephen an, die Feuerschale, die er trug, in der Ecke der Kammer aufzustellen. Sie musste den Jungen zur Hilfe gerufen haben. Stephen zündete die Kohlen an und kämpfte darum, seine Reaktion auf Gastons Anblick zu verbergen. Er war ein tapferer Junge, aber mit Verletzungen wusste er schlecht umzugehen. Wulf vermutete, sie erinnerten ihn an den Verlust seiner Eltern. Christina reichte den Wein Radegunde, dann ging sie. Er ignorierte sie bewusst.

Er wollte nicht, dass Ysmaine ihre Anschuldigungen wiederholte, während Christina sie hören konnte.

Gaston war so blass und still, dass Wulf die Kammer nicht ohne ein Wort der Rückversicherung verlassen konnte. Sein Schuldgefühl verstärkte sich, als er den anderen Ritter betrachtete. Sie stimmten nicht immer überein, aber er wünschte Gaston nichts Schlechtes.

Sicher konnte seine Frau seinen Zustand besser beurteilen. Auch, wenn sie erst seit Kurzem verheiratet waren, sie waren miteinander intim gewesen. Sie war der bessere Richter.

»Er ist nicht zu schwer verletzt, oder doch?« Wulf beobachtete Ysmaine aufmerksam, denn er vermutete, die Wahrheit würde eher in ihrem Gesicht als in ihren Worten zutage treten. Zu seiner Erleichterung schien sie besorgt, aber nicht ängstlich, als sie ihren Gemahl betrachtete.

»Ich vermute nicht«, sagte sie in einem etwas sanfteren Tonfall. »Wenn doch, werde ich Radegunde schicken, um Euch zu berichten.«

Daraufhin verbeugte sich Wulf und ging an Christina vorbei, die vor der Zimmertür stehen geblieben war. Er wollte selbst einen Becher gewürzten Wein, obwohl es mehr als das brauchen würde, die Kälte aus seinem Inneren zu vertreiben.

Was, wenn Gaston getötet worden wäre? Es hätte in Paris mit Sicherheit eine Anhörung gegeben, und er zweifelte daran, dass einer seiner Reisegefährten ihn verteidigt hätte. Seine Brust zog sich zusammen, als er begriff, dass er auf einem guten Weg war, alles, was ihm lieb und teuer war, auf dieser Reise zu verlieren.

Stephen rannte im Galopp hinter ihm her und überholte ihn, bevor er das Erdgeschoss erreicht hatte. Er trug Gastons Stiefel für Bartholomew und brachte sie direkt in den Stall.

Die Tür oben wurde zugeschlagen und der Schlüssel hörbar herumgedreht. Wulf schaute auf, da er wusste, dass Christina sich nicht bewegt hatte. Obwohl er damit gerechnet hatte, dass sie ihn beobachtete, machte sein Herz einen Satz, als er sie dabei ertappte.

Immer noch war er verzaubert, und vielleicht war er ein Narr, aber er konnte nicht grob sein. Wulf bereute nichts. »Die Kammer ist von nun an deine«, sagte er leise.

Sie blieb ausdruckslos. »Wirst du nicht zurückkommen und mit mir sprechen?«

Wulf schüttelte den Kopf. »Niemals wieder«, sagte er mit Endgültigkeit.

»Aber …«

Er unterbrach sie. Gegen einen Appell von ihr war er nicht immun. »Denke bitte darüber nach, ob du dich unserer Gruppe die gesamte Zeit anschließen musst, oder ob du schon vor Paris deiner eigenen Wege gehen kannst. Ohne dein Ziel zu kennen, kann ich eine solche Entscheidung nicht treffen.«

Sie stieg die Stufen zu ihm hinunter und bewegte sich dabei mit einer stillen Anmut. Ihre Schritte waren flüssig, und er ertappte sich dabei, wie er ihre schwingenden Hüften beobachtete, kurze Blicke auf ihre Füße unter ihrem Saum genoss. Als sie neben ihm stehen blieb, konnte er sich nur mühsam davon abhalten, ihr in die Augen zu sehen oder ihren Geruch zu tief einzuatmen.

Auf diesem Pfad lauerte die Versuchung.

»Wenn du die gesamte Wahrheit nicht kennst, kannst du gar keine Entscheidung treffen«, sagte Christina, so leise, dass nur er sie hören konnte.

Wulf warf ihr einen Blick zu. »Ich verstehe nicht.«

»Das habe ich vermutet.« Sie nickte, und ihr Benehmen wirkte seltsam nüchtern. »Was weißt du über den Schatz?«

Er blinzelte. »Welchen Schatz?«

»Den, den ihr im Auftrag des Ordens nach Paris bringt«, antwortete Christina mit einem solchen Nachdruck, dass er erneut geschockt war. »Weißt du, worum es sich handelt? Wo er sich befindet? Wer ihn haben will? Zwei dieser drei Antworten kenne ich, und ich würde wetten, wenn wir uns besprechen würden, könnten wir auch die dritte finden.«

Wulf war verblüfft, aber an ihrer Überzeugung konnte er nicht zweifeln. Er warf einen Blick die Treppe hinauf, einen zweiten hinunter in den Hauptraum, dann hob er die Stimme. »Aye, ein Becher gewürzter Wein wäre mir sehr recht.« Er schaute Christina in die Augen. »Ich werde sehen, ob es eine zweite Feuerschale irgendwo gibt, wenn du den Wein holst.«

»Ich bin dir wie immer zu Diensten«, antwortete sie so demütig, dass Wulf unter anderen Umständen gelächelt hätte.

Wie die Dinge lagen, wollte er nur wissen, was sie alles erfahren hatte.

Und wie sie es entdeckt hatte.

War es möglich, dass er eine Verbündete gefunden hatte? Das war ein seltsamer Gedanke für Wulf, der seinen Weg stets allein ging, aber er konnte nicht leugnen, dass er etwas für sich hatte.

Harte Zeiten erforderten kühne Maßnahmen.

Ein Blick auf Wulfs entschlossenes Gesicht hatte Christina gesagt, dass sie richtig gelegen hatte: Er plante, sie zu verlassen.

Wollte er sie in Venedig zurücklassen? Direkt vor den Toren? Christina wusste, sie brauchte weitere Hilfe von ihm, und begriff auch, er würde ihren Körper nicht als Bezahlung akzeptieren. Sie musste ihm helfen, bei dieser Mission erfolgreich zu sein.

Zweifellos würde er mit ihr darüber streiten. Wulf war Einsamkeit gewöhnt, das gewiss, und daran, seine Geheimnisse zu hüten. Sein Vertrauen war hart errungen und reichte nicht sonderlich weit.

Die Geheimnisse des Ordens würde er ihr gewiss als Allerletztes enthüllen.

Christina würde keine große Chance haben, Wulf zu überzeugen, seine Beobachtungen mit ihr zu teilen. Sie dachte über ihre Argumente nach, während sie einen Krug Wein aus dem Hauptraum holte, zwei irdene Becher und einen kleinen Kessel. Als sie in Wulfs Kammer zurückkehrte, hatte er dort ein Kohlebecken vor das Fenster gestellt und ein Feuer darin entzündet. Es warf einen willkommenen Schein in das Zimmer, das Christina kälter vorkam als zuvor. Sie konnte den Eindruck nicht unterdrücken, dass er das Kohlebecken extra dicht an das große Fenster gestellt hatte und alle im Stall sehen lassen wollte, dass keine weiteren Intimitäten zwischen ihnen stattfanden.

Also gut. Aber die wichtigste Form von Intimität war keine körperliche. Christina setzte sich und goss Wein in den Kessel. Sie war sich des Mannes neben ihr, seiner Vitalität und Stärke, sehr bewusst. Eine Welt ohne ihn konnte sie sich jetzt schon nicht mehr vorstellen.

Was, wenn Wulf angegriffen worden wäre statt Gaston?

Was, wenn der Angreifer Erfolg gehabt hätte?

Christina erzitterte bei diesem Gedanken. Wulf bemerkte es und bot ihr seinen Mantel an. »Lass mich dir erst mit der Rüstung helfen«, schlug sie vor. Zu ihrer Erleichterung widersprach er nicht. Binnen weniger Augenblicke waren Wappenrock und Rüstung beiseitegelegt, sein Gambeson folgte. Dann reichte er ihr seinen Mantel, verzog das Gesicht, als er sich setzte, und schenkte seine Aufmerksamkeit dem Wein. Diese Aufgabe schien ungewöhnliche Konzentration zu erfordern.

»Sag mir, was du weißt«, forderte er sie leise auf.

»Erzähl mir erst, was heute Nacht geschehen ist. Wohin bist du gegangen, und warum?«

Er warf ihr einen so strengen Blick zu, dass sie glaubte, er würde das ablehnen. »Ich muss dir nicht so viel erzählen.«

»Doch, wenn du dieses Puzzle mit meiner Hilfe lösen möchtest.«

Wulf runzelte die Stirn und sagte leise: »Es war Gastons Plan, den Verräter hervorzulocken. Er dachte, wenn ich mich auf den Weg machte mit einem Ziel vor Augen, würde mir der Verräter folgen. Gaston hatte geplant, ihn von hinten zu überraschen.«

»Aber der Verräter wusste bereits, dass du die Gruppe nicht anführst.«

»So scheint es.« Seine Augen waren sehr blau. »Du hattest recht.«

»Und was noch wichtiger ist, der Verräter wusste, dass du nicht bei dir hast, wonach er sucht.«

Wulfs Gesichtsausdruck wurde angespannt. »Was ist es?«

Christina war überrascht. »Du weißt es nicht einmal?«

Er zuckte die Schultern und ließ den Wein im Topf kreisen. »Unsere Vorgesetzten glaubten, wir müssten das nicht wissen. Wir mussten schwören, die Mission geheim zu halten und unsere Neugier nicht zu stillen.«

»Ihr solltet schlicht eine Fracht überbringen«, riet sie. Wulf nickte. »Und wenn nötig, bei deren Verteidigung sterben.«

Sein Blick hielt ihren fest. »Diese Einzelheit mag Teil des Befehls gewesen sein, aber sie wurde nicht laut ausgesprochen.« Er schürzte die Lippen, zögerte und fuhr dann fort: »Es gibt auch einen Brief. Gaston trägt ihn bei sich.«

Einerseits war Christina froh, dass er sich entschieden hatte, sich ihr anzuvertrauen, andererseits um seinetwillen empört. »Warum nicht du?«

Sein Stirnrunzeln vertiefte sich, obwohl sein Tonfall mild blieb. »Weil der Präzeptor, Bruder Terricus, Gaston besser kannte und ihm mehr vertraute. Er hat all diese Jahre über Verträge ausgehandelt, und man hat ihm viele heikle Missionen anvertraut, so wie ich es verstehe.«

»Du dagegen …?«

»Ich kämpfe. Und meist gewinne ich.« Wulf goss den Wein in die Becher. Dampf stieg über ihnen auf. »Ich vermute, man könnte sagen, dass Terricus die Verantwortung so verteilte, wie er es für richtig hielt.«

»Aber keiner von euch beiden trägt den Schatz bei sich. Wessen Entscheidung war das?«

Er warf ihr einen Blick zu, der sie einlud, eine Vermutung zu äußern. »Auch die von Terricus.« Ihre Lippen wurden schmal. »Und ein Bruder des Ordens darf sich einem Befehl nicht widersetzen.«

Wulf toastete ihr für diese Schlussfolgerung mit dem Becher zu und nahm einen Schluck. »Allerdings kann er Einspruch erheben, wie ich es mehrfach getan habe. Aber ich hätte es mir genauso gut sparen können.«

»Das, finde ich, ist dir gegenüber eine schwere Beleidigung.«

»Ich versichere dir, dass ich sie sehr deutlich gefühlt habe, aber in Anbetracht der Situation war die List vielleicht eben das, was den Schatz vor dem Dieb bewahrt hat. Sicher ist das das Wichtigste.« Er starrte hinunter in seinen Becher, dann durchbohrte er sie plötzlich mit seinem Blick. »Hast du ihn gesehen?«

Christina nickte.

»Weißt du, wo er ist?«

Sie nickte wieder. »Ich glaube, an seinem gegenwärtigen Aufenthaltsort ist er sicher.«

»Gegenwärtig?« Wulf hob eine Augenbraue.

»Er hat den Ort gewechselt.«

»Ah.« Er dachte darüber nach. »Aber du bist nicht vollkommen davon überzeugt, dass er sicher ist.«

»Es ist unmöglich, vollkommen sicher zu sein, ohne die Beweggründe aller Gruppenmitglieder zu kennen.«

Er nickte, stützte die Ellbogen auf die Knie und zeigte sich überaus fasziniert vom Wein. »Ist er von großem Wert?«

»Von unermesslichem Wert.«

Bei diesen Worten schaute er überrascht auf. Christina nickte.

Wulf stand auf und ging im Raum auf und ab, der Wein offenbar vergessen. »Es stimmt, dass wir eine Gruppe von Fremden sind«, sagte er. »Ich könnte vorhaben, den Schatz für mich zu beanspruchen, um mir eine bessere Zukunft zu erkaufen als im Dienste des Ordens. Fergus könnte die Mittel für die Ländereien brauchen, auf die er zurückkehrt, genau wie Gaston. Bartholomews Vergangenheit kenne ich nicht, auch wenn Gaston für ihn bürgt. Die Lady Ysmaine könnte einen Plan haben, während ihr Mann nichts davon weiß.« Er drehte sich auf dem Absatz zu ihr um. »Und du wirst natürlich ebenfalls verdächtigt werden.«

»Aber nicht von dir.«

Wulf lächelte.

Christina zwang sich, ihre Unterhaltung fortzusetzen, obwohl sie sich heimlich freute, dass er ihren Charakter nicht anzweifelte. »Ein Söldner, ein Händler und ein Edelmann sind auch Teil dieser Gruppe. Jeder von ihnen könnte ihn haben wollen.«

»Genau wie die Jungen, die Frauen, die hier in der Küche arbeiten oder ein Dieb, der einen flüchtigen Blick darauf erhascht hat.« Wulf hob eine Hand.

»Das halte ich für unwahrscheinlich«, sagte Christina. »Er war zu eng verschnürt, um ihn versehentlich zu entdecken. Jemand weiß, dass er sich in dieser Gruppe befindet.«

Er nickte. »Und er könnte benutzt werden, um uns alle mit seiner Rückgabe zu erpressen, oder verkauft werden.«

»Geld löst viele Probleme«, stimmte Christina zu. »Allerdings würde sich dieser Gegenstand nicht leicht verkaufen lassen. Man bräuchte Verbindungen in höchste Kreise, um einen angemessenen Preis dafür zu erzielen.«

»Wenn er so kostbar ist, dann könnten selbst Verbindungen in niedere Kreise helfen, einen Preis zu erhandeln, der es wert wäre«, bemerkte er.

»Ich verstehe nicht.«

»Wenn ein sehr kostbarer Schatz auch nur ein Zehntel seines wahren Werts einbringt, dann kann das eine beeindruckende Summe sein.«

Christina nickte zögernd. Sein Blick suchte ihren, seine Neugier offenkundig, dann wirbelte er herum und ging weiter auf und ab. Sie spürte seine Frustration ganz deutlich.

»Möchtest du nicht wissen, was es ist?«

»Natürlich. Aber da ich geschworen habe, nicht nachzuforschen, welche Bürde uns überantwortet wurde, vermute ich, es mag einen Test geben, ob ich das vielleicht getan habe. Ich habe gegenüber dem Orden auf dieser Reise bereits versagt, und ich wage nicht, es wieder zu tun.«

»Wie kannst du das sagen?«

»Ich habe Gaston nicht gewarnt.« Wulfs Ton war hart. »Ich habe ihm nicht gesagt, der Verräter könnte die Vermutung hegen, dass er in Wirklichkeit unser Anführer ist. Wenn ich das getan hätte, hätte er womöglich einen anderen Plan vorgeschlagen. Er wäre vielleicht nicht überfallen worden.«

Christina konnte seine Zweifel nachvollziehen, aber sie teilte seine Schlussfolgerungen nicht. »Nach dem, was ich gehört habe, hört Gaston nicht auf deinen Rat, ganz gleich, wie klug er sein mag.«

»Aber ich habe es nicht einmal versucht. Ich zog es vor zu glauben, dass er recht hatte, und nun liegt er verletzt da. Wenn er wegen dieses Vorfalls stirbt, wird vergessen sein, dass es sein Plan war. Man wird sich nur daran erinnern, dass ich nicht ins Wasser gesprungen bin, um ihn zu retten.« Wulf kippte den Rest seines Weins herunter und stellte den Becher ab.

»Warum hast du es nicht getan?«, wagte Christina zu fragen.

Er warf ihr einen Seitenblick zu. »Kannst du es nicht erraten?«

»Dass du kein Feigling bist, weiß ich.«

»Ich kann nicht schwimmen«, gab er leise, aber hitzig zu.

»Und damit wäre einer von euch beiden mit Sicherheit gestorben, denn Bartholomew hätte euch nicht beide retten können. Ich bezweifle, dass er für dich ins Wasser gesprungen wäre.«

»Er hätte es nicht getan.« Wulf zuckte die Schultern, und sie fragte sich, ob ihn das wirklich so unbeeindruckt ließ, wie er sie glauben machen wollte. In diesem Moment erkannte sie, dass sein Misstrauen anderen gegenüber und sein distanziertes Verhalten auf leidvoller Erfahrung basierten. »Und warum hätte er sein Leben zweimal aufs Spiel setzen sollen? Nein, es war besser, dass ich zurücktrat und er Gaston rettete, obwohl mich nun beide für meine Feigheit verachten.«

Dieses letzte Wort war von einer Bitterkeit begleitet, die seine wahren Gefühle enthüllte.

Wulf brauchte Trost. Er brauchte einen Verbündeten. Und Christina würde ihm beides schenken, wenn er sie ließ.

Vielleicht wäre es genug, ihrer beider Schicksal zu ändern.

Sie jedenfalls würde es nicht bereuen.

KAPITEL 10

Christina hob den Kessel hoch und ging zu Wulf hinüber. Sie hielt seinen Becher gerade, bevor sie den Rest des gewärmten Weins hineingoss. »Es ist keine Feigheit, sich für das Leben zu entscheiden«, sagte sie leise. »Tatsächlich ist das meistens die mutigste Wahl von allen.«

Wulf atmete aus. Sein Gesichtsausdruck blieb nüchtern. »Du musst verstehen, Christina, dass meine gesamte Zukunft vom Wohlwollen des Großmeisters in Paris abhängt. Ich habe versagt. Ich habe Gastons Vertrauen missbraucht und meine Schwüre gebrochen. Das muss sich ändern. Ich muss mein Handeln ändern, um sicherzugehen, dass ich im Orden bleiben kann.« Er schaute sie an. »Ansonsten werde ich verhungern.«

»Denn du wirst kein Söldner werden, nicht einmal, um zu überleben.«

»Niemals«, sagte er mit stillem Nachdruck. »Ohne Prinzipien zu leben, heißt, gar nicht zu leben.«

»Und du wirst dich keinem Adligen verpflichten, weil du nicht sicher sein kannst, dass er stets ein gerechtes Anliegen vertreten wird.«

Er nickte erneut, nicht weniger grimmig als zuvor. »Der einzig rechtschaffene Weg liegt bei einem mönchischen Orden wie den Templern.«

Christina schenkte ihm ein Lächeln, nahm ihm den Becher aus der Hand und trank daraus. »Aber wo steht geschrieben, dass ich dir nicht helfen kann?« Wulf griff nach dem Wein, aber sie hielt ihn außer Reichweite. »Sicher verlangen die Regeln, dass ein Ritter des Ordens Maß hält?«, neckte sie und freute sich, als sie sein zögerndes Lächeln sah.

»Du kennst meine Sorge. Wir können nicht wieder miteinander schlafen.«

»Aber das bedeutet nicht, dass wir nicht miteinander sprechen können oder ich nicht aus Venedig mit deiner Gruppe aufbrechen kann«, sagte sie und achtete darauf, dass ihre Stimme ruhig klang, obwohl sie fürchtete, er würde ihren Vorschlag ablehnen. »Ich werde wieder eine Pilgerin sein, Wulf, eine, die von einem edlen Ritter begleitet heimkehrt. In Wahrheit würde ich es vorziehen, wenn der nächste Mann, den ich in meinem Bett willkommen heiße, mein Gemahl wäre, wer auch immer das dann sein mag.«

Sie sah seine Augen aufblitzen, dann drehte er sich abrupt um und ging zum Fenster. Er schaute in den Hof hinaus, und sie hatte den entschiedenen Eindruck, dass sie ihn gekränkt hatte.

»Soll ich deine Berührung also nicht zurückweisen?«, fragte sie. »Ich dachte, es wäre besser, deine Wahl zu respektieren, als mich in deine Arme zu werfen und zu versuchen, deine Meinung mit handfesten Mitteln zu ändern.«

Er schnaubte. »Sicherlich klüger.« Er hob den Blick und musterte sie. Seine Bewunderung war eindeutig. Seine Stimme wurde tiefer. »Aber nicht besser, beileibe nicht besser.«

Ihre Blicke trafen sich. Die Intensität in seinem Blick ließ Christinas Verlangen von Neuem entflammen. Er hatte recht – ihre Vereinigung war ein Wunder gewesen, weit jenseits von allem, das sie je erfahren hatte.

Und sie jedenfalls war nicht bereit, alle Hoffnungen an eine Zukunft aufzugeben.

Tatsächlich wagte sie zu hoffen, sie hätte gefunden, was sie mehr als alles andere gesucht hatte. Einen Streiter, ja, aber auch einen Mann, der sie um ihrer selbst willen zu schätzen wusste.

Nicht wegen ihres Aussehens.

Nicht wegen der Fähigkeiten, die sie in Costanzias Haus erworben hatte.

Nicht einmal für dieses Vermächtnis, das sie mit einem Mann zusammen für sich beanspruchen konnte, wie Gunther es sich gewünscht hatte. Aber wie Wulf hatte sie gelernt, vorsichtig zu sein, und würde nichts versprechen, wovon sie nicht wusste, ob sie es letztlich einhalten konnte.

Doch sie wollte eine Erinnerung, die sie wärmen würde.

»Einen Kuss«, flüsterte sie, und seine Augen blitzten.

Christina durchquerte eilig den Raum, zuversichtlich, dass sie den Kuss bekommen würde, den sie sich so wünschte. Wulf zog sie vom Fenster weg, nahm sie in seine Arme. Sie genoss es, wie er sie umfing und küsste, als könnte er nichts anderes tun. Die Hitze stieg zwischen ihnen auf, beschworen von einer bloßen Berührung. Seine Leidenschaft erfüllte sie mit Lust und Erwartung. Sie schlang die Arme um seinen Hals und ließ die Finger in sein Haar gleiten, hieß ihn willkommen, wollte alles, was er ihr geben konnte.

Was auch immer das sein mochte.

Dieser Kuss konnte gut ihr letzter sein, sicherlich der letzte vor Paris, und sie wollte nicht, dass er je endete. Wulf schien ihre Auffassung zu teilen, denn er presste seinen Mund auf ihren und zog sie fest an sich, während er sie eindringlich küsste. Christina fühlte sich geborgen wie nie zuvor in seinen Armen.

Erst eine ganze Weile später hob Wulf den Kopf und ließ die Finger über ihre Wange gleiten. »Du hast ihn gesehen?«, flüsterte er und suchte ihren Blick. Christina nickte, aber er legte ihr eine Fingerspitze auf die Lippen und hielt sie davon ab, die Wahrheit zu gestehen. »Ist er es wert, dass ein Mann sein Leben dafür gibt?«

Sie nickte sofort, und er küsste sie flüchtig.

»Dann gib während der Reise mit größter Wachsamkeit darauf acht und sage mir, ob er erneut den Aufenthaltsort wechselt. Du musst schwören, mir zu sagen, wenn er sich in Gefahr befindet.«

»Das werde ich, Wulf. Du kannst dich auf mich verlassen.«

Wulf lächelte auf sie herab, und seine Finger gruben sich in ihr Haar. »Ich werde dir nicht den ganzen Weg bis nach Paris widerstehen können.«

»Doch, das wirst du«, sagte Christina und löste sich von ihm, solange sie noch die Kraft aufbrachte, es zu tun. Sie mussten gemeinsame Sache machen und einander helfen, um ein höheres Ziel zu erreichen. Wenn sie ihn in ihr Bett lockte und ihn das seinen Platz im Orden kostete, würde er sie dafür hassen. Das konnte Christina nicht riskieren.

Sie ging hinüber zum Fenster, sodass ein etwaiger Zuschauer sie im Blick hatte. »Ich werde die Gruppe am Sankt-Bernhard-Pass verlassen«, sagte sie leise, aber voll Überzeugung.

Das war das Beste.

Wulf war sichtlich verblüfft. »Das ist kaum mehr als die halbe Strecke.«

»Aber meinem Zuhause sehr nahe. Wenn wir uns trennen, werde ich dir sagen, wo der Schatz ist, und du wirst ihn von dort an behüten.« Auf sein Nicken hin trat sie zurück und reichte ihm den Rest des Weins. »Das geringere Übel«, sagte sie leise, konnte aber nicht lächeln.

Auch Wulf lächelte nicht. Er betrachtete sie, dann nahm er den Becher entgegen, und seine warmen Finger berührten ihre. Sein Blick richtete sich auf sie, als er den Becher leerte und ihn ihr dann zurückgab.

Er ging zur Tür. Auf der Türschwelle verhielt er. »Schlaf gut, Christina«, sagte er, ohne zurückzuschauen.

»Du ebenfalls.«

Wulf ging durch die Tür und blieb im Flur stehen, den Schlüssel in der Hand. Er warf ihn ihr zu, und Christina fing ihn auf und lächelte Wulf an, weil er sie so gut verstand. Dann schloss sich die Tür, und sie war allein. Trotz der Hitze des Kohlebeckens war ihr kalt. Sie ging zum Fenster und sah zu, wie Wulf über den Hof in den Stall ging, staunte darüber, dass sie zum ersten Mal seit Jahren die Berührung eines Mannes ersehnte.

Nicht einfach irgendeines Mannes.

Wulfs.

Aber seine Gunst musste verdient werden. Christina wagte zu glauben, dass es möglich sein würde – und wenn sie Erfolg hatte, würde Fortuna vielleicht auf sie beide herablächeln.

Hatte eine ihrer Schwestern bereits das Erbe ihrer Familie beansprucht? Christina hatte es nicht ertragen können, an ihre Heimat zu denken oder das Vermächtnis, das vor all diesen Jahren der Grund für ihre Pilgerreise gewesen war, aber in diesem Moment tat sie es. Gunther hatte einen Sohn immerhin nicht nur um seiner selbst willen haben wollten. Hatten ihre Schwestern Söhne geboren?

Neun Jahre waren verstrichen. Miriam war verlobt gewesen, bevor Gunther auf ihrer Pilgerreise bestanden hatte. Sicher hatte doch der Samen ihres Ehemanns in dieser Zeit Wurzel geschlagen?

Und wenn nicht, dann war Anna vielleicht verheiratet und Mutter eines Sohns.

Aye, Christina musste davon ausgehen, dass eine von ihnen einen Erben geboren hatte. Und es bestand kaum eine Chance, dass sie selbst es je tun würde, angesichts der vielen Jahre der Unfruchtbarkeit. Nein, das Beste, worauf sie hoffen konnte, war, dass die Schwester, die nun den Besitz ihrer Familie verwaltete, ihr dort Zuflucht gewähren würde.

Ein Heim und eine Zuflucht waren allerdings mehr, als sie diese langen Jahre über gekannt hatte.

Sie sah Wulf im Stall verschwinden und begriff, was für ein enormer Segen das war.

Es gab viele, die kein solches Glück hatten wie sie.

WULF BLIEB die Ironie nicht verborgen. In Jerusalem hatte er Gaston ärgerlich vorgeworfen, ihr Vorankommen zu verzögern, indem er darauf bestand, seine Huren mitzubringen, und behauptet, die Frauen würden nicht so lange und hart reiten können. Lady Ysmaine hatte ihn eines Besseren belehrt, nicht nur, weil sie in Wirklichkeit Gastons Frau war, sondern durch ihre Entschlossenheit, jeden Tag so lange wie nötig zu reiten.

Und nun würde *er* seine Hure mitbringen.

Obwohl Christina weder länger eine Hure war noch ihm gehörte. Sie war eine Pilgerin auf der Reise zum Sankt-Bernhard-Pass und nicht weiter.

Schon jetzt fürchtete er den Tag, an dem sich ihre Wege trennen würden.

Aber es gab praktische Schwierigkeiten zu lösen. Sie brauchte ein Pferd, um mit der Gruppe zu reiten, und ihm war kein Pfennig geblieben. Seinen besten Dolch hatte man ihm abgenommen, also konnte er den nicht verkaufen – obwohl selbst der nicht genug Geld gebracht hätte, um ein Reitpferd zu kaufen, es sei denn, er hätte den Käufer betrogen.

Was hatte er sonst Wertvolles zu verkaufen?

Wulf wusste, auch wenn Costanzias Männer all das Geld des Tempels genommen hatten, das er bei sich getragen hatte, würde Christinas Flucht aus ihrem Haus nur dann gelingen, wenn sie die Stadt für immer verließ. Man konnte nicht damit rechnen, dass so gewissenlose Menschen über Schandtaten erhaben waren. Er verstand Christinas Überzeugung, dass es hier keine ehrliche Arbeit für sie geben konnte, besonders, wenn er an die Frauen in der Küche dachte, und vertraute ihrer Einschätzung, dass sie letztlich doch nur wieder in das Leben zurückgleiten würde, das sie verlassen wollte.

Er musste einen Weg finden, wie sie mit ihnen reiten konnte.

Was bedeutete, er musste ein weiteres Pferd finden.

Wulf ging in die Ställe, um den dürftigen Inhalt seiner Satteltaschen zu durchsuchen. Die Jungen schliefen, und auch als Stephen sich regte, bedeutete Wulf ihm, sich wieder schlafen zu legen. Es war still im Stall, kaum mehr war zu hören als das Schnarchen der Jungen und das gelegentliche Wischen eines Schweifs.

Wulf ging in der Box, in der Teufel angebunden war, in die Hocke und das Pferd stupste ihn voll Zuneigung an. Das Schlachtross brauchte dringend Auslauf, und Wulf wünschte sich erneut, sie könnten aufbrechen. Aber da Gaston verletzt war, würde das sicher nicht bald sein.

Erst, als er allein war, konnte Wulf das volle Ausmaß seines Verantwortungsgefühls und seines Versagens anerkennen. Wenn Gaston starb, würde das mit Sicherheit negative Konsequenzen für ihn nach sich ziehen.

Die größere Sorge war jedoch Gastons Wohlergehen. So sehr Wulf es auch missfiel, sich dem anderen Ritter unterordnen zu müssen, er hatte auch gelernt, ihn zu bewundern. Sie mochten nicht immer übereinstimmen, aber Wulf verstand, weshalb Gaston so viel Vertrauen und

Respekt genoss. Seine Stetigkeit und ruhige Beharrlichkeit führten oft zu guten Resultaten.

Und Gaston hatte Freunde. Seine Frau bewunderte ihn schon jetzt, und sein Charakter war es, der die Gruppe zusammenhielt. Wulf hätte nicht so schnell eine Übereinkunft erzielen können wie Gaston. Diplomatie war ihm nicht gegeben, außer jener Variante, die mit einer Schwertspitze an der Kehle einherging.

Wulf setzte sich ins Stroh, erduldete, dass Teufel an seinem Kragen und seinem Haar knabberte, und öffnete seine Taschen. Optimistisch war er nicht und vermutete, er würde erneut ein Versagen eingestehen müssen. In Wirklichkeit besaß er nur wenig, wie es sich angesichts seiner Schwüre auch gehörte. Seine Rüstung war für seine Profession notwendig. Sein Schwert konnte er nicht aufgeben. Sein Zaumzeug war schlicht, und er hatte keinen Schmuck für sein Pferd und auch keinen Mantel aus feiner Wolle, von dem er sich trennen könnte. Seine Stiefel waren zu oft geflickt, um einen guten Preis zu erzielen, und sein Gürtel war rein praktisch.

Teufel zwickte ihn, unzufrieden, weil er ignoriert wurde, und Wulf stand auf und streichelte seine Ohren. Er hatte gemeinsam mit seinem Pferd mehr durchgestanden als mit jedem anderen Menschen, seit der alte Mann gestorben war. Ganz sicher hatte er nie jemand anderem so vertraut. Vielleicht, weil sie so viel gemeinsam hatten. Das schwarze Schlachtross war stolz und kräftig und besaß Vertrauen in seine Fähigkeiten, aber es hielt sich von anderen Pferden fern, selbst auf der Weide. Vielleicht, weil sie einander so oft verteidigt und zusammen Schlachten überstanden hatten. Wulf holte die Bürste und striegelte sein Pferd. Die Tätigkeit beruhigte nicht nur ihn, sondern auch Teufel.

Er hatte eine Flanke gebürstet, als ihn die Idee wie ein Blitzschlag durchfuhr. Sein wertvollster Besitz war sein Pferd! Er konnte Teufel verkaufen und dafür zwei Pferde kaufen, vielleicht sogar einen Zelter und ein weniger edles Schlachtross. Der Gedanke war schmerzlich, denn er hatte gedacht, er würde Teufel für alle Zeit reiten.

Die Alternative – Christina zurückzulassen und auf diese Weise dafür verantwortlich zu sein, dass sie in das Bordell zurückkehren musste – war noch schlimmer.

Er suchte nach einer anderen Lösung, auch wenn ihm bereits klar war, dass es getan werden musste. Zwei Erwachsene konnten sich kein Pferd teilen, nicht bei schnellem Tempo oder auf lange Distanz. Abgesehen davon, dass es das Pferd ermüden würde, würde es seiner Absicht zuwiderlaufen, es so aussehen zu lassen, als ob er seine Schwüre hielt. Christina konnte nicht zu Fuß gehen und sie konnte nicht zurückbleiben.

Zweimal schon hatten ihn Frauen verraten. Aber Christina war anders als diese anderen beiden Frauen.

Christina brauchte Schutz, den nur er ihr gewähren konnte. Hatte sie hier nicht viele Jahre arbeiten müssen, ohne das Eingreifen eines gütigen Fremden? Ihr Schicksal war nicht so viel anders als das der Lady Ysmaine, nur hatte ihr kein ehrenhafter Mann die Ehe angetragen.

Er vermochte dafür zu sorgen, dass sie die Stadt verlassen konnte. Es war nicht so viel, wie Wulf ihr gern gegeben hätte, aber es war alles, was er ihr bieten konnte.

Selbst, wenn es beinahe alles erforderte, was er zu geben hatte.

Es war Zeit für ihn, Mitgefühl wie auch Gerechtigkeit unter Beweis zu stellen.

Wulf trat zurück und schaute seinem Pferd in die Augen. Vielleicht konnte er zumindest dafür sorgen, dass der Käufer ein guter Mann war. Das schuldete er Teufel. Und mehr. Vermutlich schätzte er das Schlachtross deshalb so, weil sie einander verstanden.

Wulf bürstete sein Pferd eifriger und sagte sich, er müsse dafür sorgen, dass Teufel besonders gut aussah. In Wirklichkeit wollte er jeden verbleibenden Moment mit dem Schlachtross verbringen, bevor sich ihre Wege trennten.

Er musste es schnell tun, beim ersten Licht, denn wenn er seine Entscheidung Stephen und Simon gegenüber rechtfertigen musste, würde er es vielleicht nicht übers Herz bringen.

Und Christina wäre verloren.

DIE ABWEHR des Templers brach in sich zusammen.

Fergus hatte es schon zuvor gesehen, und er erkannte die Anzeichen. Er hatte bei den Templern mit vielen Rittern gekämpft, die nichts anderes kannten als den Orden, nichts als ihre Stärke und ihre Klinge und ihre Tapferkeit. Er hatte Wulf auf den ersten Blick als einen davon ausgemacht. Sie kämpften in der Schlacht ohne Gnade, diese Kämpfer, und ihr Wille war wie aus Eisen geschmiedet. Es war gut, einige von ihnen in einer Einheit zu haben, denn sie ignorierten unweigerlich ihre eigenen Verletzungen und stellten sicher, dass die Mehrheit – wenn nicht alle – aus dem Regiment zurückkehrten. Außerhalb der Schlacht blieben sie für sich. Sie ließen sich nie durch Gefühle von ihren Zielen abbringen und ihre Entscheidungen waren vorhersehbar.

Ehrenhaft, ganz gleich, was es kostete.

Fergus bezeichnete sie bei sich als *Festungen*, Männer, die Wehrtürme errichtet hatten, um ihre Herzen zu behüten, und über die Jahre der Einsamkeit viele Verteidigungsanlagen darum herum gebaut hatten. Ihr barsches Wesen war wie eine hohe Mauer, und ihr offenkundiges Desinteresse an ihren Kameraden wie ein breiter, tiefer Burggraben, der alle von ihren Toren fernhielt. Allem Anschein nach sorgten sie sich nur um sich selbst.

Wulf war genauso. Er stritt mit Gaston, weil er sich gegenüber seinen Kameraden verantwortlich fühlte und sicherstellen musste, dass ihr Auftrag Erfolg hatte. Andere mochten ihn als kalt wahrnehmen, aber die Treue seiner beiden Knappen – ganz zu schweigen von der Zuneigung seines Pferds – enthüllte, dass sein grimmiges Auftreten ein Teil dieses Schutzinstinkts war. Fergus zweifelte nicht, dass Knappen und Pferd ihr Überleben seinen Taten verdankten.

Taten, über die der Templer selbst nicht sprechen würde.

Und nun beobachtete Fergus Wulf dabei, wie er irgendeine Entscheidung traf, während er sich unbeachtet wähnte, und begriff, die Burgmauer war durchbrochen. Es war wegen der Frau, der Hure, die Wulf wider aller Erwarten mit ins Haus gebracht hatte, und die geblieben war. Irgendwie hatte Christina den Mörtel gesprengt, und Wulfs Verteidigungswälle stürzten in sich zusammen.

Fergus hatte die Wahrheit erkannt, als er in der Nacht zuvor die Tür entriegelt und gesehen hatte, wie angeschlagen Wulf wirkte, während er und Bartholomew Gaston hineintrugen. Bartholomews Reaktion entsprach den Erwartungen, aber dass Wulf so offensichtlich erschüttert war, dieser Mann, der seine Gefühle so gut verbarg, konnte nur eins bedeuten.

Tatsache war, sie konnten den Verlust zweier Ritter nicht verkraften. Gaston war verletzt und würde vielleicht nicht in der Lage sein, die Gruppe weiter anzuführen, selbst im Geheimen. Wo war der Brief, den Bruder Terricus Gaston anvertraut hatte? Was stand darin? Fergus konnte dem Pariser Meister gegenüber wiederholen, was Terricus ihm erzählt hatte, aber das war vielleicht nur ein Teil der Geschichte.

Schlimmer, wenn Wulf zauderte, würden sie vielleicht den Schatz verlieren und ihre Mission würde fehlschlagen. Er hatte solche Männer schon zuvor versagen sehen. Ihre Verteidigung war formidabel, aber wenn einmal eine Schwachstelle gefunden war, wurden ihre Mauern untergraben und die Tore stürzten unweigerlich ein.

Unerwartet musste er Wulf Hilfe anbieten, und zwar auf eine Weise, die den Mann nicht kränkte. Neben Fergus stand Duncan, dessen Augen glitzerten, während auch er beobachtete, wie Wulf gründlich sein Schlachtross bürstete. Sie wechselten einen Blick – sie brauchten keine Worte, um ihre Bedenken auszutauschen – und Fergus nickte rasch.

Duncan stand auf, streckte sich und schlenderte auf den anderen Ritter zu, freundlich und harmlos.

Fergus hörte zu, um einen besseren Eindruck davon zu bekommen, was er tun konnte, um zu helfen. Die Mauern mochte Risse haben, aber er würde dafür sorgen, dass Wulf die Zitadelle gegen alle Angriffe hielt.

DER GEDANKE, sein Ross zu verkaufen, machte Wulf zu schaffen. Wie sonderbar, dass die Entscheidung, sich von einem Pferd zu trennen, so viele Gefühle in ihm hervorrief. Er hätte sich hinsetzen und weinen mögen, was ihm überhaupt nicht ähnlich sah und nichts bewirken würde. Es musste getan werden, aber er weigerte sich, darüber zu grübeln. Statt sich seinem Bedauern hinzugeben, erinnerte er sich lieber an die guten Zeiten, die er mit seinem Schlachtross verbracht hatte, die Schlachten, in denen sie zusammen gekämpft hatten, die Patrouillenritte und ihre Kameraden.

»Wollt ihr dem Tier noch Fell lassen?«, fragte eine freundliche Stimme hinter ihm und riss Wulf aus seinen Gedanken.

Er wandte sich um und sah den Söldner Duncan hinter sich stehen. Der ältere Mann grinste. In seinen Augen lag ein Zwinkern.

Duncan war aufmerksam, und Wulf nahm an, dass er oft unterschätzt wurde. Das sollte ihm als Warnung dienen, seine Gedanken vor Duncan zu verbergen.

»Am Striegeln ist nichts Schlechtes«, sagte Wulf und wandte sich wieder seiner Arbeit zu. Er beugte sich vor, um Teufels Hufe zu polieren. Sie waren schwarz und sahen besonders gut aus, wenn sie glänzten. Er hoffte, der Schotte würde ihn in Ruhe lassen, aber sein Wunsch wurde nicht erfüllt.

Tatsächlich schien Duncan sich auf ein Pläuschchen einzurichten. »Mir scheint, dass Ihr es entweder sehr vermisst, dieses Pferd zu reiten, oder dass ihr es verkaufen wollt.«

Wulf schaute zu dem anderen Mann hinüber, alarmiert, dass man seine Absicht so leicht erkannte. Zu seinem Ärger bemerkte er, dass Duncan auf genau so eine Reaktion gewartet hatte. Was war mit seiner einstigen Unbeirrbarkeit geschehen? Er versuchte, milde zu klingen. »Warum sagt Ihr das?«

Duncan zuckte die Schultern. »Ich habe nur geraten. Wie lautet die Antwort?«

»Ich muss Euch das nicht sagen.«

»Nein, müsst Ihr nicht, aber ich bin, ehrlich gesagt, neugierig. Die meisten Ritter, die ich kenne, würden sich eher von ihrem Leben trennen als von ihren Schlachtrössern, Schwertern und Rüstungen.« Duncan zog eine Grimasse, als er über seine Worte nachdachte. »Und zwar in dieser Reihenfolge.«

»Vielleicht bin ich nicht wie die anderen Ritter, die Ihr kennt.«

Duncan lachte leise. »Das stimmt, und das ist noch milde formuliert. Ich würde ebenfalls denken, Ihr wärt ein ausgesprochen frustrierter Mann, wenn ich gestern Abend keine Ohren gehabt hätte.«

Wulf hielt beim Striegeln inne. »Als wir mit Gaston zurückgekehrt sind?«

Duncan grinste. »Vorher, Bursche, als die Lady lautstark Ihre Wertschätzung Eurer Talente ausdrückte.«

Das war eine Erinnerung, die Wulf nicht brauchte. Er holte tief Atem und wandte sich zu Duncan um. »Was wollt Ihr heute Morgen von mir?«, fragt er und gab sich keine Mühe, seine Ungeduld über diese Unterbrechung zu verbergen.

»Euch besser verstehen«, gab Duncan sorglos zurück. »Ihr seid kein einfacher Charakter, Junge, so viel ist sicher.« Er betrat die Box und ließ die Hand bewundernd über den Pferderücken gleiten. »Ein Templer, der Keuschheit gelobt hat, sich aber besser darauf versteht, eine Frau zu befriedigen als jeder andere Mann, den ich kenne.« Er zwinkerte Wulf zu. »Zumindest dem Hören nach.«

Wulf richtete sich empört auf.

Unbeirrt fuhr Duncan fort. »Ein distanzierter Mann, der die menschliche Natur so gut versteht, dass er eine Perle aus dem Mist aufzusammeln vermag.« Wulf hätte vielleicht widersprochen, aber der ältere Mann hob einen Finger. »Sie *ist* eine Perle, die man vor die Säue geworfen hat, und Ihr habt es bemerkt, ob Euch das bewusst ist oder nicht.«

Wulf presste die Lippen zusammen. Er fühlte sich entblößt, weil der andere Mann ihn so klar durchschaute.

Duncan rieb Teufels Ohren. »Ein kalter Kämpfer, dessen Knappen, beides Waisen, ihm mit einer Loyalität dienen, wie man sie nur selten sieht, die auf sein wahres Wesen hindeutet.« Der ältere Mann nahm Wulf die Bürste aus den Fingern und wies damit auf ihn. »Ein Mann, der seine Gedanken mühelos vor anderen verbirgt, dessen Handlungen aber zeigen, dass er mehr Respekt verdient, als man ihm erweist.«

Wulf entwendete ihm ungeduldig die Bürste wieder. »Ich brauche keinen Respekt. Es gilt eine Aufgabe zu erledigen, und ich werde sie zu Ende bringen.«

Duncans Worte waren sanft. »Was wollt Ihr mit dem Pferd machen, Junge?«

»Ich bin kein Junge …«

»Nein, Ihr seid ein Mann von Prinzipien.« Duncan überkreuzte die Arme über der Brust und stellte sich Wulf entgegen, hielt ihn davon ab, die Box zu verlassen, sodass er nicht vor der Unterhaltung fliehen konnte. »Ihr habt vor, dieses Pferd zu verkaufen. Ich sehe es an jeder

Eurer Gesten, und auch, dass diese Entscheidung Euch zu schaffen macht.«

Wulf seufzte niedergeschlagen. »Und so habt Ihr das Rätsel gelöst. Warum fragt Ihr mich? Könnt Ihr mich nicht einfach in Frieden lassen?«

»Nein, das kann ich nicht. Sagt mir, warum.«

Wulf sah sich im Stall um, aber er wusste, der ältere Mann würde die Angelegenheit nicht auf sich beruhen lassen. »Die Gruppe braucht ein weiteres Pferd, und ich habe kein Geld, eins zu kaufen.«

»Also kommt Christina mit uns.«

»Sie ist eine Pilgerin, die sich unserer Gruppe auf dem Heimweg anschließt.«

Duncan grinste, und der Schalk brachte seine Augen zum Funkeln. »Ihr habt Ihre Freiheit erkauft!«

»Ich möchte nur einer Pilgerin helfen …«

Duncan unterbrach ihn. »Ihr könntet Eure Gefährten um Hilfe bitten, Junge.«

»Das könnte ich«, gab Wulf zu. »Aber die Erfahrung zeigt, dass es sinnlos ist, mich um Hilfe an meine Kameraden zu wenden. Probleme lösen sich allein dann, wenn ich dafür sorge.«

Der ältere Mann ließ eine Hand über Teufels Hals gleiten und lächelte, als das Kriegspferd den Kopf zurückwarf. »Er ist prächtig. Ihr müsst wissen, dass Ihr in dieser Stadt der Diebe um seinen Wert betrogen werden würdet. Und wer mag sagen, was seine Zukunft bereithält?«

Wulf schnürte es die Kehle zu, als er Duncan seine eigenen Befürchtungen so akkurat wiedergeben hörte. »Ich werde mich bemühen, ihm einen Besitzer zu finden, der sich gut um ihn kümmert.«

»So gut wie Ihr? Ich bezweifle, dass sich ein solcher Mann finden lässt.« Duncan schüttelte den Kopf.

»Ich danke Euch für Eure Anteilnahme«, sagte Wulf steif. »Aber ich tue, was getan werden muss.«

»Duncan?«, rief Fergus von draußen, und Wulf begann wieder, Teufel zu striegeln, während der ältere Mann vortrat, sodass sein Ritter ihn sehen konnte. »Würdet Ihr Laurent heute mit in die Stadt nehmen und schauen, ob Ihr einen vernünftigen Zelter auftreiben könnt?«

Wulf wirbelte herum und starrte den Schotten an, als er in Sicht kam. Dies konnte kein Zufall sein, auch wenn Fergus ihn nicht ansah.

»Ich weiß, dass Isobel nach meinem Kopf auf einem Tablett verlangen würde, wenn ich ihr von der Seide erzählte, die auf dem Markt zum Verkauf steht, ohne ihr welche mitzubringen. Aber die Satteltaschen sind schon bis zum Bersten gefüllt, daher kann es wenig schaden, ein weiteres Pferd zu kaufen.«

»Vorausgesetzt, man zieht mich nicht über den Tisch«, erwiderte Duncan. »Und es gibt überhaupt ein ordentliches Pferd zu kaufen. Hierzulande halten sie es eher mit Schiffen und Booten, so viel ist klar.«

»Es muss Pilger geben, die ihre Pferde veräußern, bevor sie nach Osten segeln«, antwortete Fergus.

Wulf konnte sich des Eindrucks nicht erwehren, dass diese Unterhaltung um seinetwillen stattfand.

Duncan schnaubte. »Ich vermute, davon gibt es nun deutlich weniger, aber ich werde mich umsehen.«

»Nimm Laurent mit. Er hat ein gutes Auge für Pferde und hat diese Unterkunft seit unserer Ankunft nicht verlassen. Es wird gut für ihn sein.«

»Aye, Mylord.«

»Das müsst Ihr nicht tun«, warf Wulf ein, und beide Männer wandten sich zu ihm um. Zu seiner Erleichterung taten sie nicht so, als läge er falsch.

»Aye«, sagte Fergus sanft. »Das muss ich.« Er hob eine Braue. »Mein Kopf gefällt mir dort, wo er ist.«

Duncan lachte und ging, sodass die beiden Ritter einander nun allein gegenüberstanden.

»Dies ist kein Scherz«, sagte Wulf. »Und nicht Eure Verantwortung ...«

»Aber ein Beitrag, den ich leisten kann«, sagte Fergus. Er trat näher. »Besonders, wenn Ihr nicht das Geld des Ordens für den Schutz einer Pilgerin verwenden wollt.«

»Ich würde es tun«, gab Wulf leise zu. »Wenn man mich nicht ausgeraubt hätte.«

Fergus richtete sich auf. »Weiß er davon?«

Wulf schüttelte bei dieser Erwähnung Gastons den Kopf. »Noch nicht.«

Fergus nickte und schaute sich im Stall um, während er anscheinend darüber nachdachte. Er griff unter sein Wams und zog einen kleinen Beutel Münzen hervor, schloss die Hand darum und reichte ihn Wulf. Ihre Blicke trafen sich. »Er muss es nicht wissen«, sagte Fergus so leise, dass man es ohne seine Lippenbewegungen kaum verstanden hätte.

Wulf nahm das Geld an. Erleichterung durchflutete ihn. »Verlasst Euch darauf, dass ich es Euch zurückzahlen werde.«

Fergus grinste. »Dessen könnt Ihr sicher sein.« Er streichelte Teufel die Nase. »Du bist ein feines Tier. Nicht lange, und wir reiten aus und du kannst wieder laufen, mein Freund.«

Wulf schloss die Hand fest um die Münzen. Eine solche Güte zu erfahren, verblüffte ihn. Die Erleichterung war beinahe schmerzlich. »Ich danke Euch«, sagte er, als Fergus sich umdrehte, und seine Stimme war heiser.

Der Schotte nickte, dann verließ er den Stall, und Wulf bürstete Teufel ein wenig sanfter.

Auf einmal erschien Duncan von Neuem und steckte den Kopf am Pferd vorbei. »Denkt Ihr, Christina würde sich über ein neues Kleid freuen?« Er breitete die Hände aus. »Ich werde heute Morgen auf den Markt gehen, und vielleicht lässt sich ein Handel erzielen.«

»Ich denke, sie würde es begrüßen, mehr wie die Pilgerin auszusehen, die sie ist«, gab Wulf zu und dachte daran, wie deutlich die Farbe und der Schnitt ihres Überkleids ihr Gewerbe verrieten. Normalerweise hätte er diese Beobachtung für sich behalten und die Verantwortung selbst auf sich genommen, aber er begann zu begreifen, dass es seine Vorteile hatte, den anderen in dieser Reisegruppe zu vertrauen. Es war ein seltsames Gefühl, nicht allein gegen das Schicksal zu kämpfen, aber Wulf vermutete, er könnte sich schnell daran gewöhnen.

War es möglich, dass man lediglich um etwas zu bitten brauchte und es erhielt?

»Ich sehe zu, was sich bewerkstelligen lässt«, stimmte Duncan zu, so bereitwillig, dass Wulf nur blinzeln konnte. Der ältere Mann nickte, verschwand aus dem Stall und überließ Wulf seiner Aufgabe.

Er lehnte seine Stirn gegen Teufels Hals und fühlte sich leichter als seit Jahren.

»Guten Morgen, Gaston«, hörte er Duncan auf einmal sagen, wirbelte überrascht herum und spähte in den Hof. Zu seiner Freude kam Gaston tatsächlich mit zielbewussten Schritten auf den Stall zu. Er sah nicht ganz erholt aus und war noch blass, aber die Tatsache, dass er sich diesen Morgen von seinem Lager erhoben hatte, war eine gute Neuigkeit.

Dass er grüßend eine Hand hob und in Wulfs Richtung kam, bedeutete, er war hier, um sich über ihr weiteres Vorgehen zu beraten, was eine noch bessere Neuigkeit war.

Wirklich, der Tag sah deutlich vielversprechender aus als noch vor einigen Augenblicken.

WIDER ERWARTEN SCHLIEF Christina erneut ein. Als sie erwachte, fiel die Sonne hell durch das Fenster. Unten im Hof herrschte große Geschäftigkeit. Sie konnte nur annehmen, dass der Wein sie schläfrig gemacht hatte.

Sie sagte wieder ihre Gebete auf und hatte das Gefühl, ganz besonders der göttlichen Gnade zu bedürfen.

Was sollte sie heute tun, um Wulf zu helfen? Gestern hatte sie von den Jungen nicht viel erfahren, aber vielleicht hatte sie zumindest ein gewisses Vertrauen erworben. Laurents Geheimnis hatte sie Wulf gegenüber nicht erwähnt und fragte sich nun erneut, wer davon wusste.

Wem in diesem Haus konnte sie trauen?

Sie musste auf jeden Fall mehr wissen.

Zu ihrer Überraschung fand sie Lady Ysmaine unten am Tisch sitzend. Die Frau schaute auf, als sie eintrat, und aß dann weiter.

»Guten Morgen, Mylady«, sagte Christina und knickste. »Darf ich mich nach dem Gesundheitszustand Eures Gatten erkundigen?«

Ysmaine lächelte, und Christina sah die Anzeichen einer schlaflosen Nacht. »Anscheinend gibt es wenig Grund zur Beunruhigung. Heute Morgen erhob er sich, erklärte sich für gesund und bestand darauf, nach seinem Schlachtross zu sehen.« Sie presste die Lippen aufeinander. »Sie sind beinahe unzertrennlich.«

Als sie gestern Morgen hier angekommen waren, war Gaston unten im Hof gewesen. Irgendjemand hatte erwähnt, er schliefe für gewöhnlich im Stall.

»Es muss ein Schock für ihn gewesen sein, in Eurem Bett aufzuwachen«, wagte Christina in schalkhaftem Tonfall zu sagen.

Die Lady lachte leise, als wüsste sie, sie sollte es nicht tun. »Ich wage zu behaupten, auch davon wird er sich erholen.«

Sie lächelten einander an. Christina hielt zunehmend mehr von Gastons Frau.

In diesem Moment erklangen Schritte im Flur, und der ältere Adlige erschien im Hauptraum.

»Guten Morgen, Graf«, sagte Lady Ysmaine, aber Christina wandte dem Mann hastig den Rücken zu. Er schniefte, als wollte er damit seine Missbilligung ihrer Anwesenheit ausdrücken, und erwiderte Lady Ysmaines Gruß. Christina legte keinen Wert darauf, dass er sie wiedererkannte, falls er tatsächlich Helmut war, also nahm sie ihr Brot und den Honig mit hinaus in den Hof. Die Sonne war wunderschön und warm, das Brot frisch, der Honig cremig. Sie genoss ihre Freiheit, das Gefühl, gut und tief geschlafen zu haben, und ließ sich bei jedem Bissen Zeit.

Es war Wulf, der ihr so viel gegeben hatte.

Die Tür zur Straße öffnete sich, und Christina schaute hinüber. Es war der Händler, Joscelin, der von seinem nächtlichen Festgelage zurückkehrte, und er war ganz offensichtlich guter Stimmung. Er winkte irgendeinem Bekannten, dann strahlte er seine Reisegefährten an. Mit schwungvollen Schritten überquerte er den Hof, und ein Glanz trat in seine Augen, als er Lady Ysmaine sah.

»Lady Ysmaine!«, krähte er. »Welch ein Glück, dass ich Euch gleich als Erstes sehe ...«

Christina bemühte sich, unsichtbar zu bleiben. Der Händler ging an ihr vorbei und hatte kaum einen Blick für sie übrig. In den Ställen wurden die Männerstimmen ein wenig lauter. Stritten sich Gaston und Wulf? Es war schade, dass sie ihre Worte nicht hören konnte.

Aber sie lauschte der Unterhaltung im Hauptraum und hoffte

herauszufinden, ob der Adlige, den Ysmaine als »Graf« ansprach, der Schurke war, an den sie sich nur zu gut erinnerte.

～

»HABT IHR IHN GESEHEN?«, fragte Gaston, als er einmal in Teufels Box stand, mit leiser Stimme. Nicht weit entfernt striegelte Fergus sein Pferd, aber die Jungen waren am anderen Ende des Stalls und außer Hörweite.

»Nicht mehr als einen Schatten«, gab Wulf ebenso leise zu.

»Dann ist unsere List fehlgeschlagen.«

»Wir haben den Bösewicht aus der Reserve gelockt, so viel ist sicher.«

Angesichts des Preises, den Gaston bezahlt hatte, schien das ein geringer Gewinn, und Wulf fühlte sich erneut schuldig, dass er den anderen Mann nicht gewarnt hatte.

Das Hoftor öffnete sich, und der Händler Joscelin kehrte zurück. Wulf beobachtete, wie der beleibte Mann seinem Bekannten zum Abschied winkte. Obwohl er eindeutig nicht im Haus gewesen war, war es unwahrscheinlich, dass es sich bei ihm um Gastons Angreifer handelte. Er war zu klein.

Wobei er jemanden hätte anheuern können, der es für ihn tat. Wulf wünschte sich, er hätte einen Blick auf diesen Bekannten werfen können.

Und ganz sicher hatte Joscelin die Verbindungen, die nötig waren, einen Schatz zu verkaufen wie den, von dem Christina gesagt hatte, sie hätten ihn bei sich.

Er sah, wie der Mann weiter in den Hauptraum ging und sich dort sofort zu Ysmaine gesellte. Waren sie im Bunde? Wollte die Lady ihren neuen Ehemann loswerden? Vielleicht hatte *sie* den Mann angeheuert, der sie gestern Nacht angegriffen hatte.

»Ist Eure Frau nicht zweimal verwitwet?«, fragte er Gaston.

Der Ritter zeigte sich empört. »Von welcher Bedeutung ist das?«

Wenn Gastons Wesen zu vertrauensselig war, um die Wahrheit zu erkennen, würde Wulf sie ihm aufzeigen. »Man ist uns nicht nach Venedig gefolgt. Der Schatz ist noch immer sicher, sagt Fergus.« Der

Schotte, dessen Kopf hinter dem Rücken seines Schlachtrosses empor-
ragte, nickte kaum merklich. »Vielleicht gab es einen anderen Grund,
weshalb ihr angegriffen wurdet.«

»Ihr könnt unmöglich noch immer meine Frau in Verdacht haben.«

Er musste die Wahrheit erfahren. »Sie hat sich geweigert, letzte
Nacht nach einem Arzt zu schicken.«

Gaston wandte den Blick ab. War er nicht überrascht? »Sie war
lediglich zuversichtlich.«

»Es war, noch bevor wir wussten, wie schwer Ihr verletzt wart.«
Wulf beugte sich vor. »Dann verwies sie jeden bis auf ihre Zofe des
Zimmers.« Er schüttelte den Kopf, denn Gastons Ausdruckslosigkeit
ließ ihn fürchten, seine Worte wären zu hart gewesen. Wulf machte
bewusst einen Scherz. »Wenn ich nicht gewusst hätte, dass Ihr zu
verflucht stur seid, um zu sterben, hätte ich vielleicht befürchtet, Ihr
würdet die Nacht nicht überstehen.«

Fergus schnaubte.

Gaston warf einen Blick über den Hof, und sein Blick verweilte auf
seiner Frau, die sich mit Joscelin unterhielt. Wulf vermutete, dass ihm
die Entscheidung seiner Frau mehr zu denken gab, als er offen zugab.
»Und dennoch habt Ihr nicht eingegriffen oder Einspruch erhoben?«

»Welche Einsprüche hätte ich erheben können? Ich beobachtete und
hörte zu, so gut wie ich konnte.«

»Sie kennt sich mit der Heilkunde ein wenig aus«, sagte Gaston mit
nur schwacher Überzeugungskraft. »Vielleicht hat sie mehr gesehen als
Ihr, und schneller.«

Wulf sagte nichts.

Einen Moment standen sie schweigend da, bevor Gaston erneut das
Wort ergriff. »Ich fürchte, sie hat mehr über unsere Aufgabe erraten, als
mir lieb ist.«

Diese Furcht konnte Wulf beschwichtigen. »Ich denke nicht«, gab er
spöttisch zurück. »Ihre Vermutung war falsch, obwohl ich keinen
Grund sah, sie zu korrigieren, immerhin war sie nützlich.«

Gaston verstand ihn offensichtlich nicht, aber er hatte die Vorwürfe
seiner Frau auch nicht gehört. »Inwiefern?«

»Sie war schnell bei der Hand, mich zu beschuldigen, ich hätte Euch
dazu angestiftet, eine Hure aufzusuchen.«

Das missfiel dem anderen Ritter so sehr, dass er seine Reaktion nicht verbergen konnte. »Das hat Ysmaine gesagt?«

»Aye, sie war sehr böse auf mich. Ich sagte ihr, unser Ausflug sei Eure Idee gewesen, aber das glaubte sie mir nicht.«

Gaston war deutlich entsetzt. Er schaute erneut zu seiner Frau hinüber.

»Ich war so erleichtert, dass sie mit einer plausiblen Erklärung aufwartete, dass ich es nicht wagte, mit ihr zu streiten.« Wulf zog eine Grimasse. »Zu meinem eigenen Nachteil.«

»Was meint Ihr damit?«

»Christina glaubte ihr.«

»Nun, Ihr habt deshalb nichts zu befürchten«, sage Gaston brüsk. »Ihr habt mir wiederholt versichert, Christina sei nicht Eure Kurtisane oder Gefährtin. Zweifellos wird sie bei unserer Abreise zurückbleiben und ihre Schlussfolgerungen über Euch haben somit keine Bedeutung.« Er neigte sich dem anderen Ritter zu und senkte die Stimme zu einem Flüstern. Seine Augen blitzten entschlossen. »Allerdings wäre ich Euch dankbar, wenn Ihr davon absähet, mich bei meiner Frau in Verruf zu bringen. Sie und ich sind aneinander gebunden, bis der Tod uns scheidet.«

Wulf hatte das Bedürfnis, das Offensichtliche auszusprechen. Loyalität der eigenen Frau gegenüber war gut und schön, aber vor ihnen lagen Gefahren, und Gaston konnte es nicht so einfach abtun. »Angesichts des Vorfalls gestern Nacht kommt der Tod womöglich früher, als Ihr geplant hattet. Ich schlage Folgendes vor: Ihr und ich, wir gehen unseren Frauen aus dem Weg. Lasst den Schurken glauben, es gäbe Unstimmigkeiten.«

Und auf diese Weise würden die Frauen sicher sein. Der Verräter hatte seine Aufmerksamkeit von Wulf zu Gaston verlagert, aber Wulf würde nicht zulassen, dass sie zu Christina wanderte.

Gaston nickte zustimmend. »Einverstanden. Aber wir sollten so bald wie möglich aufbrechen.« Die beiden Ritter tauschten einen entschlossenen Blick, dann begannen Gastons Augen zu funkeln. »Lasst uns uns laut über unsere Abreise und unsere Route streiten. Ich werde darauf bestehen, Euch unerwünschte Ratschläge zu erteilen, wie schon zuvor.«

Und der »Rat« des anderen Ritters würde ihren Weg bestimmen. Wulf kannte diesen Ablauf, aber nun begriff er, am besten folgte er Christinas Rat und verschleierte die Tatsache, dass Gaston tatsächlich ihr Anführer war.

Als Gaston jedoch begann, über den Weg zu streiten, blieb Wulf damit keine Wahl, als gegen die Route zu argumentieren, die er selbst gewählt hätte, um den Eindruck zu erwecken, dass sie sich stritten.

Dieser verfluchte Mann!

KAPITEL 11

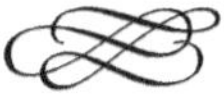

Christina ließ sich bei ihrem Festmahl aus Honig und Brot viel Zeit. Sie versuchte sicherzugehen, dass sie sich nicht würde vom Fleck rühren müssen, bevor der Graf seine Mahlzeit beendet hatte.

Sie saß noch immer auf den Stufen, als Wulf und Gaston aus dem Stall kamen und ihre Auseinandersetzung deutlicher zu hören war. Anscheinend wollten sie das Sonnenlicht genießen, denn Wulf legte den Kopf zurück und schloss die Augen, als es auf sein Gesicht fiel.

Oder vielleicht betete er um Stärke. Christina wusste, dass Gaston ihn reizte, wie es wenige andere Männer vermochten.

Dann sah Wulf Gaston mit einem strengen Blick an, und sein Ton war so maßvoll, dass sie wusste, es kostete ihn eine gewaltige Stärke. »Es ist wohlbekannt, dass der Wegzoll am Sankt-Bernhard-Pass enorm hoch ist, und darüber hinaus sind dort Diebe unterwegs«, sagte er. »Deshalb schlage ich die alternative Route im Südwesten vor, die auch viele Händler nutzen, durch den Pass am Mont Cenis ...«

Christina schaute interessiert auf. Was hatte er gegen den Sankt-Bernhard-Pass? Er wurde häufig benutzt, und diese Route ergab sehr viel Sinn.

War es möglich, dass er sich nicht so bald von ihr trennen wollte? Bei diesem Gedanken setzte ihr Herz einen Schlag aus, aber Wulf schien ihre Gegenwart gar nicht zur Kenntnis zu nehmen, während er mit Gaston über ihre Route stritt.

»Was uns deutlich weiter gen Süden führt als der direkte Weg nach Paris«, antwortete Gaston. »Und von Venedig aus ist es eine längere Reise. Ich dachte, Ihr wärt derjenige, der Paris in aller Eile zu erreichen wünscht?«

Wulf fluchte leise, und Christina wagte zu hoffen, dass er sie ein wenig zu offensichtlich ignorierte, um sich ihrer Gegenwart nicht bewusst zu sein. Tatsächlich war sein Nacken gerötet, deutlich erkennbar im Sonnenlicht.

Als ob er verwirrt war.

Als ob er seine Gedanken nicht gut genug verborgen hatte.

Sie legte die Serviette hin und lächelte ihn an, beobachtete die beiden ganz offen.

Wulf warf einen Blick in ihre Richtung und runzelte die Stirn, dann starrte er böse auf den gepflasterten Hof. »Der Weg mag länger sein, aber es heißt, er sei in besserem Zustand. Wir werden schneller vorankommen.«

Gaston schüttelte den Kopf, nicht überzeugt. »Was ist mit Hamish? Nach dem, was berichtet wurde, hatte er gestern einen Krampfanfall. Wir können es nicht wagen, ihn schon so bald zum Reiten zu zwingen.«

»Ich will keine ungebührliche Eile an den Tag legen, aber ich möchte Paris noch vor dem Julfest erreichen«, entgegnete Wulf, dann senkte er seine Stimme. »Vielleicht wollt Ihr Eure Ländereien in Wirklichkeit gar nicht in Besitz nehmen?« Sein Blick wanderte zu Christina, und diesmal bemerkte sie, dass seine Augen wieder blau waren. Sie bezweifelte, dass die, die im Hauptraum saßen, ihn hören konnten. »Ich könnte Euch diese Mühsal ersparen.«

Gaston lächelte. »Wir streiten uns«, murmelte er, als wollte er Wulf daran erinnern.

Christina war gefesselt.

Wulf nickte leicht, dann hob er die Stimme. »Und dennoch beharrt Ihr darauf, wir sollten unsere Abreise weiter verzögern und den Sankt-Bernhard-Pass nehmen«, sagte er und schüttelte den Kopf. »Wenn wir gleich aufbrächen, könnten wir die längere Strecke und die bessere Straße nehmen und dennoch früher ankommen.«

»Die Entscheidung obliegt natürlich Euch«, sagte Gaston mit neu gefundener Demut. »Ich habe lediglich die Eindrücke und die Erfahrungen, die ich gemacht habe, mit Euch geteilt, hier und in Jerusalem.«

Arbeiteten sie beide zusammen? Christina hoffte es.

Wulf seufzte schwer. »Und wieder muss ich mich Eurer Erfahrung beugen. Also gut, der Sankt Bernhard soll es sein, und wenn der Arzt Erlaubnis gibt, brechen wir am Montag auf.«

Nun sah er Christina an, und sie konnte nicht wegsehen. Wie lange würde die Reise dauern? Vierzehn Tage? Es würde vom Wetter abhängen und davon, wie lange sie jeden Tag ritten.

Aber sie konnte nicht leugnen, dass die Aussicht, sich von Wulf zu trennen, sie bekümmerte. Würde sie ihn je wiedersehen? Sie nahm es nicht an, denn ihre Wege führten in sehr unterschiedliche Richtungen.

Die Aussicht bekümmerte sie.

Christina hörte, wie der Graf sich im Hauptraum erhob, als wollte er gehen. Sie wandte den Blick von Wulf ab, als wäre ihr seine Gegenwart egal, um sicherzugehen, dass sie den Grafen im Auge behalten konnte. Die Ritter kehrten in den Stall zurück und verkündeten dabei, sie würden die Futtervorräte überprüfen. Christina hielt ihr Gesicht abgewendet, als der Graf an ihr vorbeiging, seine Verachtung offensichtlich, und ebenfalls im Stall verschwand.

Er ging wie Helmut. Er war schwerer und stämmiger, als Helmut es gewesen war, aber es waren Jahre vergangen, und sie waren nun beide älter.

Die Lady Ysmaine saß noch drinnen am Tisch, Duncan ihr gegenüber. Es war eine Gelegenheit, die Christina nicht verpassen konnte. Sie brachte den Honigtopf zurück in den Hauptraum und setzte sich neben die Edelfrau. Lady Ysmaine schenkte ihr ein Lächeln und aß weiter.

»Wer ist er?«, fragte Christina und gab sich Mühe, beiläufig zu klingen. »Er scheint sehr zufrieden mit sich.«

»Ich vermute, sein Stolz ist nicht unverdient«, antwortete Ysmaine. »Sein Name ist Everard de Montmorency.«

Christina konnte ihre Überraschung nicht komplett verbergen. Also *war* es Helmut, und er war so abgefeimt gewesen, den Namen des Edelmanns zu stehlen, dem er einst gedient hatte! Was hatte er Everard sonst noch gestohlen? Welches Schicksal war diesem edlen Mann zugestoßen?

Helmut musste auch ihn getötet haben. Wie sonst hätte er seinen Namen stehlen können? Seinen Siegelring? Seine Kleider? Es reichte aus, dass ihr übel wurde.

»Wirklich?«, fragte sie und erstickte beinahe daran.

»Und überdies ist er der Graf von Blanche Garde«, steuerte Duncan bei, offenbar beeindruckt von diesem Titel. »Ein Mann, dessen Frömmigkeit in ganz Outremer bekannt ist.«

Christina kämpfte gegen den Drang, laut zu lachen. Frömmigkeit? Das war die letzte Eigenschaft, die sie Helmut zuschreiben würde!

Duncan stand auf, nahm sich ein Stück Brot und tauchte es in den Honigtopf, der neben Christina stand. »Ich bezweifle, dass *er* an Euren Waren Interesse hätte.«

Was im Gegenzug hieß, dass Duncan das hatte. Christina lächelte ihn höflich an und versuchte, die Balance zu finden zwischen Freundlichkeit und Ermutigung.

»Kennt Ihr ihn?«, fragte Ysmaine.

Sie schüttelte den Kopf und log: »Ich habe lediglich seinen Namen gehört. Wie Duncan sagt, seine Frömmigkeit ist wohlbekannt.« Christina lächelte und hoffte, beide von dem Gedanken abzubringen, dass sie Helmut kannte. Er durfte die Wahrheit nicht erraten. »Allein, mich in derselben Unterkunft aufzuhalten wie ein solcher Mann, ist höchst amüsant«, sagte sie leichthin. »Vielleicht sollte ich versuchen, ihn zu verführen, um zu sehen, ob sein Benehmen so vornehm ist wie seine Worte.«

Duncan lachte bei diesen Worten leise.

Aber Christinas Stimmung war nicht so gleichmütig, wie sie die beiden glauben machen wollte. Zu vermuten, dass sich der Mörder ihres Ehemanns im gleichen Haus aufhielt wie sie, zu fürchten, dass er nicht nur einmal, sondern zweimal gemordet hatte, ohne dafür bestraft worden zu sein, ließ ihre Hände zittern. Und dass er dabei vorgab, ein frommer Mann zu sein, war mehr als empörend. Ihre Finger wanderten zu dem Gürtel, der wie nichts anderes zeigte, wie sehr sich ihr Schicksal nach Gunthers verfrühtem Tod gewandelt hatte, und auf einmal hielt sie es nicht länger aus, ihn zu tragen.

Christina nahm ihn ab und legte ihn auf den Tisch, ihre Abscheu so heftig, dass es ihr schwerfiel, ihre Gefühle zu verbergen. Doch das musste sie tun, denn Lady Ysmaine beobachtete sie. Und sie musste ihre Hände beschäftigt halten, ihre Wut an irgendetwas auslassen.

Dann also an dem Gürtel. Christina verzog das Gesicht und begann, ihn in seine Einzelteile zu zerlegen.

»Ihr könntet versuchen, *mich* zu verführen«, spottete Duncan und setzte sich neben sie. Er lächelte sie an. »Obgleich es vielleicht ein leichterer Triumph wäre, als Euch lieb wäre.«

Christina bemühte sich, den gleichen Tonfall anzuschlagen wie er. »Und was soll das heißen?«

»Nur, dass Ihr anscheinend Herausforderungen mögt. Nicht viele Kurtisanen würden eine Beziehung mit einem Ritter wie Wulf eingehen wollen. Ich kann mir nicht vorstellen, dass Euch Erfolg beschieden sein wird, auch wenn ich es genieße, Euch den Versuch unternehmen zu sehen.«

Christina konnte nicht anders, als ihn böse anzusehen. Er hatte ein Urteil über Wulf gefällt und fand ihn offenbar ungenügend, obwohl der Templer ihr mehr Güte erwiesen hatte als jeder andere Mann in den letzten Jahren. »Es freut mich zu wissen, dass jemand meiner Situation etwas Amüsantes abgewinnen kann«, sagte sie geringschätzig und beugte sich dann erneut über ihre Arbeit.

Duncan prostete ihr mit seinem Wein zu und nahm einen tiefen Schluck.

»Was wollt Ihr damit tun?«, fragte Ysmaine nach einem Moment. Christina war aufgefallen, dass die andere Frau sie mit offenkundiger Faszination beobachtete. War es möglich, dass sie die Bedeutung des Gürtels nicht kannte?

Christina lächelte voller Vorfreude. »Ihn zerstören.« Sie begegnete Ysmaines Blick und traf auf Unverständnis. »Er macht mich zu einem Stück Vieh, und ich möchte kein Stück Vieh mehr sein.«

»Besitzt er irgendeinen Wert?«

»Seine Zerstörung verleiht mir Genugtuung, was vielleicht Wert genug ist.«

Ysmaine schaute ihr einen Moment zu und bemerkte, wie schnell der Haufen gläserner Schmucksteine wuchs. »Werdet Ihr die Steine wegwerfen?«

»Noch nicht. Ich behalte sie, falls ich sie irgendwann einmal gewinnbringend verwenden kann.«

»Habt Ihr einen Beutel dafür?«

»Nein. Warum?«

»Ich gebe Euch einen«, sagte Ysmaine zu Christinas Überraschung. »In meinem Gepäck befindet sich einer, den ich nicht brauche.« Christina musste sie einfach anstarren, so verblüfft war sie, dass eine Edelfrau ihr ein Geschenk machte. Ysmaine schien amüsiert. »Es ist nur ein schlichter Stoffbeutel.«

»Und doch mehr, als mir irgendjemand seit langer Zeit geschenkt hat.« Christina blinzelte rasch. »Ich danke Euch für Eure Höflichkeit, Lady Ysmaine. Eure Güte weiß ich sehr zu schätzen.«

Ysmaine verließ den Raum, um zu ihrem Zimmer hinaufzusteigen, und Christina war die Kehle eng. Zwei Menschen in dieser Gruppe würde sie für unschuldig halten – Wulf und Ysmaine –, denn sie hatten ihr ihr wahres Wesen offenbart. Christinas Instinkt riet ihr, ihnen zu trauen.

Die anderen mussten sich noch beweisen, bis auf einen, von dem sie sicher wusste, dass er ein Schurke mit schwarzem Herzen war.

Sie musste Wulf die Wahrheit erzählen, damit er gewarnt war.

FROMM.

Diese Eigenschaft, Helmut zugeschrieben, weckte in Christina das Bedürfnis, abfällig zu schnauben. An jenem Abend stand sie in dem düsteren Hauptraum und sah Helmut und Joscelin beim Würfeln zu. Anscheinend taten sie dies fast jeden Abend. Anscheinend gewann meistens Helmut. Sie trieb sich in der Ecke herum, hinter ihm und außerhalb seines Blickfelds, und wartete darauf, dass Wulf aus den verfluchten Stallungen kam.

Als Gaston den Hauptraum verließ und in den Stall hinüberging, wagte sie zu hoffen, die Ritter hielten dort abwechselnd Wache. Sie studierte ihre Fingernägel und bemerkte dabei, wie Gaston mit Duncan sprach, der sich im Hof in seinen Mantel eingehüllt hatte und zurzeit einer ihrer Wachposten zu sein schien.

Zu ihrer Freude kam Wulf kurz, nachdem Gaston im Dunkel des Stalls verschwunden war, heraus. Er bewegte sich wie üblich sehr zielbewusst und ging direkt hinüber in den Hauptraum. Dort goss er sich einen Becher Wein ein, ignorierte sie dabei auffällig und beobachtete das Spiel.

In Wirklichkeit konnte er daran unmöglich interessiert sein.

»Endlich«, schnurrte Christina und erhob sich in einer flüssigen Bewegung. Sie streichelte Wulfs Arm, stahl den Weinbecher aus seiner Hand und schenkte ihm ein verführerisches Lächeln. »Ich kann unmöglich noch länger warten.« Dann griff sie auch noch nach dem Weinkrug und schwebte aus dem Raum, hoffend, er würde ihr folgen.

»Ich will noch einen Becher!«, protestierte Joscelin.

»Bringt Eure Hure unter Kontrolle«, schnarrte Helmut, und Wulf folgte ihr zur Treppe.

»Nimm einen Becher und lass den Rest hier«, schlug er vor, aber Christina floh die Stufen hinauf. Sie hörte seine Schritte hinter ihr und lief in die Kammer, blieb mit Kelch und Krug vor dem Fenster stehen.

Er verhielt in der Tür, warf ihr einen Blick zu und durchquerte dann das Zimmer. »Was für einen Streich spielst du mir?«, fragte er mit einem Knurren, das Christina zum Lächeln brachte.

»Ich möchte mit dir sprechen. Allein.«

»Ich habe dir gesagt …«

»Ich weiß, wer aus der Gruppe der Verräter ist«, unterbrach sie ihn mit stillem Nachdruck.

Wulf blinzelte. Er schaute vom Krug zur Tür und zurück zu Christina.

»Ich schlage vor, du tust so, als könntest du mir nicht widerstehen«, murmelte sie. »Niemand erwartet, dass eine ernste Unterhaltung stattfindet, während zwei Leute miteinander im Bett liegen.« Sie hob die Augenbrauen, eine Herausforderung. »Sie werden nie erraten, dass wir uns heimlich besprechen.«

Während er darüber nachdachte, hob sie die Stimme und tat, als fliehe sie vor ihm. »So leicht werde ich den Wein nicht hergeben!«, erklärte sie spielerisch. »Mein Preis ist ein Kuss, Sir.« Christina lachte, achtete darauf, dass es kokett klang. »Wenn es dir gelingt, dich darauf zu beschränken.«

Einen Moment lang fürchtete sie, Wulf würde die Herausforderung nicht annehmen, aber dann blitzten seine Augen. Er grinste und folgte ihr. »Ich werde dich eine Lektion lehren, mich so herauszufordern, Frau«, rief er, und sie gab einen Freudenlaut von sich, den sie nicht vortäuschen musste. Sie entwand sich seinem Griff und stellte den Krug ab. Als er ihn nahm, rannte sie auf die andere Seite des Zimmers. Dort angelangt, schlug sie die Tür zu und drehte den Schlüssel im Schloss.

Wulf wirbelte zu ihr herum, die Überraschung klar in seinem Gesicht.

Mit Schwung warf Christina den Schlüssel aus dem Fenster in den Hof. Dabei wusste sie genau, dass Duncan ihnen mit unverhohlenem Interesse zusah.

»Versucherin«, murmelte Wulf, aber in seinem Ton lag keine echte Anklage. Tatsächlich schien er unfähig, den Blick von ihr abzuwenden.

Der Raum war deutlich wärmer als noch vor einigen Augenblicken. Christina fühlte sich begehrenswert und mächtig, als Wulf sie so ansah, und es gefiel ihr, dass sein Blick auf ihrem Gesicht ruhte, nicht der nackten Haut, die sie seinen Blicken enthüllte. Sie ging auf ihn zu und löste dabei die Bänder ihres Unterkleids, dann bückte sie sich und blies die Flamme der Öllampe aus.

»Überzeuge mich, Sir«, schnurrte sie, laut genug, dass man sie draußen hören konnte. »Ich erwarte deine Befehle.«

Unten im Hof erklang Duncans Lachen, aber Christina hatte nur Augen für den Glanz in Wulfs Augen. »Du führst mich in Versuchung«, murmelte er. »Wer ist der Verräter?«

»Der Kuss ist nicht der Preis für den Wein«, antwortete Christina leise. »Sondern für meine Enthüllungen.«

Wulf lächelte und stellte den Weinkrug wieder ab. Bei dem entschlossenen Glitzern in seinen Augen setzte Christinas Herz einen Schlag aus. Mit einem einzigen Schritt überbrückte er die Distanz zwischen ihnen und zog sie an sich. Sie konnte sein Herz an ihrem schlagen spüren und genoss es, fest von seinen starken Armen gehalten zu werden. Noch immer standen sie vor dem Fenster, und sie war sich sicher, dass Duncan ihre Umarmung sehen konnte – und andere vielleicht auch.

In Wirklichkeit war es ihr egal. Nur Wulf war ihr wichtig, das Lächeln auf seinen Lippen, die Absicht in seinen Augen, und sie wünschte, er würde sie bald küssen.

Und vielleicht würde sie erst dann gestehen, was sie wusste, wenn er ihr weitaus mehr als einen Kuss geschenkt hatte.

»EVERARD«, hatte Christina schließlich die Gelegenheit zu flüstern, aber Wulf hatte vergessen, worüber er hatte sprechen wollen. Ihre Nähe überwältigte ihn beinahe, und nachdem er einmal ihre Lippen gekostet hatte, konnte er nur noch an ihre Reize denken.

Er zog sich zurück und sah sie an, während sie ihre Anklage wiederholte.

Everard sollte der Verräter sein?

Es war erstaunlich, dass Christinas Behauptung sich mit seinem eigenen Verdacht deckte. Das brachte ihn dazu, die Gegenposition einzunehmen, um wirklich sicherzugehen, dass ihre Schlussfolgerung korrekt war. Ihr Täuschungsmanöver, vorzugeben, sie würden miteinander schlafen, war klug, und sein Körper antwortete mit Macht auf das Gefühl, sie in den Armen zu halten. Wulf neigte den Kopf und legte das Gesicht an ihren Hals, atmete den Geruch ihrer Haut ein und küsste sie unters Ohr.

»Aber er ist der Graf von Blanche Garde«, protestierte er kaum hörbar.

»Vielleicht«, antwortete sie ebenso leise. »Aber dieser Mann ist nicht Everard de Montmorency.«

Wulf zog sich zurück, um ihr eindringlich in die Augen zu sehen. »Wie kannst du dir so sicher sein?«

»Beide sind mit unserer Pilgergruppe gereist«, sagte sie, und er sah an ihrem Gesicht, dass sie keine Zweifel hatte. »Everard war ein frommer Mann, und er fand einen Gefährten in meinem Mann Gunther. Sie haben sich bis tief in die Nacht über Angelegenheiten des Glaubens unterhalten, und dies viele Male auf unserer Reise.« Sie seufzte und ließ die Finger in Wulfs Haar gleiten, bog den Rücken durch. Ihre Berührung ließ Feuer durch seine Venen strömen, und ihr Gesichtsausdruck war mehr als verlockend. Als sie den Mund öffnete und keuchte, konnte er sich kaum davon abhalten, sie gründlich zu küssen.

Er gestattete sich einen flüchtigen, süßen Kuss, und sagte sich, es sei nur Duncan zuliebe. »Wie viele Jahre ist das her?«

»Spielt das eine Rolle?«

»Er könnte sich verändert haben, wenn es lange her ist.«

Christina schenkte ihm einen skeptischen Blick. »So sehr, dass er seinem Leibwächter mehr ähnelt als sich selbst?« Sie umfing Wulfs Gesicht mit den Händen und küsste ihn flüchtig, dann hakte sie ihren Fuß um sein Bein. Er stolperte, wie sie es beabsichtigt hatte, sank auf das Lager, während sie auf ihm saß. Christina stützte sich mit den Händen auf seinen Schultern ab und lächelte auf ihn herab, ihre Beine fest an ihn gepresst, und Wulf war sich sicher, es gab keinen anderen Ort im christlichen Abendland, an dem er lieber sein wollte.

»Erzähl mir von ihm«, forderte er sie auf.

Christina öffnete ihr Haar, löste den Zopf, während Wulf fasziniert zusah. »Der Söldner, den ich als Helmut kennengelernt habe, hat den Platz seines Dienstherrn Everard eingenommen«, sagte sie leise. »Und anscheinend hat er all die Jahre unter diesem Namen in Outremer gelebt.«

Wulf runzelte bei ihren Worten die Stirn. »Ich vermute, es wäre möglich.«

»Natürlich wäre es möglich.« Seine Lady gab sich geringschätzig. Sie schüttelte ihr Haar aus und beugte sich über ihn. In ihren Augen stand die Überzeugung, aber Wulf war abgelenkt vom Gewicht ihrer Brüste auf seinem Oberkörper. »Viele Adlige und Ritter in Outremer leben dort schon seit Jahrzehnten. Sie haben vielleicht von Everards Ruf gehört, ihn aber nicht selbst getroffen – oder nur als Kind.« Sie biss sich auf die Lippen. »Denkst du, er hat Everard getötet?«

»Ich kann mir nicht vorstellen, wie er sonst seinen Platz hätte einnehmen können.«

Christina verzog das Gesicht. »Ich auch nicht.« Sie seufzte. »Everard war ein wunderbarer Mann«, murmelte sie, und diese Würdigung weckte in Wulf den Wunsch, dafür zu sorgen, dass der Edelmann gerächt wurde.

»Everards Besitz ist Blanche Garde«, grübelte er und bemerkte kaum, dass sich seine Hände um Christinas Taille gelegt hatten. Eine andere Reaktion seines Körpers auf Christinas Nähe war ihm weitaus deutlicher bewusst.

»Spielt das eine Rolle?«

»Vielleicht. Nur wenige Pilger machen dort Halt. Und wenn welche vor seinen Toren standen, konnte er sicher immer behaupten, zu krank zu sein, um sich ihnen zu zeigen, wenn es sein musste.« Er schüttelte den Kopf. »Dennoch, es wäre eine prekäre Situation. Warum sollte er das tun?«

Christina lachte leise und beugte sich vor, um sein Ohrläppchen zu küssen. Wulfs Augen schlossen sich bei der erregenden Empfindung. Als sie ihm ihre nächsten Worte ins Ohr flüsterte, erschauerte er, schloss die Hände aber fester um ihre Taille, damit sie nicht etwa auf die Idee kam, sich zu bewegen und diese exquisite Folter zu beenden. »Warum den Namen eines reichen Mannes annehmen, wenn er stattdessen ein Söldner sein könnte? Wirklich, Wulf, so unschuldig kannst du nicht sein.«

Wulf verlor beinahe den Faden der Unterhaltung, als Christina sein Ohrläppchen mit der Zungenspitze berührte. Als sie an seinem Ohr knabberte, rollte er sie jäh auf den Rücken, denn er wusste, er konnte nicht viel mehr ertragen. Sie lächelte mit funkelnden Augen zu ihm auf. Eindeutig wusste sie genau, welchen Zauber sie auf ihn ausübte. »Könnte der wahre Everard einfach krank geworden sein? Das geschieht vielen auf dem Weg nach Outremer.«

Christina biss sich auf die Lippen, eine Bewegung, die Wulf hungrig verfolgte. »Everard war sehr gesund, als ich ihn zuletzt sah, und das war hier in Venedig. Vielleicht hat man ihm auf dem Schiff nach Outremer eine Falle gestellt. Viele stürzen des Nachts über Bord und ihre Leichen werden nie gefunden.« Sie gab ein überaus anziehendes Bild ab, die Bänder an ihrem Unterkleid offen und ihr Haar zerzaust.

»Vielleicht hatte er dabei Hilfe.«

»Inwiefern?«

Wulf ertappte sich dabei, wie er die Hand von ihrer Taille zu einer

Brust gleiten ließ. »Ich habe Geschichten von Männern gehört, die zum Trinken verleitet, dann beraubt und getötet wurden.«

Christina bog den Rücken durch und gab einen leisen, stöhnenden Laut von sich. Wulf nahm ihre Brustwarze zwischen Daumen und Zeigefinger und streichelte sie, um sicherzugehen, dass die Lust sie so quälte wie ihn. Selbst durch den Stoff konnte er fühlen, wie sich ihre Brustwarze verhärtete. Christina keuchte und wand sich, und ihre Wangen erröteten. »Oder über Bord gestoßen«, hauchte sie, wunderbar atemlos. »Ich vermute, wir werden die Wahrheit nie erfahren, denn nur Helmut weiß, was er getan hat.«

Sie biss sich auf die Lippen und schloss die Augen, stöhnte seinen Namen.

Wulf erinnerte sich an eine andere Einzelheit, die zu ihrer Geschichte passte, und hielt inne. »Und der wahre Everard muss tot sein, denn sein Vater liegt auf dem Sterbebett. Es heißt, sein Sohn würde nun dorthin zurückkehren, nachdem er seine Rückkehr nach Frankreich allzu lange aufgeschoben hat.«

Christina stützte sich auf dem Ellbogen auf, um seinem Blick zu begegnen. »Aye, wer wäre besser geeignet, zu erkennen, dass er nicht Everard ist, als Everards Vater?«

»In der Tat.«

Sie runzelte die Stirn. »Warum sollte er dann überhaupt nach Frankreich gehen?«

Wulf konnte nur raten. »Outremer wird belagert. Vielleicht hat Blanche Garde schlechte Chancen, dem Angriff der Sarazenen standzuhalten.« Er hatte es seltsam gefunden, dass Everard seine Ländereien im Stich ließ, statt sie zu verteidigen. »Vielleicht hat er nur wenige Verbündete.«

»Vielleicht hat jemand die Wahrheit erraten.«

Einen Moment trafen sich ihre Blicke, dann legte Christina den Kopf in den Nacken. »Wulf!«, schrie sie auf einmal, ihre Stimme hoch, als wäre sie verloren in ihrer Leidenschaft.

Er betrachtete sie überrascht, aber sie lächelte ihn nur an und stöhnte mit neuem Eifer.

»Oh, *Wulf!*«

»Versucherin«, knurrte er, dann küsste er ihren Hals. Sie schrie ihre

Lust heraus, und er konnte dem Festmahl, das sie ihm dabei bot, nicht widerstehen. Er verflocht ihre Hände und hielt sie unter sich gefangen, genoss die Hitze ihres Kusses. Als er den Kopf hob, funkelten ihre Augen.

»Wo sind sie?«, fragte sie, und Wulf verstand nicht, was sie meinte. Sie lächelte. »Seine Ländereien«, fügte sie flüsternd hinzu und er begriff, wie abgelenkt er war.

Er rollte von ihr herunter und lehnte sich mit dem Rücken gegen die Wand, außer Reichweite von Duncans Blick und Christinas Berührung. »Zwischen Jerusalem und dem Hafen von Askalon. Es reisen weniger Menschen auf dieser Route als auf der von Jerusalem und Jaffa. Selbst von Gaza aus habe ich die Straße östlich von Blanche Garde gewählt und bin stattdessen durch Bethgibelin geritten.«

Christina setzte sich neben ihn, und er konnte sehen, dass sie darüber nachdachte. »Vielleicht hofft er, zu spät am Sterbebett seines Vaters einzutreffen und sich auf diese Weise den Besitz anzueignen.«

Wulf konnte es nicht glauben. »Sicher wird ihn dort jemand erkennen!«

Christina sah ihm in die Augen. »Es sind beinahe zehn Jahre vergangen, Wulf, und ich weiß sehr genau, wie skrupellos Helmut sein kann.«

»Wie das?«

Sie schlug die Wimpern nieder und ihre Stimme wurde heiser. »Er hat Gunther getötet.«

Wulf war entsetzt. »Hast du das Verbrechen beobachtet?«

»Nein. Ich sah sie im Streit.«

»Worüber?«

»Gunther wollte es mir nicht sagen.« Christina presste die Lippen aufeinander. »Er glaubte, ich würde Helmut nicht mögen, und sagte, das sei unfreundlich. Ich mochte ihn tatsächlich nicht«, sagte sie mit einer leisen Wildheit. »Und mein Instinkt ist immer richtig.«

»Ja.«

»Ich sah ihn Gunther folgen, als er sich einige Tage später um eine Überfahrt nach Outremer bemühen wollte. Irgendetwas stimmte nicht. Er hatte keinen Grund, Gunther hinterherzugehen, also folgte ich ihnen beiden.« Sie schluckte, und ihre Betroffenheit war offensichtlich. »Aber in einer Menschenmenge verlor ich sie für kostbare Momente aus den Augen. Ich fand Gunther nur wieder, weil ich sein Ziel kannte.«

»Und?«

Sie hob den Kopf und sah ihn an, und Wulfs Herz schmerzte angesichts ihrer Verzweiflung. »Er war tot«, flüsterte sie, und Tränen begannen zu fallen.

Er zog sie in seine Arme, wollte sie trösten, obgleich er begriff, dass sie ihren verstorbenen Ehemann noch immer liebte. »Wie?«, murmelte er ihr ins Haar.

»Erstochen mit seinem eigenen Messer. Er lag in einer Lache seines eigenen Blutes.« In ihrem Ton lag Bitterkeit. »Sein Geldbeutel war fort, als wäre es die Tat eines feigen Diebs gewesen, aber die Wunde war tief. Es war kein bloßer Versuch gewesen, ihn zu verletzen. Der Angreifer hatte ihn töten wollen.«

»Und du denkst, Everard hätte es getan?« Wulf konnte den Mann nicht bei dem Namen nennen, von dem Christina behauptete, es wäre seiner.

»Ich habe ihn in der Menge gesehen!«, sagte sie und löste sich von ihm, um ihn anzusehen. Wulf schaute zum Fenster und legte ihr warnend einen Finger auf die Lippen. Sie errötete und senkte ihre Stimme. »Und ich habe gesehen, wie triumphierend er aussah, bevor er seine Kapuze aufsetzte und verschwand.«

»Was hast du getan?«

Sie erzitterte ein wenig in seinen Armen, so schmerzhaft war die Erinnerung. »Zwei Mönche kamen mir zur Hilfe und brachten Gunther in eine Kapelle. Dort lasen sie eine Messe für ihn, obwohl sie wussten, dass ich nicht dafür zahlen konnte. Ich bot ihnen den Ring an, der meine Eheschwüre besiegelt hatte, aber sie lehnten ihn an.« Sie seufzte schwer. »Ich konnte auch nicht für ein Begräbnis zahlen. Ich weiß nicht, wo er begraben liegt.«

Wulf fürchtete, die Leiche ihres Mannes sei vermutlich ins Meer geworfen worden, aber er wollte sie mit dieser Vermutung nicht beunruhigen. »Weißt du, wo sich ihr Haus befindet?«

Christina schüttelte den Kopf. »Ich war außer mir. Später suchte ich danach, aber diese Stadt ist ein wahrer Irrgarten. Ich weiß nur, dass ihre Roben aus ungefärbter Wolle bestanden und dass sie sehr gütig waren.«

Damit beschrieb sie die Mehrheit der Mönche der christlichen Welt.

»Als ich zu der Herberge zurückkehrte, in der wir eingekehrt waren, blieb mir die Tür verschlossen. Man sagte mir, unser Besitz wäre beschlagnahmt, weil wir es versäumt hätten, unsere Miete zu zahlen. Ich hatte nichts als die Kleider an meinem Leib.«

»Und den Ring«, erinnerte Wulf sie.

»Und den Ring«, gab sie zu.

»Sicher hast du ihn verkauft, um dich zu ernähren.«

Christina war ganz offensichtlich empört. »Sicher nicht!«

»Wo ist er?«

»In Sicherheit.«

Er runzelte die Stirn. Es missfiel ihm zu hören, dass sie sich nicht von einem Stück Schmuck getrennt hatte, das sie gewiss nicht brauchte, nachdem er selbst bereit gewesen war, sein Schlachtross zu verkaufen, um für ihr Wohlergehen zu sorgen. Er wusste, er sollte die Sache auf sich beruhen lassen, aber das konnte er nicht. »Einen Ring zu behalten, war dir wichtiger, als nicht zu verhungern?«

»Ich wäre dennoch verhungert«, antwortete sie, und ihr Mangel an Reue war offenkundig. »Man hätte mich um seinen Wert betrogen, und es wäre nicht genug Geld gewesen, um nach Hause zurückzukehren. Es wäre zwecklos gewesen, ohne den Ring nach Hause zurückzukehren.«

»Weil er ein Geschenk deines Gemahls war?«

»Weil er mein Hochzeitsring war.«

Da war er wieder, der Beweis, dass sie Gunther noch immer liebte. Obwohl Wulf Christina wenig anbieten konnte und wusste, er hatte kein Recht, süße Hingabe von ihr zu erwarten, enttäuschte ihn diese Erkenntnis. Es war ungerecht. Es war unvernünftig. Aber es war dennoch ehrlich. Er hatte gehofft, ihr Herz zu gewinnen.

Denn sie hatte seines vollständig erobert.

Wulf saß da, von dieser Erkenntnis verblüfft, und wusste, er würde niemals wagen, ihr davon zu erzählen.

Stattdessen zwang er sich, sich auf die Fakten zu besinnen. »Du willst also einen Mann des Mordes bezichtigen, aber du hast keine Beweise für seine Tat.«

»Du klingst wie Gunther«, sagte sie abschätzig. »Ich weiß, dass er schlecht ist!«

»Das ist nicht das Gleiche, wie ein Mörder zu sein.«

»Ich habe ihn ganz in der Nähe gesehen!«

»Aber du hast die Tat nicht beobachtet«, fühlte Wulf sich verpflichtet zu sagen. »Es könnte ein Dieb gewesen sein.«

Christina presste die Lippen fest aufeinander. »Ich mag ihn nicht, und mein Instinkt trügt mich nie.«

»Die Christenheit ist voller Männer, die ich nicht mag«, sagte er. »Ich hoffe, nicht alle davon sind Mörder.«

Sie lachte, überrascht, dann runzelte sie die Stirn. »Du verspottest mich.«

»Ich gemahne dich an die Vernunft«, sagte er sanft. »Denk daran, wie sich deine Position geändert hat. Wer würde schon dem Wort einer Hure Glauben schenken statt dem eines Edelmanns?«

»Aber er ist ein Betrüger.«

»Selbst, wenn man dir an irgendeinem Hof glauben würde, Meinungen sind mit Geld zu kaufen, das wir beide nicht haben, Everard aber im Überfluss besitzt.« Wulf berührte mit der Fingerspitze ihr Kinn und zwang sie so, seinem Blick zu begegnen. »Erhebe keine Anklage, bis du Beweise hast, ich bitte dich.«

Ihr Gesichtsausdruck war störrisch. »Wenn ich Beweise finde, wirst du mir helfen dafür zu sorgen, dass ihm Gerechtigkeit widerfährt?«

Dies war Christinas wahres Wesen. Sie liebte ihren Ehemann noch immer und würde ihn rächen. Ihre Worte waren vernünftig, aber Wulf wünschte sich unwillkürlich, er könnte mehr tun, um ihr bei dieser Aufgabe zu helfen.

Wenn er ihr überhaupt helfen konnte.

»Vielleicht.« Wulf schüttelte den Kopf, als er den Ärger in ihren Augen sah. »Es ist keine Frage meiner Entschlusskraft. Ich bezweifle nur, dass sich nach so vielen Jahren Beweise finden lassen.«

»Ich werde sie finden«, gelobte Christina. »Darauf kannst du dich verlassen.«

Er nickte. Ihm gefiel ihre Entschlossenheit, auch wenn sie im Wunsch nach Gerechtigkeit für ihren geliebten Ehemann wurzelte. Er war sich ihrer Weichheit neben ihm und der Verlockung ihres Dufts sehr bewusst, und auch der beschworenen Erregung, die unerfüllt bleiben musste. »Denkst du nicht, es ist Zeit, dass du deine Befriedigung findest?«

Christina lächelte. »Weil meine Nähe dich in Versuchung führt?« Zu seiner Erleichterung wartete sie nicht auf eine Antwort, sondern stieß ein Stöhnen aus, das beinahe den Boden zum Beben brachte. Ihre Augen funkelten ob seines Erstaunens voller Heiterkeit.

»Sei nicht überrascht«, riet sie ihm. »Ich habe gelernt, dieses Vergnügen vorzutäuschen, denn häufig wird ein solches Schauspiel verlangt.« Ihre Lippen verzogen sich. »Es heißt, es sei gut für das Geschäft.«

Bevor er antworten konnte, bog Christina ihren Rücken durch und stöhnte erneut. »Wulf!«, schrie sie, und ihre Stimme wurde schriller. Sie fügte ein Keuchen an, das eine heftige Reaktion in ihm hervorrief, öffnete ihren Mund und schloss die Augen, fuhr sich mit der Zunge über die Lippen.

Wulf musste Abstand gewinnen, um sicher sein zu können, dass er der Versuchung widerstand, sich an dem Festmahl, das vor ihm angerichtet war, gütlich zu tun. Christinas Unterkleid war aufgeschnürt, und er konnte die volle Wölbung ihrer Brust sehen, als sie in vorgetäuschter Erregung heftig atmete.

»Wulf!«, stöhnte sie. »Bei Sankt Margaret! Bei der heiligen Ursula!« Sie begann, mit der Faust auf den Boden zu schlagen, und ihre Stimme wurde höher und höher. Wulf konnte den Blick nicht von dem Bild wenden, das sie abgab. Sein Körper antwortete mit einem vorhersehbaren Eifer, obwohl er wusste, er hatte kein Recht auf sie.

»Bei Sankt Christopher und Sankt Rupert!« Immer schneller schlug sie auf den Boden, in genau dem Rhythmus, in den Wulf verfallen wäre, wenn sie sich miteinander vereint hätten. »Beim Erzengel Michael!«, stöhnte sie. »Und dem himmlischen Chor. Wulf! Erlöse mich! Wulf!« Dann schrie sie laut, bis das Haus beinahe in seinen Grundfesten wankte, und ihre Faust schlug in rascher Abfolge auf den Boden, während sie mit einem schier endlosen Stöhnen scheinbar Erfüllung fand.

Hinterher öffnete sie die Augen und lächelte ihn an. In ihren Augen tanzte der Schalk. »Oh, Wulf«, gurrte sie, und er musste Abstand zwischen sie bringen. Er stand auf und starrte die Wand an, einige Schritte entfernt, und versuchte, sein Verlangen irgendwie zu beherrschen.

Sie liebte ihren Gemahl noch immer. Diese Erkenntnis sollte reichen, das Feuer in ihm zu löschen und ihn an seine Pflicht zu erinnern, Witwen und Waisen zu beschützen.

Christinas Hand landete schwer auf seinem Rücken. »Du kannst gern haben, was du gekauft hast«, murmelte sie, aber ihre Worte bestärkten ihn nur in der Erkenntnis, dass es falsch wäre.

Wulf musste die Regeln des Ordens befolgen, um seine Zukunft nicht zu verspielen, das wusste er.

Er durfte Christina nicht anrühren.

Stumm ging er zum Tisch hinüber und leerte einen Becher Wein, kämpfte darum, seine Reaktion zu unterdrücken, und mied es währenddessen, sie anzusehen. Frustriert griff er nach dem Weinkrug, unfähig, Christinas gespielte Leidenschaft zu vergessen. Das alles trug nicht dazu bei, seine eigene Erregung zu dämpfen. Er hatte noch nie etwas Vergleichbares gesehen, und er wollte es wieder sehen.

Nein, er wollte daran teilhaben und aus dem Schauspiel Wirklichkeit werden lassen.

Wulf runzelte über seine eigene Torheit die Stirn. Er beugte sich aus dem Fenster. »Duncan? Würdet Ihr mir bitte den Schlüssel zuwerfen?«

Der ältere Mann verbeugte sich. »Es ist mir ein Vergnügen, Junge. *Euer* Vergnügen habt Ihr ja bereits gehabt.« Er lachte über seinen eigenen Scherz, holte aber den Schlüssel.

Ohne einen weiteren Kommentar warf er ihn Wulf zu – auch wenn Wulf vermutete, er würde später noch etwas zu hören bekommen, als er Duncans Grinsen sah –, und Wulf fing ihn auf. Er ging zur Tür. Christinas Macht über seine Gedanken würde nur verebben, wenn er sich von ihr entfernte.

Und während er sich sicher war, es gäbe nun nichts mehr, mit dem sie ihn noch überraschen könnte, stand er in Wirklichkeit kurz davor zu erfahren, wie sehr er sich irrte.

Er hatte die Tür geöffnet und die Hand auf die Klinke gelegt, als Christina das Wort ergriff.

Ihre Stimme war träge, weich genug, ihn erneut mit Hitze zu erfüllen.

Doch es waren ihre Worte, die ihn dazu brachten, sich jäh zu ihr herumzudrehen.

»Wie viele unter euch wissen, dass der Knappe Laurent in Wirklichkeit ein Mädchen ist?«

~

CHRISTINA HÄTTE Wulfs Schock deutlich mehr genossen, wenn sie wirklich befriedigt gewesen wäre. Wie die Dinge lagen, fühlte sie sich betrogen und mehr als ein wenig gereizt. Sie hatte gehofft, ihn dazu zu verführen, sie noch einmal zu nehmen, aber er hatte an seinen Prinzipien festgehalten.

Und sie, verflucht sei ihre Natur, hatte ein Gewissen, das sich weigerte ihn weiter auf die Probe zu stellen.

Was für ein Pech, endlich einen Mann zu finden, den sie von ganzem Herzen lieben konnte, nur, um zu entdecken, dass er nicht das Recht hatte, eine Frau zu nehmen?

Wulf starrte sie entsetzt an. Langsam schloss er die Tür. »Du scherzt«, sagte er, aber sie wusste, in Wirklichkeit glaubte er das nicht.

Christina schüttelte den Kopf. »Sie ist vielleicht sogar eine Sarazenin.«

Er blinzelte sie an, und sein Erstaunen war klar.

Es gefiel ihr, dass er nicht noch einmal fragte, sondern ihr offenbar glaubte. Es gefiel ihr weniger, dass ihn diese Enthüllung so durcheinanderbrachte. Er jedenfalls, dessen war sie sich sicher, hatte es nicht gewusst.

»Es heißt, er hätte oft in den Ställen im Tempel ausgeholfen«, sagte er leise. »Ich vermutete, er hätte sarazenisches Blut in den Adern, aber ich hielt ihn für einen Bastard, vielleicht eine Waise.«

»Eine weitere für deine Sammlung?«, neckte sie und trat neben ihn. Wulf sah sie verwirrt an. »Stephen hat mir von seinen Eltern erzählt – und von Simons Geschichte.«

»Simon ist keine Waise.«

»Er könnte genauso gut eine sein. Ein Laienbruder hat keine

Verwandten.« Sie bürstete ihm ein Stäubchen vom Wappenrock. »Und du hast keine Verwandten, so wenig wie ich einen Ehemann oder Beschützer in dieser Stadt habe.« Sie lächelte ihn an. »Es gefällt mir, dass du Witwen und Waisen beschützt, Wulf.«

Ihre Worte schienen ihn zu verwirren, und er trat einen Schritt von ihr zurück. »Aber Laurent? Wirklich?«

»Bist du schockiert, von seinem Geschlecht zu erfahren?« Christina neigte sich ihm zu. »Oder zu entdecken, dass der Schatz einem Mädchen anvertraut wurde?«

Wenn Wulf schon zuvor geschockt gewesen war, dann war er es nun umso mehr. Seine Augen weiteten sich vor Schrecken. »Sag das nicht laut!«, warnte er, seine Worte eindringlich, obwohl sie kaum hörbar blieben.

»Du wusstest es!«, klagte sie ihn in einem erhitzten Flüsterton an.

»*Du* wusstest es!«, gab er auf gleiche Weise zurück.

Christina lachte. Sie warf einen Blick zum Fenster und stöhnte erneut seinen Namen, keuchte ein wenig. Ihre Augen dunkelten. »Warum?«, formte sie mit den Lippen, und Wulf schüttelte den Kopf.

»Man hat es mir nicht gesagt.« Er presste die Lippen zusammen und warf einen Blick zum Fenster. Christina nahm an, er dachte an Laurent und seine Satteltasche. »Wenn du es erraten hast, wer noch?«

»Die Person, die den Schatz in ihre Obhut genommen hat.«

Er sah sie wachsam an. »Er ist also nicht länger bei Laurent?«

Christina schüttelte den Kopf. »Ich habe den Transfer mitangesehen.«

Er nickte. Seine Augen glitzerten, als er darüber nachdachte. »Und du weißt, wo er sich befindet?«

Sie nickte.

»Und bist davon überzeugt, dass er sicher ist?«

Christina nickte erneut.

»Gibt es etwas, das ich tun kann, um ihn zu beschützen?«

»Nicht, solange wir in diesem Haus sind, denke ich. Sein Beschützer ist höchst wachsam.«

Er sah sie an, die Augen klar. »Aber du wirst mir nicht sagen, wer es ist?« Seinem Ton nach war es keine Frage.

Christina legte ihm die Hände auf die Schultern. Ihr Herz schlug schneller, als sie nähertrat. Sie presste ihre Lippen auf seinen Hals, spürte, wie er schluckte. »Jede Frau hat ihren Preis, Wulf«, flüsterte sie.

»Und jeder Mann hat seine Grenzen«, murmelte er zu ihrer Überraschung. Mit einer starken Hand umfing er plötzlich ihren Nacken. Sie wurde auf die Zehenspitzen gezogen und erhaschte nur einen Blick auf die Entschlossenheit in Wulfs Gesicht, bevor sich seine Lippen auf ihre legten.

Es war ein fordernder Kuss, und ein sehr befriedigender dazu.

Christina zog ihn an sich, öffnete ihren Mund unter seinem, ging sicher, dass er wusste, sie wollte alles, was er geben konnte, und noch mehr. Der Kuss brachte ihr Blut zum Kochen, und die Art, wie er sie festhielt, vermittelte ihr den Eindruck, als ob er sie für sich beanspruchte. Er presste sie gegen die Wand und schmeckte ihre Lippen, verschlang sie förmlich, als er seiner Leidenschaft freien Lauf ließ.

Christina war gleichermaßen erregt und erstaunt. Sie erwiderte seine Berührungen, genoss seinen besitzergreifenden Kuss.

Er endete viel zu bald. Wulf ließ sie los und trat einen Schritt zurück. Seine Augen blitzten, als er sie ansah. »Und da heißt es, alle Sirenen lebten im Meer«, flüsterte er, bevor er sich umwandte, den Schlüssel auf den kleinen Tisch legte und die Kammer verließ.

Christina blieb, wo sie war, kam mühsam wieder zu Atem und wartete darauf, dass sich ihr Puls beruhigte. Sie hörte Wulf die Treppe hinuntersteigen und Duncan einen spöttischen Gruß rufen. Ein Pferd wieherte, und sie wusste, er war im Stall angekommen. Aber noch immer sehnte sie sich nach seiner Berührung.

Und Wulf, das hatte sie bemerkt, war ihr gegenüber nicht so immun, wie er sie gern glauben lassen wollte.

Christina schloss die Augen und wagte es, um die eine Lösung zu beten, die all ihre Träume wahr werden lassen würde.

SAMSTAG, 25. JULI 1187

FESTTAG DES SANKT CHRISTOPHER UND DES APOSTELS SANKT JAMES DES GROSSEN

KAPITEL 12

*L*aurent, ein Mädchen?

Nachdem Christina einmal seine Aufmerksamkeit darauf gelenkt hatte, konnte Wulf nicht glauben, dass er es selbst nicht bemerkt hatte. Der angebliche Junge war so klein und zierlich. Im Nachhinein schien die Wahrheit offensichtlich.

Diese Nacht saß Wulf in Teufels Box, unfähig, einzuschlafen, seine Gedanken in Aufruhr und sein Körper in Flammen. Er sehnte sich nach dem, was er mit Christina *nicht* geteilt hatte, und tröstete sich mit dem Versuch, mehrere Rätsel zu lösen.

Es war ein schlechter Ersatz für das Vergnügen, das er bei seiner Lady finden konnte, aber er beabsichtigte, Buße zu tun, bevor er Paris erreichte.

Laurent schlief wie immer über seine Satteltasche gebeugt. Zu irgendeinem Zeitpunkt hatte sie den Schatz enthalten, obwohl Christina behauptete, er sei nun an einen anderen Ort gebracht worden. War Laurents Geschlecht der Grund dafür?

Wieso hatte Wulf die Wahrheit nicht früher bemerkt? Er vermutete, seine Annahmen beruhten auf dem Verhalten der anderen Ritter in der Gruppe, jenen aus dem Jerusalemer Tempel.

Kannte Gaston Laurents Geheimnis?

Wie geheim war es überhaupt?

233

Warum hatte keiner die Templer auf die Anwesenheit eines jungen Mädchens in den Ställen hingewiesen? Anscheinend war er nicht der Einzige, der die Regeln missachtete, wenn es ihm so passte.

Aber warum war der Schatz einem jungen Mädchen anvertraut worden? Sie konnte unmöglich die nötige Stärke besitzen, ihn zu verteidigen. Andererseits verleitete einen ihr Äußeres allein aber wahrscheinlich zu der Schlussfolgerung, dass man ihr nichts von Wert anvertrauen würde. Es war ein riskantes Manöver, wenn derjenige, der ihr den Schatz gegeben hatte, die Wahrheit kannte.

Wusste Fergus Bescheid? Wulf musste annehmen, dass es seine Entscheidung gewesen war, das Gepäck zuzuteilen, wie er es getan hatte. Fergus war der Schatz anvertraut worden, und damit musste es seine Wahl gewesen sein, ihn dem Mädchen zu geben.

Die Ereignisse ließen diese Zuteilung dennoch recht klug erscheinen. Fergus' ältester Knappe Kerr war nicht die Art Mensch, dem Wulf die Wahrung eines Geheimnisses anvertraut hätte. Tatsächlich hätte er dem Jungen nicht einmal die Verantwortung für sein Pferd übertragen. Kerr gehörte zu den Menschen, die Wissen über andere zusammentrugen, und das so offen, dass niemand ihm vertraute.

Und Hamish, der jüngere Knappe, nun, der war nicht der Allerhellste. Er war kein schlechter Junge, aber ungeschickt. Er hätte den Schatz vielleicht fallen gelassen, und falls er zerbrechlich war, zerstört, bevor er sein Ziel erreichte.

Vielleicht war das Mädchen die beste Wahl gewesen.

Was war mit Duncan und Bartholomew? War Wulf der Einzige, der nicht gewusst hatte, dass Laurent ein Mädchen war?

Wulf rollte sich auf die Seite und versuchte einzuschlafen. Wenn Kerr so hinter Geheimnissen her war, hatte er vielleicht etwas entdeckt, das helfen konnte, den Verräter zu identifizieren. Wulf beschloss, Stephen nach dem anderen Jungen zu fragen. Dann warf er sich unruhig hin und her, unfähig, Ruhe zu finden, denn er konnte die süße Hitze von Christinas Küssen nicht vergessen.

Wie sollte es ihm gelingen, sein Verlangen nach ihr auf dem langen Weg zum Sankt-Bernhard-Pass zu unterdrücken?

～

Es war Dämmerung, als Wulf eine Idee hatte.

Die ganze Nacht lang hatte ihm das ungestillte Verlangen zu schaffen gemacht. Die ganze Nacht lang hatte ihn die Vorstellung gequält, dass Christina ihren Mann Gunther geliebt hatte. Wieso sonst sollte sie den Ring behalten, den er ihr an den Finger gesteckt hatte, und dafür so viele Unannehmlichkeiten in Kauf nehmen? Nein, es war eine rein sentimentale Entscheidung, und eine, die über ihre Gefühle Bände sprach.

Es hatte wenig Sinn sich zu wünschen, seine eigenen Zukunftsaussichten wären andere und er könnte Christina mehr bieten, wenn ihr Herz doch einem anderen gehörte. Es war das Beste, wenn sie sich am Pass trennten, um sich aller Voraussicht nach nie wiederzusehen.

Das sagte Wulf sich mehrfach, aber glauben konnte er es nicht. Die Tatsache war, er hätte Christina gern als einen Teil seines Lebens behalten, selbst wenn er nicht auf intime Weise mit ihr zusammen sein konnte. Er wollte ihren Mann rächen, um ihr Frieden zu schenken, selbst, wenn ihm die Tat nicht ihre Zuneigung einbrachte.

Er liebte sie, und ihr Glück war für ihn von höchster Wichtigkeit. Vielleicht war es das Beste, dass sie noch immer Gunther liebte, denn dadurch würde sie unter ihrem Abschied nicht so leiden wie Wulf. Sie würde sich nicht nach ihm sehnen, so, wie Wulf sich immer nach ihr verzehren würde – das wusste er jetzt.

Es war Dämmerung, als ihm klar wurde, wie er dafür sorgen konnte, dass sie sich zumindest wohlwollend an ihn erinnerte. Schon bald würden sie diese Stadt verlassen, und er bezweifelte, dass Christina je hierher zurückkehren würde. Venedig musste für sie eine Stadt voll schlechter Erinnerungen sein.

Aber vielleicht würde er eine etwas bessere dazu beisteuern können.

Wulf zog sich hastig an, weckte Stephen, damit er ihn auf seiner Besorgung begleitete. Sie gingen hinaus in die stillen Straßen, und Wulf schlug ein schnelles Tempo an.

»Besorgen wir ein Geschenk für Christina?«, fragte Stephen.

Wulf warf dem Jungen einen Blick zu. »Warum fragst du das?«

»Weil ich denke, dass Ihr sie mögt.«

»Tust du das?«

»Ihr habt nie eine andere Frau auf unsere Reisen mitgenommen«, fuhr Stephen fort, obwohl Wulf sich alles andere als ermutigend gab. »Und sie bringt Euch zum Lächeln.«

Wulf fragte sich, wer sonst noch Christinas Effekt auf ihn beobachtet hatte.

»Ich mag sie sehr«, vertraute Stephen ihm an.

»Und wieso das?«

»Weil sie uns nachmittags Geschichten erzählt. Vor zwei Tagen hat sie uns von der heiligen Christina erzählt und wie ihr Vater sie in einem Turm gefangen hielt. Sie wollte nicht zu den falschen Göttern beten, und ganz gleich, was sie mit ihr anstellten, ihr Glaube erhielt sie am Leben.« Der Junge senkte seine Stimme. »Was sie ihr antaten, war schrecklich.«

»Das kann ich mir vorstellen.«

»Und gestern hat sie uns vom heiligen Markus erzählt, und wie er der Schutzherr von Venedig wurde.« Stephen rümpfte die Nase. »Man stahl seine Gebeine den Sarazenen, indem man sie unter Schweinekadavern versteckte, und legte sie dann in diese große Kirche. Seitdem schenkt er der Stadt seinen Segen.«

Wulf hielt sich davon ab zu bemerken, dass nicht alle in der Stadt dieses Segens teilhaftig wurden, und dass Christina das nur zu gut wusste, aber er ließ den Jungen weiter plappern. Es tat gut, Stephen so lebhaft und so begeistert zu sehen, besonders, da Wulf wusste, der Junge hatte Christina von seiner eigenen Geschichte erzählt.

»Was hältst du von unseren übrigen Reisegefährten?«, fragte er, als Stephen verstummte.

»Ich mag Bartholomew, denn er beschützt Laurent.«

Diese Einzelheit interessierte Wulf. »Tut er das?«

»Aye, sie sind schon seit Jahren Freunde, sagt Laurent. Bartholomew sorgt dafür, dass er eine gerechte Portion bekommt, wenn das Essen in die Ställe gebracht wird. Bartholomew sagt auch, Laurent verstehe viel von Pferden, obwohl ich ihn immer nur mit Fergus' Tasche schlafen sehe.« Stephen rümpfte die Nase. »Vielleicht ist er immer noch müde, denn auf dem Schiff war er sehr krank.«

Also kannte Bartholomew wahrscheinlich Laurents Geheimnis.

»Das war er wirklich«, sagte Wulf. »Eine solche Krankheit kann selbst den stärksten Kämpfer schwächen.«

»Wisst Ihr, dass er diese Satteltasche mitgenommen hat, sogar, als Fergus ihn gebeten hat, beim Kauf des neuen Zelters zu helfen?«

»Hat er das?«

»Er kann sie kaum tragen, so schwer ist sie, aber er möchte Fergus auf keinen Fall enttäuschen. Er sagt, es sei sicher nichts Wertvolles darin, aber dass Fergus sie ihm anvertraut habe, sei ein Test, den er bestehen wolle.«

Wulf konnte es sich gut vorstellen.

Stephen lächelte. »Wirklich, Fergus bringt für seine Verlobte, Lady Isobel, viele Geschenke mit. Ich hoffe, sie liebt ihn so sehr wie er sie.«

»Das hoffe ich auch.«

»Sie ist Kerrs Tante, wisst Ihr.«

Wulf schaute den Jungen an. »Das wusste ich nicht.«

Stephen nickte heftig. »Duncan sagte, wenn die Lady nicht darauf bestanden hätte, hätten sie ihn nicht mitgenommen. Glaubt Ihr, das bedeutet, dass er Kerr auch nicht leiden kann?«

»Auch? Du magst Kerr nicht?«

Der Junge nickte wieder und verzog das Gesicht. »Er schleicht immer irgendwo herum, und er ist überhaupt nicht nett zu Hamish.« Einen Moment verstummte Stephen, dann fuhr er eilig fort: »Er sagt, in unserer Gruppe gebe es einen Schatz aus dem Tempel.«

Wulf kämpfte darum, seinen Schock zu verbergen.

»Und er sagt, er würde ihn finden.«

Bei diesen Worten zog sich Wulfs Herz zusammen. Aber wenn Kerr den Schatz bei sich hätte, dann würde Christina bestimmt nicht davon ausgehen, er sei sicher in seiner Obhut.

Nein, jemand anders hatte ihn an sich genommen, um ihn vor Kerr in Sicherheit zu bringen.

Aber wer?

Stephen fuhr fort. »In jener Nacht auf dem Schiff, als Hamish verletzt wurde, haben Kerr und Hamish sich darüber gestritten.«

Wulf blieb stehen und wandte sich dem Jungen zu, der sich als wahrer Quell der Informationen erwies. »Weißt du, ob Hamish gefallen ist oder geschlagen wurde?«

Stephen schüttelte den Kopf. »Gesehen habe ich es nicht, aber ich glaube Hamish.«

»Wer hat ihn dann geschlagen?«

Der Junge zog eine Grimasse. »Kerr wahrscheinlich, denn ihm hat nicht gefallen, dass Hamish ihm widersprochen hat. Er sagt, er hätte es nicht getan, aber vielleicht lügt er.«

Das konnte sein. In diesem Moment beschloss Wulf, dass er in Erfahrung bringen würde, was Kerr wusste, bevor sie Venedig verließen.

Stephens Augen leuchteten auf. »Vielleicht war es jemand anders, denn Hamish hat geschworen, er würde den Schatz selbst finden.«

»Wirklich?«

»Aye.« Stephen runzelte die Stirn. »Ich denke, er hat Kerr nicht geglaubt und wollte ihm beweisen, dass es keinen Schatz gab. Vielleicht hat Kerr ihn deshalb gestoßen.« Er zuckte die Schultern. »Keiner mag Kerr. Er hat sogar gesagt, Laurent sei so schwach wie ein Mädchen, und Bartholomew hat ihn für seine Worte geschlagen.«

Einige Dinge begannen für Wulf, nun einen Sinn zu ergeben. Er konnte verstehen, warum Christina angefangen hatte, den Jungen jeden Tag Geschichten zu erzählen, und hegte eine Vermutung, wie sie in so kurzer Zeit so viel über sie alle herausgefunden hatte. »Daher kommt also sein blaues Auge.«

»Und Bartholomew hat gesagt, wir sollten es nicht weitersagen, denn das würde dafür sorgen, dass Kerr in Zukunft damit aufhören würde.«

»Und hat er das?«

Stephen schürzte die Lippen. »Nur, wenn Bartholomew in der Nähe ist.«

Hatte der Verräter von Kerr etwas über den Schatz erfahren, den sie bei sich trugen? Wulf war entschlossen, es herauszufinden, und beschleunigte seine Schritte, ohne es recht zu merken.

»Wohin gehen wir?«, fragte Stephen und schaute sich neugierig um.

»Du wirst schon sehen. Hier entlang.« Wulf deutete auf eine kleine Straße, die nach rechts abbog.

»Wart Ihr schon einmal hier?«

Wulf lächelte und dachte an Christinas Bemerkung, er würde Waisenkinder beschützen. »Vor ein paar Tagen. Direkt vor uns liegt ein Mönchskloster, das ich besucht habe.« Er schaute sich um und lächelte, als das Portal sah, an die er sich erinnerte. »Hier.« Er zog am Seil und hörte drinnen eine Glocke läuten.

»Es sieht nicht wie ein Kloster aus. Es sieht wie ein normales Haus aus.«

»Nicht alles ist, wie es scheint, Stephen.«

Der Junge nickte. »Aye. Christina ist nicht wie andere Huren, die ich gesehen habe. Duncan denkt, sie wäre in Wirklichkeit eine adlige Dame.«

Wulf hob einen Finger, um ihn zum Schweigen zu bringen, als sich ein kleines Fenster in der Tür öffnete. In dem dunklen Raum dahinter konnte er nur ein Auge sehen, dann hörte er ein überraschtes Einatmen.

»Bruder Wulf!« Bruder Franco grüßte ihn im Flüsterton, als er das Tor öffnete. »Ich hatte nicht damit gerechnet, Euch wiederzusehen.« Sein Blick fiel auf Stephen, und er schaute Wulf fragend an.

Wulf ließ eine Hand auf Stephens Schulter sinken. »Dies ist einer meiner Knappen, Stephen.« Erst jetzt fiel ihm auf, dass es den Jungen vielleicht überraschen würde zu sehen, wie es anderen Waisen erging. »Ich komme, um Euch nach Euren Erinnerungen zu befragen, Bruder Franco.«

»Mein Gedächtnis ist nicht so gut, wie es einmal war«, gestand der Mann, dann trat er zurück und winkte sie herein. »Aber meine Brüder erinnern sich an vieles. Sie sind bei der Morgenandacht, aber bald werden sie ihr Fasten brechen. Ihr seid eingeladen, Euch uns anzuschließen.«

»Ich danke Euch dafür.« Wulf neigte den Kopf und wartete mit Stephen im Hof. Dabei bemerkte er, wie aufmerksam der Junge sich umsah. Mehrere Gesichter erschienen in den Schatten; die Kinder, die hier bei den Mönchen lebten, waren neugierig auf die Neuankömmlinge.

»Es sieht immer noch nicht wie ein Kloster aus«, flüsterte Stephen und deutete auf die offene Tür der Kapelle. »Wenn die Mönche nicht beten würden …«

»Es ähnelt eher dem Priorat. Es gibt hier Arbeit zu tun in Gottes Namen, von den Männern, die diesen Schwur abgelegt haben.« Wulf lächelte den Jungen an. »Die Brüder gewähren den Waisenkindern Obdach und Nahrung.«

Stephen schaute sich mit neuem Interesse um. Nur wenige Augenblicke später läuteten die Glocken der Kapelle und die Brüder kamen aus dem Halbdunkel. Sie nickten Wulf und Stephen neugierig zu und gingen schweigend weiter ins Refektorium.

»Ist es auch so wie im Priorat, dass während der Mahlzeiten niemand sprechen darf?«, flüsterte Stephen.

»Das nehme ich an«, sagte Wulf leise. »Iss ein wenig, damit wir ihre Gastfreundschaft nicht beleidigen, aber denke daran, dass es hier viele hungrige Mäuler zu stopfen gibt.«

Stephen nickte, während Bruder Franco sie herüberwinkte. Sie saßen zwischen ihm und Bruder Matteo, und es wurde warmes Brot vor sie hingestellt. Es gab auch Honig und ein wenig kaltes Fleisch. Verspätet fiel Wulf ein, dass er Stephen vor dem Aufbruch etwas hätte zu essen geben sollen, wenn er von ihm erwartete, einer solchen Versuchung zu widerstehen. Der Junge war in einem Alter, in dem er herzhaft zulangte, wann immer sich die Gelegenheit bot.

»Ihr habt eine Frage an uns, Bruder Wulf«, sagte Bruder Franco. »Und ich gebe Euch gern die Erlaubnis, sie während des Essens zu stellen.« Die Brüder musterten Wulf mit Interesse. »Wenn einer von euch die Antwort weiß, so teile er sie bitte mit Bruder Wulf.«

»In der Tat«, sagte Bruder Wulf. »Als ich das letzte Mal hier war, erwähnte ich eine Witwe, die in unserer Gruppe reist. Ich dachte, sie würde sich vielleicht einem religiösen Orden anschließen.«

Bruder Franco nickte. »Ich erinnere mich.«

»Mir war nicht bewusst, dass ihr Ehemann ermordet worden war, und dass es in dieser Stadt geschehen war.«

Die Brüder schauten alle hoch, ihre Mahlzeit vergessen.

»Er wurde grausam erstochen und starb, bevor sie zu ihm gelangen konnte. Auch wurde er beraubt.«

»Solche Vorfälle ereignen sich leider in vielen Städten, Bruder Wulf«, sagte Bruder Matteo, der schon älter war, mit stillem Bedauern.

»Fürwahr, das ist mir bewusst. Der Grund für meine Frage ist folgender. Sie sagt, sie wisse nicht, wo er zur Ruhe gebettet worden sei, und ich bezweifle, dass sie je wieder in diese Stadt zurückkehren wird.

Es ist klar, dass sein Verlust sie noch immer schmerzt, und wenn sie sein Grab besuchen könnte, wäre ihr das vielleicht ein Trost.«

»Aber woher sollen wir eine solche Einzelheit wissen? Hunderte, wenn nicht tausende Pilger sterben jedes Jahr in dieser Stadt.«

»Aye, aber es ereignete sich vor neun Jahren. Sie sagte, einige Mönche seien die Einzigen gewesen, die ihr zur Hilfe gekommen seien, sie hätten eine Messe für ihren Mann gelesen und dafür gesorgt, dass er ehrenhaft begraben wurde. Sie erinnert sich nicht daran, wer sie waren oder wo sich ihre Kapelle befand, so groß war ihre Trauer.«

Bruder Franco schüttelte in offensichtlichem Bedauern den Kopf.

Doch bevor er sprechen konnte, tippte Bruder Matteo mit dem Finger auf den Tisch. »Vor neun Jahren? Ein Pilger? Woher stammte er?«

»Ich bin mir nicht sicher.« Obwohl Wulf wusste, dass Christina ihre Gruppe am Pass verlassen wollte, kannte er ihr Ziel nicht, und wusste nicht einmal, ob sie zu ihrer Familie oder zum Haus ihres Ehemanns zurückkehren wollte.

Bruder Matteo nickte nachdenklich. »Darf ich sie sehen? Möglicherweise erkenne ich sie und dadurch auch den fraglichen Mann.«

WIEDER ERWACHTE CHRISTINA SPÄT. Sie hatte lange unzufrieden wachgelegen. Wulfs Küsse hatten ein Verlangen entfacht, das sich nicht leicht ignorieren ließ, und sie hatte das Gefühl, nicht gut geschlafen zu haben.

Dennoch zog sie sich an und öffnete die Tür, nur, um davor einen gefalteten Stapel Kleider zu finden – und einen Krug warmes Wasser. Eindeutig hatte man beides für sie dort hinterlassen.

Christina schüttelte das zuoberst liegende Kleidungsstück aus und entdeckte, dass es ein Überkleid war. Sie lächelte, als sie seine sittsame Schnittform betrachtete. Es war nicht neu und nicht sonderlich edel. Die schlichte grüne Wolle war haltbar und unverziert. In das Übergewand gewickelt fand sie ein einfaches weißes Unterkleid und einen Schleier, schlicht, aber großzügig geschnitten. Das Kleid hatte ungefähr die richtige Länge für sie und würde halbwegs passen, aber es war weder luxuriös noch aufreizend.

Christina fand es wunderbar. Sie kehrte in ihre Kammer zurück und zog das Kleid aus Costanzias Bordell so hastig aus, wie es ging. Dann wusch sie sich, als könnte sie die Schande des Lebens, das sie hatte führen müssen, von sich abwaschen, und zog hinterher das neue Unterkleid und das Übergewand an. Sie flocht ihr Haar und steckte es zu einem Knoten auf, wie sie es früher jeden Tag getragen hatte. Der Schleier wurde darübergebreitet und festgesteckt. Sie wünschte sich, sie könnte ihre Verwandlung in einem Spiegel sehen.

Danach holte sie Gunthers Ring aus seiner Tasche im Saum des alten Kleides hervor. Sie band ihn an eines der Bänder, mit denen ihr altes Mieder geschnürt gewesen war, und hängte es sich als Kette um den Hals, sodass der Ring zwischen ihren Brüsten ruhte. Es gefiel ihr, den kalten Stein dort zu spüren. Nie wieder würde sie um seine Sicherheit fürchten müssen.

Sie würde diesen Ort wirklich verlassen.

Christina rollte die alten Kleider zusammen und stieg in den Hauptraum hinunter, begeistert von ihrem Äußeren. Sie würde Wulf für seine Großzügigkeit danken müssen.

Sie aß gerade ihr Frühstück, als Duncan erschien und ihr ein Lächeln schenkte. »Es steht Euch gut, Mädchen«, murmelte er. »Doch es ist ein Zeugnis Eurer Schönheit, dass Ihr selbst in sittsamer Kleidung einen Mann in Versuchung führen könnt.«

»Ich danke Euch für das Kompliment.«

Duncan grinste. »Und nicht für das Kleid?«

Christina war verblüfft. »Dies ist ein Geschenk von Euch?«

»Ihr müsst nicht so überrascht wirken, Mädchen. Ich dachte, Ihr würdet es vorziehen, die äußeren Anzeichen Eures früheren Gewerbes hinter Euch zu lassen.«

Nur die äußeren Anzeichen? Bei diesen Worten verlor Christina den Appetit, denn sie glaubte zu wissen, was er erwartete. »Aber ich kann Euch nicht bezahlen«, protestierte sie und hoffte, er würde nicht verlangen, dass sie die Schuld durch Taten beglich.

»Eines Tages werdet Ihr das«, sagte Duncan gelassen. Er zwinkerte ihr zu. »Ich würde von keiner Frau erwarten, dass sie mehr als einen Mann so befriedigt, wie Ihr es mit Wulf tut, und wahrlich, ich würde ihn nicht gegen mich aufbringen wollen, indem ich mir nehme, was er als sein Eigen ansieht und entsprechend verteidigt.«

Christina wusste dazu nichts zu sagen. Betrachtete Wulf sie als sein Eigen? Sie bezweifelte es, besonders in Anbetracht dessen, dass ihre Vereinigung gestern nur gespielt gewesen war, aber es wäre Torheit, Duncan zu korrigieren. »Verzeiht, ich habe nicht erkannt, dass es Euer großzügiges Geschenk war. Ich danke Euch.«

»Gern geschehen.« Sie aßen schweigend, während Christina darüber nachdachte, ob sie Duncan möglicherweise auf ihre Liste der Menschen setzen sollte, denen sie vertraute.

Es wäre eine einfache Entscheidung gewesen, hätte er sich nicht so offenkundig beeindruckt von ihren Reizen gezeigt. Sie wusste sehr gut, dass fleischliche Gelüste Männer zu unerwarteten Taten veranlassen konnten.

»Christina!«, rief ein Junge, und sie wandte sich um und sah Stephen durch den Hof laufen. »Ihr müsst kommen.«

»Wohin? Und wieso?«

Der Junge senkte seine Stimme zu einem verschwörerischen Flüstern. »Wulf hat eine Überraschung für Euch, und er befahl mir, Euch zu holen.« Dann sprach er lauter. »Er dachte, Ihr würdet gern das Einlaufen der Schiffe sehen, Mylady.«

Christina zögerte. Sie fragte sich, warum Wulf nicht selbst gekommen war. Duncan schien ihre Skepsis zu teilen, denn er zog ein Messer aus dem Gürtel und ließ es über den Tisch zu ihr schlittern. »Nehmt es«, sagte er leise.

Christina wusste genug über die Gefahren der Stadt, dass sie es tat. Sie dankte Duncan erneut und folgte Stephen hinaus. Zu ihrer Erleichterung wartete Wulf gleich um die Ecke. Er tippte ungeduldig mit den Zehen und beobachtete die Straße. Doch bei ihrem Anblick trat er vor. Dass ihr verändertes Äußeres seine Zustimmung fand, war offensichtlich, und er verbeugte sich, bevor er ihr den Arm bot. Er schlug ein schnelles Tempo an, dem sie sich anpasste, während Stephen neben ihnen herlief.

»Warum nur denke ich, dass wir nicht das Einlaufen der Schiffe ansehen werden?«, fragte sie, und er grinste.

»Wir haben vielleicht eine bessere Überraschung für dich als das.«

Sein Blick streifte sie flüchtig. »Wie ich sehe, hält Duncan seine Versprechen.«

»Du wusstest, dass er das tun würde?«

»Wir waren einer Meinung, dass du es vorziehen würdest, mehr wie eine Pilgerin auszusehen, allerdings hatte ich kein Geld, um dafür zu sorgen. Duncan bot an, sich darum zu kümmern.«

»Das ist sehr ritterlich.«

»Ich glaube, er ist verliebt«, sagte Wulf, und Christina wünschte sich, das würde ihm mehr zusetzen. »Beeilen wir uns.«

CHRISTINAS NEUES GEWAND war Fluch und Segen zugleich. Obwohl es Wulf gefiel, sie als Edelfrau gekleidet zu sehen, war das schlichte Kleid eine hinreichende Mahnung, dass er sie nicht anrühren durfte. Er sollte sie ehren, als Edelfrau und als Pilgerin, und nicht danach verlangen, sie wieder in den Armen zu halten.

Seltsamerweise fand er sie in diesem sittsamen Kleid anziehender als zuvor. Sie wirkte größer und hielt den Kopf hoch erhoben. Nun, da ihr Haar geflochten und aufgesteckt und ihre Kurven den Blicken entzogen waren, wirkten ihre Augen umso hübscher.

Zwischen ihnen herrschte eine Kühle, eine Höflichkeit, die ihm hätte willkommen sein sollen, machte sie es doch einfacher sich daran zu erinnern, dass ihnen keine gemeinsame Zukunft beschieden war. Ihre stolze Haltung ließ deutlich werden, dass Duncan mit seinen Mutmaßungen über ihre Herkunft recht hatte.

Diese Veränderung zwischen ihnen ließ Wulf bereuen, dass er einer Frau ihres Ranges so wenig zu bieten hatte.

Außer diesem einen Geschenk.

Er hoffte, es würde ihr gefallen.

Christina war offensichtlich neugierig auf ihr Ziel, denn sie schaute mehrfach zu ihm auf. »Ich wusste nicht, dass man den Hafen von diesem Viertel aus sehen kann«, sagte sie schließlich.

Wulf lächelte. »Das war nur eine List, um dich aus dem Haus zu locken.«

»Du hast Stephen davon überzeugt, eine Lüge zu erzählen?«, spöttelte sie, und der Junge grinste.

»Ich habe gesagt, ich würde es tun, Mylady, denn ich wollte die Überraschung nicht verderben.«

»Dann seid ihr beide im Bunde.«

»In der Tat«, sagte Wulf und blieb vor dem Haus der Mönche stehen. Er wandte sich Christina zu. »Hast du den Ring deines Mannes bei dir?«

Christinas Lächeln verblasste, und sie wurde weiß. Sie antwortete nicht, zog aber an einem Band um ihren Hals. Er sah Gold glitzern, als sie den Ring, der daran hing, aus ihrem Unterkleid herauszog. Auf ihren fragenden Blick hin nickte er, und sie nahm ihn von der Schnur und legte ihn auf ihre linke Hand. Es war ein goldener Ring mit einem großen blauen Edelstein. Wulf blinzelte, erstaunt, dass sie einen so kostbaren Schatz so lange hatte verbergen können. Einen langen Moment betrachtete sie den Ring, der auf ihrer Hand lag, mit bleichem Gesicht, und er fragte sich, ob sie seine Überraschung erraten hatte.

Als Wulf die Glocke läutete, öffnete Bruder Franco prompt. Er sagte nichts, sondern schaute Christina neugierig an. Bruder Matteo erschien an seiner Seite, die Augen verengt. Er war sehr viel älter als seine Mitbrüder, sein Gesicht faltig, sein verbliebenes Haupthaar weiß. Seine dunklen Augen leuchteten. Aufmerksam betrachtete er Christinas Gesicht, dann fiel sein Blick auf ihre linke Hand. Er beugte sich und schaute den Ring genauer an. Ein Lächeln legte sich auf seine Züge.

»Ihr seid es wirklich«, sagte er leise. »Diesen Ring – und die Lady, die ihn mir als Bezahlung angeboten hat –, werde ich niemals vergessen. Ich fragte mich, warum Ihr nie zurückkamt.«

»Ich wusste nicht, wo Euer Haus war.«

Bruder Matteo lächelte. Er deutete auf den Hof und die Kapelle dahinter. »Kommt, Mylady. Kommt und seht, wo Euer geliebter Ehemann begraben liegt.«

ES WAR EINE BESCHEIDENE KAPELLE, schlicht geschmückt und nicht sonderlich groß. Gunther hätte sie sicherlich gefallen, denn die Frömmigkeit der Brüder, die darin beteten, schien sie förmlich zu durchdringen.

Er hätte keine bessere Ruhestätte finden können.

Auf dem Altar, einem schlichten hölzernen Tisch, stand eine einzelne Bienenwachskerze. Nur ein einfaches Leinentuch lag darauf, und ein irdener Kelch und ein schlichter hölzerner Teller standen für das Abendmahl bereit. Der Boden bestand aus Steinfliesen, und es war kühl hier. Das einzige Sonnenlicht fiel durch einen Spalt in der Wand über dem Altar. Er sah aus wie eine Schießscharte in der Form eines Kreuzes und wurde durch Lücken zwischen den Backsteinen geformt. Gunther war in der Mauer zu einer Seite des Altars zur Ruhe gebettet worden. Christina wusste, dass die Leichen wegen des Hochwassers in Venedig nicht unter dem Boden bestattet werden konnten, wie es anderswo üblich war. Die *Aqua alta* genannten Fluten durchströmten jeden Winter die Stadt, verwandelten Plätze in Seen und die unteren Stockwerke der Häuser in Schwimmbecken.

Sie kniete vor dem Altar nieder und betete für Gunthers Seele und seinen ewigen Frieden. Es erfüllte ihr Herz mit Frieden und auch mit einem gewissen Maß an Freude zu wissen, dass für Gunther so gut gesorgt worden war. Sie lauschte auf die Stimmen der Kinder, die an diesem Ort mit den Mönchen lebten, und lächelte, als sie hörte, wie sie sich im angrenzenden Refektorium über die Aufteilung des Brots zankten. Sie rannten und schrien, ungeachtet des Tadels der Mönche, und diese lebhaften Laute machten Christina froh.

Ja, Gunther musste es gefallen, in solcher Gesellschaft zu sein.

Sie weinte still um seinen frühzeitigen Tod, seine verlorenen Träume, seine Güte. Und als sie sich schließlich erhob, war sie umso entschlossener, Helmut für sein Verbrechen bezahlen zu sehen.

Christina richtete sich gerade auf und bekreuzigte sich, beugte das Knie und betrachtete noch einmal voller Dankbarkeit die schlichte Kapelle. Wulf hatte ihr dies gegeben, eine Gelegenheit, Lebewohl zu sagen, und Tränen stiegen ihr in die Augen, weil ihr eine solche Großzügigkeit zuteilwurde.

Sie verließ die Kapelle und fand Wulf im Hof, wo er auf sie wartete. Er zeigte keinen Hauch der Ungeduld, die sie zuvor an ihm gesehen hatte. Einige der Jungen hatten sich um ihn versammelt und bestaunten

den Griff seines Schwerts oder befingerten den Saum seines Kettenhemds. Er war geduldig mit ihnen, sein Benehmen gütig, und sie sah
Bewunderung in dem Blick, mit dem Stephen ihn ansah.

»Männer wie er sind von seltener Art«, sagte Bruder Franco hinter
ihr, der offenbar ihrem Blick gefolgt war. »Es ist keine geringe Sache,
Krieg für Gott und die Gerechtigkeit zu führen.«

Christina lächelte zustimmend. »Ich bin für diese Gelegenheit so
dankbar.« Sie wandte sich zu dem Mönch um. »Ich möchte Euch allen
für Eure Güte gegenüber meinem Ehemann danken. Ich bin mir sicher,
er würde gut über diesen Ort denken.«

»Wirklich?«

»Wirklich. Er liebte Kinder. Wir gingen auf Pilgerreise, weil wir
keine hatten. Er wollte, dass wir für unsere Sünden Buße täten, in der
Hoffnung, dass unsere Ehe nicht länger kinderlos bliebe.«

Der Mönch nickte verständnisvoll. »Aber Gott sah seine Güte und
holte ihn stattdessen zu sich.«

Christina kamen erneut die Tränen. »Ich danke Euch, Bruder
Franco. Danke für diese Worte. Gunther war ein sehr guter Mann.« Sie
zog sich den Ring vom Finger. Sie wusste, was sie zu tun hatte. »Und er
war ein Mann, der der Überzeugung war, Schulden müssten beglichen
werden und man solle Almosen geben, wo sie am meisten bewirkten.
Vor neun Jahren wollten Eure Brüder diesen Ring nicht als Bezahlung
annehmen. Heute gebe ich ihn Euch als Almosen. In Gunthers Namen
bitte ich Euch, davon Essen und Obdach für die Kinder zu bezahlen.«

»Und für seine unsterbliche Seele eine Messe zu lesen.« Zu ihrer
Erleichterung nahm der Bruder den Ring an. »Es ist ein kostbarer
Schatz, Schwester. Seid Ihr sicher?«

»Das bin ich. Ich weiß, Gunther würde es so wollen.«

Bruder Franco drehte den Ring, ließ den Edelstein im Sonnenlicht
funkeln. »Ein Saphir?«

Christina nickte. »Im Osten geschnitten, nach dem, was ich gehört
habe. Lasst Euch nicht um seinen Wert betrügen. Es ist ein alter Stein,
in den eine arabische Segnung eingraviert ist. Ein Ahne meines
Ehemanns brachte ihn von einem Kreuzzug mit nach Hause. Er war
unter den Rittern, die im Jahr 1110 Sidon einnahmen.«

»Ein Familienerbstück?«

»Aber Gunther hat nur eine Witwe«, sagte Christina leise. Der ältere Bruder ihres Ehemanns hatte alle anderen Kostbarkeiten aus der Schatzkammer für sich beansprucht. Dieses Stück war Gunthers einziges Vermächtnis, und sie würde damit so verfahren, wie er es sich gewünscht hätte. Sie schloss die Finger des Mönchs über dem Ring. »Und sie gibt ihn aus freien Stücken.«

»Seid gesegnet, Schwester«, sagte er. »Ich werde dafür sorgen, dass Euer Geschenk einen langen Schatten wirft. An Gunther, seine Vorfahren und seine Witwe wird man sich an diesem Ort voll Wohlwollen erinnern.« Er segnete sie, und Christina fühlte, wie sie eine enorme Erleichterung durchströmte.

Sie straffte die Schultern und ging auf Wulf zu, der sie beobachtet hatte. Ihre Vergangenheit konnte in Frieden ruhen, weil dieser Mann sie in die Zukunft führte.

$\sim$

Christina weinte.

Wulf hatte gehofft, dass er richtig lag, was den letzten Ruheplatz ihres Ehemanns anging, und er hatte erwartet, dass sie starke Gefühle zeigen würde, wenn es sich als wahr erwies. Er hatte nicht erwartet, dass sie mit tränennassem Gesicht zu ihm zurückkehren würde.

Noch war er auf seine eigene Reaktion auf diesen Anblick vorbereitet.

Er wollte sie trösten. Er wollte sie niemals wieder weinen sehen. Aber sie betrauerte ihren Ehemann, der seit neun Jahren tot war und dem ihr Herz noch immer gehörte. Wulf fiel kein Wort des Trostes ein, aber er verabschiedete sich von den Mönchen und begleitete sie zurück zu dem gemieteten Haus.

Sie waren schon fast da, als er an den Ring dachte. Er schaute auf ihre Hand, zur Bestätigung, dass sie ihn wirklich Bruder Franco gegeben hatte, aber er wagte nicht zu fragen.

Christina jedoch bemerkte seinen Blick. »Ich habe ihn als Almosen gegeben«, sagte sie. »Sie werden wissen, wo man ihn verkaufen muss, um den besten Preis zu erzielen, und sie werden dafür sorgen, dass das Geld lange reicht. Gunther hätte es sich gewünscht.«

»Ich dachte, sie hätten sich zuvor geweigert, ihn anzunehmen.«

»Das haben sie. Vielleicht wollten sie aus meiner Trauer keinen Vorteil ziehen. Ich war an jenem Tag nicht bei vollem Verstand.«

»Und nun bist du es?«

»Aye«, sagte sie mit willkommener Überzeugung. »Es ist nicht rational, das weiß ich gut, aber all diese Jahre wusste ich, ich musste den Ring verteidigen. Ich wusste, ich konnte ihn nicht verkaufen. Ich wusste, er hatte einen Zweck und einen Ort, obwohl ich es noch nicht erkennen konnte. Ich dachte, es wäre, weil ich gelobt hatte, ihn für immer zu behalten, aber heute erkannte ich die Wahrheit.« Christina zog an Wulfs Arm und brachte ihn zum Stehen. »Er gehört hierher, wo die Kinder damit ernährt und beschützt werden können.« Sie biss sich auf die Lippen, und er sah von Neuem ihre Tränen fallen. »Er hat Kinder geliebt«, flüsterte sie heiser. »Aber ich habe ihm keine geschenkt. Nun ist er von ihnen umgeben.« Sie nickte, und ihre Tränen fielen wie Edelsteine. »Es ist richtig so.«

Wulf war die Kehle eng. Er wagte es, ihren Ellbogen zu berühren, aber nicht mehr, und führte sie die geschäftige Straße entlang. »Du solltest dir dafür keine Vorwürfe machen. Du hast ihn geliebt, und das ist keine Kleinigkeit.«

»Woher weißt du das?«, fragte sie, nicht herausfordernd, sondern neugierig.

»Du weinst, obwohl sein Tod viele Jahre her ist.«

Christina lächelte traurig. »Ich weine, Wulf, weil ich ihn nicht *genug* geliebt habe. Ich war jung und er so viel älter. Er war ein guter Mann, aber ich sah nur den Altersunterschied zwischen uns. Ich hegte einen Groll, weil ich gezwungen war, einen Mann zu heiraten, der mir so viele Jahre voraushatte, und in Wahrheit bereute ich es damals nicht, dass mein Leib unfruchtbar blieb. Ich war pflichtbewusst und hielt ihn in Ehren, aber ihm hätte mehr beschieden sein sollen.« Sie schluckte. »Ich weine, weil ich Gunther nicht so geliebt habe, wie er es verdiente.«

Bei diesen Worten nahm Wulf ihre Hand in seine und drückte sie. Er glaubte ihr nicht, denn es war klar, wie viel sie von ihrem Ehemann hielt. Aber er würde darüber nicht mit ihr streiten. »Du hast ihn damals wie heute in Ehren gehalten. Vielleicht verdient kein Mann mehr als das.«

Durch ihre Tränen hindurch lächelte sie ihn an, dann seufzte sie schwer. »Versprich mir, dass du diese Nacht zu mir kommst, Wulf.«

Er wollte protestieren, aber sie legte ihm die Fingerspitzen auf die Lippen, um ihn zum Schweigen zu bringen.

»Um mehr werde ich dich nicht bitten. Du hast mir heute ein großes Geschenk gemacht, und ich möchte meine Dankbarkeit zeigen.«

Wie Wulf sich wünschte, sie würde mehr von ihm erbitten als körperliches Vergnügen und Trost, auch wenn er wusste, mehr konnte er ihr nicht bieten.

»Das muss nicht sein«, gelang es ihm zu sagen, aber Christina schüttelte den Kopf.

»Doch. Ich verstehe deinen Entschluss, und ich würde dich nicht in Versuchung führen, wenn du mir nicht solche Güte erwiesen hättest.« Ihre Augen glänzten hell, als sie ihn flehend ansah, und sie wirkte so verletzlich, dass Wulf wusste, er würde ihr keine Bitte abschlagen können. »Eine letzte Nacht, Wulf, erbitte ich von dir.«

Er senkte den Kopf und küsste ihre Finger, wollte zurücktreten und konnte es nicht. »Eine letzte Nacht«, stimmte er zu und hörte, wie sie voll Erleichterung ausatmete.

»Ich werde dafür sorgen, dass du es nicht bereust«, flüsterte sie, aber Wulf war sich nicht sicher, ob das in ihrer Macht lag.

Er war schwach, aber er war gierig. Er würde nehmen, was sie ihm anbot, in dem Wissen, dass es ihr letztes intimes Beieinandersein wäre.

Der Regen begann zu fallen, als sie beim Abendessen saßen und erneut Fischeintopf aßen. Christina war nicht die Einzige, deren Appetit weniger ausgeprägt war, als er hätte sein können, und sie war auch nicht die Einzige, die still war. Der Klang des Regens im Hof schien ein Echo des inneren Friedens, den sie empfand.

Alles wandte sich zum Guten.

Alles wandte sich zum Guten – dank Wulf.

Und nichts war richtiger, als ihm nach der Mahlzeit in seine Kammer zu folgen, nichts richtiger, als ihn wortlos auszuziehen. Sie sagten nichts, denn es gab nichts zu sagen.

Dies war das letzte Mal.

Diese Umarmung würde reichen müssen.

Sie liebten sich mit einer stillen Wildheit, bereiteten einander eine Lust, die sie beide erzittern ließ. Ihre Vereinigung war machtvoll und stark, war genug, um Christina für die Berührung jedes anderen zu verderben. Sie fühlte eine Übereinstimmung mit Wulf, als wären ihre Gedanken und Gefühle eins, und es ließ sie wünschen, sie könnte diesen Moment ergreifen und für immer festhalten.

Obwohl das nicht sein sollte.

Hinterher klammerte sich Christina an Wulf, genoss die Wärme seiner Umarmung und seinen Herzschlag unter ihrer Wange. Sie lauschte dem Regen, so voller Frieden wie selten zuvor. Sie fühlte sich erfüllt, als wären ihre Seelen verbunden, und seine Finger in ihrem Haar zu spüren, ließ sie die Augen schließen, um nicht zu weinen.

Was würde sie geben, wenn sie jede Nacht so verbringen könnte?

Christina hatte niemals vorgehabt, die Worte laut auszusprechen, auch wenn sie ihr durch den Kopf gingen. Aber in diesem Moment, als alles so richtig schien, dachte sie, es wäre eine Travestie, das Geständnis für sich zu behalten. »Ich liebe dich, Wulf.«

Einen Augenblick lang spürte sie seine jähe Anspannung. Ihr blieb Zeit zu hoffen, er würde dasselbe sagen. Als er es nicht tat, hoffte sie, er hätte ihre Worte nicht gehört. Doch dann schob er sie sanft von sich und stand auf, und sie begriff, das hatte er. Und als er sich hastig anzog und die Kammer verließ, begriff sie auch, dass er ihre Gefühle nicht erwiderte.

Das Begreifen war niederschmetternd.

Als Wulfs Schritte auf der Treppe verklungen waren, hörte man nur mehr den Regen auf den Pflastersteinen des Hofes tief unten. Christina schloss die Augen und weinte stille Tränen. Sie kannte tausend Geschichten von Liebenden, die das Schicksal trennte, und solche Geschichten hatten ihr immer das Herz zerrissen.

Aber wie sich herausstellte, war das nichts im Vergleich dazu, wenn einem selbst das Herz brach.

MONTAG, 27. JULI 1187

FESTTAG DES SANKT PANTALEON UND DER
SIEBEN SCHLÄFER VON EPHESUS

KAPITEL 13

Ich liebe dich, Wulf.

Vier Wörter, die Wulf niemals erwartet hatte, von jemandem zu hören, und Wunder um Wunder, Christina war es, die sie geäußert hatte. Er war verblüfft gewesen, erfreut, dann skeptisch.

Nicht einen Moment lang glaubte er, Christina wollte ihn täuschen. Nein, in dem Moment, in dem sie die Worte ausgesprochen hatte, hatte sie sie geglaubt. Die Schwierigkeit war, dass er nicht glaubte, es sei ihr möglich, ihr Herz wieder zu verschenken.

Nicht so bald, nachdem sie all diese Tränen um Gunther geweint hatte.

Sie meinte, in Wulfs Schuld zu stehen, vielleicht, oder war ihm dankbar, dass er Gunthers Grab gefunden hatte, aber Liebe? Wulf konnte dieser Behauptung keinen Glauben schenken, und wenn er es noch so gern getan hätte. Er mahnte sich, dass er ihr ohnehin keine richtige Zukunft bieten konnte. Er wagte es nicht, ihr ein ähnliches Geständnis zu machen, denn seine eigenen Worte wären wahr.

Dennoch begriff Wulf, welche Macht seine Lady über ihn hatte. Wenn sie ihn anflehte, sie zu lieben, würde er all seine Prinzipien über Bord werfen. Er würde fehlgehen, und sie beide würden den Preis dafür zahlen.

Wulf mied Christina danach bewusst, denn das war die einzig sinnvolle Wahl. Niemand brauchte zu wissen, dass er sich wieder und wieder an ihre süßen Worte erinnerte, oder dass er sich wünschte, sein Leben wäre ein anderes.

Als sie am Montagmorgen aufbrachen, war er so angespannt wie eine Bogensehne. Es regnete so heftig wie am Tag zuvor, aber sie konnten nicht abwarten und auf besseres Wetter hoffen. Im Schneckentempo ritten sie durch die gewundenen Straßen der Stadt, aufgehalten von den vielen Menschen.

Wulf wollte Teufel anspornen und mit ihm hinaus ins offene Land galoppieren. Er hoffte mit seltsamer Verzweiflung, Venedig schnell hinter sich zu lassen, und das war nicht nur, weil er um Christinas sichere Passage durch die Stadttore fürchtete. Er fürchtete auch die Einsamkeit der vor ihnen liegenden Straße, die stillen Ecken und den Verräter, der sich unter ihnen verbarg. War es Everard? Wulf konnte es nicht mit Sicherheit sagen. Das Wissen, dass er auf den nächsten Schachzug des Verräters warten musste, machte ihn ungeduldiger, ruheloser, nervöser.

Und das war, bevor er die dunkelhaarige Hure sah.

Sie ritten über einen kleinen Platz und waren beinahe an den Toren, als er das Lachen einer Frau hörte. Sofort erkannte Wulf die Schönheit, die ihm in Costanzias Haus als Erste präsentiert worden war. Üppig war sie und wunderschön, ihre Lippen rot, ihr glänzendes Haar schwarz. Sie lachte über die Worte irgendeines Händlers und warf die Kapuze ihres Mantels zurück, stolzierte über den Platz wie eine Königin. Der Regen schien ihr gleich, und nach ihrem Betragen zu urteilen, fiel er gar nicht auf sie. Sie wirkte wohlhabender und lebendiger als alle, die sie ansahen, und sie wusste genau um ihre Macht.

Sie genoss sie.

Wulf sah auch zwei ihrer Beschützer, die ihm das Geld des Ordens abgenommen hatten und nicht weit hinter ihr waren. Sie unterhielten sich miteinander, während der eine die schwarzhaarige Hure müßig im Auge behielt. Lächelnd, auf der Suche nach einer Gelegenheit, schaute sie sich um. Wulf blieb auf der Hut und spornte Teufel zu einer schnelleren Gangart an. Seine Gruppe ritt über den Platz, auf dem Weg zu der breiten Straße, die zu den westlichen Stadttoren führte, und alle ritten auf sein Geheiß hin schneller. Aber die Hure kam in ihre Richtung, und ihre Wege würden sich kreuzen.

Was, wenn sie Christina sah?

Würde sie die beiden Männer alarmieren?

Wulf neigte den Kopf und ritt weiter, warf einen Blick über die Schulter, um seine Mitreisenden an Eile zu gemahnen. Christina ritt beinahe ganz hinten auf einem seiner Zelter und hatte sich die Kapuze ihres Mantels über den Kopf gezogen. Auf Fergus' Betreiben hin ritt Stephen auf dem Zelter, den der Ritter neu gekauft hatte. Christinas Gesicht war noch immer erkennbar, aber es gab keinen Weg, sie zu warnen, ohne die Aufmerksamkeit der Hure auf sich zu lenken.

Er schluckte, schätzte die Entfernung bis zu dem Punkt ab, wo die breite Straße den Markt verließ. Erneut schaute er zu der dunkelhaarigen Hure hinüber, nur um festzustellen, dass sie ihn ansah. Sie riss die Augen auf, und ihr Mund öffnete sich, ein klares Zeichen, dass sie ihn wiedererkannte.

Ihr Blick wanderte über die Gruppe, und Wulfs Herz zog sich zusammen, als er begriff, dass sie Christina gesehen hatte.

Sie warf einen Blick zurück zu ihren Begleitern, und er wagte kaum zu atmen.

Dann schenkte sie Wulf ein gewinnendes Lächeln.

Was wollte sie tun? Würde sie sie verraten? Würde er außer dem Geld nun auch noch Christina verlieren? Ihm blieb ein langer Moment, das Schlimmste zu befürchten, dann hob die Hure eine Hand an die Lippen.

Sie warf ihm einen Luftkuss zu, und ihre Augen glänzten.

Wulf salutierte, und sie lächelten sich an, dann drehte sie sich um und ging in die entgegengesetzte Richtung weiter. Costanzias Männer folgten ihr, ohne eine Ahnung zu haben, was sie gesehen hatte, und Wulf war über alle Maßen erleichtert, dass sie sie absichtlich in eine andere Richtung führte.

Anscheinend war er nicht der Einzige, der sich für Christina eine andere Zukunft wünschte, und das war in der Tat eine gute Neuigkeit.

～

Es war ein unangenehmer Ritt, und Christina fragte sich, ob irgendein anderes Mitglied ihrer Gruppe so froh war wie sie, Venedig zu verlassen. Das Wetter und die Mühsal, die sie ertragen musste, waren ihr egal. Je schneller sie die Tore der Stadt hinter sich ließen, desto besser.

Wulf schien ihr Gefühl von Dringlichkeit zu teilen, denn er spornte Teufel zu einem Galopp an, sobald sie durch die Stadttore hindurch waren. Der Matsch flog von den Pferdehufen, und sie waren alle bis auf die Knochen durchnässt, aber Wulf wurde nicht langsamer. Christina wäre die Nacht durch geritten, um noch mehr Abstand von Venedig zu gewinnen, aber sie wusste, die Pferde hatten eine bessere Behandlung verdient.

Dennoch war sie enttäuscht, als Gaston an jenem Abend darauf bestand anzuhalten. Es war dunkel, und ihnen allen war kalt, aber Christina hatte das Gefühl, Venedig wäre noch zu nahe. Wulf protestierte zwar, Gaston jedoch war nicht besser darin, vorzugeben, auf seine Befehle einzugehen, als zuvor. Der Ort, an dem sie anhielten, schien eine Taverne zu sein. Aus dem hell erleuchteten Gebäude drang dröhnendes Gelächter. Christina sagte der Klang trunkener Feiern nicht sonderlich zu.

Sie würde diese Nacht sicherlich nicht schlafen. Aber sie biss sich auf die Zunge und beschloss, das Beste daraus zu machen.

Man überließ ihnen eine Scheune zu ihrer Unterbringung, eine, die schmutziger war als alles, was Christina in den letzten Jahren gesehen hatte. Es standen keine Tiere darin, und der Mist verrottete und stank. Wulfs offensichtlichem Missvergnügen nach zu urteilen, war der Preis für dieses Loch viel zu hoch.

Joscelin und Everard warfen einen einzigen Blick auf die Scheune und erklärten übereinstimmend ihr Verlangen nach einem Krug Bier und einer Partie Würfel. Sie überließen ihre Pferde den Knappen der Ritter und gingen Arm in Arm hinüber in die Taverne.

Christina wechselte einen grimmigen Blick mit Lady Ysmaine, dann machten sie und die Zofe sich an die Arbeit. Die Lady hätte ihnen geholfen, aber sie wirkte sehr still. Auch schien ihr kalt zu sein, und die Zofe nahm ihrer Herrin rasch den Besen aus der Hand. Christina ließ die Zofe Ysmaine umsorgen, während sie selbst dabei half, alles herzurichten. Mäntel wurden über die Balken gehängt, der Boden gefegt. Die Jungen kümmerten sich um die Pferde, und die Ritter misteten aus. Christina konnte sich nicht vorstellen, wie sie an einem solchen Ort schlafen sollten. Dass sie ein Dach über dem Kopf hatten, schien nur als ein geringer Vorteil.

Nachdem der Boden frei war, gingen einige Jungen mit Fergus und Gaston hinüber in die Taverne, um Essen zu holen. Duncan ließ sich von Hamish und Simon dabei helfen, aus einigen losen Brettern, die sie hinten in der Scheune gefunden hatten, Bänke auf der sauberen Seite des Raums zu improvisieren. Wulf hatte dort ein paar Lampen aufgehängt. Laurent kauerte sich zitternd zusammen, noch immer seine Satteltasche umklammernd.

»Wenn wir nur ein Feuer hätten«, murmelte Duncan mit einem Blick auf Ysmaine. »Die Damen würden die Wärme begrüßen.«

Wulf schüttelte den Kopf. »Selbst, wenn wir trockenes Kleinholz fänden, die ganze Scheune könnte abbrennen. Wir beschränken uns besser auf die Lampen, denn wir schlafen vielleicht schnell ein.«

Obwohl das eine kluge Entscheidung war, war Christina kalt bis auf die Knochen. Ysmaine wechselte ihre Kleider, genau wie ihre Zofe, aber Christina konnte lediglich ihren Saum auswringen. Laurent, bemerkte sie, kauerte noch immer zitternd bei seiner Satteltasche, und Stephen hockte neben ihm. Die beiden schienen sich angefreundet zu haben. Zu dem Zeitpunkt, als der Eintopf aus der Taverne gebracht wurde, konnte Christina unmöglich die Einzige sein, die von der Anstrengung schwitzte.

Sie vermutete, sie hatte Schlimmeres überlebt.

»Wir werden morgen alle erkältet sein«, murrte Ysmaines Zofe leise. Christina konnte das nicht leugnen. Der Geruch des Eintopfs war nicht sonderlich appetitlich, aber sie nahm an, er wäre besser als nichts. Kurz darauf kehrte Bartholomew mit missmutigem Gesichtsausdruck zurück und beschwerte sich über den Preis, den man für das Pferdefutter von ihnen verlangt hatte.

Christina machte sich auf die Suche nach den Latrinen und fand sie allein durch den Geruch.

Nichts in ihrem Leben hatte sie auf solchen unerträglichen Schmutz vorbereitet. Sie warf einen Blick hinüber zur Taverne, dann ging sie weiter in den Wald, wo die Kiefern der Luft einen besseren Geruch verliehen. Sicherlich konnte sich eine Person hier im Wald erleichtern, ohne ihn allzu sehr zu verschmutzen? Sie fand ein Dickicht, dass sie komplett vor den Blicken aus Taverne und Scheune verbarg, hockte sich hin und hob die Röcke.

Gerade seufzte sie vor Erleichterung, als sie Stimmen hörte.

Christina hätte nicht sagen können, warum sie ihre Anwesenheit nicht enthüllte – vielleicht waren es dieselben Instinkte, auf die sie sich sonst verließ –, aber sie duckte sich wieder und hielt beinahe den Atem an.

Es war ein Mann aus der Taverne, der mit einem Jungen zusammen zur Latrine ging. Die beiden unterhielten sich leise, und sie war sich nicht sicher, wer sie waren. Hatte der Junge helles Haar? Aus der Entfernung und im Regen war es schwierig, sicher zu sein. Wie groß und breit war der Mann? Beide waren in dunkle Mäntel gehüllt, und das ließ Christina an den Angreifer im Bordell denken.

Sie kauerte sich noch tiefer ins Dickicht, damit man sie nicht sah, und wartete. Sicher würden sie nicht lange brauchen. Sie hörte Fergus aus der Scheune rufen, seine Knappen sollten kommen und essen. Wulf rief nach Stephen und Simon, und der Klang seiner Stimme ließ Christinas Herz hämmern. Sie wagte nicht zu hoffen, dass er vielleicht anbieten würde, sie diese Nacht zu wärmen, denn er hatte sie den ganzen Tag lang kaum beachtet.

Es war klar, dass ihr Geständnis ihm nicht recht gewesen war, und dennoch war sie froh, die Worte laut ausgesprochen zu haben.

Während sie zusah, verließ der Mann aus der Taverne die Latrine, ging aber nicht zur Taverne zurück. Wo war der Junge? Christina spähte über die Büsche hinweg, durch den Regenvorhang. Sie hörte die Schritte des Mannes, sah aber nicht, wohin er gegangen war.

»Kerr!«, brüllte Fergus aus der Scheune. Christina konnte ihn in der Tür stehen sehen, sein Umriss vom Licht erhellt, wie er hinaus in die Nacht spähte. »Komm herein und iss, oder du musst hungrig bleiben!«

Es kam keine Antwort außer dem Plätschern des Regens. Fergus sagte etwas zu den anderen, dann sah Christina ihn seinen Mantel anziehen und auf der Suche nach seinem Knappen hinausgehen. Er schien zu erwägen, in die Taverne zu gehen, wandte sich dann aber zunächst den Latrinen zu.

Christina fragte sich, wer der andere Mann gewesen und wohin er gegangen war, und folgte dem Instinkt, der ihr sagte, es wäre unklug, sich jetzt schon zu zeigen.

Dann schrie Fergus auf, und sie wusste, sie hatte sich richtig entschieden.

»Um Gottes willen!«, bellte er. »Hilfe!«

Was war los?

Christina sah, wie die übrigen auf seinen Schrei hin aus der Scheune rannten. Selbst die Männer aus der Taverne kamen neugierig heraus, um nachzusehen, und sie sah Lichter in der Dunkelheit hin- und herschwingen, als einige von ihnen den Hügel herabkamen.

War das die Silhouette eines Mannes, der die Scheune betrat, nachdem die anderen gegangen waren?

Christina hob ihre Röcke und bewegte sich leise durch den Wald, entschlossen, es herauszufinden.

~

Der Junge, Kerr, war tot.

Und man hatte ihn vergiftet.

Wulf hatte schon vieles gesehen, aber er wäre froh gewesen, dies nicht bezeugt zu haben. Gift war für jeden eine hässliche Art zu sterben, und Kerr konnte es keinesfalls absichtlich eingenommen haben. Zu dem Zeitpunkt, als die Männer Fergus erreichten, war die Gesichtsfarbe des Jungen höchst ungesund und sein Gesicht schmerzverzerrt.

Wulf war klar, dass das nicht gut ausgehen konnte.

Gaston und Fergus versuchten, dem Jungen zu helfen, und Gaston schrie nach der Hilfe seiner Gemahlin, die ein wenig von der Heilkunst verstand. Die Lady, das musste er ihr zugutehalten, stiefelte durch den Matsch und den Regen in ihrem mutmaßlich einzigen sauberen und trockenen Kleid und scheute nicht vor ihrer Verantwortung zurück.

Aber es war zu spät. Kerr erlitt Krämpfe, während die Männer aus der Taverne kamen und betrunken herumbrüllten. Wulf beobachtete die versammelte Menge, hoffte, irgendwelche Hinweise darauf zu erhalten, wer diese üble Tat begangen hatte.

Alle wirkten besorgt und ängstlich.

Doch nicht alle waren da. Fergus, Duncan und Gaston bemühten sich um den Jungen, Bartholomew sah beunruhigt zu. Stephen und Simon waren Wulf gefolgt und beobachteten alles mit unverhohlenem Entsetzen. Hamish war blasser als üblich, während er seinen Kameraden in seinem Leiden sah. Obwohl Kerr unter ihnen nicht beliebt war, wünschte niemand ihm ein solches Schicksal.

Doch, *jemand* hatte Kerr dieses Schicksal gewünscht.

Christina fehlte, wie auch der Graf, Everard, den sie so verabscheute. Möglicherweise waren sie zusammen? Joscelin war nicht zugegen, andererseits waren er und Everard vorhin zusammen zum Würfelspiel in die Taverne gegangen.

Diese Angewohnheit Everards gab Wulf zu denken, denn es verlieh Christinas Versicherung, der Graf sei nicht, wer er zu sein behauptete, Glaubwürdigkeit. Sicherlich würde doch kein frommer Mann mit solcher Begeisterung dem Würfelspiel huldigen?

Wo *war* Everard? Wulf war sich sicher, Joscelins stattliche Figur unter den Umrissen der Männer zu erkennen, die sich von der Taverne her näherten.

Und wo steckte Christina?

Zuerst dachte Wulf, der Knappe Laurent fehle, dann sah er ihn hinter Bartholomew im Zwielicht stehen. Als er sah, dass Laurent die Satteltasche nicht bei sich hatte, fürchtete er, Kerrs Zustand würde dem Verräter als eine gelegen kommende Ablenkung dienen.

Hatte Christina versucht einzugreifen?

Wulf verließ die Gruppe und hastete zurück in die Scheune. Er fürchtete sich vor dem, was er vorfinden würde.

Die Satteltasche war verschwunden.

Von Christina war weit und breit nichts zu sehen. Sie hätte die Satteltasche nicht an sich genommen, denn diese enthielt, wie sie ja wusste, den Schatz nicht mehr. Oder hatte sie versucht, jemand anders zu täuschen? Hatte sie die Aufmerksamkeit des Verräters auf sich gelenkt, um einen anderen zu schützen? Furcht stieg in ihm auf.

Wulf bemerkte, dass es in der Scheune dunkler war als zuvor und sah, dass eine Lampe fehlte. Er wirbelte herum und sah Duncan hinter sich stehen. Der Blick des älteren Mannes wanderte dorthin, wo Laurent mit der Satteltasche gesessen hatte, und er erblasste.

»Verflucht«, flüsterte er.

Also hatte Christina recht gehabt.

»Wir müssen sie finden, bevor sie fortgebracht wird«, sagte Wulf zwischen zusammengebissenen Zähnen, obwohl er sich in Wirklichkeit mehr Sorgen um Christina machte.

»Verdammt sei der Regen«, murmelte Duncan. »Wir werden keine Spuren finden.«

Zusammen gingen sie in die Nacht hinaus und suchten die Dunkelheit auf irgendwelche Hinweise auf den Aufenthaltsort des Schatzes ab. Jemand hatte ihn aus der Scheune gestohlen und konnte damit nicht weit gekommen sein. In dem Durcheinander und Geschrei rings um die Latrinen blieben andere Geräusche unbemerkt, aber im Wald auf der gegenüberliegenden Seite der Taverne blitzte plötzlich ein Licht auf.

Auch Duncan musste es gesehen haben, denn sie beide liefen gleichzeitig los. Das ferne Licht verschwand, aber sie näherten sich dem Punkt und versuchten dabei, kein Geräusch zu machen. Es war klar, dass auch Duncan ein guter Jäger war, denn er konnte den Ort, an dem das Licht aufgeblitzt war, so zuverlässig bestimmen wie Wulf.

Wo war Christina?

Wulf glaubte, eine Silhouette zu erkennen, und streckte die Hand aus, um Duncan zurückzuhalten. Doch Duncan war bereits erstarrt. Der Umriss der Person war zu groß und zu breit, um Christina zu sein, aber wer es auch war, trug einen Mantel, sodass sich seine Identität nicht feststellen ließ. War Christina verletzt? Oder war sie mittlerweile zu der anderen Gruppe zurückgekehrt?

Sie näherten sich lautlos, Wulfs Kopf voller Fragen.

Die Figur beugte sich über etwas und bewegte sich. Man hörte einen jähen Wutschrei und einen Plumps, als irgendetwas Schweres auf den Boden prallte. Und dann drehte sich die Gestalt um, rannte auf sie zu und stieß Duncan grob beiseite. Wulf gelang es gerade noch auszuweichen. Er wollte dem Verräter folgen, aber dieser warf etwas nach ihm.

Wulf duckte sich, und der Gegenstand prallte gegen den Baum

neben ihm und zerbrach. Erst, als er die Stücke sah, begriff Wulf, dass es die Laterne aus der Scheune war.

Die bevorzugte Waffe des Übeltäters.

Glücklicherweise regnete es so stark, dass ein Feuer keine Chance hatte, sich auszubreiten. Wulf wäre der flüchtenden Gestalt hinterhergerannt, aber hinter ihm erklang eine leise Frauenstimme.

»Schuft«, flüsterte Christina.

Wulf wirbelte herum und sah, wie sie sich über einen Klumpen auf dem Boden beugte. Neben ihr stand Duncan.

Es ging ihr gut!

Als er näherkam, konnte er sehen, dass vor ihr ein Stein lag, zum Teil aus seinen schützenden Stoffschichten ausgewickelt. Die Satteltasche selbst lag vergessen daneben.

»Er weiß, dass es ein Trick war«, sagte Christina ohne Überraschung.

Duncan stieß den Stein mit dem Fuß an und atmete hörbar aus. »Ich muss sagen, ich bin erleichtert.«

»Ist der wirkliche Schatz in Sicherheit?«, fragte Wulf leise und eindringlich.

Christina nickte, ohne zu zögern.

Die Männer wechselten einen Blick.

»Was habt Ihr gesehen?«, fragte Duncan. »Wisst Ihr, wer es war?«

»Ich habe keine Beweise«, sagte Christina. »Ich konnte ihn nicht richtig erkennen. Als alle zur Latrine liefen, sah ich eine Gestalt in die Scheune zurückkehren. Zu dem Zeitpunkt, als ich dort ankam, verließ sie schon wieder das Gebäude. Sie trug etwas bei sich. Ich folgte ihr und hoffte, ihr Gesicht zu sehen, aber als sie die Lampe anzündete, war ich noch hinter ihr. Ich versuchte, mich ihr zu nähern, aber ich war nicht schnell genug.«

Der Gedanke, dass sie dem Bösewicht so nahe gekommen war, dem, der für den Schatz über Leichen ging, weckte Furcht in Wulfs Herzen. Dass sie wusste, wo der Schatz sich befand und worum es sich handelte, ließ seine Angst vor dem, was hätte passieren können, wachsen.

»Du hättest kein solches Risiko eingehen sollen«, tadelte er. »Wir wissen, dass dieser Bösewicht töten wird, um sein Ziel zu erreichen. Stell dich nicht zwischen ihn und diesen Schatz!«

Christina hob das Kinn. »Ich kann mein Leben aufs Spiel setzen, wie es mir gefällt«, sagte sie leise. »Und ich werde immer das Richtige tun.«

»Du hättest verletzt werden können!«, protestierte Wulf, aber ihr Gesicht wurde nicht weicher.

Duncan schaute nachdenklich zwischen ihnen hin und her, und Wulf wandte den Blick ab.

»Was ist bei den Latrinen geschehen? Was soll dieser Aufruhr?«, fragte Christina.

Duncan schüttelte den Kopf. »Der Junge wurde getötet.«

Christina keuchte. »Doch nicht Laurent?«

Der ältere Mann verzog das Gesicht. »Nein, es war Kerr, und das wird Konsequenzen haben, dessen könnt Ihr sicher sein.« Wulf schaute den Schotten verständnislos an. »Der angebetete Neffe von Lady Isobel, Fergus' Verlobter. Sie wird ihn dies nie vergessen lassen, so viel weiß ich.«

»Ihr mögt Sie nicht sehr, oder?«, fragte Christina leise, aber Duncan schenkte ihr als Antwort nur einen harten Blick.

»Meine Meinung ist in dieser Angelegenheit nicht von Wichtigkeit«, sagte er barsch.

»Was hast du noch gesehen?«, fragte Wulf Christina.

»Ein Mann und ein Junge kamen aus der Taverne und gingen zur Latrine. Der Mann ging wieder, der Junge nicht. Während ich versuchte zu sehen, wo er geblieben war, verlor ich den Mann aus den Augen.

Wulf nickte. Er wünschte sich, irgendjemand hätte den Mann deutlich gesehen oder beobachtet, wie der Knappe vergiftet worden war. Er zweifelte nicht daran, dass der Plan des Verräters genau aufgegangen war.

»Gift?«, fragte sie. »Wirklich?«

»Wirklich«, bestätigte Duncan, und sie verzog das Gesicht.

»Ein solches Schicksal verdient niemand«, sagte sie leise.

»Merkt Euch meine Worte«, sagte Duncan grimmig. »Die Lady Ysmaine wird hierfür verantwortlich gemacht werden, denn sie war diejenige, die in Outremer Gift gekauft hat.«

Aber jemand hatte das Gift entweder von ihr gestohlen oder mehr gekauft. Frustration kochte in Wulf, dass dieser Bösewicht so viel Glück hatte.

Oder vielleicht war er lediglich in seiner finsteren Kunst sehr bewandert und wusste sicherzustellen, dass seine Taten nicht entdeckt wurden. Er erinnerte sich an Christinas Überzeugung, dass der Mann, den sie Helmut nannte, mindestens zweimal getötet hatte.

Er sollte eine gerechte Strafe erhalten.

Duncan beugte sich nieder und rollte den Stein wieder in seinen Stoff, dann steckte er ihn zurück in die Satteltasche. Man konnte hören, wie die anderen in die Scheune zurückkehrten. »Ich würde sagen, wir behalten die Fälschung«, sagte er in nüchternem Tonfall. »Sie mag sich später als nützlich erweisen. Ich werde es Fergus erklären, und zweifellos wird Laurent die Wahrheit erfahren müssen, aber ich würde vorschlagen, dass wir es den anderen nicht erzählen.«

Vielleicht würde der Verräter sein Wissen unbeabsichtigt enthüllen.

Sie nickten zustimmend und kehrten einer nach dem anderen in die Scheune zurück, darauf achtend, dass sie unbemerkt wieder zur Gruppe stießen. Schließlich hatten sich alle wieder in der Scheune eingefunden, und Wulf fragte sich, wo der Schatz wohl tatsächlich versteckt war.

Er war sicherlich nicht der Einzige in der Gruppe, der sich das fragte.

Und Christina würde doch sicher nicht noch einmal ein solches Risiko eingehen?

DIE REISEGEFÄHRTEN FANDEN KAUM RUHE, selbst, als sie sich alle in der Scheune eingerichtet hatten. Das üble Verbrechen an Kerr war wie ein unwillkommener Besucher am Tisch. Lady Ysmaine war blass und saß, in ihren Mantel gehüllt, neben ihrer Zofe. Offenbar waren sie und ihr Ehemann diese Nacht entzweit, nachdem die Frage nach der Herkunft des Gifts seine Arbeit getan und Zweifel gesät hatte.

Laurent war blass. Sein Blick wanderte von einem Ritter zum nächsten, als erwartete er ängstlich eine Bestrafung. Everard und Joscelin waren zum Würfelspiel in die Taverne zurückgekehrt.

Hamish weinte leise – um seinen Kameraden, oder vielleicht auch nur aus Schock – und Fergus wirkte grimmig. Duncan tätschelte dem weinenden Jungen die Schulter, war aber offenkundig nicht daran gewöhnt, jemandem Trost zu bieten. Stephen und Simon saßen beieinander, in Wulfs Nähe, und wirkten sehr jung. Wulf lehnte sich gegen einen Balken, die Beine überkreuzt, sein Gesicht im Schatten verborgen. Die Lampen flackerten, und Christina fragte sich, ob sie schweigend dasitzen würden, bis das Licht ausging.

Sie konnte es nicht ertragen.

»Vielleicht brauchen wir eine Geschichte, um uns von den Ereignissen dieser Nacht abzulenken«, sagte sie munter und war nicht wirklich überrascht, als sich ihr viele erleichterte Gesichter zuwandten.

»Wisst Ihr, welcher Festtag heute ist, Mylady?«, fragte Stephen, und sie lächelte den Jungen an, weil er ihre Mühe belohnte.

»In der Tat. Heute ist der Festtag der Sieben Schläfer von Ephesus.« Sie breitete ihre Röcke aus und erinnerte sich an die Einzelheiten der Geschichte. »Sie waren sieben Männer aus guten Familien, die im selben Alter waren und auch gute Freunde. Sie lebten in jener Zeit, als Decius Kaiser war, und waren alle Christen. Decius ließ Nachricht nach Ephesus schickten, dass dort Tempel für die römischen Götter errichtet werden sollten, damit alle zu diesen beten könnten. Wer sich weigerte, das zu tun, der wurde hingerichtet. Die Angst unter den Menschen von Ephesus war so groß, dass Freunde einander verrieten, Väter ihre Söhne und Söhne ihre Väter.«

»Aber die sieben Männer verrieten einander nicht?«, fragte Stephen, seine Skepsis unverkennbar.

»Nein, das taten sie nicht«, sagte Christina. »Aber sie bekannten sich zu ihrem Glauben und wurden vom Kaiser höchstselbst getadelt. Weil ihre Familien so einflussreich waren, gewährte er ihnen einen Aufschub und forderte sie auf, sich eines Besseren zu besinnen. Stattdessen verschenkten diese sieben Freunde all ihr Hab und Gut an die Armen und zogen sich in eine Höhle in den Hügeln zurück, auf der Flucht vor dem Kaiser. Dort fasteten und beteten sie.«

»Sie müssen sehr hungrig gewesen sein«, vermutete Stephen.

Christina sah, dass Simon genau zuhörte, und dass Laurents Augen groß waren. Vielleicht erkannte er diese Version seiner Geschichte von den Gefährten in der Höhle. Christina lächelte das Mädchen an, und es lächelte zögernd zurück. »Das waren sie, und einer von ihnen, Malchus, verkleidete sich als Bettler, um in die Stadt zu gehen und ihnen Essen zu besorgen. Während er dort war, hörte er, Decius habe verfügt, dass die sieben Freunde gejagt und hingerichtet werden sollten. Er kehrte zur Höhle zurück, um seine Freunde zu warnen, und obwohl sie sich berieten, schien es doch, als sei ihr Märtyrertod unausweichlich. Sie beteten um die Stärke, die bevorstehenden Prüfungen zu überstehen. Durch die Gnade Gottes fielen sie in einen tiefen Schlaf und wurden in diesem Zustand von den Männern des Kaisers entdeckt.«

Die Jungen beugten sich gespannt vor.

»Der Kaiser selbst kam, um sie sich anzusehen, denn sie ließen sich nicht wecken. Ja, sie hätten genauso gut zu Stein erstarrt sein können. Und so wurde die Höhle verschlossen, damit sie nicht entkommen könnten, falls es nur ein Trick wäre. Zwei andere Christen, Theodorus und Ruffinus, fragten sich, ob sie vielleicht ein Wunder bezeugten. Sie ließen die Geschichte der sieben Freunde aufschreiben und steckten die Schriftrolle in eine Spalte zwischen den Steinen, die den Eingang zur Höhle verschlossen. Und so gerieten die Märtyrer beinahe in Vergessenheit.«

Christina hob einen Finger. »Bis etwa dreihundert Jahre später die Ketzerei in der Stadt zunahm und der christliche Kaiser um die Seelen seiner Bürger fürchtete. Gott wusste, es bedurfte eines Wunders, und so brachte er einen Schafhirten dazu, am Hang jenes Bergs, wo die sieben Gefährten in ihrer Höhle Zuflucht gesucht hatten, eine Unterkunft zu errichten. Um sie zu bauen, nahm der Schäfer die Steine fort, die den Höhleneingang verschlossen. Durch Gottes Willen erwachten die sieben Freunde. Sie glaubten, sie hätten nur eine Nacht lang geschlafen, und waren hungrig. Malchus bot an, erneut in die Stadt zu gehen, um Brot zu kaufen und in Erfahrung zu bringen, ob man weiter Jagd auf sie machte. Einmal mehr kleidete er sich als Bettler, und einmal mehr verließ er die Höhle in der Furcht, nicht zurückzukehren.

Aber die Stadt war nicht länger so, wie Malchus sie kannte. Statt der neuen Tempel, die Decius hatte errichten lassen, standen überall Kirchen. Die Leute bekannten sich offen zum Glauben an Jesus, und er konnte es nicht begreifen. Er fragte sich, ob er versehentlich in eine andere Stadt gelangt sei, denn diese hatte so wenig Ähnlichkeit mit der, die er kannte. Er dachte, sein Verstand wäre vielleicht vom Hunger betäubt, und versuchte, Brot zu kaufen, aber der Bäcker wollte sein Geld nicht nehmen.«

Laurent richtete sich auf. »Ein großes Geschrei hob an, und eine Menge versammelte sich, denn die Münze war alt und wertvoll«, sagte er aufgeregt. »Der Bäcker dachte, der Mann müsse sie gestohlen haben, während andere der Ansicht waren, er habe einen Schatz gefunden und solle dessen Fundort offenbaren. Wie man sich vorstellen kann, war er von all dem sehr verwirrt!«

Christina lächelte. »Die Menge verlangte von dem Mann, den sie für einen Fremden hielten, seine Herkunft zu beweisen. Der Mann nannte seinen Namen und die Namen seiner Eltern, aber niemand kannte sie.«

Die Jungen schauten zwischen Christina und Laurent, die einander anlächelten, hin und her, während Laurent fortfuhr: »Weil sie ihn noch immer für einen Lügner hielten, schrie er, sie sollten ihn zum Magistrat des Kaisers führen. Als er den Namen des Kaisers nannte, von dem er wusste, dass er über dieses Land und die Stadt herrschte, wich die Menge staunend zurück. Er konnte sich ihre Reaktion nicht erklären und fragte, was falsch sei.«

Christina senkte die Stimme. »Der Bäcker sagte ihm, der Kaiser sei schon seit Jahrhunderten tot. Aber der christliche Kaiser, der nun herrschte, kam, um Malchus anzusehen. Er glaubte, die Hand Gottes in diesen Ereignissen zu erkennen, und bat, in die Höhle gebracht zu werden. Dort umarmte er alle sieben Männer, die so lange geschlafen hatten, und grüßte sie als Heilige. Man fand die versteckte Schriftrolle in der Spalte und las sie laut vor, und die Menschen waren froh, denn ihr wahrer Glaube wurde durch diesen Beweis der Auferstehung gestärkt. Die sieben Freunde legten sich dann zum Schlaf nieder, und dieses Mal erwachten sie nicht. In goldenen Särgen wurden sie zur Ruhe gebettet, und die Höhle wurde mit Gold und anderen Reichtümern geschmückt. Sie wurde zu einem Schrein, einem berühmten, heiligen Ort, der von der Macht Gottes zeugte und der Verheißung des Lebens nach dem Tod, das er uns allen gewährt.«

Es herrschte Schweigen, als Christina ihre Geschichte beendete, doch es kam ihr nun weniger niedergeschlagen vor als zuvor. Noch immer trommelte der Regen aufs Dach und die Scheune stank, aber etwas hatte sich verändert. Sie spürte, wie das Gewicht von Wulfs Hand auf ihrer Schulter landete. »Ich danke dir für diese Erinnerung heute Nacht«, sagte er leise. »Lasst uns alle für Kerrs unsterbliche Seele beten und hoffen, dass wir die Gelegenheit haben, zu einer neuen Verheißung zu erwachen.«

Neue Verheißung.

Während Christina betete, begann sie an ihre Heimat zu denken, an alte Versprechen und Vermächtnisse. Zum ersten Mal wagte sie, nicht nur zu mutmaßen, sondern zu hoffen, dass es für sie wirklich einen neuen Anfang geben würde.

Es war keine Überraschung, dass sie sich wünschte, er möge Wulf mit einschließen.

MITTWOCH, 12. AUGUST 1187

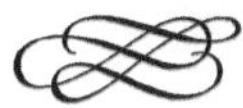

FESTTAG DER MÄRTYRER SANKT ANDEOLUS UND SANKT TIBURTIUS UND DER JUNGFRAU SANKT WALDETRUDIS

KAPITEL 14

Die nächsten Wochen über musste Christina entsetzt feststellen, dass sie komplett falsch gelegen hatte, was Gastons Zuneigung zu seiner Gemahlin betraf.

Es reichte, um ihre Überzeugung zu erschüttern, dass das Gute siegen musste.

Sie hatte gedacht, Gaston und Ysmaine hätten die Liebe in ihrer Ehe gefunden, obwohl diese erst kürzlich geschlossen worden war. Aber in der Nacht von Kerrs Tod war klar geworden, dass Gaston seine Frau für den Tod des Knappen verantwortlich machte. Christina hatte gehofft, seine schlechte Stimmung sei nur vorübergehend, doch stattdessen nahm sie zu. Sie begann sogar zu fürchten, dass Gaston vorhatte, seine Ehefrau zu verstoßen.

Wegen seiner unbegründeten Anschuldigungen.

Ysmaine war davon anscheinend sehr mitgenommen. Sie schien noch kränker als zuvor und sprach nur noch mit ihrer Zofe. Die Zofe warf Gaston wütende Blicke zu, wenn sie sich unbeobachtet wähnte, und Christina konnte ihr daraus keinen Vorwurf machen.

Es war klar, dass der Mann nicht begriff, welches Risiko seine Frau für ihn auf sich genommen hatte. Ja, es war offensichtlich, dass Ysmaine etwas von Kräutern verstand, und anscheinend hatte sie, wenn man Bartholomew glaubte, etwas Eisenhut aus Jerusalem bei sich getragen und ferner das Gift, an dem Kerr gestorben war, als dasselbe Kraut identifiziert. Doch Christina wusste, dass Ysmaine den Jungen nicht so kaltblütig getötet haben konnte, und sicher wusste ihr Mann doch ihren Charakter genauso gut einzuschätzen wie Christina.

Oder waren alle Männer mit dem Fluch der Blindheit geschlagen, wenn es um Frauen ging? Sie ärgerte sich erneut darüber, dass Wulf niemals etwas zu ihrem Liebesgeständnis gesagt hatte, das sie einfach hatte machen müssen. Christina war klar, dass er nicht mit ihr verbunden sein wollte.

Vielleicht dachte er an sie nur als eine weitere Hure.

Dass Lady Ysmaine Gefahr auf sich genommen hatte, indem sie den Schatz in ihre Obhut gebracht hatte, ärgerte Christina nur noch mehr. So, wie sie Lady Ysmaines Charakter einschätzte, glaubte sie, dass die Edelfrau versuchte, den Schatz zu verteidigen, mit dessen Schutz ihr Ehemann betraut war. Aber nun missachtete er sie, und hatte sie, soweit Christina es sagen konnte, noch nicht einmal nach ihrem Verdacht befragt.

Allerdings hatten sie lange Tage im Sattel verbracht, nachdem sie Kerr beerdigt hatten, als wollte Wulf möglichst schnell zum Pass gelangen und Christina schleunigst loswerden. In Wahrheit vermutete Christina, wollte er einfach Paris erreichen, um möglichst bald nach Outremer zurückzukehren. Jeden Abend war sie wund und müde, wenn sie anhielten, aber das sorgte immerhin dafür, dass sie traumlos schlief. Jeder Tag brachte sie dem Sankt-Bernhard-Pass näher, der nur wenige Tage von ihrer Heimat entfernt lag.

Während ihr Zuhause allmählich näherrückte, dachte Christina immer öfter an ihre Schwestern und ihre Mutter und hoffte, es ging ihnen allen gut. Sie erinnerte sich an die Tage im Kräutergarten und dem Obstgarten, wenn sie dort bei der Arbeit geholfen oder mit ihren Schwestern gespielt hatte. Sie konnte die geschnitzten Balken der Dorfkirche beinahe vor sich sehen und hörte erneut die klingende Stimme des Priesters, der sie alle segnete. War er noch immer dort? Was war mit der Köchin und der Braumeisterin, dem Seneschall und dem Rüstungsschmied? Christina konnte in ihrer Erinnerung jeden Winkel der Ländereien ihres Vaters sehen, obwohl sie bezweifelte, dass alles noch genauso war wie vor neun Jahren.

Was würde sie ihrer Familie über diese letzten Jahre erzählen? So wenig wie möglich, das war klar, denn ihre Mutter wäre schockiert von dem, was Christina hatte tun müssen, um zu überleben. Tatsächlich würde sich ihre Mutter wünschen, dass sie wieder heiratete, eine Aussicht, die Christina nicht gerade mit Vorfreude erfüllte. Sie wäre zufrieden damit, Witwe zu bleiben, ein Dach über dem Kopf und eine tägliche Mahlzeit zu haben.

Es würde vom Geschlecht der Kinder ihrer Schwestern abhängen. Christina dachte einmal mehr darüber nach, dass sie vielleicht nicht als Einzige unfruchtbar war. Immerhin war sie die Älteste. Miriams Hochzeit hatte Gunther dazu bewogen, auf Pilgerreise zu gehen, aber ihre jüngere Schwester Anna war vielleicht noch nicht verheiratet. Was, wenn weder Miriam noch Anna einen Sohn hatten?

ES WAR SPÄT, als die Gruppe die Herberge auf dem Gipfel des Sankt-Bernhard-Passes erreichte, und die Luft war kühl. Die Sterne standen bereits am Himmel. Aus der Herberge strömte sehr einladendes Licht. Wulf war sich des Schweigens zwischen ihm und Christina sehr bewusst, aber obwohl er sich danach sehnte, wieder mit ihr zu sprechen, wagte er es nicht.

Die Aussicht, dass sie ihre Gruppe am Morgen verlassen würde, machte ihn krank. Er war bereits entschlossen, ihr das Pferd zu schenken, auf dem sie geritten war, denn es würde dafür sorgen, dass sie schneller daheim war. Das konnte ihre Sicherheit nur erhöhen.

Er hätte es vorgezogen, sie selbst zum Heim ihrer Familie zu begleiten, um sicherzugehen, dass sie dort ankam, aber der Schatz und der Brief mussten erst nach Paris gebracht werden.

Würde sie ihm einen Abschiedskuss schenken?

Würde sie ihm ein Andenken geben, sodass er sich an sie erinnern konnte? Er hatte kein Recht, darum zu bitten, aber er wünschte sich eine Locke ihres Haars.

So kam es, dass seine Aufmerksamkeit auf Christina ruhte, als die Gruppe absaß. Er war vom Pferd gestiegen und hielt Teufel am Zügel, während die Jungen müde aus ihren Sätteln glitten. »Nimm zuerst Christinas Pferd«, sagte er zu Stephen. Sie musste müde sein.

Sie lächelte den Jungen an, als er die Zügel ihres Zelters nahm, dann warf sie Wulf einen Blick zu, bei dem sich sein Herz zusammenzog.

Zu bald wandte sie den Blick ab.

Währenddessen ging Ysmaine hinüber zur Tür. Ihre Erschöpfung war offensichtlich.

»Ich werde mich um Euer Pferd kümmern, Mylady«, sagte Bartholomew, und die Lady wandte sich um, um ihm zu danken, so höflich, wie sie es immer war. Wulf sah, wie ihr Mantel flatterte und dachte sich nichts dabei, bis er Bartholomews offenen Mund sah. Das Gesicht von Gaston, der hinter dem Knappen stand, wurde zu Stein.

Ysmaine wirbelte herum und schloss mit einer Hand ihren Mantel. Offensichtlich alarmiert hastete sie zur Tür. Gaston folgte ihr und umfasste ihren Ellbogen. Sein Gesicht war finsterer, als Wulf es je gesehen hatte.

Wie es schien, konnte selbst Gastons Gleichmut erschüttert werden.

Was war nur los?

»Mylady«, sagte Gaston grimmig. »Auf ein Wort, wenn es Euch recht ist.«

Wulf sah, wie die Lady ihre Schultern straffte und dann zu Gaston aufsah, als wäre sie ungerührt. Er wusste es besser. »Aye?« Ihre Hand wanderte zu ihrem Bauch und ruhte dort, sodass man deutlich die Wölbung sah.

Die Wölbung eines Schwangerschaftsbauchs.

Wulf blinzelte. So bald schon?

»Du erwartest ein Kind«, warf Gaston ihr vor, und Wulf verstand, dass sie zu der gleichen Schlussfolgerung gelangt waren. Es konnte nicht Gastons Kind sein, wenn Ysmaine schon so rund war.

Die finstere Stimmung des anderen Ritters ergab auf einmal deutlich mehr Sinn.

»In der Tat«, antwortete Ysmaine und hielt ihr Kinn hoch erhoben »Mir wurde zu verstehen gegeben, du wünschtest dir einen Sohn.«

In den Augen des anderen Ritters loderte die Hitze. Obwohl Wulf sich freute zu sehen, dass es doch etwas gab, das Gaston aus der Ruhe bringen konnte, hätte er niemandem solche Neuigkeiten gewünscht.

Betrogen und getäuscht zu werden war übel. Dies vor einer Gruppe seiner Kameraden zu erfahren, war noch schlimmer.

Obwohl er sich Ysmaines Absichten nie ganz sicher gewesen war, war dies auch für Wulf ein unwillkommener Schock.

Hatte der alte Mann recht gehabt, waren Frauen grundsätzlich nicht vertrauenswürdig?

Gaston war offenkundig empört. »Die Schwangerschaft scheint zu weit fortgeschritten, als dass du vor weniger als einem Monat in Venedig empfangen haben könntest.«

»Vielleicht wurde das Kind in Samaria gezeugt«, sagte die Lady, eine kühne Lüge.

»Dennoch – so rund in nur einem Monat?« Gaston klang unsicher.

Ysmaine ließ sich nicht schrecken. »Vielleicht gerät er so groß wie sein Vater.«

Christina, die den beiden gefolgt war, gab einen abfälligen Laut von sich. Gaston schaute sie an, und sie zuckte die Schultern. »Das Baby ist schon vor mindestens drei Monaten empfangen worden.« Gaston schaute böse zu Ysmaine, die errötete. »Ihr müsst Euren Bauch flachgebunden haben, um es zu verstecken.«

»Aye«, stimmte Ysmaine hastig zu. »Aber ich konnte es nicht länger ertragen und fürchtete um die Gesundheit des Kindes.«

Das war verwerflich! Sie setzte das Wohlergeben des Kindes aufs Spiel, um ihren neuen Ehemann zu täuschen! Wulf war angewidert.

»Und das solltet Ihr auch«, murmelte er, unfähig, seine Verachtung zu verbergen.

»Drei Monate?«, fragte Gaston seine Frau ungläubig. »Drei Monate!«

»Sicher nicht so lange«, protestierte Ysmaine. »Nicht ganz.«

»Ich sollte sagen, nicht annähernd! Wir sind erst seit einem Monat verheiratet.« Gaston schaute seine Frau finster an, dann wurde er in seiner Wut still.

Wulf konnte nicht glauben, dass seinem Gefährten solch ein Irrtum unterlaufen war.

»Habt Ihr sie nie nackt gesehen?«, fragte er spöttisch und musste Ysmaine dabei einen Blick zuwerfen.

»Sie hielt sich immer bedeckt«, gestand Gaston, dann fügte er verächtlich hinzu: »Ich dachte, sie wäre nur sittsam.«

»Verlogen ist vielleicht das bessere Wort«, fühlte Wulf sich gezwungen zu sagen.

Zu seiner Überraschung weckten seine Worte Christinas Zorn.

Zum ersten Mal seit Kerrs Tod richtete sie das Wort an ihn, aber es war nicht die Art Unterhaltung, die er gehofft hatte zu führen.

»Und welche andere Möglichkeit hätte sie gehabt, sich zu retten?«, schleuderte Christina ihm entgegen. »Ihr tut, als hätten Frauen auf dieser Welt die gleichen Chancen wie Männer, und ich versichere Euch, das ist nicht der Fall.«

»Sie hätte es ihm sagen können!«, beharrte Wulf.

»Und die Hilfe des einzigen Menschen verlieren, der ihr Unterstützung angeboten hatte? Aye, das ist ein guter Weg zu verhungern.« Christina presste die Lippen zusammen. »Oder in meinem Gewerbe zu enden.«

Wulf bereute seine Worte, denn er wusste, Christina sah Ähnlichkeiten zwischen ihrem Schicksal und dem Ysmaines – außer, dass Ysmaine rechtzeitig einen Streiter gefunden hatte. Zumindest hatte er das bis heute gedacht.

Vielleicht hatten die beiden mehr gemeinsam, als er geglaubt hatte.

»Habt Ihr Euch wie eine Hure verkauft?«, fragte Everard Ysmaine, die Lippen verächtlich verzogen.

Gaston schaute seine Frau finster an, sein Ärger so offensichtlich, dass es Wulf ein wenig überraschte. Es schien, wenn Gaston nicht länger unbeteiligt blieb, traten seine Gefühle deutlicher zutage als bei anderen Männern. Es war seltsam. Wulf hätte angenommen, dass der andere Ritter seine Beherrschung allmählich verlieren würde, statt sie von einer Sekunde auf die andere aufzugeben.

Vielleicht machte es ihm besonders zu schaffen, betrogen worden zu sein.

»Ich habe gebetet«, versicherte Ysmaine dem Grafen. »Aber es heißt, Gott helfe denen, die sich selbst helfen.«

Everard schüttelte den Kopf und ging an allen vorbei in die Herberge. »Ich bin froh, dass ich nie einen Grund gesehen habe, zu heiraten. Es stimmt, dass Frauen die Wurzel allen Übels sind.«

»Du hast gesagt, keiner deiner Ehemänner habe die Ehe je vollzogen«, sagte Gaston, seine Worte voll Ärger.

»Das haben sie nicht.« Ysmaine senkte ihren Blick, dann schluckte sie. »Es tut mir leid«, sagte sie leise. »Wir mussten essen.«

»Es gibt Almosen für die Armen«, schnappte Gaston.

Ihre Augen blitzten. »Nicht so viel, wie man erhoffen würde. Die Schwestern haben uns Obdach gewährt und wenig mehr als das.«

Gaston hob wütend die Stimme, offensichtlich entschlossen, seine Frau vor allen in Hörweite zu beschämen. Die gesamte Gesellschaft schien am Boden festgewachsen zu sein, denn sie gafften und hörten zu, unfähig, etwas anderes zu tun. »Gestehe die Wahrheit, vor allen hier versammelten Zeugen. Hast du mich angelogen, Ysmaine de Valeroy?«

Ysmaine nickte. »Ich wusste nicht, was ich sonst tun sollte. Ich flehe dich an …«

»Ich werde mir deine Bitten nicht anhören!«, bellte Gaston, dann deutete er mit dem Finger auf sie. »Nur eine einzige Sache habe ich von dir verlangt!«

»Ehrlichkeit«, bestätigte Ysmaine, ihre Stimme sehr viel leiser, dann hob sie das Kinn. Ihr Mangel an Reue war wirklich erstaunlich und machte es schwer, Mitleid für sie zu fühlen. »Aber ich kann es erklären, wenn du mir nur die Gelegenheit gibst …«

»Nur eine einzelne Bitte habe ich an dich gerichtet, und selbst dieser einen kannst du nicht entsprechen!«, röhrte Gaston. »Es gibt nur eine Erklärung, die ich in diesem Moment von dir hören möchte, und sie verlangt nur ein einziges Wort als Antwort.« Er wandte sich mit bösem Blick seiner Frau zu, aber sie wich nicht zurück. »Und sei nicht so töricht, jetzt zu lügen«, knurrte Gaston.

»Das werde ich nicht.«

Gaston deutete mit einem zitternden Finger auf ihren Bauch und stieß die Worte hervor. »Ist es mein Kind, das du in dir trägst?«

Ysmaine biss sich auf die Lippen. Tränen stiegen ihr in die Augen, aber Wulf hielt sie nicht für echt. Sie versuchte nur, Gaston milde zu stimmen. »Nein, ich fürchte, das ist es nicht.«

Der andere Ritter blieb nicht, um ihr weiter zuzuhören. Er ging hinüber zu den Ställen, wie ein Mann, dessen ganze Welt erschüttert worden war.

»Gaston!«, rief Ysmaine ihm hinterher, aber wenn überhaupt, ging er nur schneller. »Gaston, ich kann es erklären!« Sie rannte ihm nach und griff nach seinem Arm. »Wenn du mir nur einen Moment unter vier Augen gewähren würdest ...«

»Nein.« Gaston sprach so kalt, dass selbst Wulf sein Verhalten zu hart fand, und schüttelte die Hand seiner Lady ab, als könnte er ihre Berührung nicht ertragen. »Es gibt nichts, was du mir sagen könntest, das ich hören möchte.«

Ysmaine stand, wo er sie hatte stehen lassen, und weinte bitterlich. Ihre Zofe kam, um sie zu trösten, und die anderen verlagerten unbehaglich ihr Gewicht und fühlten sich angesichts dessen, was sie bezeugt hatten, sichtlich unwohl. Wulfs Aufmerksamkeit wanderte zu Christina, die ihre Finger erschüttert auf die Lippen presste.

Dann warf sie Wulf einen bösen Blick zu.

Warum stellte sie sich plötzlich auf Ysmaines Seite? Was wusste sie?

Anscheinend hatte er eine Einzelheit übersehen.

Eine, die Christina kannte.

Erneut sehnte er sich danach, mit ihr zu sprechen.

Aber Christina wirbelte herum und ging hinein in die Herberge, den Blick auf den Boden gerichtet.

Es bestand kein Zweifel. Wulf musste mit ihr sprechen, bevor sich ihre Wege am Morgen trennten.

Zumindest würden die letzten Worte zwischen ihnen nicht so unerfreulich sein.

CHRISTINA MUSSTE sich von den Übrigen abwenden, nachdem sie auf einmal begriffen hatte, wo sich der Schatz befand.

Es war unfassbar schlau von Lady Ysmaine, die Reliquie als Schwangerschaftsbauch auszugeben. Niemand würde diesen Teil von ihr untersuchen, und sie konnte sich immer sicher sein, wo sie war. Es gab keinen sichereren Ort.

Sie gestattete sich einen Seufzer der Missbilligung für Gastons Reaktion. Konnte er seiner Lady kein Vertrauen schenken? Konnte er sie nicht unter vier Augen fragen, was geschehen war, statt sie vor der gesamten Gruppe bloßzustellen? Das war alles andere als ritterlich. Eher schon bäurisch.

Und schlimmer noch, der Lady blieb allein ihre Zofe, um ihr zu helfen, den Schatz zu beschützen. Zuvor hatte ihr Mann zumindest in einigen Nächten ihr Bett aufgesucht. Christina vermutete, Ysmaine würde es von nun an kaum wagen zu schlafen.

Damit würde sie nicht hinreichend erholt sein, um wachsam zu bleiben und den Schatz nachts zu verteidigen.

Verflucht sei dieser Mann, dass er sich geweigert hatte, sie auch nur anzuhören! Ysmaine hätte ihm vielleicht unter vier Augen die Wahrheit gesagt und seinen Schutz erlangt, aber anscheinend hatte Gastons Stolz einen schweren Schlag erhalten. Sie hätte nicht gedacht, dass seine Reaktion so unmäßig ausfallen würde, aber das bewies nur, dass man das wahre Wesen eines Mannes nicht leicht einschätzen konnte.

Sie hatte diese Schlussfolgerung gerade gezogen, als Wulf kam und sich neben sie setzte. Sie schenkte ihm nur einen kühlen Blick; es missfiel ihr, dass er sich auf Gastons Seite gestellt hatte.

»Du kannst am Morgen den Zelter nehmen«, sagte er und stellte einen Becher Wein vor sie auf den Tisch. »Ich möchte nicht, dass du laufen musst.«

Christina schaute ihn flüchtig an. »Ich danke dir dafür.«

Er lächelte sie schief an. »Du musst nicht so überrascht klingen. War ich so schrecklich?«

»Du warst heute nicht nett zu Ysmaine.«

Er runzelte die Stirn. »Ich war überrascht. Ich habe sie nicht für verlogen gehalten.«

»Oder für unkeusch?«

Er begegnete ihrem Blick. »Ich verstehe, dass manchmal eine harte Wahl zu treffen ist«, sagte er leise. »Ich mache dir für deine Entscheidung keine Vorwürfe, und ihr auch nicht für ihre. Man muss tun, was zum Überleben notwendig ist.« Er trank seinen Wein. »Ich denke aber, es war keine gute Entscheidung, Gaston zu täuschen. Das wird er nicht so schnell vergessen, und sie sind aneinander gebunden bis zum Tod.«

Christina war fasziniert. »Du denkst also, dass sie es ihm einfach hätte sagen sollen?«

Wulf nickte.

»Er hätte sie vielleicht geschlagen.«

»Nein, nicht Gaston.«

»Aber er war heute so wütend!«

»Er wurde vor der ganzen Gruppe beschämt. Er wäre nicht der erste Mann, der unter solchen Umständen mit größerer Wut reagiert.«

»Er hat *sie* jedenfalls auch beschämt.« Christina konnte nicht anders, als das zu bemerken.

Wulf lächelte wieder. »*Aye*, das stimmt.«

Plötzlich hatte sie eine Idee. »Wirst du mit ihm sprechen?« Überrascht sah er auf. »Ihn ermutigen, sich mit ihr zu versöhnen«, drängte Christina.

Wulf schüttelte den Kopf. »Wir wissen aus der Erfahrung, dass Gaston nicht auf meinen Rat hört. Ich fürchte, es wird keinen Unterschied machen, sondern ihn höchstens noch weiter quälen.«

»Ich vermute, dass sie einen guten Grund für ihre Entscheidung hat und seinen Schutz braucht.«

Der Templer runzelte die Stirn und trank seinen Wein. »Er sollte ihr vergeben, weil sie ihn braucht? Es wäre besser, wenn die Dinge mehr im Gleichgewicht wären.«

Christina senkte die Stimme zu einem Flüstern. »Wer sagt, dass sie das nicht sind?«

Ihre Blicke trafen sich und sie sah, wie es Wulf langsam dämmerte. Er richtete sich auf und schaute sich im Raum um, trank seinen Wein, aber sie konnte förmlich spüren, wie die Aufregung in ihm pulsierte.

Er sprach lauter, als er fortfuhr. »Wie ich gesagt habe, du kannst am Morgen das Pferd nehmen. Wie weit ist es bis zum Heim deiner Familie?«

»Ich danke dir für das Angebot, aber ich werde nun doch den ganzen Weg nach Paris mit euch reiten.«

»Wirklich?«

»Wirklich. Ich möchte gern die Gelegenheit nutzen, meine Cousinen zu besuchen, bevor ich nach Hause zurückkehre«, log Christina.

Wulf ließ sich nicht an der Nase herumführen, und sie wusste es. »Worum handelt es sich?«, fragte er leise, und sie wusste, er sprach von dem Schatz.

Aber er hatte gesagt, man würde vermutlich überprüfen, ob er der Weisung, nicht nachzusehen, gefolgt war, und sie würde seine Position im Orden nicht aufs Spiel setzen. Nicht mehr, als sie es bereits getan hatte.

Immerhin war es sein einziges Verlangen, ein Templer zu bleiben.

Christina tat, als hätte sie ihn nicht gehört. »Tatsächlich reisen sie zur Erntezeit immer auf das Land meines Vaters, also werde ich mit ihnen dort hinreiten können.« Sie lächelte Wulf an. »Besser noch, deine Ritterlichkeit kostet dich kein Pferd.«

»Ich würde den Preis bereitwillig zahlen.«

»Das würde ich nicht von dir verlangen.«

»Ich würde es dir schenken.«

»Ich werde nach Paris reiten.« Christina sah, wie Wulf nachdenklich nickte. Es war klar, dass er ihre Unterhaltung fortgesetzt hätte, aber Gaston betrat den Schankraum und schaute zu Wulf hinüber.

Gab ihm ein Zeichen.

Wulf erhob sich und verbeugte sich einmal vor Christina, bevor er dem anderen Ritter folgte. Er schlug Gaston wie zum Trost auf die Schultern, dann verließen sie beide zusammen den Schankraum.

Christina zitterte. Auf einmal war ihr kalt, und sie stand vom Tisch auf. Sie würde mit Ysmaine sprechen, und wenn ihr Mitgefühl willkommen war, diese Nacht vielleicht die Lady und den Schatz verteidigen.

»Meine Gemahlin verbirgt den Schatz«, vertraute Gaston Wulf an, seine Stimme ein schwaches Murmeln, als sie den Raum verließen.

In Anbetracht seiner Unterhaltung mit Christina war Wulf nicht überrascht, aber verblüfft, dass Gaston die Wahrheit wusste.

Gaston fuhr fort: »Vor einem Monat erst habe ich sie entjungfert, und ihr Bauch war flach. Sie verbirgt den Schatz, um seine Sicherheit zu garantieren.«

»Klug.« Wulf wollte nicht mehr sagen.

»Gefährlich«, korrigierte Gaston, so grimmig, wie Wulf ihn noch nie gesehen hatte. »Dass ich es vor der gesamten Gruppe herausgefunden habe, bedeutete, ich musste sie grausam behandeln. Der Verräter muss den Eindruck haben, wir wären zerstritten, denn dem Anschein nach muss ich an die Täuschung glauben, um ihre Sicherheit zu gewährleisten.«

»Aber nun könnt Ihr sie nicht beschützen.«

Gaston missfiel das ganz offensichtlich. Er fuhr sich in einer seltenen Zurschaustellung von Beunruhigung mit der Hand durch das Haar. »Das Risiko, das sie auf sich nimmt, gefällt mir nicht. Aber ich kann die Täuschung nicht als solche enthüllen. Ich fürchte, ich werde nicht einmal die Gelegenheit haben, sie zu verteidigen!«

»Ihr hättet die Gelegenheit nutzen können, sie erklären zu lassen.«

»Das hätte ich«, knurrte Gaston. »Aber in diesem Moment der Überraschung beging ich einen Irrtum, und nun ist der Weg vorgezeichnet.«

Wulf legte dem anderen Ritter eine Hand auf die Schulter, um ihn zu beruhigen. »Mit Fergus und mir sind es zwei, die sie bewachen können, und mit Bartholomew und Duncan vier. Wir werden Eure Lady beschützen.«

Gaston atmete scharf ein und schaute hinauf zum Himmel. »Es gefällt mir nicht.«

Wulf musste lächeln. »Es scheint, die Frauen, denen unser Herz gehört, wissen, wie sie uns Sorgen bereiten«, sagte er, was ihm einen Seitenblick von Gaston einbrachte.

»Habt Ihr außerhalb des Ordens wirklich keine Zukunftsaussichten?«

Wulf schüttelte den Kopf und wunderte sich über die Frage. »Keine.«

Gaston runzelte die Stirn. »Vielleicht könntet Ihr die Ritter eines Barons befehligen, den Ihr gut kennt.« Er sah Wulf in die Augen. »Ich kehre zurück, um Ländereien in Besitz zu nehmen, und brauche Männer, die mir verschworen sind und denen ich trauen kann.«

Wulf hielt den Atem an. »Das könnt Ihr nicht ernsthaft erwägen.«

Gaston nickte. »Die Position ist Eure, wenn Ihr es wollt.«

»Ich danke Euch.« Wulf war verblüfft von diesem großzügigen Angebot. Er traute Gaston, und wenn er sich Christinas Liebe sicher wäre, wäre die angebotene Position vielleicht die perfekte Lösung. Aber er vermutete, ihre Rückkehr nach Hause würde lediglich ihre Liebe zu ihrem verlorenen Ehemann neu entzünden. Wenn er den Orden verließ und die Gelegenheit verpasste, um Jerusalem zu kämpfen, fand er sich vielleicht hinterher allein in Gastons Baronie wieder.

»Ich habe Euch überrascht, das sehe ich«, sagte der andere Ritter leise. »Denkt darüber nach, bis wir Paris erreichen.«

Wulf nickte und drückte seine Dankbarkeit für dieses Angebot aus. Überrascht stellte er fest, dass die Aussicht, bei der Verteidigung Jerusalems zu sterben, einen Teil ihres Reizes verloren hatte, aber er war noch immer dem Orden verschworen und würde dafür sorgen, dass ihre Aufgabe vollendet wurde.

Wulf musste die Lady Ysmaine und den Schatz, den sie bei sich trug, so gut, wie er konnte, verteidigen, ohne dass jemand erfuhr, dass die Ritter die Wahrheit über ihre Bürde kannten.

Diese Herausforderung war sicherlich genug, um ihn beschäftigt zu halten.

MONTAG, 24. AUGUST 1187

FESTTAG DES SANKT OUEN UND DES SANKT BARTHOLOMEW

KAPITEL 15

Sie erreichten Paris in der letzten Augustwoche, am Festtag des Apostels Sankt Bartholomew und des Sankt Ouens, des Bischofs von Rouen. Einmal mehr war das Wetter schlecht, aber in den Straßen drängten sich die Menschen, die den Festtag feierten.

Christina ließ sich mit ihrem Zelter bewusst ans Ende der Gruppe zurückfallen. Das war nicht schwer, da sie so langsam ritten. Auch Wulf schaute seltener zurück, während sie von Fußgängern umringt waren, denn er versuchte, die Gruppe zusammenzuhalten und dafür zu sorgen, dass sie stetig vorankamen. Das war schwierig genug, dass er kein allzu wachsames Auge auf sie hatte.

Ysmaine ließ sich ebenfalls zurückfallen, ihre Zofe neben ihr. Christina wusste nicht, ob es Zufall oder Absicht war, aber sie sah Duncan und Fergus beide ihre Pferde zügeln, um an ihrer Seite zu bleiben.

Es bestand kein Zweifel, dass sie die Wahrheit über Ysmaines Last wussten.

Christina war sich sicher, dass auch Helmut sie kannte. Wenn er es zuvor nicht bemerkt hatte, dann hatte Ysmaine es ihn einige Nächte zuvor ganz sicher wissen lassen.

Sie hatten in Provins angehalten und zusammen gegessen, die letzte Mahlzeit, bevor Joscelin sie verließ und in sein eigenes Heim zurückkehrte. Der kleine Händler war entschlossen gewesen, ihnen ein Festmahl zu bereiten, als Dank an die Ritter, die für seine sichere Heimkehr gesorgt hatten. Christina zweifelte nicht, dass er vorhatte, Ysmaine für sich als Kundin zu gewinnen, denn er war zu seinem Lagerhaus gehastet, um ihr mehrere Geschenke zu bringen.

Ysmaine allerdings hatte erklärt, erschöpft zu sein, und sich frühzeitig zurückgezogen, kurz, nachdem er zurückgekommen war. Durch einen Zufall beobachtete Christina Helmut, gerade, als Ysmaine die Treppe zu ihrer Kammer über dem Schankraum hinaufstieg. Ysmaines Zofe war schon vorausgeeilt, um das Bett ihrer Herrin vorzubereiten, und Ysmaine verhielt unten an der Treppe, als wäre sie außer Atem. Christina fragte sich, ob sie absichtlich aller Augen auf sich zog. Ysmaine hatte eine Hand auf ihren unteren Rücken gelegt, anscheinend ohne zu merken, dass Helmut sie ansah.

Dann hatte sie ihren angeblichen Bauch scheinbar zufällig mit der Faust geschlagen. Bei dem metallischen Geräusch richtete sich Helmut einen Moment lang gerade auf, bevor er seine Reaktion verbarg, indem er den Becher hob und sein Ale trank.

Aber der Glanz der Habgier in seinen Augen ließ sich nicht verbergen.

Christina war erschrocken. Die Lady hatte sich selbst zum Ziel gemacht. Sie war entschlossen zu verhindern, dass Ysmaine den Preis für Helmuts Gier zahlte.

Allem Anschein nach hatte er die Gruppe verlassen, als sie weiter gen Paris ritten, und erklärt, er würde einen anderen Weg nach Hause nehmen, um früher bei seinem Vater zu sein. Christina glaubte ihm nicht. Nein, er würde Ysmaine nicht aus den Augen lassen. Er hatte vor, ihnen zu folgen.

Und Ysmaine rechnete damit.

Dies konnte nur bedeuten, dass sie die Reliquie nicht länger bei sich trug, begriff Christina während des Ritts. Ysmaine hatte den Blick des Verräters auf sich gelenkt, um dafür zu sorgen, dass der Schatz sicher den Tempel erreichte – was bedeutete, sie konnte ihn unmöglich tatsächlich bei sich haben. Ysmaine musste einen erneuten Austausch vorgenommen haben. Christina zweifelte nicht daran, dass Helmut sie töten würde, ob sie ihm verriet, wo sich die Reliquie befand, oder nicht.

Aber wo war der Schatz?

Christinas Blick fiel auf die Zofe und das Bündel, das sie umfasst hielt. Angeblich waren es Ysmaines alte, abgelegte Kleider, die die Zofe selbst behalten würde, aber schon einmal zuvor waren sie ein Mittel gewesen, die Reliquie unbemerkt zu transportieren. Christina war überzeugt, dass der Schatz Radegunde anvertraut worden war, und vermutete, Ysmaine würde Helmut von der Gruppe fortlocken, um zu gewährleisten, dass die Übergabe reibungslos vonstattengehen würde.

Sie konnte nicht zulassen, dass Ysmaine verletzt wurde.

Sie würde selbst von Helmuts List Gebrauch machen.

Christina verließ sich darauf, dass Wulf den Weg zum Tempel nehmen würde, den Gaston vorgeschlagen hatte. Als sie einmal die Tore passiert hatten, wurde die Gruppe von allen Seiten von Bettlern und Händlern bedrängt. Die Pferde wurden einen Moment langsamer, bis Wulf einen Befehl brüllte und die Gruppe dazu brachte, eine enge Formation zu bilden. Er drehte sich um und griff nach den Zügeln des Pferdes hinter ihm. Die anderen taten dasselbe, um sicher zu sein, dass niemand zurückblieb. Sobald Duncan die Zügel ihres Pferdes genommen hatte, ließ sich Christina aus dem Sattel gleiten und hoffte, niemand würde sehen, wie sie sich davonmachte.

Falls Duncan es sah, ließ er es sich zumindest nicht anmerken.

Sie verschwand in der Menge und bewegte sich auf den Schatten einer Hauswand zu, während ihr Blick auf Wulfs Gestalt verharrte. Beinahe dachte sie, er spürte, was sie getan hatte, denn er schaute stirnrunzelnd zurück. Ihr Herz machte einen Satz, als sie befürchten musste, er würde die Gruppe stoppen und so ihren Plan vereiteln, also versteckte sie sich hinter mehreren großen Fässern. Zu ihrer Befriedigung – und ihrer Enttäuschung – wandte Wulf seine Aufmerksamkeit wieder der Straße zu.

Konnte er sie wirklich so einfach vergessen?

Oder hatte er ihren Plan erraten?

Erst, als Christina zu Fuß unterwegs war, bemerkte sie, dass es nicht so einfach sein würde, der Gruppe zu folgen. Die Pferde bahnten sich einen Weg durch die Menge, der sich dahinter schnell wieder schloss. Christina wurde an einen Fluss erinnert, der sich um einen Fels herum teilte und dahinter ohne Anzeichen für diese Unterbrechung weiterfloss. Sie kam in den vollen Straßen nur langsam voran und war froh über Teufels Größe und Wulfs Rüstung. Die grelle Reflektion des Sonnenlichts auf dem Stahl war wie ein Leitstern.

Wann würde Lady Ysmaine die Gruppe verlassen? Sie musste einen Plan haben, Helmut hervorzulocken, oder sie hätte niemals die Reliquie mit dem Bündel vertauscht. Und wo war Helmut? Nicht einen Moment lang glaubte Christina, dass er den Schatz wirklich aufgegeben hatte, und drehte sich wiederholt um in der Hoffnung, einen Blick auf ihn zu erhaschen.

Die Brücke zur Insel war verstopft, sodass die Pferde hintereinanderlaufen mussten. Zweifellos überquerten sie an einem Festtag wie diesem nur wenige Berittene, denn sie war voller Jongleure, Händler und Unterhalter. Auf dem großen Platz vor Notre Dame drängten sich noch viel mehr Feiernde als in den Straßen, und Christina verlor die Hoffnung, mit der Gruppe mithalten zu können.

Sie konnte sie weit vor sich sehen.

Sie hatten angehalten.

Und Gaston hatte sich umgewandt.

Dies musste der Moment sein! Christina drängelte sich durch die Menge, um unbedingt nahe genug heranzukommen und zu sehen, was dort geschah.

Sie sprang auf den Tisch eines Händlers, was ihr einen Fluch einbrachte, weil sie seine Waren durcheinanderbrachte, und sah Ysmaine von ihrem Pferd steigen. Gaston röhrte, sein Wutschrei war sogar noch aus der Distanz zu hören.

Christina hielt den Blick fest auf das helle Haar der Lady gerichtete. Dass ihre Zofe unbeirrt bei der Gruppe blieb, hieß, dass Christina recht hatte und die Reliquie ihr anvertraut worden war.

Aber das würde Helmut nicht wissen. Nein, ein Mann seiner Natur würde vermuten, dass die Lady vorhatte, den Schatz für sich selbst zu stehlen, denn das war es, was er selbst tun würde.

Christina erhaschte einen Blick auf Ysmaine, dann kurz darauf einen zweiten. Das reichte ihr aus, zu erraten, dass die Lady auf dem Weg in die Kathedrale war. Wo sonst würde eine ehemalige Pilgerin Schutz suchen? Doch Christina vermutete, dass Ysmaine dort keine sichere Zuflucht finden würde. Sie umrundete den Marktplatz. Der Weg war länger, aber schneller. Als Christina das Vordach erreichte, entdeckte sie, dass die Lady nirgends zu sehen war. Sie schaute sich in der Menge um, fürchtete, sie hätte sich geirrt und Ysmaine sei in Gefahr, nur, um einen vertrauten Mann zu bemerkten, der auf die Kirche zuging.

Helmut.

Zum Glück besaß die Kathedrale mehrere Türen, und er nahm die, die am weitesten entfernt war. Christina zog ihre Kapuze hoch und bewegte sich unauffällig hinein. Sie blinzelte in der plötzlichen Dunkelheit.

Vor ihr auf der linken Seite zündete Ysmaine an einem Altar eine Kerze an und beugte den Kopf zum Gebet. In Christinas Hals bildete sich ein Kloß, als Helmut hinter sie trat. Lady Ysmaine versteifte sich, und Christina wünschte, sie wüsste, ob es Überraschung war oder die Spitze eines Dolchs, die diese Reaktion hervorrief.

Helmut brachte Ysmaine dazu, ihre Gebete so schnell zu beenden, dass Christina Letzteres annahm. Sie hatte kaum Zeit, zurück in den Schatten zu treten und sich die Kapuze übers Gesicht fallen zu lassen, bevor die beiden vorbeikamen. Beim Verlassen der Kirche kamen sie ihr so nahe, dass sie sie hätte berühren können. Stattdessen murmelte sie leise vor sich hin und zuckte, als wäre sie eine der unglücklichen Seelen, die im Gebet Heilung suchten.

Helmut warf ihr einen flüchtigen Blick voll Abscheu zu und drängte Ysmaine zurück ins Sonnenlicht. Christina vermutete, er hatte vor, die Lady an einen privaten Ort zu bringen, die Reliquie an sich zu nehmen und Ysmaine dann zu töten. Es würde ihn nicht freuen, getäuscht worden zu sein, und Ysmaine würde vielleicht teuer für ihre Entscheidung bezahlen.

Christina vermutete auch, dass Gaston seine Frau nicht so einfach im Stich lassen würde. Sie nahm den kleinen Beutel vom Gürtel und lächelte. Endlich würde Costanzias Gürtel einem guten Zweck dienen.

Sie folgte Helmut und ließ in regelmäßigen Abständen einen der orangefarbenen Steine fallen.

Christina hoffte nur, es waren genug, um den gesamten Weg zu markieren.

Was für ein Irrsinn war dies?

Wulf fand keinen Trost darin, dass seine Annahmen über die Frauen in ihrer Gruppe sich am Ende als gerechtfertigt herausstellten. Ysmaine ließ ihr Pferd auf der Ile de la Cité zurück, genau wie Christina an der Porte Saint Victor, und einmal mehr breitete sich Verwirrung in der Gruppe aus. Wulf wollte einfach nur in Ruhe und wie geplant zum Tempel reiten, aber wie es schien, würden die Frauen seinen Plan zunichtemachen.

Warum lief Ysmaine mit der Reliquie davon? Wulf wollte ihr folgen, jedenfalls, bis er den Blick ihrer Zofe Radegunde auffing. Sie umklammerte das Kleiderbündel, das sie seit Venedig bei sich trug, aber Wulf kam es so vor, als hielte sie es fester als zuvor.

Ysmaine hatte ihr den Schatz überantwortet!

Sie mussten weiterreiten, als verliefe alles wie geplant. Gaston wäre seiner Gemahlin vielleicht gefolgt, aber zu Wulfs Erleichterung gewann er seine Fassung zurück. Auf seinen barschen Befehl hin ritten die anderen mit neuer Entschlossenheit weiter. Wulf warf Fergus einen Blick zu, und der Schotte begann, den hinteren Teil der Gruppe zur Eile zu drängen.

Sie waren dem Tempel so nahe. Nichts durfte jetzt noch schiefgehen.

Sie überquerten die Brücke ans Nordufer, und vor ihnen dünnte die Menge sich aus. Die Straße lag offen vor ihnen, sodass Wulf aufatmete. Er hätte Teufel zu einem schnelleren Tempo angespornt, aber auf einmal erschien Gaston an seiner Seite.

Er war aufgelöster, als Wulf ihn je gesehen hatte, aber ihm blieb keine Chance zu fragen, was falsch war. Gaston drückte ihm die Zügel des Pferdes in die Hand, auf dem die Zofe saß.

»Reitet!«, befahl Gaston. »Reitet zum Tempel und lasst Euch von niemandem aufhalten! Geht sicher, dass sie bis zum Ende bei Euch bleibt.«

Gaston wusste, dass das Mädchen den Schatz hatte, und schlimmer noch, sein Schrei hatte dafür gesorgt, dass alle anderen es auch wussten. Nun gab es keine Ungewissheit mehr.

Wulf hätte Teufel die Sporen gegeben, aber Gaston schlug dem Schlachtross einmal hart auf die Flanke. Das Pferd wieherte, dann verfiel es in einen Galopp. Der Zelter, auf dem Radegunde saß, lief neben ihm. Wulf hielt die Zügel fest und murmelte Teufel beruhigende Worte zu. Er hoffte, das Mädchen würde nicht stürzen. Die Menschen ringsum warfen einen Blick auf sie und wichen angstvoll zurück.

Weit hinter ihm hörte Wulf Fergus' Rufe und Hufschläge auf dem Pflaster. Was ihn anging, so ritt er mit aller Macht zu den Toren des Tempels. Der vertraute Turm ragte hoch über die Mauern hinaus, gleich vor ihnen.

»Sir! Ist es noch weit?«, rief die Zofe.

»Haltet durch«, orderte Wulf. »Dort vor uns liegt das Tor.«

»Aye, Sir. Ich werde es nicht fallen lassen.«

In ihrem Ton lag eine Entschlossenheit, die Wulf Zuversicht gab. Die Pferde donnerten die Straße entlang, und Wulf brüllte, wenn jemand ihnen in den Weg zu treten wagte. Händler und Passanten sprangen beiseite, eine Frau ließ ihren Wassereimer fallen, fluchte und drohte ihnen mit der Faust. Hühner, die aus einem Garten gelaufen warfen, schreckten gackernd auf und flüchteten sich zurück hinter schützende Mauern.

»Öffnet die Tore!«, rief Wulf, als sie nahe genug waren, dass man sie hören würde. Der Pförtner trat aus seinem Haus, um zu sehen, wer da kam. »Wir reiten in einer Angelegenheit großer Dringlichkeit für den Tempel!«

Der Pförtner warf einen Blick auf Wulfs Wappenrock, dann grüßte er und verschwand wieder. Wulf hörte das Quietschen des Fallgitters und wunderte sich, dass es tagsüber geschlossen war. Er verlangsamte Teufel, um in den Hof abzubiegen, und schaute sich flüchtig nach Verfolgern um.

Soweit er sehen konnte, gab es keine, aber er hielt dennoch nicht an.

»Duckt Euch«, riet er der Zofe, obwohl er in Wirklichkeit der Einzige war, dem Gefahr drohte, als sie unter dem nur zum Teil hochgezogenen Fallgitter hindurchritten. Sie atmete zittrig aus, als die Pferde am anderen Ende des Burghofs zum Stehen kamen. Teufel schnaubte und stampfte nach seinem Ritt. Die anderen ritten im Kanter hinter ihnen in den Hof. Wulf stieg vom Pferd und bot der Zofe, die ihr Bündel fest umklammerte, die Hand.

»Ich vermute, es gibt einen Grund für diese Störung«, sagte ein

Mann kühl, und Wulf wirbelte herum, nur um sich dem Großmeister gegenüberzusehen, der ihn missbilligend ansah.

Er zog die Zofe auf die Füße und fiel dann in einer Verbeugung auf ein Knie. »Sir, wir kommen aus dem Tempel aus Jerusalem, betraut mit einer Nachricht für Euch.«

Der Großmeister hob eine Augenbraue. »Und Ihr bringt eine Frau mit in den Tempel. Wie lautet Euer Name, Bruder? Wie es scheint, wiegt die Bürde unserer Ordensregeln für Euch nicht sonderlich schwer.« Der Rest der Gruppe war nun bei ihnen, und der Großmeister betrachtete sie alle. Er schürzte die Lippen und schaute wieder zu Wulf. »Ich vermute, es gibt eine Erklärung hierfür.«

»Natürlich, Sir. Ich bin Bruder Wulf und war bis vor Kurzem im Priorat Gaza stationiert. Ich wurde nach Jerusalem geschickt, um Nachrichten meines Meisters zu überbringen, nur um von Bruder Terricus auf diese Mission geschickt zu werden …«

»Terricus? Exzellent. Ich habe auf seine Nachricht gewartet.« Der Großmeister streckte die Hand aus.

»Ich habe den Brief nicht bei mir, Sir.«

»Ihr habt ihn verloren?«

»Er wurde einem anderen Mitglied unserer Gruppe anvertraut, einem Ritter, der den Orden verlässt, um sein Erbe anzutreten.«

Der Großmeister schaute sich erwartungsvoll unter ihnen um.

»Er ist nicht mit uns angekommen, Sir«, gestand Wulf.

Der ältere Mann runzelte die Stirn. »Ihr habt eine sehr seltsame Art, einen Brief zu überbringen, Bruder Wulf.«

»Er folgt seiner Frau, Sir, denn er fürchtet um ihre Sicherheit.«

Die Augenbrauen des Großmeisters stiegen noch höher. »Dann müssen wir damit rechnen, dass noch mehr Frauen hier in den Tempel eindringen?«

»Ich glaube schon, Sir.«

»Zumindest ist Wulfs Hure nicht länger bei uns«, murmelte Bartholomew, und der Großmeister sog scharf den Atem ein.

Er musterte Wulf durchdringend. »*Habt* Ihr eine Hure, Bruder Wulf?«

»Nein, Sir«, sagte Wulf, froh, dass es wahr war. »Allerdings haben wir noch eine andere Pilgerin aus Venedig hierherbegleitet, die unsere Hilfe brauchte.«

»Das ist eine ungewöhnliche Art und Weise, solch eine Situation zu erklären, Bruder Wulf.« Der Großmeister presste die Lippen zusammen. »Wenn Ihr den Brief nicht habt, weshalb veranstaltet Ihr dann bei Eurer Ankunft einen solchen Aufstand?«

»Deswegen, Sir«, sagte die Zofe und fiel vor dem Großmeister auf die Knie. Der Mann trat einen Schritt zurück, womöglich in dem Glauben, dass sie irgendetwas von ihm erbitten würde, aber Radegunde zog den Stoff zurück, der ihre Bürde umhüllte. Obwohl sie vor Wulf kniete, konnte er sehen, dass sie nach ihrem Ritt noch immer bebte.

Dann sah er, wie sich die Augen des Großmeisters weiteten und sein Gesicht erblasste.

Wulf trat einen Schritt vor und hielt staunend inne. Ein goldener Reliquienbehälter war unter dem groben Stoff zum Vorschein gekommen. Er war mit Edelsteinen besetzt, das Lösegeld eines Königs wert, und glitzerte so hell in der Sonne, dass es schwerfiel, ihn direkt anzusehen.

Der Großmeister fiel auf ein Knie und streckte die Hand aus, als wagte er es nicht, den Schatz zu berühren. »Die Reliquie von Sankt Euphemia«, flüsterte er staunend, dann schickte er einen Mann mit einer kurzen Geste los.

Er schaute auf und sah Wulf ins Gesicht. »Dies ist Brief genug, Bruder Wulf«, sagte er mit heiserer Stimme. »Und es ist eine deutlichere Botschaft, als ich hoffte zu erhalten. Wenn Bruder Terricus es für nötig gehalten hat, sie aus der Schatzkammer zu holen, dann wird Jerusalem fallen.« Er stand auf und schluckte. Auf einmal wirkte er älter als noch vor wenigen Augenblicken. »Wenn es das nicht bereits ist«, fügte er im Flüsterton hinzu. »Dies sind schlechte Nachrichten.«

Wulf hörte die Worte des Großmeisters, aber er konnte den Blick nicht von der herrlichen Reliquie abwenden. Christina hatte recht. Ein böser Mensch würde für einen Schatz wie diesen bereitwillig töten. Christina war sicher gewesen, dass Everard der Verräter war, und er hatte die Gruppe vor zwei Nächten verlassen.

Es sei denn, das war ein Täuschungsmanöver gewesen, und er war ihnen gefolgt, um das Überraschungsmoment auf seiner Seite zu haben.

Er begriff, dass Lady Ysmaine die Gruppe verlassen hatte, um sicherzustellen, dass der Verräter den Schatz nicht auf dem letzten Abschnitt der Reise stahl.

Und Christina war Ysmaine zur Hilfe geeilt.

Obwohl Gaston ihnen gefolgt war, mochte das nicht reichen, um für die Sicherheit beider Frauen zu sorgen. Wenn der Ritter eine Wahl treffen musste, war es die logische Entscheidung, zuerst die eigene Frau zu retten.

Wulf wandte sich jäh ab und griff Teufels Zügel. Eilig schwang er sich in den Sattel und ritt auf die Tore zu, die sich gerade schlossen. »Wartet!«, rief er.

»Bruder Wulf!«, sagte der Großmeister wütend. »Ihr habt nicht die Erlaubnis, Euch zu entfernen!«

»Ich muss beenden, was ich angefangen habe, Sir.«

»Ihr müsst einen Bericht abliefern über alles, das sich ereignet hat ...«

»Nicht in diesem Augenblick, Sir.« Wulf neigte den Kopf und spornte Teufel an.

Der Großmeister hob gebieterisch die Stimme. »Ich befehle Euch, vom Pferd zu steigen, Bruder Wulf! Ihr werdet sofort einen vollständigen Bericht über Eure Reise abliefern ...«

Wulf verzog das Gesicht, denn dies war das erste Mal, dass er den direkten Befehl eines Vorgesetzten missachtete.

Aber er verhielt nicht, und er schaute nicht zurück.

Der Großmeister schimpfte empört.

»Kennt er keine Scham?«, flüsterte Bartholomew, als Wulf an ihm vorbeiritt.

»Der Turm fällt«, sagte Fergus kryptisch.

»Vielleicht wurde das Fundament untergraben«, sagte Duncan, und die beiden Schotten nickten einander zu. Anscheinend war es ein privater Scherz.

Der Großmeister teilte ihre Belustigung nicht. »Bruder Wulf!«, brüllte er. »Die Tore werden Euch verschlossen bleiben, und Ihr werdet für Euren Ungehorsam bestraft werden ...«

Aber Teufel glitt unter dem sich senkenden Tor hindurch wie ein Schatten auf der Flucht vor der Morgendämmerung.

Und Wulf fühlte sich frei.

Er würde frohen Herzens alles aufgeben, was er hatte, um für Christinas Sicherheit zu sorgen.

Tatsächlich hatte er das gerade getan.

Einmal draußen auf der Straße, gab er Teufel die Sporen und hoffte, sie kamen nicht zu spät. Das Schlachtross galoppierte mit furchterregender Geschwindigkeit, als spürte es Wulfs Eile. Er hörte Hufschläge hinter sich und drehte sich um. Dabei sah er, dass Stephen und Simon ihm dichtauf folgten und Stephen dabei begeistert grinste. Es war klar, dass der Junge wusste, was er vorhatte.

Die Leute sprangen ihnen erschrocken aus dem Weg, und Wulf fragte sich, ob sein Pferd für sie wie ein Dämon aus der Hölle aussah. Teufels Hufe donnerten auf der Brücke, und er schnaubte, als er die dichte Menge auf der anderen Seite sah. Aber die Leute stoben vor dem großen Tier auseinander, als wäre das Glück endlich auf Wulfs Seite.

Er gelangte schneller zum Vorbau der Kathedrale, als er zu hoffen gewagt hatte. In diese Richtung war Ysmaine gelaufen, als suchte sie nach einer Zuflucht. Sicher würde niemand sie dort angreifen. Er wendete Teufel. Das Pferd warf den Kopf zurück und schnaubte, als wartete es ungeduldig darauf, wieder zu laufen.

Und dann sah er es.

Ein falscher Edelstein in einem vertrauten Orangeton glitzerte auf dem Pflaster. In einiger Entfernung fand er einen weiteren.

Wulf lächelte, froh, dass Christina damit gerechnet hatte, jemand würde ihr folgen. Er spornte Teufel an, beugte sich im Sattel vor, um die Spur nicht zu verlieren, und hoffte nur, er würde rechtzeitig ankommen.

HEIMLICH FOLGTE Christina Helmut und Ysmaine. Sie fürchtete, ertappt zu werden. Nur zu genau wusste sie, wie skrupellos er sein konnte, und hatte kein Verlangen, ihn in die Ecke zu treiben. Und genauso wenig wollte sie Ysmaine seinen Plänen ausliefern, was auch immer er vorhatte.

Immer wieder ließ sie einen der Steine fallen, aber ihr sank das

Herz, als ihr Vorrat zur Neige ging. Würde er je anhalten? Endlich bog er in eine enge Gasse ab, in der sich nur ein einziges Tor befand. Er schaute so plötzlich zurück, dass Christina kaum Zeit hatte, sich zu verstecken. Sie hörte, wie sich eine Klinke senkte.

Sie schaute um die Ecke, aber die Gasse war leer.

Was befand sich hinter dem Tor?

Wie konnte sie hineingelangen, ohne gesehen zu werden?

Christina schlich weiter und hielt den Beutel mit den verbleibenden Steinen dabei fest in der Hand. Sie hastete die Gasse entlang und lauschte. Mit hämmerndem Herzen drückte sie die Klinke und schaute durch den Spalt, nur um Helmut und die Lady in einem kleinen Hof stehen zu sehen. Sein Pferd war unter einem Unterstand auf der gegenüberliegenden Seite angebunden, und es war dasselbe, auf dem er seit Venedig geritten war. Sie hatte gefürchtet, er hätte vielleicht Komplizen, aber es gab keine.

Natürlich – dann hätte er ja seine Beute teilen müssen.

Er drehte sich zu Ysmaine um, und Christina wusste, sie musste Zeit gewinnen, damit er die Edelfrau nicht tötete, bevor Hilfe kam. Dies war der Moment, mutig zu sein.

Sie musste nur an Gunther denken, um von einem Hunger nach Gerechtigkeit erfüllt zu werden.

Christina öffnete das Tor weit und sprach deutlich, verbarg ihre Furcht davor, was Helmut tun würde. »Zumindest einem Mann ist an Eurer Gegenwart gelegen«, sagte sie in lässigem Tonfall.

Helmut zuckte auf eine äußerst befriedigende Weise zusammen, dann wirbelte er zu ihr herum. Als der Feigling, der er war, hielt er Ysmaine vor sich, das Messer an ihrer Kehle. »Was tut *Ihr* hier?«

Christina lehnte sich gegen das Tor. Sie lächelte ihn an und wusste, sie wirkte selbstbewusster, als sie sich fühlte. »Lasst uns so viel sagen: Ich sorgte mich um das Wohlergehen einer anderen Frau.«

Er schnaubte. »Huren geht es stets nur um den eigenen Vorteil.«

»Es mag Euch überraschen zu erfahren, worum es Huren geht.« Christina beäugte das Messer, das er Ysmaine an die Kehle hielt. »Ist das die Art eines frommen Mannes, die Frau eines anderen zu entführen?«

Sie war nicht überrascht, dass er eine Antwort schuldig blieb.

»Zweifellos wollt Ihr auch einen Teil des Lohns«, höhnte er. »Geht es für Euresgleichen nicht immer nur ums Geld?«

Christina schaute über den Hof, der sehr öde wirkte. »Ich sehe an diesem Ort keinerlei Lohn.« Sie schaute Helmut an. »Es sei denn, Euch verlangt nach den Reizen dieser Lady.«

»Und in diesem Fall würdet Ihr die Euren feilbieten?«

Sie lächelte und achtete darauf, dass es verführerisch wirkte. Er war aufgebracht, ob wegen ihrer Anwesenheit, der Situation an sich oder seiner Reaktion auf sie, wusste sie nicht. Christina war es auch egal. Sie wollte ihn provozieren, damit er einen Fehler beging, nicht mehr und nicht weniger.

»Ich wäre für Euch als Partnerin womöglich attraktiver.« Mit langsamen Schritten ging sie auf ihn zu und ließ ihre Hüften einladend schwingen. Seine Augen blitzten, und sie sah, wie ihm der Atem stockte.

»Denkt Ihr, ich hätte nicht bemerkt, wie Ihr mich ansaht, wenn Ihr Euch unbeobachtet wähntet?« Das war eine Lüge, aber die Behauptung würde ihn vielleicht entrüsten. Vielleicht fürchtete er, dass er sein wahres Wesen enthüllt hatte. Einen Schritt vor ihm blieb sie stehen und griff nach dem Verschluss ihres Unterkleids. »Für einen frommen Mann zeigtet Ihr ein sehr weltliches Interesse an meinen *Waren*.«

Helmut gab sich verächtlich, aber sein Blick ruhte auf den Bändern. Oder der nackten Haut, die darunter zum Vorschein kam.

»Ich betrachte Euch und Euer Gewerbe mit Missbilligung.«

»Weil *Ihr* über jeden Zweifel erhaben seid«, sagte Ysmaine. »Entführungen und Überfälle sind dagegen rechtens?«

»Und Mord«, fügte Christina hinzu. »Vergesst nicht Mord, Mylady.«

»Ich weiß nicht, was Ihr meint ...«, protestierte Helmut, aber sie sah die Wachsamkeit in seinen Augen.

Dies war der Moment, von dem Christina geträumt hatte.

Mit einem Finger fing sie einen Bluttropfen an Ysmaines Hals auf und hielt ihn ihm vors Gesicht. »Euer Benehmen lässt zu wünschen übrig, Sir. Mylady ist von edler Geburt und mit einem Ritter verheiratet. Welchen Grund habt Ihr, ihr Leben zu bedrohen?«

»Dies ist eine private Angelegenheit«, schnaubte er. »Sie hat etwas, das mir gehört.«

Christina hob eine Augenbraue. »Etwas, das Euch gehört, oder etwas, das Ihr Euch gern aneignen würdet?«

»Wie könnt Ihr es wagen, so mit mir zu sprechen«, knurrte Helmut.

»Ich habe Eure Blicke gesehen«, murmelte Christina. Sie begann, die Bänder auf der einen Seite ihres Unterkleids zu lösen, und er beobachtete sie hungrig. Sie drehte sich um, sodass er die Schatten ihrer Brüste unter dem Kleidungsstück erkennen konnte, und er starrte. Langsam schob sie das Wolltuch beiseite, sodass er ihre eine Brustwarze sehen konnte. Er blinzelte nicht einmal. »Würdet Ihr gern einen näheren Blick darauf werfen?«, fragte sie in einem verführerischen Tonfall. »Vielleicht im Austausch gegen die Freiheit der Lady?«

»Hure«, murmelte Helmut und wandte ruckartig den Blick ab. »Ich werde nicht mit Euch handeln …«

»Untier«, schleuderte Ysmaine ihm entgegen und versuchte, sich ihm zu entziehen. Helmut fluchte und hielt sie fester.

Christina schnürte auch die andere Seite auf, damit er einen noch besseren Blick auf ihren Ausschnitt hatte.

»Ich bin Everard de Montmorency«, erklärte er, hastig und voller Wut. »Graf von Blanche Garde und Erbe von Château Montmorency. Ich werde nicht dulden …«

»*Seid* Ihr das?« Christina durchbohrte ihn mit Blicken, und die Schärfe in ihrer Stimme setzte seiner Tirade ein Ende.

Helmut war geschockt. Jedoch nicht überrascht, nicht wirklich. »Was wollt Ihr damit andeuten?«

Sie lächelte, wissend, es würde ihn zur Weißglut treiben.

»Nur, dass ich weiß, dass Ihr nicht Everard de Montmorency seid.«

Helmut war sprachlos. Die Lady Ysmaine schaute zwischen ihnen hin und her und versuchte wahrscheinlich zu entscheiden, wem sie glauben wollte.

»Wie genau habt Ihr vor, die Leute in Château Montmorency davon zu überzeugen, Ihr wärt in Wirklichkeit Everard?«, fragte Christina. »In Outremer, wo man ihn nur dem Namen nach kannte, war es nicht schwer, seinen Platz einzunehmen, aber seine Blutsverwandten zu täuschen, wird schwieriger werden.«

Helmut atmete scharf ein.

Christina gab vor, seine Nervosität nicht zu bemerken, aber sie hielt seinem Blick stand und trat ein klein wenig näher. Sie musste dafür sorgen, dass das Messer von Ysmaines Hals verschwand. Eine einzige kleine Drehung seines Handgelenks, absichtlich oder nicht, und die Lady wäre tot.

»Ist das der Grund, weshalb es so lange gedauert hat, bis des Herzogs treuer und frommer Sohn die Reise nach Hause unternahm, um seinem Vater Lebewohl zu sagen?«, fragte sie und sah, wie der Ärger in seinen Augen blitzte. Sie provozierte ihn weiter, wusste genau, er war kurz davor, die Beherrschung zu verlieren. »Hofftet Ihr, Euer Vater würde vor Eurer Ankunft sterben? Als ein toter Mann hätte Everard die Reise natürlich selbst nicht antreten können, doch für den Mann, der seinen Namen und seine Börse gestohlen hat, wäre es die reine Torheit.«

»Ihr lügende Hure!« Helmut stieß Ysmaine beiseite und stürzte sich auf Christina, aber sein Blick hatte sie gewarnt. Sie trat ihm hart in den Unterleib, bevor er noch zwei Schritte getan hatte. Er wurde bleich und fiel auf die Knie, und Christinas Wut kochte hoch. Ohne zu zögern, trat sie ihm gegen den Kopf. Sie würde erst zufrieden sein, wenn er tot in einer Lache seines eigenen Blutes lag.

So, wie er Gunther hatte liegen lassen.

»Niemand schaut eine Hure je richtig an«, griff sie ihn an und hörte ihre eigene Wut. »Wir sind höchstens Brüste. Aber ich möchte, dass Ihr mich anseht. Mir ins Gesicht seht.« Sie holte zittrig Atem, als er aufschaute und seine Hand von seiner Schläfe sank. »Ich war Teil der Gruppe adliger Pilger, die mit Euch und Everard nach Osten reiste. Damals war ich mit meinem Ehemann zusammen, aber vielleicht schaut Ihr noch nicht einmal Edelfrauen richtig ins Gesicht. Die Tatsache ist, ich *weiß*, dass Ihr nicht Everard seid.«

Helmut erhob sich knurrend und stürzte sich auf sie, die Hände wie Klauen vorgestreckt. Christina ließ zu, dass er sie packte. Nur auf diesem Weg würde Ysmaine vielleicht entkommen.

Sie griff in ihr Strumpfband und zog unbemerkt Duncans Messer hervor, das sie dort versteckt hatte.

»Ihr lügt«, rief er und griff sie beim Haar. Christina warf Ysmaine einen warnenden Blick zu, und diese schien zu verstehen. Dann schleuderte Helmut Christina mit so viel Wucht gegen die Hauswand, dass ihr der Atem stockte.

Sie sackte in sich zusammen, hoffte, weiteren Angriffen zu entgehen, aber er hob die Hand, um sie erneut zu schlagen.

Untier! Christina stach mit dem Messer zu und wusste, nur beim ersten Mal hatte sie das Überraschungsmoment auf ihrer Seite. Doch dieser verfluchte Mann sah es rechtzeitig und warf sich zur Seite, sodass sie ihn verfehlte. Er riss sie zu Boden, nutzte die Kraft ihres eigenen Angriffs gegen sie. Sie rappelte sich auf.

Christina lachte. Das würde ihn verwundern. »Ich lüge nicht!«, sagte sie und lächelte ihn spöttisch an. »So begegnen wir uns wieder, *Helmut.*«

Helmut erblasste beim Klang dieses Namens.

Ysmaines Augen weiteten sich.

Christina kam auf ihn zu und hielt die Klinge dabei vor sich. Es war ihr wichtig, dass die Lady die Wahrheit kannte, nicht nur, dass Helmut wusste, er war ertappt. Sie würde diesen Hof vielleicht nicht lebendig verlassen, und sie würde sichergehen, dass seine Verbrechen nicht vergessen wären.

»Ihr wart der Söldner, der angeheuert war, Euren Lord und Dienstherren zu beschützen, und ich erinnere mich gut an Euch. Mein Ehemann bemerkte, welch ein Lügner und Lustmolch Ihr wart, und solches Ungeziefer seid Ihr noch immer, wenn auch besser gekleidet.« Sie lächelte höhnisch, und er sprang auf sie zu und versuchte, ihr das Messer abzunehmen. Sie kämpften darum, während Ysmaine zusah.

»Lauft, Mylady«, rief Christina.

Die Lady lief endlich los, doch ihre Füße verrieten sie. Sie stolperte, während Helmut Christina die Klinge entrang, und Christina fürchtete, alles wäre verloren.

Wie es schien, wollte Helmut das letzte Wort haben. Er griff Christinas Haar, zog gewaltsam ihren Kopf zurück, sodass sie gezwungen war ihn anzusehen. Sie konnte Ysmaine nicht mehr sehen und hoffte nur, die Lady war frei.

»*Ihr!*«, flüsterte Helmut, und sein Blick wanderte über ihr Gesicht. »Ihr seid Juliana, die Frau von Gunther ...«

»Der wegen der sieben Pfennige in seiner Börse umgebracht wurde, nachdem er Euer wahres Gesicht gesehen hatte«, erinnerte ihn Christina wild. »Habt Ihr ihm seinen Geldbeutel genommen, und sein Leben dazu? Ich würde es einem Mann von Eurer Sorte zutrauen.«

»Ich bin kein Dieb.«

Christina lachte hart auf, obwohl sie wusste, dass es ihn erzürnen würde. Sollte er sie doch schlagen. Sollte er sie zum Schweigen bringen. Das würde ihm nicht leichtfallen, und es wäre den Preis wert, Ysmaine in Sicherheit und außer seiner Reichweite zu wissen.

Helmut schlug ihr hart ins Gesicht, und sie musste nicht so tun, als würde sie fallen. Von der Kraft seines Schlags war ihr schwindelig, und sie fürchtete, sie könnte ihn vielleicht nicht lange genug aufhalten. Sie konnte kaum die Augen aufhalten.

In diesem Moment vernahm sie ein dumpfes Geräusch, und sie schaute hoch und sah, dass Ysmaine Helmut mit einem Stein auf den Hinterkopf geschlagen hatte. Wie ein wildes Tier fuhr er zu der anderen Frau herum, und Christina wagte es nicht, die Augen zu schließen.

»Lauft, Christina!«, drängte Ysmaine, allerdings bestand dazu wenig Möglichkeit. Christina konnte nicht einmal aufstehen.

Entsetzt sah sie zu, wie Helmut Ysmaine so heftig schlug, dass sie das Gleichgewicht verlor und fiel. Er verschwendete nicht einen weiteren Moment, sondern griff nach dem Bündel, das sie sich als vermeintlichen Bauch umgeschnallt hatte, und riss es ihr ab, enthüllte sein Wissen, dass sie nicht schwanger war. Dann stieß er Ysmaine so heftig beiseite, dass sie gegen die Mauer prallte.

Ysmaine wollte sich mit einer Hand abfangen, stürzte aber dennoch zu Boden. Doch selbst in ihrem momentanen Zustand konnte Christina genießen, dass Helmut nur einen Ersatz für den Reliquienbehälter im Arm hielt, nicht den echten Schatz. Sicherlich würde er nun fliehen. Sicherlich konnte sie einen Moment die Augen schließen, bevor sie Ysmaine zur Hilfe kam.

Aber sie hörte, wie Stroh raschelte und auf sie fiel. Sie öffnete ihre Augen gerade rechtzeitig, um zu sehen, wie Helmut mit dem Stahl und Feuerstein Funken schlug und Strohbüschel in Brand setzte. Er warf sie in die bereits verteilten, trockenen Halme, und das Feuer breitete sich aus. Mit beängstigender Geschwindigkeit füllte sich der Hof mit Rauch, und sie konnte Helmut kaum erkennen, als er die Zügel seines Pferdes griff.

»Lebt wohl, meine Damen«, höhnte er. »Heißt es nicht, Hexen sollten bei lebendigem Leib verbrennen?« Er stieß das Tor auf, und der Wind ließ die Flammen höher schlagen.

Ysmaine hustete und arbeitete sich zu Christina vor. Christina wollte nach ihrer Hand greifen, um sie zu drängen, still zu sein, bis Helmut fort war, aber auf einmal stampfte das Pferd und wieherte.

»Gaston«, flüsterte Ysmaine.

»Ich glaube, wir haben noch eine Rechnung offen, Sir«, sagte der Ritter.

Erleichterung durchströmte Christina.

Jemand war ihrer Spur gefolgt.

Lady Ysmaine war in Sicherheit, und Gunther würde gerächt werden.

Obwohl es das war, wovon Christina geglaubt hatte, sie wollte es mehr als alles andere, erschien es nun, da das Ziel erreicht war, wenig befriedigend.

Aber es würde ihr als Lohn dienen müssen. Sie seufzte schwer und schloss die Augen.

KAPITEL 16

Nur Abschaum tat einer Frau Gewalt an.

Und nur ein Narr legte Hand an Gastons Gemahlin.

Ein Blick auf Ysmaine, blass und mit Blut an den Händen, reichte, um sein Blut zum Kochen zu bringen. Dass dieser Unmensch beabsichtigt hatte, sie lebendig zu verbrennen, sie in einer solchen Lage hilflos zurückließ, erweckte in Gaston den Wunsch, ihn langsam und qualvoll zu töten. Noch nie hatte ihn ein solches Verlangen nach Rache erfüllt.

Aber die Lady, die er liebte, hatte auch noch nie in solcher Gefahr geschwebt.

Er versuchte, einen Überblick zu gewinnen, und sah, dass Ysmaine sich über Christina beugte. Sie hätte fliehen und sich in Sicherheit bringen können, aber das lag nicht in ihrer Natur. Statt seine Frau in diesem Feuer umkommen zu sehen, würde er eher Everard den Flammen überlassen.

Gaston trat zurück und hob sein Schwert von Everards Brust. »*En garde*«, murmelte er, und die Worte waren ihm gerade über die Lippen gekommen, als der Schurke ihn angriff. Ihre Schwerter prallten hart aufeinander, und Gaston spürte einen Schnitt auf der Wange. Er parierte und trieb Everard mit einem Hagel an Hieben zurück, zwang ihn vom Tor zurück. Dabei bemerkte er, wie Ysmaine versuchte, Christina zu wecken. Er wünschte sich, die Frauen wären in Sicherheit, aber er kannte seine Lady gut genug, um zu wissen, dass sie ihre Gefährtin nicht im Stich lassen würde.

Mit einem harten Hieb zwang er Everard, die Zügel fallen zu lassen, dann versetzte er dem Pferd einen Schlag. Es floh vor dem Feuer, flüchtete durch das Tor auf die Straße.

Ein Leben gerettet. Drei weitere hingen noch in der Schwebe.

»Ihr habt den Falschen angegriffen!«, protestierte Everard. »Die Hure will Eurer Frau etwas antun!«

»Nur Ihr habt meine Gemahlin geschlagen«, knurrte Gaston. Sein nächster rascher Angriff verletzte Everard an der Schulter. »Wulf hatte recht, an Euch zu zweifeln. Welcher Mann von Ehre verlässt seine Ländereien, wenn eine Belagerung bevorsteht?«

»Ihr wisst nichts von mir …«

Sie kämpften, trieben sich immer wieder gegenseitig in die Enge. Wenn Gaston ein Hieb gelang, dann deshalb, weil Everard sein Bündel nicht losließ.

»Recht habt Ihr«, antwortete er mit der Absicht, seinen Gegner zu provozieren. Wenn der Mann, der sich Everard nannte, in Wut geriet, beging er vielleicht einen Fehler. »All diese Jahre glaubte ich, Ihr wärt Everard de Montmorency, denn ich hatte keinen Grund, an der Geschichte, die Ihr mir erzählt hattet, zu zweifeln. Nun erfahre ich, dass es eine Lüge ist.«

»Die Hure lügt!«

»*Ihr* lügt«, widersprach Gaston und sah, wie die Augen seines Gegenübers blitzten. »Warum seid Ihr nicht früher nach Frankreich zurückgekehrt, um Euren kranken Vater zu besuchen?«

»Ich musste meinen Besitz verteidigen!«

»Und doch habt Ihr ihn schließlich ungeschützt zurückgelassen.«

»Ich sah, dass wir alle verdammt waren.«

Gaston schnaubte. »Eure Geschichte ergibt keinen Sinn, es sei denn, Ihr seid ein Feigling. Warum seid Ihr zunächst nach Jerusalem gekommen?«

»Ich bat die Templer um Hilfe! Es ist Eure Aufgabe, für das sichere Geleit von Pilgern zu sorgen …«

»In Blanche Garde wart Ihr dicht am Hafen von Jaffa. Wäre es Euer Wunsch gewesen, Outremer so schnell wie möglich zu verlassen, hättet

Ihr Segel setzen können, bevor wir Jerusalem auch nur verlassen hatten.« Gaston schüttelte den Kopf. »Nein, der Grund befindet sich in Euren Händen. Ihr kamt auf der Suche nach einem Schatz, den Ihr stehlen könntet.«

In diesem Moment stürzte das Dach auf der anderen Hofseite in sich zusammen und fiel in einem Funkenregen zu Boden. Die Flammen schlugen höher, als das Holz Feuer fing und der Rauch dichter wurde. Christina hustete und Gaston sah, wie es Ysmaine gelang, der anderen Frau auf die Füße zu helfen. Irgendetwas stimmte nicht mit Ysmaines Hand, aber darum würde er sich später kümmern. Er feuerte sie im Geist an, sich schneller zu bewegen.

»Ich stehe nicht vor Gericht!«, gab Everard zurück. »Ich muss mich niemandem gegenüber erklären ...«

»Nein, Ihr seid verdammt durch das Bündel in Euren Händen.«

»Aber ...«

»Alles, was Ihr tun müsst, ist, es mir auszuhändigen«, forderte Gaston ihn auf. Er senkte das Schwert und streckte die linke Hand aus. Dabei wusste er genau, was sein Gegenüber tun würde. Die Frauen schleppten sich durch das Tor, und das Feuer hatte den Hof nun in ein Inferno verwandelt.

Der Mann, der sich Everard nannte, griff an. »Ich schulde Euch nichts!«, brüllte er, als ihre Klingen erneut heftig aufeinandertrafen. »Ich werde einem Mönch, der seine Schwüre bricht und heiratet, keine Rechenschaft ablegen!« Er griff Gaston an und machte einen plötzlichen Ausfall. Gaston wich zurück und bemerkte erst jetzt die Gefahr, die ihm verborgen geblieben war.

Ysmaine war an die Tür zurückgekehrt, auf der Suche nach ihm. Er konnte sie nicht auffordern, zurückzubleiben, nicht, ohne die Aufmerksamkeit seines Gegners auf sie zu lenken. Er spürte, wie sich seine Lippen zu einer schmalen Linie verzogen, als sie ihr Essmesser zog und sich an der Wand hinter dem Schurken entlangschlich.

Diese Frau besaß zu viel Feuer, so viel war sicher.

»Ihr werdet hier sterben – und Eure Geschichte mit Euch«, höhnte Everard. »Ich werde diese Beute verkaufen und damit meine Zukunft sichern.«

»Jemand anders wird Euch erkennen.«

»Schweigen kann man kaufen, und ich werde das Geld dafür haben.«

»Christina habt Ihr nicht zum Schweigen gebracht.«

»Noch nicht«, antwortete Everard grimmig. »Dafür werde ich noch sorgen.« Mit wilder Kraft stieß er ein Fass in Gastons Richtung. »Und Ihr werdet diesen Tag nicht überleben, um diese Kunde weiterzuverbreiten.« Ysmaine näherte sich dem Schurken, aber Gaston ließ sich nichts anmerken. Er sprang über das Fass und griff Everard an, hoffte, ihn damit abzulenken, sodass er die Gegenwart der Frau hinter ihm nicht bemerkte.

Everard sprang beiseite und Gastons Hieb verfehlte ihn. Er griff nach Ysmaine, wirbelte sie herum und schleuderte sie direkt in Richtung der lodernden Flammen. Sie stolperte und schrie auf, aber Gaston wartete nicht, bis er sie ins Feuer stürzen sah. Er sprang ihr nach und zog sie in seine Arme. Den Sturz konnte er nicht verhindern, doch er bewahrte sie vor dem Aufprall, dann rollte er sie unter sich, um sie vor den Flammen zu schützen.

Als er wieder auf die Füße kam, war Everard durch das Tor gelangt. Gaston hörte, wie der andere Mann es schloss und von der anderen Seite verriegelte.

Gaston zog Ysmaine neben sich auf die Füße, und sie rannten gemeinsam zum Tor hinüber. Er versuchte, die Klinke zu drücken, ohne Erfolg. Nach einem Blick auf die Flammen umfasste er Ysmaines Taille und schwang sie auf die Mauer hinauf. »Spring, meine Schöne«, befahl er, als sie auf der Mauer zögerte.

»Aye, springt«, schnurrte Everard von der anderen Seite der Mauer aus. Seine Stimme sandte Gaston einen Schauder über den Rücken. »Schenkt mir ein weiteres hübsches Stück Beute.«

Ysmaine zögerte. Gaston hörte einen Schrei, von dem er dachte, er stamme von Christina. Ysmaine wich zurück, als der andere Mann anscheinend nach ihr greifen wollte. Gaston hörte den Verräter lachen, dann erklangen Hufschläge.

Ysmaine sprang von der Mauer hinab auf die andere Seite.

Gaston sah die Flammen näherkommen. Die Mauer war zu hoch, als dass er sich mit all seinem zusätzlichen Gewicht daran hätte hochziehen können. Er erreichte die Mauerkrone noch nicht einmal mit den

Fingerspitzen. Im Hof gab es nichts, auf das er steigen konnte; alles stand in Flammen. Auf seine Rufe schien niemand zu hören. Der Rauch war dicht, und er begann zu husten, fürchtend, Everard habe sein Schicksal besiegelt.

Zumindest war Ysmaine in Sicherheit.

Gaston hörte sie fluchen, dann zog sie an der Klinke. »Sie ist so heiß!«, beschwerte sie sich, und er hörte, wie sie gegen das Tor trat. Zu seiner Erleichterung gelang es ihr, die Tür zu entriegeln, und frische Luft strömte in den Hof.

»Er hat sich Christina geschnappt und ist in diese Richtung geritten!«, rief Ysmaine, als Gaston hinaus aus dem Hof in die Gasse stolperte. Er griff nach ihrer Hand, zog sie weiter fort von dem Feuer und hustete, um seine Lungen vom Rauch zu befreien. Als sie die Gasse hinter sich gelassen hatten, sah er zu seiner Erleichterung Wulf auf dem Rücken seines schwarzen Pferds am Platz vor der Kathedrale stehen.

In diesem Moment wusste Gaston, dass alles gut werden würde.

CHRISTINA ERWACHTE UMGEBEN vom Geruch nach Heu und Pferdemist.

Sicher war sie doch nicht zurück in jener schrecklichen Scheune?

Ihr eines Auge war geschwollen, und ihre Hände waren gefesselt. Sie lag im Heu eines unvertrauten Stalls, und ihr Kopf schmerzte.

Das Letzte, woran sie sich erinnerte, war, dass Helmut sie gegriffen und ihr ins Gesicht geschlagen hatte.

Es war dunkel, was sie nicht gerade beruhigte. Als Ysmaine und sie gegen Helmut gekämpft hatten, war es gerade erst Mittag gewesen. Wenn es jetzt Nacht war und sie sich noch immer in seiner Gewalt befand, war niemand gekommen, um ihr zu helfen.

War Gaston tot?

Hatte sich Lady Ysmaine in den brennenden Hof gewagt, um ihren Mann zu retten?

Waren sie zusammen gestorben?

Christina wollte nicht darüber nachdenken. Trotz der Differenzen zwischen ihnen war klar, dass sie einander geliebt hatten und ihre Ehe verheißungsvoll gewesen war. Sie wollte sich gern vorstellen, wie sie glücklich zusammen waren, auf Gastons Ländereien, ihr Heim voller Kinder.

Manche Menschen sollten erlangen, was ihr Herz ersehnte, selbst wenn sie keiner davon war.

»Seid Ihr endlich wach?«, schnarrte Helmut und trat ihr gegen die Beine, um sie zu wecken. »Ich habe nicht die ganze Nacht Zeit, Weib.« Er trat sie erneut, und sie gab unwillkürlich einen Schmerzenslaut von sich. Er hockte sich vor sie und lächelte.

Christina spuckte ihn an. Der Winkel war ungünstig, und so landete ihr Speichel auf seinem Wappenrock, aber es reichte aus, dass er sie erneut mit seinem Lederhandschuh schlug. Sie schloss die Augen, aber er ergriff ihr Kinn und zog sie hoch in eine sitzende Position.

Sie waren in einer armseligen Hütte, erkannte sie, nicht in einer Scheune. Der Stille nach zu urteilen, die ringsum herrschte, waren sie weit entfernt von jeder Siedlung. Die Wände bestanden aus Stein, das Dach war strohgedeckt. Der Boden bestand aus festgetretenem Erdboden. Es wirkte wie eine einfache Hütte, in der die Familie am einen und das Vieh, jedenfalls im Winter, am anderen Ende lebte. Im Dach war ein geschwärztes Loch, durch das der Rauch abziehen konnte, obwohl es nicht den Eindruck machte, als sei im Herd kürzlich ein Feuer entzündet worden. Das Strohdach war beschädigt, und sie konnte Ausschnitte des Nachthimmels sehen.

Helmut griff wieder nach ihrem Kinn, und Christina schloss die Augen, um ihn nicht sehen zu müssen.

»Wo ist es?«, fragte er grob. Sie konnte seinen Atem auf ihrer Wange spüren.

»Was?«

Wieder schlug er sie für diese Unverschämtheit, aber es war ihr egal. Christina öffnete ihr heiles Auge und sah ein Bündel Kleider auf dem Boden ausgebreitet liegen.

Sie lächelte. Erneut war er bei der Suche nach der Reliquie übertölpelt worden. »Wisst Ihr überhaupt, was es war?«, fragte sie, und er sah sie finster an.

»Ein Schatz, ein Schatz aus den Verliesen der Templer, und der einzige, den sie unbedingt retten wollten. Was sonst muss ich wissen?«

»Dass er wunderschön war«, sagt Christina leise. »Der schönste Reliquienbehälter, den ich je gesehen habe.«

»Ihr habt ihn gesehen? Ihr!« Der Gedanke machte ihn erkennbar zornig. »Wie kostbar war er?«

»Ein unvergleichlicher Schatz.« Sie seufzte. »Aus Gold geschmiedet und über und über mit Edelsteinen besetzt. Und groß. Wirklich ein Wunder.«

Dieses Geständnis erfreute Helmut nur wenig, und Christina war froh, dass ihm der Schatz nicht in die Hände gefallen war. Sie fuhr fort, um ihn zumindest mit ihren Worten zu quälen. »Sankt Euphemias Prüfung ereignete sich im Zeitalter Diokletians, im Jahr 303, denn sie weigerte sich, den falschen Göttern zu opfern. Ganz gleich, wie sehr man sie folterte oder quälte, ihr geschah kein Leid. Es heißt, die Engel hätten sie wegen ihres Glaubens beschützt.«

»Solche Einzelheiten interessieren mich nicht«, fauchte er. »War das Behältnis wirklich so kostbar? Beschreibt es mir.«

»Ich habe Rubine und Smaragde gesehen, so groß wie mein Daumen. Amethyste und Saphire und schweres Gold.« Sie schüttelte den Kopf. »Es war gemacht, um die Heilige zu ehren, deren Gebeine darin enthalten waren.«

»Wo ist es jetzt?«

»Ich weiß es nicht«, gab Christina zu, und er schlug sie wieder, heftiger als zuvor.

Ihre Lippe begann zu bluten.

Vermutlich konnte sie versuchen aufzustehen und wegzulaufen, aber sie war sich nicht sicher, dass es ihr gelingen würde, in ihrem aktuellen Zustand weit zu kommen. Diese Taktik würde sie sich aufsparen und ihn vielleicht auf dem falschen Fuß erwischen, wenn ihr Kopf ein wenig klarer wurde.

Doch Helmut schien das vorauszusehen. Er ergriff das Ende des Stricks, mit dem er sie gefesselt hatte, und warf ihn über einen Balken. Damit zwang er sie, sich auf die Zehenspitzen zu stellen, dann verknotete er ihn so, dass sie wenig tun konnte, außer hin und her zu schwingen.

Sie würde ihn treten, wenn sie ihn überraschen konnte.

»Wo?«, forderte er wieder.

Sie schaute auf den Boden und ignorierte die Frage. »Sankt Euphemias Reliquien werden viele Wunder zugeschrieben«, fuhr sie milde fort. »Beim Konzil von Chalcedon im Jahr 451 verteidigte sie die Menschlichkeit Jesu.«

»Sie war tot!«

»Doch wurden zwei Schriftrollen in den Sarg mit ihren sterblichen Überresten gelegt, von denen die eine behauptete, allein Gott sei göttlich, und eine, in der es hieß, Jesus sei Mann und Gott gewesen. Am Morgen stand der Sarg offen, und die Schriftrolle, die Jesus' Göttlichkeit verteidigte, lag in ihrer rechten Hand, die andere Rolle zu ihren Füßen.«

»Ein Trick, nicht mehr und nicht weniger.«

»Ein Wunder, nicht mehr und nicht weniger«, korrigierte ihn Christina. »Genau wie damals, als der goldene Sarkophag, der als ihr Reliquienbehältnis diente, gestohlen und ins Meer geworfen wurde. Er hätte für immer verloren sein sollen, aber zwei Brüder, Fischer, fanden ihn. Ihre Gebeine blieben viele Jahre versteckt und zerstreut, und dieser eine große Schatz gelangte offensichtlich in den Besitz der Templer.«

Helmut überkreuzte die Arme vor der Brust. »Ich frage noch einmal. Wo ist er?«

»Wenn es wirklich schon Nacht ist, nehme ich an, er befindet sich sicher in der Schatzkammer des Tempels in Paris.«

»Das glaube ich nicht! Ihr habt ihn gestohlen!«

»Wie Ihr das getan hättet?« Christina ließ ihre Verachtung durchblicken. »Glaubt mir, ich habe kein Verlangen, auch nur eine Neigung mit Euch gemeinsam zu haben.«

»Hure!« Er schlug sie wieder, wodurch sie sich drehte wie ein Fisch an der Leine. »Ihr werdet hier für Eure Täuschung sterben, und niemand wird Euer Ableben betrauern.«

»Wer wird Eures betrauern, Helmut?«, fragte sie, aber er ignorierte ihre Frage.

Seine Augen blitzten. »Nennt mich nicht so! Jener Mann ist tot.«

Sie schnaubte. »Nein, es ist Everard de Montmorency, der tot ist. Denkt Ihr nicht, sein Vater wird den Unterschied bemerken?«

»Ich werde zu spät kommen, als dass der alte Mann mich sehen könnte.«

»Und Ihr glaubt, so einfach würde man Euch die Herrschaft über sein Land zusprechen?« Christina schüttelte den Kopf und lachte, ignorierte das Blut, das ihr von den Lippen träufelte. »Wirklich, Helmut, Ihr habt das nicht mit Eurer üblichen Sorgfalt geplant.«

»Ich musste Outremer früher verlassen als erwartet. Ich hatte vor, den Schatz an mich zu nehmen, um auf diesem Weg die Unterstützung der Templer zu erkaufen, wenn es darum ginge, meine Identität zu beweisen.«

»Ich dachte, sie ließen sich nicht kaufen.«

»Alle Männer lassen sich kaufen.« Helmut beugte sich vor, die Augen verengt. »Jeder Mann hat seinen Preis. Den größten Schatz aus ihrer Sammlung zu verlieren, den, den sie vor allen anderen retten wollten, wäre vielleicht der Preis der Templer gewesen.« Er trat zurück und schaute sie angewidert an. »Aber Ihr, eine Frau und eine Hure, habt mich um meinen Lohn betrogen.«

»Und Ihr mich um meinen«, gab Christina zurück. »Warum habt Ihr Gunther getötet?«

»Weil er es wusste, natürlich. Er sah mich Everards Siegelring stehlen.« Helmut streckte die Hand aus, an der der Ring von Montmorency glitzerte. »Ein niederer Adliger unter dem Befehl seines Vaters, aber ein Mann, der mehr hatte, als ich je erhoffen konnte zu besitzen.« Seine Lippen verzogen sich. »Er konnte sich nicht einmal selbst verteidigen. Wieso sollte er mehr haben als ich?«

»Dann hattet Ihr schon damals den Plan, seinen Namen zu stehlen.«

»Ich schmiedete den Plan, Everards Stelle einzunehmen, sobald ich angeheuert wurde, ihn zu beschützen. Er hätte eine Pilgerreise zu einem näheren Ziel gemacht. Ich war es, der ihn ermutigte, den ganzen Weg bis nach Outremer zu reisen. Das war der einzige Weg, wie ich mir seinen Namen, seinen Ruf und allen Wohlstand, den er erlangen würde, aneignen konnte.« Er lächelte ein wenig. »Gegenüber einem so frommen Mann war es genug, die Heilige Stadt zu erwähnen, damit sein Herz danach brannte, sie mit eigenen Augen zu sehen. Es war eine Leichtigkeit.«

Christina glaubte, außerhalb der Hütte Schritte zu hören, und wagte zu hoffen, jemand hörte zu.

»Und wie starb er, der liebe Everard?«

»Lieb?«

»Ich mochte ihn. Er war ein gütiger Mann.«

»Er war ein Narr!«, sagte Helmut angewidert. »Er vertraute blind, ohne einen Grund dazu zu haben.«

»Ich vermute, sein Schicksal war entschieden, als Ihr einmal seinen Ring hattet.«

»Er dachte, er hätte ihn verloren. Gunther wusste es besser, aber ich konnte nicht zulassen, dass er seinem Kameraden die Wahrheit sagte. Nein, sie durften nie mehr abends zusammen am Tisch sitzen. Als Gunther die Herberge allein verließ, wusste ich, ich musste die Gelegenheit nutzen.« Er lächelte ein wenig bei der Erinnerung. »Ich sah ihm in die Augen, als das Messer in seinen Körper eindrang, müsst Ihr wissen, nur, damit er wusste, wer ihm das Leben nahm.«

»Ihr hattet Glück, dass er es niemandem erzählte.«

»Ich ging sicher, dass er es nicht konnte. Ich nahm seinen Geldbeutel, um es wie einen Diebstahl aussehen zu lassen.« Helmut ging um sie herum, und Christina fürchtete, was er tun würde, wenn er hinter ihr war. Sie drehte sich mühsam am Seil, um ihn im Auge zu behalten, und verfluchte ihr geschwollenes Auge. »Ich wusste, dass er seiner Frau alles anvertraute. Ich dachte, Ihr wüsstet, was Gunther wusste, deshalb ging ich sicher, dass Euch keine Chance bleiben würde, Everard zu warnen.« Er lächelte höhnisch. »Ich hätte wissen sollen, dass Ihr überleben würdet, indem Ihr die Beine breit machtet.«

Christina trat hart und schnell zu, und ein Stiefel landete in seinem Geschlecht. Helmut fiel stöhnend hintenüber und wurde bleich. Dann richtete er sich plötzlich auf, zog seinen Dolch aus der Scheide und sprang auf Christina zu. »Verbrennen ist noch zu gut für Euch!«, murmelte er, aber die Tür zur Hütte flog auf einmal auf.

»Das würde ich nicht tun«, riet ihm Stephen. Er stand in der Tür, das Messer gezogen.

Er war allein.

Wie konnte das sein?

Beim Anblick des Jungen schnaubte Helmut verächtlich. »Wer bist du, dass du mich aufhalten willst?«, fragte er.

Christina hörte von oben ein leises Rascheln. War jemand auf das Dach geklettert? Wenn ja, dann wusste sie, wer es war.

Tatsächlich pochte ihr Herz mit der neuen Hoffnung, dass sie diese Hütte doch noch lebend verlassen würde.

»Ist deine Zuneigung zu dieser Hure so groß, Junge, dass du für sie sterben würdest? Was würde dein Ritter zu einer solchen fehlgeleiteten Loyalität sagen?«

»Er würde sie wohlverdient nennen«, antwortete Wulf von über ihnen.

Christina schaute auf und sah Wulf auf dem Balken hocken. Er durchschnitt das Seil, das sie gefangen hielt, mit einem Schnitt, und stürzte sich dann auf Helmut. Stephen ging von der Tür aus auf den vermeintlichen Grafen los, trat ihm heftig in die Kniekehle. Helmut verlor das Gleichgewicht und fiel, sodass Wulf direkt auf ihm landete. Zusammen rollten sie über den Boden und versuchten jeder, die Oberhand zu gewinnen. Wulf landete ein paar harte Treffer, und Helmuts Nase begann zu bluten. Wulf verdrehte dem anderen Mann das Handgelenk, als er das Messer nicht loslassen wollte, dann rollte er ihn auf den Bauch und setzte sich auf ihn.

»Das Seil, bitte, Stephen«, sagte er, während sein Blick besorgt über Christina wanderte. Dass seine Gedanken so sichtbar waren und seine Augen so blau, verlieh Christinas Herz Flügel.

Tat er nur, was richtig war, oder war ihre Liebe vielleicht doch nicht unerwidert?

Stephen schnitt den Strick durch, der Christinas Hände fesselte, und brachte ihn dann zu Wulf.

»Wie könnt Ihr es wagen?«, wütete Helmut. »Ich bin Everard de Montmorency, Graf von Blanche Garde, und Ihr habt kein Recht, mich so unwürdig zu behandeln …«

»Aber ich habe von Euren eigenen Lippen gehört, dass Ihr ein gewisser Helmut seid, der Everard getötet hat«, entgegnete Wulf ungerührt. »Und selbst, wenn das nicht so wäre, Ihr habt eine Frau schwer misshandelt.«

»Sie hat es verdient, die Hure …«

»Keine Frau verdient eine solche Behandlung. Ihr dagegen könntet Euch glücklich schätzen, nicht zu mehr verurteilt zu werden als zu einem Schlag ins Gesicht.« Wulf zog Helmut grob auf die Füße und stieß ihn aus der Hütte.

»Ihr könnt mich nicht töten«, sagte Helmut zornerfüllt.

Wulf lächelte. »Natürlich nicht. Ich habe in diesen Landen keine Oberhoheit, und Ihr habt kein Verbrechen gegen mich begangen. So gern ich auch die Lady über Euer Schicksal entscheiden lassen würde, ich fürchte, es gibt ein anderes Gericht, das für Eure Verbrechen zuständig ist.«

»Was meint Ihr damit?«

»Ich meine, wir reiten nach Montmorency. Ich werde Stephen vorausschicken, um dem alten Herzog Nachricht zu geben, in der Hoffnung, dass er noch einmal Kräfte sammelt, um seinen geliebten Sohn ein letztes Mal zu sehen.«

Helmut wurde blass. »Das würdet Ihr nicht tun!«

»Stephen«, sagte Wulf, und der Junge trat vor und verbeugte sich tief. »Weißt du, wo Montmorency liegt?«

»Aye, Sir, Ihr habt mir heute erst gesagt, wie ich dort hinkomme.«

Wulf lächelte. »Und du bist mit einem exzellenten Gedächtnis gesegnet. Reite uns voraus, Stephen. Nimm das schnellere Pferd. Wir folgen dichtauf.«

»Aye, Sir.« Stephen rannte aus der Hütte, und Wulf bedeutete Christina, sie solle ihm vorausgehen. Sie trat hinaus in eine sternenhelle Nacht, in der eine größere Verheißung lag, als sie erwartet hatte.

Nicht weit entfernt stand Simon mit den Pferden. Sie band die Zügel von Helmuts Pferd los und führte es zu den anderen, damit Wulf nicht von seiner Aufgabe abgelenkt wurde. Stephen ritt voller Enthusiasmus los, und Wulf band das andere Ende des Seils an seinen Sattel.

»Ich werde reiten«, sagte Helmut, aber Wulf schüttelte lediglich den Kopf.

»Ihr werdet laufen, denn ich werde Euch keine Gelegenheit geben, zu fliehen. Es wird nur wenige Tage dauern, Montmorency zu erreichen, und Ihr könnt die Zeit nutzen, um für Eure unsterbliche Seele zu beten. Ich bezweifle nicht, dass Ihr in Euren Gebeten viel zu gestehen habt.«

Während Helmut ihn wütend anstarrte, kehrte Wulf an Christinas Seite zurück. Er untersuchte ihre Verletzungen und berührte mit einer vorsichtigen Fingerspitze ihre Wange. »Ich würde ihn gern eigenhändig töten«, murmelte er.

Christina nahm seine Hand und schmiegte ihre Wangen hinein, schämte sich für die Tränen der Erleichterung. »Ich danke dir.«

Er küsste sie nicht, doch er holte ein Tuch und schickte Simon los, es in dem kühlen Wasser eines nahen Bachs zu tränken. Er wischte ihr mit einem kleinen Stirnrunzeln die Stirn ab und riet ihr, das Tuch auf ihr geschwollenes Auge zu drücken. Dann hob er sie in den Sattel von Helmuts Pferd, und während der Mond hinter den Wolken hervorkam, ritten sie alle Stephen hinterher.

Nach Montmorency, zu der Gerechtigkeit, die lang überfällig war.

FREITAG, 28. AUGUST 1187

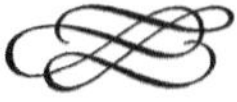

FESTTAG DES SANKT AUGUSTINE VON HIPPO

KAPITEL 17

Wulf hoffte, er konnte Christina das eine Geschenk geben, das ihr erlauben würde, sich seiner mit Wohlwollen zu erinnern, indem er dafür sorgte, dass ihrem verstorbenen Ehemann Gerechtigkeit widerfuhr. Sie sprachen auf der Reise nach Montmorency nur wenig, und da Helmut zu Fuß ging, kamen sie nicht sonderlich schnell voran. Wulf nutzte die Zeit, um darüber nachzudenken, wie er am besten Helmuts Schuld beweisen sollte.

Der einfachste Plan wäre es, durch die Tore zu reiten, Helmuts Hände gefesselt, und ihn vor dem Baron und dessen Hof seiner Verbrechen anzuklagen. Wäre seit Everards Aufbruch nicht so viel Zeit vergangen, hätte Wulf diesen Plan vorgezogen. Aber dass beinahe eine Dekade verstrichen war, seit Everard das Heim seines Vaters verlassen hatte, bedeutete, viele im Haushalt würden zu jung sein, um sich an ihn zu erinnern. Die Erinnerungen der Übrigen würden verblasst sein. Helmut hatte Everards Siegelring, aber er war unrasiert und schmutzig.

Wenn Wulf einen Mann, der behauptete, der Sohn des Barons zu sein, wie einen Gefangenen gefesselt in den Burghof brachte, mochte die Wut über diese Behandlung dafür sorgen, dass sich niemand den Mann genauer anschaute. Christinas Zeugnis würde vielleicht nichts gelten, denn sie war eine Fremde und nicht besonders reich gekleidet, und er selbst war in diesen Landen ähnlich unbekannt. Er konnte nur hoffen, dass seine Templergewandung ihm Glaubwürdigkeit verlieh, aber eine Garantie dafür gab es nicht. Wenn Everard so beliebt gewesen war, wie Wulf es vermutete, zogen die Leute es vielleicht vor, ihn willkommen zu heißen und die Anschuldigungen eines Fremden zu ignorieren.

Ein riskanterer Plan wäre vielleicht besser. Was, wenn er Helmut als Everard dort ankommen ließ? Sicher würden die Leute ihn genauer anschauen? Sicher würde Helmut einen Irrtum begehen und enthüllen, dass er nicht Everard war?

Wulf konnte nicht vergessen, dass sein eigener Vater ihn auf den ersten Blick erkannt hatte, mehr als zehn Jahre nach seiner Geburt. Everards Vater – und Teile des Haushalts – hatten den Sohn des Herzogs noch im Mannesalter gesehen.

Sicher würden sie die Wahrheit erkennen?

In der letzten Nacht hielten sie kurz vor der Burg des Herzogs an, denn er wollte gern am Morgen bei Hof ankommen. Ihm schien es wahrscheinlich, dass Everards Vater, immerhin ein schwerkranker Mann, früh am Morgen besser bei sich war.

Helmut, noch immer wütend, weil er gefesselt war, reagierte geschockt, als Wulf ihm die Fesseln löste.

»Simon, du wirst heute Morgen mit mir reiten«, sagte Wulf. »Und die Lady wird den Zelter nehmen.«

Helmut schaute ihn misstrauisch an.

»Um Euch zu erlauben, Euer eigenes Pferd zu reiten.« Wulf verzog das Gesicht. »Oder Everards Pferd. Ich habe keine Ahnung, ob Ihr es auch von ihm gestohlen habt.«

»Was soll das heißen?«, fragte Helmut.

Wulf sprach milde. Er wusste, er ging ein Risiko ein, aber sicher würde es Früchte tragen. »Wir erreichen unseren Bestimmungsort. Hier ist die Burg von Montmorency. Sicher erkennt Ihr sie wieder?« Er lächelte. »Ich lade Euch ein, den Bewohnern darin Eure Identität zu beweisen und Everards Erbe anzutreten. Nun habt Ihr die Gelegenheit zu beweisen, dass die Anschuldigungen der Lady falsch sind. Wenn Ihr Erfolg habt, werde ich fortreiten und Euch den Gewinn überlassen, der Euch nicht zusteht.« Er sah Helmut ins Gesicht, während dessen Miene sich aufhellte. »Seid gewahr: Wenn Ihr flieht oder die Lady noch einmal anrührt, werde ich Euch jagen und zur Strecke bringen. Ich werde dafür sorgen, dass Euer Tod nicht erfreulich wird, und kein Gericht wird mich dafür belangen.«

Helmut erschauerte bei der Drohung in Wulfs Ton, warf aber in offenkundiger Hoffnung einen Blick auf die entfernte Burg. Er straffte die Schultern und leckte sich nervös die Lippen. »Ich werde die Wahrheit beweisen«, verkündete er mit einer Großspurigkeit, die Wulf für unverdient hielt. Er rieb sich die Stoppeln an seinem Kinn und zerzauste sich selbst das Haar, betrachtete den Schmutz auf seinem Wappenrock mit offenkundiger Befriedigung. »Sie werden den Unterschied niemals merken«, murmelte er, aber Wulf war sich dessen nicht so sicher.

Tatsächlich verließ er sich auf das Gegenteil.

Christina sagte nichts, sondern schaute lediglich zwischen ihnen hin und her. Dass sie Wulf nicht kritisierte, sagte ihm, dass sie seinen Plan für sinnvoll hielt.

Sie stiegen auf und ritten auf der gut ausgebauten Straße los, die ins Dorf führte. Mit einer Geste stellte Wulf sicher, dass Christina auf seiner Linken ritt, weit entfernt von Helmut, und achtete darauf, die Hand frei zu haben, um sein Schwert zu ziehen. Simon besaß die Geistesgegenwart, zur Not von Teufels Rücken zu springen, und Wulf war froh, dass beide Jungen so gelehrig waren.

»Ich werde behaupten, dass Ihr mich begleitet, und Ihr werdet es nicht abstreiten«, sagte Helmut, dessen Vorfreude offensichtlich war.

»Ihr habt keinen Mangel an Selbstvertrauen«, bemerkte Wulf.

»Der Brief sagte, er sei blind geworden«, höhnte Helmut. »Ihr seid ein Narr, dass Ihr mir diese Gelegenheit einräumt, denn ich werde triumphieren, das werdet Ihr schon sehen.«

Christina schniefte, ihre Skepsis klar, und sie ritten schweigend weiter.

Am Tor kanterte Helmut voraus und hob die Stimme. »Öffnet die Tore!«, brüllte er. »Ich bin es, Everard, und ich bin endlich zurückgekehrt! Ich bete, dass mein Vater noch lebt!«

Der Pförtner gab einen Freudenschrei von sich, und Wulf erblickte Stephen im Burghof. Es war klar, dass Vorbereitungen für die Ankunft des Sohns des Herzogs getroffen worden waren, und viele hatten sich versammelt, um seine Rückkehr zu bezeugen.

Helmut ritt voller Selbstvertrauen durch das Tor und hielt an, um Mitglieder des Haushalts mit Namen zu begrüßen. »Eustache! Wie gut Ihr ausseht! Wie geht es Eurer Margaret?«

»Sehr gut, Mylord«, antwortete der Mann und verbeugte sich tief. »Ich danke Euch, dass Ihr Euch an sie erinnert.«

»Wie könnte ich es vergessen? Ich hoffe, Euer Sohn, der nur so zögerlich zur Welt kam, ist gesund?«

Eustache strahlte. »Er ist groß und stark, Mylord, genau, wie Ihr vorausgesagt habt.«

Helmut stieß ein dröhnendes Lachen aus, offenbar in Nachahmung Everards. Dieser Klang schien viele zu freuen.

»Natürlich, er kennt sie alle«, murmelte Christina. »Aber sicher wird ihn doch jemand erkennen?«

Aber wie es schien, sahen diejenigen, die im Burghof versammelt waren, was sie sehen wollten: Den Sohn ihres Lords, der gerade rechtzeitig zurückgekehrt war.

»Was für wunderbare Neuigkeiten!« Helmut stieg ab, dann wandte er sich dem Mann zu, der die Zügel seines Pferdes nahm. »Yvan? Seid Ihr es?«

»Aye, Sir!« Der Stallknecht verbeugte sich, dann fuhr er sich durch das Haar. »Mehr Silber als damals, Mylord, aber ich bin noch hier.«

»Und es tut gut, Euch zu sehen. Ich bin sicher, auch die Pferde im Stall meines Vaters sind für Eure Pflege dankbar.«

»Das dort ist ein edles Tier Sir.«

»Meint Ihr? Ich musste ohne Euren klugen Rat in Outremer ein neues Ross wählen und konnte nur mein Bestes tun.«

»Ich finde ihn sehr edel, Sir. Ein bisschen Hafer und ein wenig Striegeln, und er wird bereit sein, wieder loszurennen.«

»Exzellent. Exzellent!« Helmut ließ wieder das dröhnende Lachen erklingen, und diesmal lächelten noch mehr der Umstehenden. Er hob die Hand und ließ den Siegelring in der Sonne aufblitzen.

»Er lügt gut«, sagte Christina leise.

Wulf nickte ein einziges Mal und beobachtete den Mann sorgfältig. Die schwerste Prüfung lag noch vor ihm.

Helmut wies auf Wulf. »Und ich habe das Glück, dass mich ein Tempelritter auf dieser Reise begleitet. Ich bitte Euch, heißt ihn willkommen.«

Blicke wanderten von Wulf zu Christina, und er zweifelte nicht, dass sie die Blutergüsse in ihrem Gesicht sahen. Er sagte nichts, sondern ließ Helmut auf eine Erklärung verfallen.

»Eine weitere Reisende, die den Schutz der Templer braucht«, sagte Helmut in einem Flüsterton. Er warf Wulf dabei einen bedeutungsvollen Blick zu, als wollte er andeuten, dass Wulf für diese Verletzungen verantwortlich war, und Wulf sog scharf den Atem ein.

»Er war so nobel, mich vor einem Angreifer zu beschützen«, sagte Christina und berührte mit den Fingerspitzen Wulfs Arm. »Wäre er nicht gerade im rechten Moment erschienen, wäre ich gestorben.«

Die Umstehenden nickten zustimmend. Diese Erklärung passte offensichtlich besser zu dem, was sie von einem Ritter des Templerordens erwarteten.

Helmut lachte erneut, und es wurde Wulf bewusst, dass diese eine Angewohnheit Everards, die er verlässlich imitieren konnte, sich für einen Besuch am Todesbett seines Vaters ganz und gar nicht eignete. »Oh, ich habe viele Geschichten zu erzählen«, sagte Helmut und schüttelte den Kopf. »Aber erst, bitte ich Euch, bringt mich zu meinem geliebten Vater.«

»Er wartet auf Euch, Sir«, sagte ein älterer Mann, der der Burgverwalter sein musste. »Obwohl es ihm nicht gutgeht.« Der Gesichtsausdruck des Mannes war unlesbar, aber Wulf bemerkte, dass er nicht damit aufhören konnte, Helmut genau zu mustern.

Der Burgverwalter hatte Zweifel.

Der Vater würde noch mehr haben.

CHRISTINA HATTE NICHT VOR, Helmuts Erfolg oder Versagen dem Zufall zu überlassen.

So bald wie möglich verschwand sie in die Küche, allem Anschein nach nur eine junge Dienstmagd auf der Suche nach einem Stück Brot.

»Ist es wahr?«, fragte der Koch, und Christina war nicht wirklich überrascht, dass die Nachricht sich so schnell verbreitet hatte. Der Mann war nicht viel älter als sie. Sie fragte sich, ob er vor zehn Jahren schon hier am Hof des Herzogs gewesen war. »Ist der Sohn des Herrn zurückgekehrt?«

»Anscheinend schon.«

»Und der Templer hat Euch vor einem Überfall gerettet?«

»Aye. Er ist ein guter Mann und ein tapferer Krieger.«

»Es heißt, das seien sie alle.« Der Koch nickte. »Ich würde gern einen Blick auf diesen Sohn des Herzogs werfen. Er hat sich jedenfalls Zeit gelassen bei seiner Rückkehr zu seinem Vater.«

»Ihr könnt Mylord Everard keinen Vorwurf machen«, protestierte eine ältere Frau und schnalzte mit der Zunge in Richtung des Kochs. Sie formte gerade Brotlaibe und hatte Mehl auf der Nase. »Er ist über jeden Tadel erhaben, so fromm und gut, dass er als Junge beinahe einen Heiligenschein trug.« Sie lächelte. »Wir dachten, er sei ein Engel, der auf die Erde gekommen wäre.«

»Ihr habt Euch vielleicht täuschen lassen«, sagte der Koch. »Es gibt viele Männer, deren Herz nicht so aufrichtig ist, wie ihr Antlitz vermuten lässt.«

Die Frau schüttelte den Kopf. »Nicht dieser. Ach, er war von der Wiege an gut. Er muss für seine späte Rückkehr einen guten Grund haben, und ich bin sicher, seine Gegenwart wird dem Herzog Kraft geben, selbst jetzt.«

»Er braucht jedes bisschen davon«, murmelte der Koch, und Christina war dankbar, dass er sich nicht so rückhaltlos begeistert zeigte.

Auf Einladung der Frau hin ließ sie sich ein Stück Brot und einen Becher Ale reichen. »Euer Lord Everard muss mit vielen Freunden gesegnet sein«, wagte sie zu sagen.

»Aye, das ist er.« Die Frau zögerte und schaute Christina an, eine bemehlte Hand in die Hüfte gestemmt. »Mylord Everard war niemals fähig, das Böse in anderen zu sehen. Selbst als erwachsener Mann nahm er von jedem immer nur das Beste an.«

»Ich würde wetten, dass es Leute gab, die aus dieser Eigenschaft ihren Vorteil gezogen haben«, sagte der Koch säuerlich. Er schmeckte eine Soße mit einem Löffel ab, die der Küchenjunge ihm hinhielt, und schüttelte den Kopf. »Ein wenig mehr Salz, denke ich.«

Die Frau hob ihre Augenbrauen. »Ja, die gab es sicherlich. Ich erinnere mich an einen seiner Gefährten. Du lieber Gott, aber der Herzog selbst suchte den Kämpfer aus, der seinen Sohn auf die Pilgerreise begleiten und ihn beschützen sollte. Ich war froh, als er ging, so viel ist sicher, denn er hatte etwas an sich, das mir nicht gefiel.« Sie drehte sich auf dem Absatz herum und schaute Christina an. »Sagt mir, dass dieser Söldner Helmut nicht mit Mylord Everard zurückgekehrt ist?«

Christina stellte den Becher ab und wusste, sie hatte die Verbündete gefunden, die sie gesucht hatte. »Vielleicht solltet Ihr kommen und den Lord nach seiner Rückkehr begrüßen«, sagte sie leise.

Der Koch und die Frau wechselten einen Blick, dann wischten sich beide die Hände ab und eilten zielstrebig in die große Halle. Christina konnte nur bewundern, welche Loyalität die beiden gegenüber ihrem Herzog bewiesen, und hoffte, man würde ihrem Zeugnis glauben.

Dieser Mistkerl würde Erfolg haben.

Wulf konnte es nicht glauben.

Der Herzog wurde in die Halle getragen, um seinen zurückgekehrten Sohn zu begrüßen, aber ein Blick auf den tattrigen Invaliden ließ Wulf um den Ausgang des Ganzen fürchten. Helmut triumphierte bereits, obwohl er seine Reaktion gut verbarg. Beim Anblick seines Vaters täuschte er Betroffenheit vor, dann richtete er sich auf, als wollte er sich diese dem alten Mann gegenüber nicht anmerken lassen. Manche in der Halle nickten mitfühlend, aber der alte Herzog konnte offensichtlich nicht weit sehen.

»Everard?«, fragte er mit zittriger, dünner Stimme.

»Vater!«, sagte Helmut, und seine Stimme dröhnte so laut, dass niemand sie überhören könnte. Ganz offensichtlich war dies eine Eigenschaft des wahren Everards, denn der alte Herzog richtete sich ein wenig gerader auf. Dann stieß Helmut dieses Lachen aus, und der Herzog umklammerte die Lehnen seines Stuhls. »Ich erhielt Nachricht, dir ginge es nicht gut«, sagte er. »Aber hier sitzt du, so gesund wie immer!«

Der Herzog lächelte bei diesen Worten, und Wulf sah eine Träne auf seiner Wange glitzern. »Mein Sohn«, flüsterte er und streckte die Hand aus.

Helmut durchquerte den Raum, warf mit großer Geste seinen Mantel zurück und fiel auf die Knie, um den Ring seines Vaters zu küssen. »Ich bin schmutzig von der Reise, Vater, und in keinem angemessenen Zustand, um vor dir zu stehen.« Er achtete darauf, dass seine Stimme brach. »Aber ich musste dich so bald wie möglich sehen.«

»Mein Sohn!«, verkündete der Herzog und griff nach Helmuts Hand.

Sicher ließ er sich doch nicht so einfach täuschen?

Die Hände des Herzogs waren dünn und von blauen Adern durchzogen. Er wirkte zerbrechlich und mager und umklammerte Helmut, während ihm Tränen über die Wangen liefen. »Wie sieht mein Sohn aus, Rupert?«, fragte er den Seneschall, der schützend hinter ihm stand.

»Wie ein verwandelter Mann«, sagte Rupert angespannt. »Ich hätte ihn in der Tat kaum wiedererkannt, wenn der Ring an seinem Finger nicht wäre.«

Helmut stieß wieder dieses Lachen aus, und Wulf war den Klang bereits leid. »Ach, Rupert, Ihr wart schon immer besonders wachsam und auf den Schutz meines Vaters bedacht.« Er senkte die Stimme. »Ich betete in der Heiligen Grabeskirche, dass Ihr von den Schmerzen in Eurem linken Knie Erleichterung finden würdet. Sind sie besser geworden?«

Der Seneschall war sichtlich verdutzt. »Das sind sie nicht, aber ich danke Euch für die Fürbitte, Sir.« Er schaute den Neuankömmling an, von Neuem in Zweifel.

Helmuts Geschick beim Lügen entsetzte Wulf. Wie konnte er sie alle überzeugen, die Wahrheit nicht zu sehen, die ihnen vor Augen stand?

Es war klar, dass sie sich so sehr wünschten, diese Illusion sei wahr, dass sie ihre eigene Wahrnehmung missachteten, um dem Herzog die Enttäuschung zu ersparen. Seine Leute mussten große Zuneigung für ihn empfinden, was diese Farce noch viel schlimmer machte.

»Ich bin froh, dich noch einmal gesehen zu haben«, flüsterte der Herzog mit heiserer Stimme. Er ließ Helmuts Hand nicht los, und Helmut spielte überzeugend den pflichtbewussten Sohn, der zu Füßen seines Vaters kniete.

»Ihr!«, rief eine Frau von der anderen Seite der Halle, und Helmut blickte auf.

Eine ältere Frau mit Schürze, über und über mit Mehl bestäubt, marschierte voll Ärger durch den Raum. »Wie könnt Ihr es wagen, an diesen Ort zurückzukehren, und das ohne Mylord Everard? Was habt Ihr ihm angetan, Ihr Untier?«

Der Herzog wirkte verwirrt. Einen Augenblick flackerte Zorn in Helmuts Augen, bevor es auch ihm gelang, verwirrt auszusehen.

Der Seneschall richtete sich gerade auf, und seine Augen glitzerten, als er die Szene beobachtete.

Wulf sah, dass ein dunkelhaariger Mann mit aufgerollten Ärmeln die Frau begleitete. Er beobachtete alles mit offenkundiger Neugier. Neben ihm stand Christina, ihr Gesicht so triumphierend, dass Wulf wusste, sie hatte dafür gesorgt, dass die Frau in genau diesem Moment die Halle betrat.

»Marthe, nicht wahr?«, sagte Helmut, als sei er sich seines Erinnerungsvermögens nicht ganz sicher. Er schnippte mit den Fingern, als die Frau auf ihn zukam. »Aye, Marthe! Ich erinnere mich an Eure Backkünste, das wohl, denn all die Jahre habe ich niemanden getroffen, der einen so feinen, leichten Laib Brot backen konnte ...«

»Ihr solltet Euch an mehr als an meine Backkünste erinnern, Ihr Hund!«, verkündete Marthe und schlug ihm ins Gesicht.

Alle keuchten auf.

»Marthe! Ihr vergesst Euch!«, sagte der Seneschall, allerdings ohne große Härte.

»Ich bin es nicht, die sich vergisst! Seht diesem Mann ins Gesicht! Er ist nicht Everard! Er ist dieser finstere Schurke Helmut, der Söldner, der angeheuert wurde, um Mylord Everard zu beschützen.« Sie musterte ihn von oben bis unten. »Aus meiner Warte sieht es ganz so aus, als versuchte er, uns alle zu täuschen und so zu tun, als sei er Everard!«

Flüstern setzte ein, aber Helmut stand hoch aufgerichtet vor ihr. Sein Ton wurde herrischer. »Ihr habt kein Recht, eine solche Anklage vorzubringen ...«, begann er, doch weiter kam er nicht, bevor der Herzog den Kopf hob.

»Ihr klingt wie Helmut«, sagte er leise, und seine Hände zitterten, als er sie in seinem Schoß faltete.

»Vater!«, flehte Helmut, sein Tonfall weicher. »Sicher wirst du doch den Worten einer Küchenfrau nicht mehr Glauben schenken als denen deines Sohnes?«

»Wenn Ihr sein Sohn seid«, sagte Marthe herausfordernd.

»Das bin ich!« Helmut lachte erneut. »Das wissen alle.«

Der Seneschall presste die Lippen zusammen. »Die Wahrheit lässt sich leicht beweisen«, sagte er leise, aber entschlossen. »Mylord Everard hat ein bestimmtes Muster aus Muttermalen auf dem Rücken.« Er schnippte mit den Fingern, und vier seiner Wachen stürzten sich auf Helmut.

»Das ist empörend! Vater, du kannst nicht erlauben, dass mir eine solche Behandlung widerfährt …«

Aber der Herzog wartete auf das Urteil seines Seneschalls.

Wulf unterdrückte ein Lächeln, als Helmut kurzerhand seines Wappenrocks entledigt wurde. Er kämpfte, aber gegen die entschlossenen Ritter kam er nicht an. Erst, als sie sein Hemd auszogen und er mit nacktem Oberkörper dastand, gab er sich geschlagen. Er senkte den Kopf, während Rupert um ihn herumging, und in der Halle herrschte erwartungsvolles Schweigen.

»Keine Muttermale«, urteilte Rupert. »Es tut mir leid, Mylord, aber dieser Mann ist ein Betrüger, der das Erbe Eures Sohnes stehlen will.«

Der Herzog ließ den Kopf auf die Hände sinken und weinte. Er wirkte noch kleiner und zerbrechlicher als zuvor, und Wulf empfand großes Mitleid, weil die Wahrheit ihm die eine Sache stahl, die ihm auf seine letzten Tage ein Trost gewesen wäre.

Der Seneschall beobachtete seinen Herrn voll Mitgefühl, dann übernahm er den Befehl. »Fesselt ihn.« Helmut kämpfte gegen die Ritter, doch er hatte nicht mehr Erfolg als zuvor. Nach wenigen Augenblicken lag er in Ketten. »Er wird sich vor Gericht verantworten müssen, wann auch immer der Herzog es für richtig hält, sich anzuhören, was er zu seiner Verteidigung vorbringen kann.«

»Everard hatte alles!«, brüllte Helmut voll Bitterkeit. »Er war schwach und ungeschickt mit der Klinge. Er hat Gnade gewährt, wo sie nicht verdient war. Er konnte nicht auf sein Geld achtgeben und bot

Bettlern an jeder Ecke Almosen! Er hatte kein Recht auf seinen Wohlstand, auf den Ritterschlag, auf sein Land, wenn ich, der ich für alles kämpfen musste, was ich besitze, in allem der Bessere war!«

»Außer in Eurem Herzen«, sagte Wulf, und der Seneschall nickte.

»Habt Ihr ihn getötet?«, fragte der Seneschall Helmut. Sein Ton war täuschend milde. Seine Augen aber blitzten mit einer Wut, die Wulf teilte.

»Ich habe ihm genommen, was er nicht zu schätzen wusste«, sagte Helmut voll Bitterkeit. »Er verschenkte sein Gold, ich aber sparte es. Ihm war mehr an dem Leben gelegen, das er im Himmel haben würde, also habe ich ihn dorthin befördert.«

»Untier!«, schrie Marthe.

»Abschaum!«, riefen andere, während der Herzog weinte.

Als Helmut in den Kerker geführt wurde, drehte Wulf sich zu Christina um, nur um festzustellen, dass auch ihr die Tränen über das Gesicht liefen. Doch sie lächelte, und er konnte die Erleichterung, die sie erfüllte, erkennen.

Gunther war gerächt.

Dieses Geschenk hatte er ihr gegeben, und nun mussten sich ihre Wege trennen.

Aber zuerst würde er sie an den Ort geleiten, den sie ihr Zuhause nannte, auch wenn ihn die zusätzliche Zeit in ihrer Gegenwart nur quälen würde. Er sagte sich, er habe es nicht eilig, sich der Strafe des Großmeisters in Paris zu unterwerfen, aber das war nicht der Grund, warum er es tun würde.

Er wollte ganz sicher wissen, dass es Christina gut ergehen würde.

CHRISTINA KONNTE ES KAUM ERTRAGEN, den Kummer von Everards Vater mitanzusehen. Wie tragisch, dass er sein Leben in dem Wissen beschließen würde, dass sein geliebter Sohn tot war. Dann dachte sie an ihre eigene Mutter und fragte sich, ob ihr Verschwinden ihr einen ähnlichen Kummer verursacht hatte.

Es war niemals Christinas Absicht gewesen, das zu tun, aber sie war über ihre Lage selbst so verzweifelt gewesen, dass sie keine Nachricht geschickt hatte. Sie hatte gedacht, es sei grausamer, ihrer Familie einen Brief zu schicken, eben weil sie Venedig ja nicht verlassen konnte, aber nun fragte sie sich, ob ihr eigener Stolz sie davon abgehalten hatte, um Hilfe zu bitten, die ihr vielleicht bereitwillig gewährt worden wäre.

Was, wenn ihre Mutter in ihrer Abwesenheit gestorben war?

Christina verließ die Halle und wanderte durch die Gärten hinter der Burg. Der Gedanke machte sie krank.

Unerwartet wurde ihr übel, und sie musste sich übergeben. Zumindest gelang es ihr, rechtzeitig einen Haufen toter Blätter und Pflanzenreste zu erreichen, die als Kompost den Winter über verrotten würden. Mit zitternden Händen vergrub sie ihr Erbrochenes und bemerkte verspätet, dass ihr eine alte Frau von einem Kohlbeet aus zusah. Es war nicht Marthe, denn sie hatte dunkleres Haar, aber in ihrem Verhalten lag etwas tröstend Praktisches.

»Ist es das Kind des Betrügers oder des Templers?«, fragte die Frau zu Christinas Verwirrung. Als sie den Kopf schüttelte, zuckte die Frau die Schultern. »Vor Euch liegt ein langer Weg, meine Liebe.«

»Ich verstehe nicht.«

»Nein? Ein Kind auf diese Welt zu bringen, ohne dass ihr die Unterstützung seines Vaters habt, ist gewiss eine Herausforderung. Nicht gerade ungewöhnlich, aber auch nicht erstrebenswert.« Die Frau verzog das Gesicht und machte sich wieder daran, Unkraut zu zupfen. »Aber wenn der Betrüger der Vater ist, wird der Herzog vielleicht gütig zu Euch sein. Immerhin hätte dann der gleiche Mann Euch beide betrogen, und er erweist sich deshalb als großzügig. Der Herzog ist jedenfalls ein mitfühlender Mensch.«

Christina lächelte. »Ich fühle mich heute nur ein wenig krank, was sehr ungelegen kommt, aber ich bin nicht schwanger.«

»Nein?«

»Ich kann nicht schwanger werden. Ich bin unfruchtbar.«

Die Frau lachte leise. »Im Frühjahr werdet Ihr wissen, ob das der Fall ist oder nicht.«

»Aber ich kann nicht schwanger sein! Es ist unmöglich!«

»Nach der Art zu urteilen, wie dieser Templer Euch ansieht, würde ich sagen, es ist mehr als möglich. Nehmt meinen Rat an und behauptet nicht, es sei eine Jungfrauengeburt. Es ist besser, die Wahrheit von Anfang an einzugestehen.«

Schwanger. Christina schaute sich im Garten um, ohne ihn zu sehen. Konnte es wirklich wahr sein?

»Ihr wirkt sehr überrascht. Wusstet Ihr es wirklich nicht?«

»Ich weiß es immer noch nicht!«

Die Frau zog ein hartnäckiges Unkraut heraus. »Und wann hattet Ihr das letzte Mal Eure Blutungen? Habt Ihr seither mit einem Mann geschlafen? Wie oft habt Ihr Euch übergeben? Ihr müsst es mir natürlich nicht alles gestehen, aber es wäre vielleicht klug, darüber nachzudenken.«

Christina hatte ihre Blutungen Wochen vor ihrer Begegnung mit Wulf in Venedig zum letzten Mal gehabt. Sie zählte an ihren Fingern ab. Er war am Festtag der Maria Magdalena, am 22. Juli, in Costanzias Haus angekommen. Nun war der Festtag von Sankt Augustine, über einen Monat später. Sie hatten mehrfach miteinander geschlafen. Und seit sie Paris verlassen hatte, war ihr Magen in Aufruhr.

Konnte es sein, dass sie Wulfs Kind erwartete?

Sie starrte die Frau staunend an.

»Und Eure Brüste«, fuhr die Frau fort. »Wirken sie größer? Und sind sie empfindlich?«

»Das tun sie«, gestand Christina und musste sich setzen. Ihre Welt wirbelte durcheinander. Eine neue Hoffnung ließ ihr Herz flattern. War es möglich, dass keine ihrer jüngeren Schwestern bisher einen Sohn geboren hatte?

War es möglich, dass sie Wulf eine Zukunft außerhalb des Ordens schenken konnte?

»Ihr wusstet es also wirklich nicht«, sagte die Frau, und Christina sah, dass sie nun neben ihr stand. »Es tut mir leid, wenn ich Euch überrascht habe, denn ich dachte, Ihr wüsstet es. Aber es ist besser, es früher zu erfahren als später.«

»Aye. Ich bin froh, dass ich es weiß. Ich danke Euch.«

Die Frau lächelte, und ihr Gesichtsausdruck war gütig. »Gott segne Euch und Euer Kind, meine Liebe.«

Christina lächelte und umarmte die Frau impulsiv. »Danke«, sagte sie wieder, dann hastete sie los, um Wulf zu finden. Irgendwie musste sie ihm die Neuigkeiten überbringen.

Sie konnte ein solch intimes Geständnis nicht vor allen Leuten ablegen. Nein, sie brauchte einen Moment unter vier Augen, je schneller, desto besser. Christina hoffte, Wulf war noch immer entschlossen, sie heimzubegleiten.

~

IN JENER NACHT schlugen sie ihr Lager im Wald auf, nicht weit entfernt von Montmorency, aber außerhalb des Dorfes. Es war klar gewesen, dass sie als Überbringer schlechter Nachrichten dort nicht willkommen waren, auch wenn der Herzog und seine Familie ihnen eine Einladung ausgesprochen hatten. Wulf hatte höflich abgelehnt und darauf bestanden, sie müssten noch weit reisen. Christina war es sehr recht, weit von Helmut entfernt zu sein.

So sehr sie ihn verabscheute und ihm misstraute, sie begriff, dass sie nicht den Wunsch hatte zu sehen, wie ihm Gerechtigkeit widerfuhr. Es reichte zu wissen, dass er aufgeflogen war und für seine Verbrechen bezahlen würde.

In jener Nacht waren die Sterne zahlreich, und sie hatten Vorräte aus der Küche in Montmorency. Man hatte ihnen einen Schlauch mit gutem rotem Wein, Hartwurst, Käse und Äpfel mitgegeben. Wulf und die Jungen hatten ein Feuer entzündet, nachdem die Jungen auf Wulfs Geheiß hin Holz gesammelt hatten, und nach ihrer Mahlzeit saßen sie rings um das Feuer. Die Pferde waren in der Nähe angebunden, und ein kleiner Bach floss plätschernd an der gewählten Lagerstelle vorbei. Eine winterliche Kühle lag bereits in der Luft, obwohl es diese Nacht nicht übermäßig kalt werden würde. Christina legte die Hand auf ihren Bauch. Sie merkte nun, dass er schon ein wenig fester war, und fragte sich, was Wulf sagen würde, wenn sie ihm von dem Baby erzählte.

Würde er leugnen, dass es sein Kind war? Sie beobachtete ihn unauffällig und bezweifelte, dass er sich so grob zeigen würde. Er saß auf der anderen Seite des Feuers, die Beine ausgestreckt und an den Knöcheln überschlagen, und seine lässige Pose erfüllte sie mit einer seltsamen Freude. Er war weniger streng als damals, als sie ihm begegnet war, entspannter, und ihr gefiel die Veränderung gut.

Nein, er würde seine Beteiligung an der Zeugung ihres Kindes nicht abstreiten. Aber das Wissen würde ihn belasten, so viel konnte sie erraten, denn er glaubte, er könnte sie nicht in Ehren heiraten. Es würde ihm wieder seinen eigenen Mangel eines Vermögens vor Augen führen, und sie wollte nicht, dass er sich als ein geringerer Mann fühlte.

Zugleich fragte sie sich, was sie tun würden, sie und dieses Kind, das in ihr wuchs.

Erneut wagte sie zu hoffen, dass ihre Schwestern nicht mehr Glück gehabt hatten als sie. Was, wenn sie zurückkehrte und herausfand, dass keine von ihnen bisher einen Sohn geboren hatte?

Was, wenn Wulfs Kind ein Junge war? Die Möglichkeit, dass sie ihm den Sohn schenkte, den sich jeder Mann wünschen musste, war genug, um sie erzittern zu lassen, selbst ohne die Aussicht, das Erbe ihres Vaters anzutreten. Sie senkte den Blick und dachte darüber nach, wie sie ihm möglichst bald die Wahrheit sagen konnte.

»Würdet Ihr uns eine Geschichte erzählen, Mylady?«, fragte Stephen.

»Sicher habt Ihr doch genügend Geschichten von Heiligen gehört, um zufrieden zu sein?«, neckte sie. Diese Nacht wollte sie still bleiben, um alle Möglichkeiten zu erwägen. »Ich würde sagen, es ist an Wulf, eine mit uns zu teilen.«

Er schaute in ihre Richtung, und zu ihrer Überraschung gab er nach. »Vielleicht ist das so. Ich kenne nur eine Geschichte, aber ich werde sie euch erzählen.«

Die Jungen grinsten sich an und beugten sich vor, um zuzuhören.

Wulf starrte ins Feuer. »Es war einmal ein junger Mann. Tatsächlich war er nicht viel älter, als ihr beide es seid. Er zog aus, um sein Glück zu suchen.« Er hielt inne und runzelte die Stirn. »Das klingt beinahe, als hätte er sich *entschieden*, sein Glück zu suchen, aber in Wirklichkeit wurde diese Entscheidung für ihn getroffen. Er war in den Wäldern aufgewachsen, in der Obhut eines Wildhüters. Als jener Mann starb, war der junge Mann allein. Er hatte nichts vorzuweisen, keinen Besitz, keine Eltern, keine Verwandten oder auch nur ein Heim, das er sein Eigen nennen konnte. Er suchte sein Glück, um zu überleben.«

In diesem Moment wusste Christina, dass er aus seinem eigenen Leben erzählte.

»Er reiste weit und sah viel, bis er eines Tages in der Hütte eines anderen Wildhüters ein Heim fand. Dieser Mann hatte einen Plan, von dem der junge Mann nichts wusste, obwohl er schnell Früchte trug. Der Adlige, der über dieses Land regierte, besuchte den Wildhüter, wie es seine Angewohnheit war, und der Wildhüter präsentierte den jungen Mann als einen möglichen Kandidaten, der am Hof des Lords das Kämpfen erlernen sollte. Der Adlige war mit diesem Vorschlag sehr einverstanden, denn anscheinend hatte er lange nach einem Gegner von geeigneter Größe und Kraft für seinen Neffen gesucht.«

»Er wünschte sich, dass sein Neffe gewinnen würde«, sagte Stephen.

Wulf lächelte. »Er wünschte sich, dass sein Neffe nicht jedes Mal verlieren würde. Sein eigener Sohn war älter und hatte sich die Sporen bereits verdient, daher hatte der Neffe gegen ihn keine Chance. Der Edelmann sagte dem jungen Mann, man lerne zwar mehr aus Niederlagen denn aus Siegen, sein Neffe jedoch bräuchte einen Gegner, mit dem das Verhältnis ausgewogener sei. Und dieses Angebot unterbreitete er dem jungen Mann: Wenn er zustimmen würde, fünf Jahre im Haushalt des Edelmanns mit dem Neffen zu trainieren, dann würde ihn der Edelmann ebenfalls zum Ritter schlagen.«

»Das war ein gutes Angebot!«, rief Simon aus.

»In der Tat. Der junge Mann nahm es rasch an, und so begannen die anstrengendsten fünf Jahre seines Lebens. Er lernte viel durch den Sieg wie durch die Niederlage und wurde ein fähiger Schwertkämpfer. Er erhielt Lektionen in Strategie und Taktik, und, besser noch, er und der Neffe wurden gute Freunde. Sie verdienten sich gemeinsam die Sporen und wurden am gleichen Morgen zum Ritter geschlagen. Der Edelmann war so großzügig, dass er ihnen beiden auch passende Waffen und Rüstungen schenkte. Freilich wusste der junge Mann, dass das Schwert und die Rüstung des Neffen von höherer Qualität waren als seine eigenen, aber das war nur richtig so. Er war kein Verwandter, und der Edelmann hatte ihm mehr geschenkt, als er sich je hätte träumen lassen.«

Wulf trank seinen Wein. »Und so geschah es, dass der Neffe heimkehrte, und da der junge Mann einmal mehr entschlossen war, sein

Glück zu suchen, reisten sie zusammen in seine Heimat. Wie sich herausstellte, hatte der Neffe eine Schwester von bemerkenswerter Schönheit. Er selbst gab nicht viel auf ihre Reize, denn sie war jünger und war ihm immer hinterhergelaufen, als sie noch Kinder gewesen waren, aber als der junge Mann sie sah, war es, als wäre er zu Stein erstarrt. Allein für ihre Schönheit liebte er sie und hätte alles getan, um sie für sich zu gewinnen. Leider muss man erwähnen, dass sein glückliches Schicksal hohe Erwartungen in ihm geweckt hatte, aber ich kann ihm keine Vorwürfe machen, dass er eine solche Zuversicht hegte. Und es schien, dass das Mädchen ihn ebenfalls mochte.«

»Hat er sie geheiratet?«, fragte Simon.

»Hat er eine Burg und Ländereien gewonnen, sie dann geheiratet und viele Söhne gehabt?«, fragte Stephen.

Christina lächelte über ihren Enthusiasmus und schaute herab auf ihre Hände. Sie fürchtete, sie wusste bereits, wie diese Geschichte endete.

»Er schwor ihr seine Liebe, und sein Schwur wurde wohlwollend aufgenommen. Nichts, schien es, würde dem glücklichen Paar im Weg stehen, und als sie ihn küsste, dachte er, sein Herz würde bersten. Und so kam es, dass er sich Hoffnungen machte, in ihr eine Ehefrau zu finden, aber leider sollte ihm ein solches Glück nicht beschieden sein.«

»Warum denn nicht?«, fragte Stephen.

»Weil die Lady ihrem Bruder ihr Geheimnis anvertraute, der seinerseits über sie lachte. Anscheinend hatte sie stets geschworen, einen Prinzen oder einen König zu heiraten, und ihr Bruder spottete, der Ritter, der ihre Zuneigung gewonnen habe, sei nicht einmal von edler Geburt. Er dachte sich nichts dabei, denn er glaubte, ihre Liebe sei aufrichtig, und tatsächlich schien er sich zu freuen, dass sein Freund das Herz seiner Schwester gewonnen hatte, aber nun behauptete die junge Frau, sie sei hinters Licht geführt worden. Von jenem Moment an wies sie den Ritter zurück und weigerte sich, je wieder mit ihm zu sprechen.«

»Dann war ihre Liebe nicht sehr tief«, wagte Christina zu sagen.

»In der Tat.« Wulf wirkte bei diesen Worten angespannt, und es schien, dass die Zurückweisung noch immer schmerzte. »Ihre Zuneigung hatte einen hohen Preis, höher, als er zahlen konnte.«

»Aber was geschah mit ihm?«, fragte Simon.

Wulf zuckte die Schultern. »Er verließ diesen Ort und ritt weiter. Sein Herz war verwundet, weil seine Liebste ihn nicht genug geliebt hatte, um ihn so akzeptieren, wie er war. Da wusste er, dass er niemals wieder wagen würde zu lieben, und schloss sich einem Mönchsorden an, damit er nicht wieder in Versuchung geführt würde.«

»Und die einzigen Frauen, mit denen er sich einließ, waren Huren«, riet Christina.

Wulfs Blick begegnete ihrem. »Aye«, sagte er heiser. »Und nie zweimal dieselbe.«

»Dann war er immer allein?«, fragte Stephen.

»Aye.«

»Das ist keine gute Geschichte«, beschwerte sich Simon. »Er hätte einer Prinzessin begegnen oder einen Schatz finden sollen.«

Wulf lächelte. »Ich hege keine Zweifel, dass dir das gefallen würde.«

Zwischen ihnen herrschte Schweigen, nur unterbrochen vom Knistern des Feuers.

»Christina erzählt bessere Geschichten«, sagte Stephen ungehalten.

»Dann hättest du vielleicht nicht mich um eine bitten sollen«, sagte Wulf sanft.

Unbeeindruckt wandten sich die Jungen mit leuchtenden Gesichtern ihr zu. »Werdet Ihr uns eine Geschichte erzählen, Mylady?«, fragte Stephen.

Christina lächelte. »Ich habe die gleiche Geschichte gehört«, sagte sie, darauf vorbereitet, dass Wulf in ihre Richtung blickte. »Aber in der Version, die ich gehört habe, hat sie ein anderes Ende.«

»Wirklich?«, sagte er leise. »Dann wirst du sie vielleicht mit uns teilen.«

»Aye, erzählt sie!«, sagten Simon und Stephen im Chor.

»Bis dahin ist die Geschichte dieselbe, aber der junge Mann suchte hinterher weiter nach seinem Glück. Inzwischen war er, wie ihr wisst, ein Ritter, und einer, der genau wusste, welchen Platz Frauen in seinem Leben hatten. Doch eines Abends traf er eine Witwe, die nicht bereit war, ihn so schnell ihrer Zuneigung entkommen zu lassen. Einen Tag und eine Nacht behielt sie ihn an ihrer Seite, und als er ging, folgte sie ihm.«

»Sie hatte ihn gewiss verzaubert«, sagte Wulf.

Christina lächelte. »Vielleicht bestand ein Zauber zwischen ihnen, denn es schien, dass keiner sich vom anderen abwenden konnte. Und so unterhielten sie sich eingehend und lachten miteinander, und oft dachten sie dasselbe. Sie teilten das Lager und vertrauten sich ihre Geheimnisse an. Auch bestanden sie zusammen ein Abenteuer. Schließlich begriff die Frau, dass sie ein Kind empfangen hatte.«

Wulf ließ beinahe seinen Becher fallen, und seine Augen weiteten sich erstaunt.

»Waren sie verheiratet?«, fragte Simon.

Christina lächelte und schüttelte den Kopf. »Nein, denn der Ritter glaubte, er hätte einer Braut nichts zu bieten. Ich denke, dass er noch immer verletzt war, weil diese andere Frau seinen wahren Wert nicht gesehen hatte. Doch es trug sich zu, dass diese Dame nur Schwestern hatte. Weil der Ritter ihrer Familie nicht begegnet war, wusste er das nicht, und sie hatte mit ihm nicht darüber gesprochen. Aber ihr Vater war überzeugt gewesen, dass Ländereien nur vom Vater an den Sohn vererbt werden sollten. Weil er keinen Sohn hatte, verfügte er, dass der erste Sohn, den eine dieser Töchter bekäme, die Ländereien erben sollte. Und so geschah es, dass die Lady den Ritter bat, sie nach Hause zu begleiten, und sie betete jeden Abend und jeden Morgen, dass ihr Kind ein Sohn wäre, sodass der Ritter wüsste, dass er sie in allen Ehren heiraten könnte.« Sie verstummte, und ihr Blick blieb auf Wulf gerichtet.

»Eine weitere Herausforderung, der sie sich zusammen stellten«, murmelte Wulf.

»Und was geschah dann?«, fragte Stephen.

»War es ein Junge oder ein Mädchen?«, fragte Simon.

»Das weiß ich nicht. Mehr habe ich nicht gehört. Ich weiß nur, dass sie zusammen zum Heim ihrer Familie reisten. Ich hoffe, dass es ein Junge war und dass der Junge Erbe wurde, aber ich weiß es nicht sicher.«

Stephen atmete frustriert aus. »Diese Geschichte ist ein bisschen besser. Aber eine gute Geschichte verdient ein gutes Ende.«

»Und vielleicht hatte diese einen solch glücklichen Ausgang«, sagte Wulf fest. »Aber es ist nun spät, und wir stehen früh auf und reiten weiter.« Er erhob sich und trat gegen das Feuer, sodass das Holz sich verteilte, während sich die Jungen in ihre Mäntel wickelten. Er wandte sich Christina zu, und sein Blick leuchtete im Dunkeln. »Es ist feucht in dieser Nacht«, sagte er leise. »Lass mich dich wärmen, Mylady.«

Christina lächelte und erhob sich und ließ sich nur zu gern darauf ein.

~

EIN KIND!

Wulf war schockiert und begeistert zugleich. Er zwang sich, nichts preiszugeben, bis die Jungen sich hinlegten und er sicher war, dass die Pferde richtig angebunden waren. Dann kehrte er zu Christina zurück, von Neuem verzaubert von ihren strahlenden Augen. Er breitete seinen Mantel auf dem Boden aus, und als sie sich zusammen niederlegten, zog er sie in seine Arme und wickelte den Mantel um sie beide. Sie schmiegte sich an ihn wie in jener ersten Nacht in Venedig, ihr Rücken an seiner Brust, ihre Beine an seinen. Die Weichheit ihres Haars kitzelte ihn in der Nase, und ihr Geruch erregte ihn. Aus eigenem Antrieb legte sich seine Hand um ihre Taille und glitt dann zu ihrem Bauch. Seine Finger spreizten sich, eine beschützende Geste, und Christina legte ihre Hand auf seine.

»Ein Kind?«, murmelte er ihr ins Ohr.

»Ein Kind«, bestätigte sie leise.

»Wie kann das sein?«

Sie drehte sich ein wenig, sodass er das Funkeln in ihren Augen sah. »Sag mir, dass du unser Liebesspiel nicht bereits vergessen hast«, spottete sie.

»Niemals«, sagte er und meinte es so. »Aber du sagtest, dein Leib trüge keine Früchte.«

»Und das hat er auch nie, bis jetzt. Ich kann es selbst kaum glauben.« Sie seufzte. »Wir unternahmen die Pilgerreise, weil ich unfruchtbar blieb, aber ich habe nie den Schrein in Jerusalem erreicht. Für meine Sünden kann es keine Vergebung geben, und sie wiegen nun wahrlich schwerer als damals.«

»Du hast nie empfangen, nicht einmal in Costanzias Haus?«

Sie schüttelte den Kopf, und er glaubte ihr. »Ich wusste, dass ich es nicht tun würde. Sie hatten dort Tränke, und es gab bestimmte Vorkehrungen, von denen ich Gebrauch machte, nur um sicher zu sein. Mir blieb keine Wahl. Aber ich wusste, ich würde nie ein Kind empfangen.«

»Denn du hattest deine Pilgerreise nicht vollendet«, schloss Wulf.

Christina nickte und schmiegte sich an ihn.

Er wand sich eine ihrer Haarsträhnen um den Finger und dachte über ihre anderen Worte nach. »Ist der Rest wahr?«

Sie nickte und drehte sich zu ihm. Leise erklangen ihre Worte zwischen ihnen. »Mein Vater beharrte darauf, dass Ländereien nur auf Männer übergehen sollten, aber ich habe nur zwei Schwestern. Ich bin die Älteste, und alle nahmen an, dass ich als Erste einen Sohn gebären würde.«

»Also war es mehr als die Liebe zu Kindern, das Gunthers Entscheidung zugrunde lag?« In Wirklichkeit war Wulf froh zu hören, dass Christinas Ehemann nicht so fehlerlos gewesen war, wie er gedacht hatte.

»Er war ein jüngerer Sohn. Obwohl er aus einer adligen Familie stammte und den Ritterschlag erhalten hatte, gab es für ihn kein Land zu erben. Mein Vater mochte ihn und sorgte dafür, dass wir heirateten, bevor er starb. Alle glaubten, die Zukunft wäre binnen eines Jahrs gesichert.«

»Aber das war sie nicht.«

Christina schüttelte den Kopf. »Meine Schwester Miriam ist drei Jahre jünger als ich, und sie hatte schon damals einen sehr entschlossenen Verehrer. Otto war der Sohn eines entfernten Cousins, ein weiterer jüngerer Sohn ohne Aussichten. Er war unser Spielgefährte, als wir klein waren, und er mochte Miriam immer am liebsten. Und sie ihn auch. Wir waren beinahe vier Jahre verheiratet, als ihre Verlobung verkündet wurde, und Gunther fürchtete, die Gelegenheit wäre verloren.«

»Und du hast seither nichts aus deiner Heimat gehört?«

»Ich habe es nicht gewagt, ihnen von meinem Schicksal zu berichten«, gab sie leise zu. »Denn ich konnte es ja nicht ändern.« Christina schüttelte den Kopf, dann schaute sie zu Wulf auf.

Er musste die Frage stellen, auch wenn es grob war. »Bist du sicher, dass es mein Kind ist?«

Sie lächelte ihn an, und er war froh, dass sie ihm die Frage nicht übelnahm. »Du stellst die Frage zurecht, Wulf, aber es kann keinen Zweifel geben. Ich habe versucht, meinen Pflichten in Costanzias Haus aus dem Wege zu gehen. Zwei Wochen vor deiner Ankunft dort hatte ich meine Blutungen, aber ich hatte gelogen und gesagt, sie hielten noch an. An jenem Tag befahl mir Costanzia, einen Freier für die ganze Nacht zu finden, oder sie würde mich am Morgen auf die Straße werfen.«

»Dann kam ich gerade zur rechten Zeit.«

»Wie man es von einem Streiter erwarten sollte«, neckte sie ihn. »Und es kann kein Zweifel bestehen, wer der Vater des Kindes ist.«

Wulf nickte erleichtert und zog Christina an sich. Er sehnte sich danach, ihr seine Liebe zu gestehen, aber er hatte nicht das Recht dazu.

Sie zupfte an seinem Wappenrock, und ihr Ton wurde eindringlich. »Wulf, was, wenn Miriam und Anna so wenig fruchtbar waren wie ich? Was, wenn sie nur Töchter geboren haben?«

»Es sind neun Jahre verstrichen«, sagte er. Er wagte kaum zu hoffen.

»Nein, es waren dreizehn«, gestand sie leise. Er nickte, und sein Herz schlug bei diesem Gedanken schneller. »Es könnte sein.«

Sie lächelte. »Es könnte sein.«

»Es gibt nur einen Weg, es herauszufinden«, sagte er und beobachtete, wie ihre Augen vor Vorfreude tanzten. »Wir müssen mit aller Eile zu deinem Heim reiten.«

»Aye«, sagte Christina und schmiegte sich mit unverhohlener Befriedigung an ihn. »Ja, Wulf, das müssen wir.« Sie seufzte. »Und ich werde beten, wie ich selten zuvor gebetet habe.«

Auch Wulf würde beten, wenngleich er bezweifelte, dass auch nur eins seiner Gebete so viel Erwägung verdiente wie das der Lady in seinen Armen.

Würde ihnen möglicherweise eine gemeinsame Zukunft vergönnt sein?

Das war der Moment, in dem er sich entschied: Wenn eine von Christinas Schwestern das Erbe angetreten hatte, die Lady ihn aber dennoch wollte, würde er Gaston an sein Versprechen erinnern.

MITTWOCH, 16. SEPTEMBER
1187

FESTTAG DER SANKT EUPHEMIA

Christinas Herz hämmerte, als ihre kleine Gruppe den Gipfel des Hügels erreichte und auf das Land ihres Vaters herabschaute.

Es war kein großes aber ein wohlhabendes Lehen gewesen, und das schien es noch immer zu sein. Ihr Blick wanderte über die Weinberge, und anhand der Geschäftigkeit auf den Feldern konnte sie sehen, dass die Ernte gut verlaufen war. Die Dächer im Dorf waren alle sorgfältig gedeckt, und auf dem Markt herrschte reges Treiben. Der Fluss unten im Tal glitzerte. Sie konnte die großen Steine in der Getreidemühle mahlen hören. Auf einem Hügel stand die steinerne Burg. Die Tore standen heute offen. Vom höchsten Turm wehte ein Banner mit dem Wappen ihres Vaters.

Ihr traten Tränen in die Augen. Mehr als einmal hatte sie befürchtet, diesen Ort nie wiederzusehen. Wulf beobachtete sie vorsichtig, und sie lächelte ihn an. »Komm. Die Wachposten werden meiner Mutter bereits gesagt haben, dass eine Gruppe Fremder auf der Straße reitet. Sie wird neugierig sein.«

Als er zögerte, schaute sie ihn erneut an. »So reich?«, murmelte er, und seine Skepsis war klar.

Christina lächelte und drängte ihn weiter. »Nicht so reich«, tadelte sie, aber Wulf wirkte nicht überzeugt.

Tatsächlich erschien er sehr nachdenklich.

Aber sie war daheim! In einem Kanter ritt sie weiter. Sie wollte unbedingt die Wahrheit wissen. Die Jungen schrien und galoppierten hinter ihr her, Wulf und Teufel folgten ihnen. Die Leute auf dem Marktplatz drehten sich neugierig um, dann traten sie beiseite, um sie vorbeizulassen. Christina hörte das Tuscheln, aber sie wollte zuerst ihre Mutter sehen.

Wenn sie noch atmete.

Bevor diese Furcht in ihr wachsen konnte, trat der Seneschall vor die Tür der Burg. Noch immer war es Bertrand, obwohl er grauer und zerfurchter ausschaute als zuvor. Christina gab beinahe einen Freudenschrei von sich. Er musterte die Gruppe, dann deutete er auf den Burghof hinter ihm.

Nur einen Moment später kam eine Frau in Sicht, die nicht stehen blieb, bevor sie sie erreicht hatte. Christina wurde der Mund trocken. Ihre Mutter trug den Blauton, den sie am liebsten mochte, mit silbernen Stickereien an den Ärmeln und am Saum. Ihr Schleier war schneeweiß, der Reif, der ihn hielt, silbern wie das Haar darunter. Ihr Blick war so scharf wie der eines Falken auf der Jagd. Mit offensichtlicher Neugier betrachtete sie die Gesichter der Neuankömmlinge.

Wulf schwang sich elegant vom Pferd und bot Christina die Hand. Er drückte ihre Finger ganz leicht, bevor sie ihre Kapuze abstreifte.

Ihrer Mutter stockte der Atem, und sie presste die Hände auf den Mund. »Juliana!«

»Guten Tag, Maman«, sagte Christina mit heiserer Stimme.

»Es ist wahrlich ein guter Tag, an dem mein Kind heimkehrt!«, sagte ihre Mutter erstickt, dann trat sie eilig vor und umarmte sie fest. Sie hielten sich in den Armen und drehten sich dabei. Christina sah Wulf die Verwirrung an.

»Ihr Glaube hielt die heilige Christina am Leben«, sagte Stephen leise, und Wulf lächelte bei diesen Worten.

»Tatsächlich, das tat er«, murmelte er, und sie erinnerte sich, dass er sich schon in der ersten Nacht sicher gewesen war, dass Christina nicht ihr wahrer Name war. Von Anfang an war es unmöglich gewesen, die Wahrheit vor diesem Man zu verbergen, ein Zeichen der Liebe, die zwischen ihnen wuchs, so untrüglich, wie es nur sein konnte.

Juliana errötete, weil sie ihn all die Zeit belogen hatte, aber Wulf schien das nicht allzu viel auszumachen. Sie selbst würde sich erst wieder an ihren Namen gewöhnen müssen. Juliana bemerkte, dass ihre Mutter abschätzend zwischen ihr und Wulf hin- und herschaute.

»Begleitet von einem Tempelritter«, sagte sie. »Ich würde sagen, dass dir großes Glück beschieden ist, Juliana, wenn nicht neun Jahre vergangen wären, seit du diese Tore durchschritten hast.«

»Maman, dies ist Bruder Wulf aus dem Priorat Gaza.« Wulf verbeugte sich, und Juliana sah genau, wie aufmerksam ihre Mutter ihn musterte. »Und dies sind seine Knappen, Stephen und Simon.«

»Gibt es einen Grund, warum Gunther nicht mit dir zurückkehrt?«

In Wirklichkeit, das wusste sie, fragte ihre Mutter, warum so viel Zeit verstrichen war. »Er wurde von einem Dieb in Venedig getötet, Maman.«

Ihre Mutter öffnete den Mund, und Begreifen zeichnete sich in ihrem Gesicht ab. »Du warst allein in jener Stadt«, flüsterte sie. »Mein Kind!« Erneut zog sie Juliana in eine Umarmung, noch fester als die letzte.

»Ich konnte keine Nachricht schicken, Maman.« Juliana sprach im Flüsterton, damit nur ihre Mutter sie hören konnte. »Ich konnte es nicht ertragen, dir zu sagen, weshalb es mir verboten war, die Stadt zu verlassen.«

»Und dieser Mann hat dir geholfen zu fliehen?«, fragte ihre Mutter leise. Juliana schaute auf und sah, dass im Gesicht ihrer Mutter kein Tadel lag. Ihre Mutter lächelte. »Sei nicht überrascht, meine Juliana. Ich war diejenige, die dich stets gelehrt hatte zu tun, was nötig ist, um zu überleben. Ich hätte Hilfe geschickt.«

»Es tut mir leid, Maman.«

Ihre Mutter küsste sie auf die Stirn und hielt sie fest. Ihre Stimme hob sich. »Was du alles erlitten haben musst! Und du bist viel zu dünn!« Sie ließ Juliana los und holte tief Atem. Ihre Miene war von der vertrauten Sorge erfüllt, als sie die Fingerspitzen über Julianas Wange gleiten ließ. »Aber du bist daheim. Es ist ein Segen.« Wieder umarmten sie sich, und Tränen verschleierten Julianas Sicht.

Dann wandte sich ihre Mutter mit ihrer üblichen Grazie Wulf zu.

»Ihr müsst alle hereinkommen«, sagte sie, ohne Julianas Arm loszulassen. »Ich bin sicher, es gibt viel zu erzählen. Bertrand!«

»Natürlich, Mylady. Wir kümmern uns gut um die Pferde.« Bertrand verbeugte sich vor Wulf. »Würdet Ihr gern unsere Ställe sehen, Sir? Ich weiß, viele Ritter schlafen unruhig, wenn sie sich des Wohlergehens ihrer vierbeinigen Gefährten nicht sicher sind. Und was für ein prächtiges Schlachtross Ihr reitet! Wurde er zufällig in Outremer gezüchtet?«

Wulf und Juliana tauschten einen amüsierten Blick, während Bertrand mit seiner üblichen Begeisterung drauflosplauderte und Wulf hinüber zu den Ställen führte.

»Du hegst Zuneigung zu ihm«, flüsterte Julianas Mutter ihr ins Ohr. Sie konnte nur nicken.

»Und hat er eine gute Familie?«

»Er hat keine.« Sie weigerte sich, ihrer Mutter zu sagen, dass Wulf möglicherweise der uneheliche Sohn eines Adligen war, denn sie fand, es sei nicht an ihr, das zu enthüllen.

Ihre Mutter wirkte nachdenklich. »Wie gütig von ihm, dich den ganzen Weg nach Hause zu begleiten.«

»In der Tat.« Juliana schaute auf, nur um zu sehen, wie ihre Mutter den Kopf schüttelte.

»Du solltest wissen, dass Miriam und Otto nun drei Söhne haben«, sagte sie sanft. »Otto ist der Lord, Juliana, und ein guter noch dazu.« Sie lächelte und ließ erneut die Finger über Julianas Wange gleiten, ihr Blick aufmerksam. »Ich hoffe, du hast nichts versprochen, was du nicht halten kannst, mein Kind.«

Juliana schluckte und blinzelte die Tränen zurück. »Natürlich nicht, Maman«, sagte sie, aber ihre Stimme brach bei diesen Worten. »Immerhin sind neun Jahre vergangen.«

Ihre Mutter sah alles, was Juliana gern verborgen hätte, und vielleicht noch mehr, denn sie nahm sie erneut in die Arme. Daheim zu sein, Gunther gerächt zu sehen, und ihre Mutter umarmen zu können, war mehr, als Juliana gehofft hatte, aber ihr Blick wanderte Wulf hinterher.

In ihrem Herz wusste sie, dass all das nicht genug war, sie glücklich zu machen.

CHRISTINAS FAMILIE BESASS EINEN REICHTUM, der Wulf in Staunen versetzte. Sie glaubte, sie sei nicht so reich, aber für ihn hätten diese Ländereien mit ihrem offensichtlichen Wohlstand genauso gut der Palast eines Königs sein können. Obwohl sie in Venedig viel erduldet hatte, war sie unter so anderen Umständen aufgewachsen als er, dass ihre Erwartungen keinesfalls so bescheiden sein konnten wie seine eigenen.

Sie wäre nicht zufrieden als Frau eines Ritters in Gastons Diensten. Sie verdiente mehr als das, verdiente einen Ritter mit einem Titel, dessen Wohlstand dem Ottos, des Ehemanns ihrer Schwester, der nun die Ländereien ihrer Familie regierte, zumindest gleichkam.

Natürlich war er enttäuscht, dass Miriam Söhne hatte, allerdings nicht wirklich überrascht. Stattdessen schockierte es ihn zu begreifen, dass die einzige Möglichkeit, wie er ehrenhaft um Christinas Hand anhalten konnte, nicht genug war. Oh, sie würde ihn vielleicht erhören, aber auf Dauer würde sie dieses niederen Rangs und der begrenzten Möglichkeiten müde werden. Er würde es nicht ertragen können, wenn sie begann, ihn für seine Mängel zu verachten.

Es machte ihm zu schaffen, dass er einen Bastard hinterlassen würde, auch wenn das Kind wahrscheinlich unter vergleichsweise privilegierten Umständen groß werden würde. Er hatte niemals die Taten seines eigenen Vaters wiederholen wollen.

Wulf wusste genau, dass Frauen häufig bei der Geburt starben, und obwohl er betete, dass das nicht der Fall sein würde, begriff er die möglichen Folgen. Ohne eine Mutter würde sein eigenes Kind eine Waise sein.

Sein Kind, Sohn oder Tochter, würde das gleiche Schicksal erleiden wie er.

Christina würde der Makel anhaften, ein uneheliches Kind geboren zu haben, auch wenn er wusste, dass sie sich mehr als alles andere ein Kind wünschte. Er hatte sich mit ihr vergnügt, und es ging ihm gegen den Strich, sie die Konsequenzen allein tragen zu lassen.

Aber welche Wahl blieb ihm? Er wusste nur zu gut, wie die Wirklichkeit dieser Welt aussah.

Das war eine Sache, die sie gemeinsam hatten, nahm er an. Und das war der Grund, warum sie ihm nicht widersprochen hatte, als er seinen Entschluss verkündet hatte zu gehen, und ihn nicht gebeten hatte zu bleiben.

Christina – oder vielmehr Juliana – wusste es. Er sah die Traurigkeit in ihren Augen.

Es löste zwiespältige Gefühle in ihm aus, zu begreifen, dass ihr Liebesgeständnis keine Lüge gewesen war. Sie liebte ihn, und er liebte sie, aber er würde ihr keinen Anlass geben, sich nach etwas zu sehnen, was nicht sein konnte. Wenn er seine Liebe gestand, würde sie vielleicht ihr Herz vor allen anderen verschließen. Wenn sie dagegen dachte, ihr Liebe würde nicht erwidert, wäre sie vielleicht fähig, den Mann zu lieben, den ihre Mutter sicher für sie finden würde.

Das war weitaus weniger, als Wulf sich für die Lady wünschte, der sein Herz für immer gehören würde.

Aber was konnte er tun?

Er hielt auf der Straße an, außer Sicht von Christinas Heim, mehr als unzufrieden mit den Umständen. Im Westen lagen Paris und seine Verpflichtung gegenüber den Templern, und sicherlich mindestens ein Tadel wegen seines Ungehorsams, wenn nicht mehr. Dahinter lagen Gastons Baronie und eine Gelegenheit, in den Dienst eines ehrlichen Adligen zu treten.

Aber im Osten lag Wulfs Vergangenheit in all den verschlungenen Schatten. Zwar hatte er einst geschworen, nie zurückzukehren, aber in diesem Moment wusste er, er musste es tun – für die Chance, Christina eine Zukunft zu bieten.

Für die Chance, seinen Herzenswunsch erfüllt zu sehen, musste er sich seiner größten Angst stellen.

Als er seine Entscheidung getroffen hatte, gab Wulf Teufel die Sporen und ritt gen Osten, die Jungen dicht hinter ihm.

～

WULF HATTE NICHT ERWARTET, den Wald wiederzuerkennen, in dem er unter der Obhut des alten Mannes aufgewachsen war. Tatsächlich hatte er befürchtet, ein Teil der Wildnis würde genau wie der andere aussehen. Während des Ritts noch dachte er, er würde bis zum Ende seines Lebens in den Wald spähen und nach vertrauten Landmarken suchen, sein Ziel vielleicht niemals erkennen, selbst wenn er durch Zufall daran vorbeikam. Der Wald hatte sich sicherlich verändert, und er zweifelte an der Verlässlichkeit seiner Erinnerungen.

Noch während des Ritts begann er, am Sinn seines Unterfangens zu zweifeln.

Aber am fünften Tag erreichten sie einen Hügel, hinter dem sich ein großer Wald erstreckte, und Wulfs Herz machte einen Sprung, als er ihn wiedererkannte. Beinahe hätte er vor Freude geschrien. Aye, der Hügel war genauso geschwungen, wie er es in Erinnerung hatte, der Fluss verlief wie damals, und er hätte auf den exakten Ort deuten können, wo das Ufer schmaler wurde und das Wasser besonders schnell floss. In dem tiefen Weiher dahinter konnte man immer Fisch zum Abendessen fangen. Auf der entfernten Wiese wuchsen die Beeren besonders üppig, und dort drüben, wo sich noch immer eine Lichtung befand, hatte die Hütte des alten Mannes gestanden.

»Wo sind wir, Sir?«, fragte Stephen, der Wulfs Verblüffung anscheinend bemerkte.

»Zu Hause«, murmelte er leise und spürte, wie sich seine Brust zusammenzog.

Die Jungen schauten sich voll Neugier um, aber Wulf spornte Teufel an. Er ritt den Jungen voraus zum Wald, die Nachmittagssonne im Rücken, bis sie zwischen den Bäumen eintauchten. Alles ringsum bestätigte seinen Verdacht, und mehr als ein alter Baum kam ihm sehr vertraut vor. Er hatte das Gefühl, als hieße ihn der Vogelgesang willkommen. Im Wald war es still, und zu Wulfs Erleichterung empfand er ihn noch immer als friedlich.

Genau wie als Junge.

Er ritt zum Ufer des Weihers, wies Simon an, Fische zu fangen, und beauftragte Stephen, ein Feuer zu machen. »Dort drüben findest du Anmachholz und trockene Zweige«, sagte er ihm, dann atmete er tief die Waldluft ein. Die Mischung aus Kiefern und Moos und anderen Pflanzen erschien ihm ganz speziell, und er hatte beinahe den Eindruck, als ob der Geist des alten Mannes ihn beobachtete.

»Wie kann dies Euer Zuhause sein, Sir?«, fragte Simon. »Es ist ein Wald!«

»Aber ich bin hier in der Nähe aufgewachsen.«

»Wie der junge Mann in der Geschichte«, sagte Stephen zu Simon, der Wulf überrascht anstarrte. Anscheinend begriff Simon erst jetzt, dass sich in einem Märchen auch ein wahrer Kern verbergen konnte.

In diesem Moment verstand Wulf, was er tun musste. Er musste dem alten Mann seine Ehre erweisen. Es war lange überfällig. Er ließ die Jungen und die Pferde zurück und ging durch den Wald zu dem Ort, wo er vor so vielen Jahren das Loch gegraben hatte. Es war nicht weit, und er würde nicht lange fort sein.

Zu seiner Überraschung befand sich auf der Lichtung ein zweites Grab, und dieses war frisch. Das, das er selbst damals gegraben hatte, war eingesunken und mit Pflanzen überwachsen, obwohl der Umriss noch immer zu erkennen war. Das neue war mit frischer Erde bedeckt, und an einem Ende stand ein hölzernes Kreuz.

Wulf blieb im Schatten des Waldes stehen. Wer hatte dieses Grab gegraben?

Wer lag darin?

Erst einen Moment später bemerkte er, dass dort ein alter Mann kniete, mit einem Gehstock, am anderen Ende des Grabs. Er saß so still, dass er wie aus Stein wirkte. Wulf zog sich zurück mit der Absicht, später wiederzukommen, um ihn nicht bei seinem Gebet zu stören. Aber unter seinem Stiefel knackte ein Zweig, und der alte Mann richtete sich auf und schaute über seine Schulter.

»Wer ist dort?«, fragte er, die Stimme mürrisch und zittrig. Seine Kapuze fiel zurück und enthüllte Haar, so weiß wie frisch gefallener Schnee. Er verzog das Gesicht und stützte sich schwer auf seinen Stock, kämpfte sich mühsam auf die Füße und richtete sich dann gerade auf, um sich umzusehen.

Wulfs Herz zog sich zusammen. Obwohl der Mann stärker gealtert war als erwartet und es ihm ganz offensichtlich nicht gutging, hätte Wulf ihn überall erkannt.

An diesem Ort konnte an seiner Identität kein Zweifel bestehen.

Er trat vor und zeigte sich.

Abrupt erhob sich ganz in der Nähe ein Diener, die Hand auf dem

Messergriff, aber Wulfs Vater winkte ab. Nun sah Wulf auch, dass auf der anderen Seite der Lichtung zwei Pferde angebunden waren und ein Jagdhund zu ihren Füßen lag und aufmerksam zu ihnen herüberschaute.

Sein Vater und er starrten sich lange schweigend an, dann kam der ältere Mann auf ihn zu. Es war qualvoll, seine langsamen Schritte zu sehen; seine Verletzung bereitete ihm offenbar große Schmerzen. Er schonte sein eines Bein, das sein Gewicht offenbar nicht tragen konnte. Seit Wulf ihn das letzte Mal gesehen hatte, war er krumm geworden und wirkte viel kleiner als einstmals.

Viel weniger schrecklich.

Tatsächlich spürte Wulf einen unerwarteten Anflug von Mitleid für das, was aus seinem Vater geworden war.

Und doch bewegte er sich nicht. Er machte es dem Mann nicht leichter, der ihm seinerseits nichts, gar nichts, leicht gemacht hatte. Sein Vater atmete schwer, als er vor Wulf stehenblieb, und die Hand, die auf dem Gehstock ruhte, zitterte von der Anstrengung, die ihn das Gehen gekostet hatte.

Dennoch wirkte er würdevoll und richtete sich so gerade auf, wie es ging. Sein Blick wanderte über Wulf, und ein Hauch von etwas, das Stolz sein mochte, flackerte in seinen Augen auf. Wulf ließ sich davon nicht erweichen. Sein Vater hob eine zitternde Hand, um die Narbe auf Wulfs Wange zu berühren, und seine Fingerspitze war erstaunlich kalt.

»Agnetas Sohn«, sagte er leise, dann nickte er, ohne Wulfs Bestätigung abzuwarten. Er wandte sich um und deutete auf das neuere der beiden Gräber. »Sie hätte dich gern noch einmal gesehen.«

Falls das eine Anklage sein sollte, würde Wulf sich jedenfalls sicher nicht entschuldigen. »Ich bezweifle es«, sagte er kühl. »Immerhin hat sie mich ausgesetzt.«

Die blassblauen Augen wanderten wieder zu Wulf. »Sie hat eine Entscheidung getroffen, mein Junge, zwischen dir und mir, weil ich sie dazu gezwungen habe.«

»Ich hatte vermutet, sie sei tot.«

Er nickte. »Für ihren Vater hätte sie genauso gut tot sein können, nachdem sie einmal meine Mätresse geworden war. Ihm gefiel das nicht – und ich gefiel ihm auch nicht.« Er runzelte die Stirn. »Ich habe mich immer gefragt, ob sie ihre Entscheidung bereute.«

Wulf blinzelte. »Der alte Mann war mein Großvater?«

»Agnetas Vater. Natürlich. Deshalb konnte ich sie nicht heiraten.« Er schnaubte ein wenig. »Der Lord und die Tochter des Wildhüters? Nein, das konnte nicht sein. Und das geschah auch nicht. Mein Vater verbot es, und das Wort meines Vaters war Gesetz.« Er seufzte, und seine Augen verengten sich, als er auf das frische Grab schaute. »Und so heiratete ich eine Xanthippe aus adligem Hause, wie befohlen, und unsere Ehe stand unter einem solch schlechten Stern, dass sie niemals ein lebendes Kind gebar. Sie hasste mich, als sie starb.«

»Und Agneta?«

»Sie widersetzte sich mir, indem sie dich am Leben ließ und dich vor mir versteckte. Ich wusste nicht, dass sie ein Talent für die Täuschung hatte, bis wir uns an jenem Tag begegneten.« Er schaute auf Wulfs Narbe. »Und zu dem Zeitpunkt, als meine Wut sich legte, hatte sich alles verändert.«

»Auf welche Weise?«

»Agneta erfuhr, was ich getan hatte, und kehrte in die Hütte ihres Vaters zurück. Sie sprach nie wieder ein Wort mit mir.« Wieder runzelte er die Stirn. »Es ist seltsam, dass, wenn sich das Blatt einmal gewendet hat, nichts wieder gut wird. Alles änderte sich, als Agneta mich verließ. Wir verloren Schlachten an unserer Grenze, die wir hätten gewinnen sollen. Unsere Waren erzielten weniger Geld als erwartet auf den Märkten und Jahrmärkten. Unsere Pflanzen wurden von Schädlingen befallen und Krankheiten breiteten sich in unseren Dörfern aus. Manche sagten, es sei der Lohn der Sünde, und als die Zeit verstrich, fiel es mir schwerer, den Gedanken abzutun.« Er deutete auf sein Bein. »Ich wurde im Krieg verwundet, und die Wunde wollte nicht heilen. Stattdessen eiterte sie, und nicht einmal Agneta konnte das Gift aus meinem Körper vertreiben.«

»Sie ist zu Euch zurückgekehrt?«

»Ich bat sie darum. Sie kam nur, um meine Verletzung zu untersuchen und mein Leiden so gut wie möglich zu lindern. Sie empfahl mir, meine Sünden zu bereuen und mein Heim wiederaufzubauen.« Er holte tief Atem. »Dann verließ sie mich erneut. Dieser zweite Abschied war schlimmer als der erste, denn ich wusste, ich würde sie nie wiedersehen.«

»Wer hat sie begraben?«

»Meine Männer, auf mein Geheiß. Ich ließ ihr Geschenke schicken, vor allem Nahrungsmittel.« Er lächelte schwach. »Sie hatte eine ungewöhnliche Vorliebe für mit Honig kandierte Engelwurz, und es war die eine Sache, die ich ihr noch geben konnte. Mein Bote fand sie vor nur vierzehn Tagen tot in ihres Vaters Hütte.« Der alte Mann schaute Wulf erneut an. »Und nun bist du hier, zu spät, als dass sie den Mann hätte sehen können, der du geworden bist.«

»Ihr könnt Euren Anteil daran nicht leugnen.«

Der alte Mann seufzte. »Das kann ich nicht«, gab er mit etwas, das wie Reue klang, zu. Sein Blick wanderte zu dem Grab. »Vielleicht war es Agnetas Schicksal, immer um ihren Lohn betrogen zu werden.« Er stützte sich ein wenig schwankend auf seine Krücke. »Vielleicht war es der Preis dafür, mich zu lieben.« Seine Stimme brach bei diesen Worten, und Wulf spürte Mitleid in seinem Herz erblühen.

»Ihr solltet Euch setzen, Sir«, sagte er sanfter als zuvor. Nicht ganz drei Schritte entfernt lag ein umgestürzter Stamm, der einst ein mächtiger Baum gewesen war. Er nahm den Ellbogen seines Vaters, half ihm, sich zu setzen, und bemerkte, dass der alte Mann erleichtert seufzte.

Dann durchbohrte er Wulf mit seinem Blick. »Und so ist wider Erwarten mein einziger Sohn zurückgekehrt. Warum bist du gekommen?«

Erst jetzt begriff Wulf, dass seine eigene Geschichte der seines Vaters ähnelte, und nachdem er die Worte seines Vaters gehört hatte, glaubte er, er würde vielleicht tatsächlich finden, was er suchte.

Er sprach unverblümt, denn er wollte die Wahrheit möglichst schnell erfahren. »Ich möchte die Frau heiraten, die ich liebe, bevor sie unser Kind bekommt, aber ich habe kein Recht, um ihre Hand anzuhalten.« Wulf runzelte die Stirn und schluckte. Ihm war bewusst, dass sein Vater ihn aufmerksam beobachtete. »Ich hatte gedacht, vielleicht würdest du meine Abstammung bestätigen, sodass ich behaupten kann, ihrer würdig zu sein.«

»Sie ist von Stand?«

Wulf neigte den Kopf.

»Und sie ist schwanger?« Auf Wulfs Nicken hin fragte er: »Mit deinem Kind?«

»Aye, aber selbst, wenn es nicht so wäre, es ist ihr Kind, und ich möchte für ihr Auskommen sorgen.«

»Wie willst du das tun?« Sein Vater tippte auf Wulfs Wappenrock. »Ein Templer kann nicht heiraten.«

»Ich werde vielleicht eine Position im Haushalt eines früheren Gefährten annehmen und für seine Sicherheit sorgen.« Das war weniger, als Wulf in Wirklichkeit ersehnte, aber er besaß nicht den Mut, seinen Vater direkt um ein Erbteil zu bitten.

Er wusste noch nicht einmal, ob es eines gab. Hatte er Geschwister? Hatte sein Vater erneut geheiratet und Söhne gezeugt? Hatte der Besitz in den finsteren Jahren, nachdem Agneta gegangen war, all seinen Wert verloren?

Sein Vater schüttelte den Kopf. »Das wird nicht reichen. Du musst mehr haben als adliges Blut in deinen Adern. Du brauchst ein Landgut und Vermögen. Und einen Titel solltest du vorweisen können.« Er richtete sich gerade auf. »Niemals würde ich eine Tochter für weniger hergeben.«

Wulf wandte sich ab. Er hatte seine Antwort, fürchtete er.

Die Hand seines Vaters landete auf seinem Arm. »Ich kann dir beides geben, mein Sohn.«

Wulf schaute zu ihm. Die Versuchung war groß, doch er blieb misstrauisch. »Wirklich?«

»Wirklich. Ich habe keine anderen Söhne. Die Ländereien sind groß und könnten erblühen, besonders, wenn ein anderer Mann als ich sie verwaltet.«

Wulf traute den Absichten seines Vaters noch immer nicht. »Zweifellos hätte dieses Geschenk seinen Preis.«

Sein Vater schnaubte verächtlich. »Es ist kein Geschenk. Es ist ein Vermächtnis.« Er begegnete Wulfs Blick, und in seinen blassen Augen spiegelte sich ein wenig Belustigung. »Aber du hast recht. Es gibt einen Preis.«

Wulf hob eine Braue.

»Vergebung«, sagte sein Vater mit Nachdruck. »Nicht mehr und nicht weniger als das.« Er streckte seine Hand aus, sein Blick forschend, und Wulf sah Hoffnung in seinem Gesicht erblühen.

»Ein neuer Anfang«, sagte Wulf leise, und als sein Vater nickte, griff er die Hand des älteren Mannes und schüttelte sie.

Sein Herz machte einen Sprung bei der Gewissheit, dass alles bald gut werden würde.

MITTWOCH, 25. NOVEMBER 1187

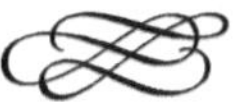

FESTTAG DER SANKT CATHERINE VON ALEXANDRIA

KAPITEL 19

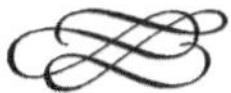

Mehr als zwei Monate waren seit Wulfs Abreise vergangen, als der Brief eintraf.

Juliana war spät aufgestanden, nachdem sie in der Nacht keine Ruhe gefunden hatte. Ihr Bauch war nun runder, und ihre Brüste fühlten sich voller an. Sie fühlte sich dick und müde, und die besorgten Blicke, die ihr ihre Mutter von der Seite her zuwarf, trugen nicht dazu bei, ihre Stimmung zu heben. Bald schon würde für alle sichtbar sein, dass sie ein Kind erwartete, und das ohne einen Ring an ihrem Finger oder einen Verehrer am Horizont.

Sie fürchtete die Frage ihrer Mutter nach dem Vater des Kindes.

Ihre Schwester Miriam war so gütig und großzügig, wie sie es schon immer gewesen war, und ihr Ehemann Otto war ein guter Mann. Juliana konnte nicht bedauern, dass er nun den Besitz verwaltete, nicht, wenn er ihrer Mutter ein Heim bot und ihre Schwester so glücklich machte. Ihre Söhne waren reizende Jungen, und auch ihnen konnte ihr glückliches Schicksal niemand neiden. Ihre jüngere Schwester Anna war noch nicht verheiratet, doch es gab beinahe ein Dutzend Bewerber. Die Verzögerung beruhte auf ihrer Unfähigkeit, eine Wahl zu treffen, nicht auf einem Mangel an Gelegenheit.

Juliana vermutete, sie würde die skandalumwitterte Schwester sein, die ein uneheliches Kind bekam und für den Haushalt eine Last war.

Das war nicht das Leben, von dem sie geträumt hatte, aber sie würde Wulfs Kind auf keinen Fall aufgeben. Wenn dies der Preis dafür war, ein Kind aufzuziehen, das aus Liebe erwachsen war, dann würde sie ihn zahlen.

Sie träumte von Wulf, dem einen Mann, der sie um ihrer selbst willen gewollt hatte, und vermutete, das würde sie den Rest ihres Lebens tun. Sie wäre ihm bereitwillig gefolgt, selbst, wenn er ein Leben als Söldner geführt hätte, und hätte aus diesem unsteten Leben das Beste gemacht. Zwar wusste sie, er hatte eine kluge Wahl getroffen, als er sie verlassen hatte, um zum Orden zurückzukehren, aber sie wünschte sich, er hätte der Leidenschaft nachgegeben, nur dieses eine Mal.

Allerdings wusste sie, es lag nicht in seiner Natur, so verantwortungslos zu handeln. Und in Wirklichkeit war das ein Teil des Grundes, warum sie ihn so liebte.

Lange Zeit hatte sie gehofft, er würde vielleicht auf dem Weg zurück nach Outremer anhalten, um Lebewohl zu sagen, aber nach so vielen Wochen musste er seine Reise bereits hinter sich gebracht haben. Ihre Mutter hatte Nachricht erhalten, dass Jerusalem am zweiten Oktober gefallen war, und Juliana hatte eindringlich um ein Zeichen gebetet, dass Wulf nicht in dieser Schlacht gestorben war.

Es hatte keins gegeben.

Die Vorstellung, er sei tot oder verletzt, konnte sie nicht ertragen.

An diesem Morgen stieg Juliana gerade aus ihrer Kammer herab, die sie früher als Mädchen mit Miriam geteilt hatte, als ihre Mutter die Stufen zu ihr hinaufeilte. Ihre Augen funkelten voll Aufregung. »Was für ein wunderbares Glück, Juliana!«, rief sie. »Ein Freier ist angekommen!«

Juliana spürte die Überraschung der Magd, die ihr folgte. »Für mich?«, fragte sie. »Sicher ist das ein Irrtum.«

»Ganz im Gegenteil, meine Liebe. Ich bin sicher, er hat von deiner vielgerühmten Schönheit und deinem gütigen Wesen gehört.« Ihre Mutter zupfte Julianas Kleid zurecht. »Wie gut, dass du heute Morgen dies hier gewählt hast«, murmelte sie und runzelte ein wenig die Stirn. »Das tiefe Grün steht dir gut, und der Schnitt, nun, die Fülle ist sehr schmeichelhaft.« Ihre Mutter zwang sich zu einem Lächeln, und Juliana wusste genau, dass sie fürchtete, der Freier würde ihren Zustand bemerken.

»Ich werde es ihm sagen, Maman.«

Ihre Mutter atmete scharf ein, aber bevor sie sprechen konnte, fuhr Juliana fort: »Es ist ein schlechtes Vorzeichen, eine Ehe mit einer Lüge zu beginnen, und kein Mann ist dumm genug zu glauben, sein Kind käme schon nach sechs Monaten. Ich werde es ihm sagen.«

Ihre Mutter presste die Lippen zusammen. »Du hast wohl recht, aber, Juliana, ein Bewerber! Gerade, wenn du einen brauchst. Gottes Gnade scheint am Werk zu sein, und ich möchte nicht, dass etwas schiefgeht. Vielleicht musst du ihm diese Wahrheit nicht gleich bei der ersten Begegnung anvertrauen.«

»Vielleicht ist es keine gute Partie.«

»Du bist nicht gerade in der Position, wählerisch zu sein«, sagte ihre Mutter entschlossen, dann drängte sie Juliana zur Eile, die Treppe hinab in die Halle. Ein Mann stand mitten im Raum, die Hände vor sich gefaltet, während er wartete. Auf den Schultern seines Mantels lag Schnee, und er schaute interessiert auf, als sie sich näherten.

»Wie ich dir gesagt habe, Juliana, hier ist der Bote, der die Ankunft seines edlen Herrn vor unseren Toren ankündigt. Dies ist Lady Juliana, meine älteste Tochter.«

Juliana nahm am Tisch Platz und faltete die Hände im Schoß. Ihre Mutter klatschte in die Hände, damit das Feuer geschürt wurde. Die Halle wirkte sehr einladend. Juliana sah, wie der Bote sich umsah, und sie zweifelte nicht, dass er in Gedanken den Preis jeder Truhe und jedes Wandteppichs schätzte, bevor er sich vor ihr verbeugte. Sein Haar war dunkel und lockte sich über dem Kragen, und obwohl er noch ein junger Mann war, zweifelte Juliana nicht, dass die Mägde später über ihn tuscheln würden. Seine Livree war in Schwarz und Gold gehalten, seine Stiefel waren so fein, dass sie neu sein mussten. Ein Junge stand hinter ihm, in die gleichen Farben gekleidet.

Das hieß, sein Herr war wohlhabend. Wer mochte es sein?

»Ich entschuldige mich für die frühe Störung«, sagte er, obwohl es längst nicht mehr früh war. »Mylord wollte sichergehen, dass seine Ankunft nicht unerwartet kommt.«

»Er mag also keine Überraschungen?«

Der Bote lächelte. »Er hält es für unziemlich, einem Gastgeber Umstände zu bereiten.«

»Dann ist er sehr rücksichtsvoll.« Julianas Mutter lächelte zustimmend, und Juliana konnte sehen, dass ihre Mutter bereits eine Hochzeit am selben Tag und ein Festmahl plante. Zweifellos ging sie in Gedanken die Küchenvorräte durch. »Und wer ist Euer Herr?«

Sir Ulric von Altenburg«, sagte der Bote stolz.

Juliana achtete auf einen neutralen Gesichtsausdruck. Sie hatte noch nie von diesem Mann gehört.

Ihre Mutter allerdings schon. »Der Sohn von Konrad von Altenburg?«, fragte sie, und ihr interessierter Gesichtsausdruck sprach Bände.

»In der Tat, Mylady. Der einzige Sohn dieses Mannes. Sie reiten zusammen und sie werden sicher in Kürze hier eintreffen.«

Erwartung zeichnete sich im Gesicht von Julianas Mutter ab. Sie warf Miriam, die in der Tür erschienen war, einen Blick zu. Miriam nickte einmal und hastete davon, zweifellos, um jemanden loszuschicken, ein Tier für das Festmahl zu schlachten.

Der Bote schnippte mit den Fingern, und der Junge trat mit einer Kiste vor. Er verbeugte sich und reichte sie Juliana. »Ein Zeichen der Wertschätzung meines Herrn«, sagte er, als sie ihm die Bürde abgenommen hatte, dann trat er zurück und entrollte einen Brief.

Juliana musterte die Kiste mit einigem Misstrauen. Wenn es ein sehr kostbares Geschenk war, würde es schwer werden, seinen Antrag abzulehnen. Miriam stand wieder in der Tür, und ihre Augen strahlten vor Freude über Julianas unverhofftes Glück.

In dem Wissen, dass es sich nicht vermeiden ließ, öffnete Juliana die Kiste. Sie hätte nicht sagen können, was sie erwartete, darin vorzufinden, aber ihr fiel die Kinnlade herunter, als sie den seidigen Pelz sah.

»Mylord möchte Euch wissen lassen, dass er dieses Jahr auf den Ländereien seiner Familie als Erster einen Wolf erlegt hat. In seiner Familie ist es Tradition, dass ein Sohn, wenn er mündig wird und den ersten Wolf der Saison getötet hat, auf Brautschau geht. Mylord Ulric lässt Euch diesen Pelz als Zeichen seiner Wertschätzung schicken und bittet Euch, ihn zu behalten, ob Ihr seinen Antrag annehmt oder nicht.«

Juliana blickte auf, überrascht, dass der fragliche Ritter nicht davon ausging, sein Antrag würde erhört werden.

Der Bote lächelte. »Ich bin angewiesen worden Euch zu sagen, dass er glaubt, ein Mann lerne mehr durch die Niederlage denn durch den Sieg, doch ich weiß nicht, warum er in dieser Situation eine solche Anweisung geben sollte.«

Juliana umklammerte den Pelz, und ihr Herz hämmerte wie wild.

Das konnte nicht sein.

»Juliana?«, fragte ihre Mutter, die offenbar ihren Schock bemerkte. »Du fühlst dich doch nicht etwa unwohl?«

»Nein, Maman, mir geht es gut.« Juliana deutete auf den Boten. Ihr Herz raste. »Fahrt bitte fort.«

Der Bote räusperte sich und tat es. »Das wahre Geschenk, sagt er, sei in den Pelz eingewickelt, um seine Sicherheit zu gewährleisten.«

Juliana hob den Pelz vorsichtig aus der Kiste und gab acht, dass nichts auf den Boden fiel. Das Fell war dicht und von einem silbernen Farbton, sehr groß. Es war kaum zu glauben, dass es in die Kiste gepasst hatte. Ihre Mutter stand direkt neben ihr, betastete das Fell und murmelte begeisterte Kommentare. Das kleine Bündel, das darin verborgen war, fiel Juliana kurz darauf in den Schoß. Obwohl es klein war, war es schwer. Eingewickelt war es in ein Stück Seidenstoff.

Sie öffnete es unter dem wachsamen Blick ihrer Mutter und fand ein kleines Buch.

»Eine Erbauungsschrift«, hauchte ihre Mutter staunend.

Und ihr Staunen war verdient. Solche Bücher waren ungemein teuer, der Besitz von Königinnen, nicht von einfachen Landadligen wie ihnen. Juliana nahm das Buch verblüfft in die Hand. Der Einband bestand aus rotem Leder, sehr weich und mit Sorgfalt bestickt. Die Seiten aus Vellum waren dünn, die Handschrift sehr klein. Zwischen den Seiten steckte ein Band, und sie zog es heraus, denn selbst dieses Band würde einen Abdruck hinterlassen. Julianas stand der Mund offen, als sie die Illustrationen zwischen den Gebeten sah, Bilder, so detailreich, dass sie kaum wirklich sein konnten.

Das Band hatte eine Seite mit einer Illustration markiert, und Juliana schaute unwillkürlich darauf. Eine Frau mit langem, hellem Haar wurde bei lebendem Leib verbrannt. Die Lichtstrahlen um ihren Kopf zeugten von ihrem Status als Heilige. Das Feuer, das ihren Körper einhüllte, und die Wunden, wo ihre Brüste gewesen waren, schien sie kaum zu bemerken. Ihr Blick ruhte auf einer Taube, die aus dem Himmel herabflog, und ihr Gesichtsausdruck war entrückt.

Es war ein exquisites, wunderschönes Bild.

»Mylord trug mir auf, Euch zu sagen, dass er lange nach diesem Band gesucht hat, denn er wollte unbedingt, dass dieses Geschenk an Euch ein Bild der heiligen Christina enthält.«

Geschockt schaute Juliana auf.

Das Band war mit Absicht gerade dort hineingesteckt worden.

Die heilige Christina!

Der Bote lächelte. »Er sagt, er habe viel aus ihrer Geschichte gelernt, ganz besonders, dass einen der Glaube am Leben erhält, während man eine Prüfung erduldet.«

Juliana stand auf, die Erbauungsschrift in einer Hand, den Pelz an die Brust gepresst. »Und wie heißt Euer Lord noch einmal?«

»Sir Ulric von Altenburg«, antwortete der junge Mann. »Aber ich muss gestehen, wir nennen ihn häufig Wulf Stürmer, denn er führt seine Klinge mit feurigem Mut. Er hat für die Tempelritter gekämpft, bevor er in das Heim seines Vaters zurückgekehrt ist.«

Juliana stieß einen Freudenschrei aus und lief aus der Halle. Sie wagte es kaum, ihrem Glück zu trauen.

»Du trägst nur Pantoffeln!«, rief ihr ihre Mutter hinterher. »Du hast keinen Mantel!«

Beides war Juliana egal. Sie lief hinaus in den Burghof, dann durch das Tor, und sah, dass sich ein großer Tross der Burg nährte, die Abzeichen alle in Schwarz und Gold. Sie lief ihnen entgegen, und ihr Herz sang, als sie das große Schlachtross an der Spitze des Zuges sah. Es war schwarz wie die Mitternacht.

Der Ritter, der darauf saß, hatte goldblondes Haar, das im Sonnenlicht glänzte.

»Wulf!«, rief sie, und er lachte laut. Als er aus dem Sattel sprang, konnte Juliana vor Tränen kaum sein Gesicht sehen. Er kam auf sie zu und ließ sich auf ein Knie fallen, nahm ihre Hand in seine. Teufel folgte ihm, obwohl Wulf die Zügel hatte fallen lassen.

»Darf ich hoffen, dass meine Brautwerbung wohlwollend aufgenommen wurde?«, fragte er mit funkelnden Augen.

»Ja, Wulf. Ja!«

Er lachte wieder und erhob sich auf ihr Drängen hin, zog sie an sich und küsste sie gründlich. Die Erbauungsschrift war zwischen ihre heftig schlagenden Herzen gepresst, unter Julianas Kinn klemmte der Pelz. Wulfs Arme umschlangen sie fest. Juliana dachte, ihr Herz würde vor Freude bersten.

»Geht es dir also gut?«, fragte er, als er den Kuss unterbrach, und suchte ihren Blick.

»Gut genug, aber nun viel besser«, gab sie zu. »Meine Schwester sagt, wenn es so sei wie bei ihren Kindern, würde es rund um das Julfest besser werden.« Sie lächelte, und jetzt erst fand sie in den Worten ihrer Schwester Trost. »Sie sagt, es seien stets Jungen, die ihre Mütter so früh so krank machen.«

»Mir ist es egal, ob es ein Junge oder ein Mädchen ist«, sagte Wulf. »Wichtig ist nur, dass du deine Hand in meine legst.«

»Das werde ich. Sicher können wir noch heute verheiratet werden.«

Wulf grinste. »Sicher gibt es keinen Grund zu warten. Aber du bist für dieses Wetter nicht passend gekleidet!« Er nahm seinen eigenen Mantel ab und wickelte ihn um sie, runzelte die Stirn, als er ihre Pantoffeln sah. Juliana lachte, als er sie in die Arme hob und in Teufels Sattel setzte. Dann sah sie, dass Stephen und Simon mit Wulf gekommen waren, auch sie in seine Livree gekleidet, und dass ein alter Mann mit weißem Haar hinter ihnen ritt. Der Mann neigte höflich den Kopf, aber die beiden Jungen waren weniger zurückhaltend.

»Ich bin froh, Euch wiederzusehen, Mylady«, sagte Simon.

»Und ich bin froh, dass Ihr unsere Herrin sein werdet«, fügte Stephen hinzu.

»Das bin ich auch.« Juliana lächelte sie beide an, hielt ihre Geschenke mit einer Hand und den Sattelknauf mit der anderen.

»Du solltest wissen, dass ich eine Einladung von Gaston erhalten habe«, sagte Wulf. »Ich habe ihm geschrieben, um ihn wissen zu lassen, dass ich den Orden verlassen hatte und warum, und er antwortete und wünschte mir bei meiner Brautwerbung um dich alles Gute. Er hat uns beide für das Sankt-Nikolaus-Fest nach Châmont-sur-Maine eingeladen, sodass wir zugegen sein können, wenn Bartholomew sich seine Sporen verdient.«

»Das ist in weniger als vierzehn Tagen!«

»Aye.« Wulf warf ihr einen Blick zu. »Wenn du dich gesund genug fühlst, die Reise zu unternehmen, würde ich gern dort sein. Er schrieb, auch Fergus bleibe noch für die Zeremonie. Wir könnten zum Julfest wieder daheim sein.«

»Ich möchte wetten, dass du auf mein Wohlergehen achten wirst«, neckte Juliana, und Wulf grinste sie an.

»Es wäre keine spannende Wette«, antwortete er. Seine Augen funkelten, und sie lachte laut.

»Ich würde sehr gern gehen.«

»Dann soll es so sein.«

Juliana beobachtete Wulf, während er Teufel zu den Toren führte. Ihr Leben lang war sie noch nie so glücklich gewesen. Ihre Mutter und ihre Schwester standen in der Tür zur Halle, sich an den Händen haltend, mit strahlenden Gesichtern. Otto schloss sich ihnen an und nickte zustimmend, als sich die Gruppe näherte.

Juliana küsste die Erbauungsschrift. Dies war erst der Beginn all des Glücks, das ihnen gewährt werden würde. Sie und Wulf hatten einander gelehrt zu hoffen, und die Zukunft gehörte ihnen beiden und wartete auf sie.

Er hatte sich wirklich und wahrhaftig als ihr Streiter erwiesen.

DES KREUZFAHRERS HERZ

DIE RITTER VON SANKT EUPHEMIA #3

Bartholomew brennt darauf, für seine Vergangenheit Rache zu nehmen – bis Anna ihm eine Zukunft schenkt ...

Bartholomew kehrt nach England zurück, um seine Eltern zu rächen und sein gestohlenes Erbe zu beanspruchen – nur, um sich unvermittelt in den Wäldern seiner Heimat einer Diebesbande gegenüberzusehen. Als er den wagemutigen Anführer gefangen nimmt, stellt er zu seiner Überraschung fest, dass es sich um eine junge Frau in Verkleidung handelt, deren scharfer Verstand und Kühnheit ihn beeindrucken. Er schlägt ihr vor, zum Schein zu heiraten, um sich Zugang zur Burg zu verschaffen, freilich, ohne zu ahnen, dass die Ehe sie beide in Versuchung führen wird, mehr zu wollen. Doch kann Bartholomew einer Frau trauen, die durch die Kunst Täuschung überlebt?

Anna möchte Gerechtigkeit für die Menschen in Haynesdale, um jeden Preis. Die Einmischung eines fremden Ritters, und mag er noch so gut aussehen, ist ihr alles andere als willkommen. Bartholomew wäre ein nützlicher Verbündeter, wenn sie sich seiner Ziele nur sicher sein könnte. Benutzt dieser irritierende, charmante Ritter sie nur, um zu einem rätselhaften Zweck alles über die Geschichte der Ländereien zu erfahren?

Als Bartholomews Identität als verlorener Erbe von Haynesdale aufgedeckt wird, wird er zum Ziel derer, die seine Familie verraten haben. Können er und Anna ihr Misstrauen überwinden und gemeinsam für die Zukunft von Haynesdale kämpfen – und für ihre erblühende Liebe?

Des Kreuzfahrers Kuss
Erscheint im Frühling
2022!

ÜBER DEN AUTOR

Die mit Preisen ausgezeichnete Bestsellerautorin Claire Delacroix hat über siebzig Romane und Erzählungen veröffentlicht. Ihr erstes Buch, „Romance of the Rose", erschien 1993. Ihre Werke sind USA-Today-Bestseller und gehören auch landesweit zu den bestverkauften Büchern. Ihr mittelalterlicher Liebesroman „The Beauty" war ihr erstes Werk, das es auf die Bestsellerliste der New York Times schaffte.

Claire Delacroix ist das Pseudonym, das Deborah Cooke für ihre historischen und fantastischen Liebesromane benutzt. Sie schreibt auch moderne und paranormale Liebesgeschichten unter ihrem eigenen Namen und veröffentlichte außerdem Bücher als Claire Cross. 2009 wurde sie Writer in Residence der Toronto Public Library. Es war das erste Mal, dass die Stadtbibliothek von Toronto dieses Residenzstipendium im Genre „Liebesroman" vergab. 2012 wurde Deborah Cooke die Ehre zuteil, vom Verband amerikanischer Liebesromanautoren und -autorinnen (Romance Writers of America, RWA) zur Mentorin des Jahres ernannt zu werden. Sie steht ebenfalls auf der Ehrenliste dieses Verbandes.

Claire lebt mit ihrer Familie in Kanada und strickt leidenschaftlich gern.

http://Delacroix.net